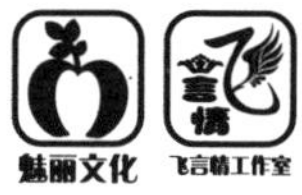
魅丽文化
飞言情工作室

亲亲子衿

清凉如意 著

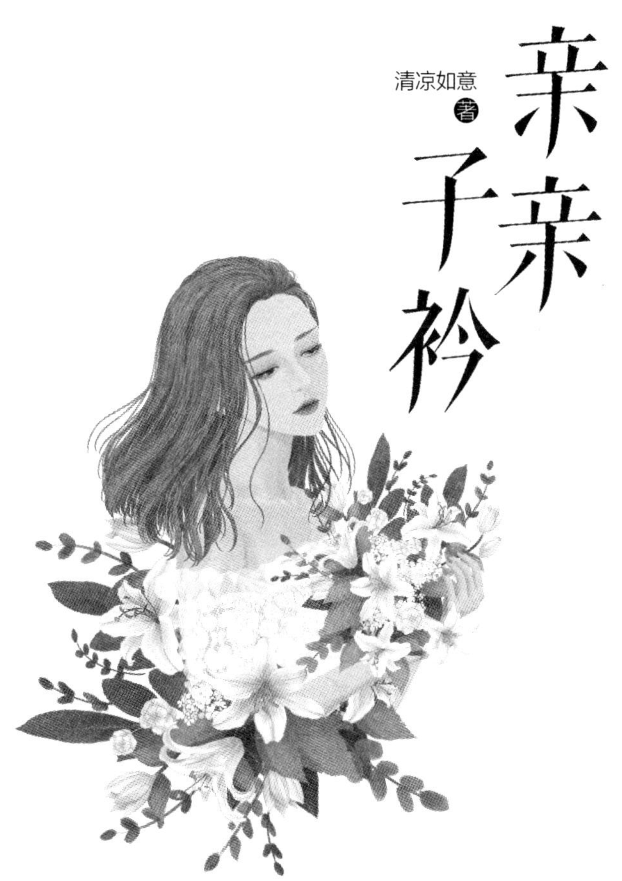

江苏凤凰文艺出版社
JIANGSU PHOENIX LITERATURE AND ART PUBLISHING, LTD

图书在版编目（CIP）数据

亲亲子衿 / 清凉如意著. — 南京：江苏凤凰文艺出版社,
2019.5
ISBN 978-7-5594-3039-7

Ⅰ. ①亲… Ⅱ. ①清… Ⅲ. ①长篇小说 – 中国 – 当代
Ⅳ. ①I247.5

中国版本图书馆CIP数据核字(2019)第064473号

亲亲子衿

清凉如意 著

责任编辑　张　倩　王　青
特约编辑　纪十年
装帧设计　苏　荼
出版发行　江苏凤凰文艺出版社
　　　　　南京市中央路165号，邮编：210009
网　　址　http://www.jswenyi.com
印　　刷　湖南关山美印有限公司
开　　本　880mm × 1230mm 1/32
印　　张　10
字　　数　236千字
版　　次　2019年5月第1版，2019年5月第1次印刷
书　　号　ISBN 978-7-5594-3039-7
定　　价　36.80元

目录 contents

目录 contents

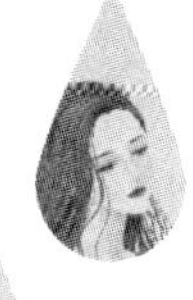

第一章·
她喜欢的是谁，尽人皆知

夏子衿是一路从外面飞奔回来的。

当爸爸给她打电话，说顾琛回来了的时候，她高兴得差点跳起来。

她本来正在给好姐妹过生日，也顾不上吃蛋糕，拦了一辆的士，就直奔家里而去。

的士在夏家别墅门口停了下来，夏子衿从包包里掏钱给了司机，嘴上说着“不用找了”，拉开车门就蹿进别墅。

她站在客厅门外，喘着粗气停了下来。

四年了，那个男人自始至终都没有联系过她。想到四年前的那件事，夏子衿心里有些担忧，顾琛还在生气吗？

她低头看了一眼自己身上的运动装，脚底下的球鞋有些脏，齐肩短发也随意在头顶扎了一个小鬏鬏。

已经四年没见面了，如今已经从小丫头长成大姑娘的她，可不能就这么随随便便让顾琛见第一面。

想到这里，夏子衿离开前门，躬身弯腰躲过客厅的玻璃窗，小心翼翼地从别墅后门进去，想要溜回房间换身衣服。

她脱了球鞋拎在手里，光着脚踩在木地板上，一步一步地迈上楼梯，眼睛往客厅方向睨了一眼，看到客厅沙发上，一个穿着黑色风衣的男人背对着这边坐着。

夏爸爸抬头往楼梯看了一眼，夏子衿吓得心脏跳到嗓子眼，急忙抬手对着那边做了一个噤声的手势。

背对着她的风衣男人察觉到什么，转头往这边看了过来，夏子衿吓得险些背过气去，急忙加快脚步。

好在爸爸机智，拿起桌上的茶壶给顾琛面前的茶杯倒茶，顾琛礼貌地伸手去扶，也就没有再回头了。

夏子衿抬手对着夏明奕竖了个大拇指：果然是亲爹。

“子衿，你回来啦。”楼上突如其来的声音，差点没让夏子衿把舌头咬断。

来不及去看妈妈脸上的表情，趁着楼下那个风衣帅哥还没反应过来，夏子衿噔噔噔几步蹿上最后几级台阶，一口气跑进房间，关上房门，靠在门上喘着粗气。

她脑海中不禁浮现出刚才那个男人的侧颜，跟四年前比起来，消瘦了不少。

这四年顾琛一点消息都没有，按理说夏子衿应该生他的气才对，可现在心脏里面的小鹿乱撞又是什么意思。

夏子衿脸上洋溢着一抹笑意，如今他终于回来了，真好。

今天晚上，她一定要顺利实施自己已经谋划了很久的计划，只许成功，不许失败！

换了一身碎花连衣裙，齐耳短发的发尾还用卷发棒烫了个内扣，身上散发着花香的气息，夏子衿从楼梯下来，像森林里走出来的仙子。

“顾琛。”夏子衿走到顾琛身边，打了声招呼。

顾琛转头，看到站在自己面前的女孩。他的目光很深邃，夏子衿想要从那眼神之中看出些许什么，想念，气恼，抑或是其他任何的情绪，可她观察了片刻，却什么都看不出来。

顾琛眼尾浅浅地弯着，嘴角勾起，就连喜悦都是一副平静的样子。

到底是他隐藏得好，还是夏子衿之前期望过高？

晚饭的时候，家里来了两位客人，一个是和夏子衿从小一起长大的好姐妹谢诗蕊，另外一个是今天过生日的同学，乔巧。

饭桌前，顾琛陪夏明奕喝了些酒。夏明奕习惯喝完白酒再喝点啤酒，说是解酒。可顾琛这样两种酒一起喝必醉。

今天高兴，醉就醉吧，毕竟这里也是他的家。

饭过之后，顾琛和夏明奕去书房聊天，夏子衿跟乔巧和谢诗蕊一起上楼回了房间。

乔巧看着夏子衿一晚上脸上都挂着笑，嘟哝一句："果然是见色忘义，为了见你家顾琛，连生日蛋糕都不陪我吃。"

"生日每年都可以过，终身大事可耽误不得。"夏子衿凑近乔巧，小声说，"今天晚上我要实施计划了。"

乔巧一脸讶异："你不是吧？顾琛第一天回来，你就这么迫不及待？"

谢诗蕊在一旁不解地问："子衿姐，什么计划？"

乔巧白她一眼："好好准备你的考试吧，跟你无关的事别打听。"

谢诗蕊只好闭嘴。

乔巧没有在这里多待，临走前叮嘱夏子衿小心行事，并祝她首战告捷。

谢诗蕊今天晚上在这里留宿，她和夏子衿躺在卧室的床上，不解地询问："子衿姐，你今天晚上有什么计划？"

夏子衿眼珠一转，抿嘴一笑，问谢诗蕊："你觉得，我今天晚上把顾琛'就地正法'怎么样？"

谢诗蕊一张小脸羞得通红："子衿姐，你胆子真大。"

夏子衿对谢诗蕊做了一个噤声的手势："这件事千万不能让我爸妈知道，否则我就死定了。"

谢诗蕊乖巧地点了点头。

夏子衿枕着胳膊，望着天花板，对谢诗蕊说："算下来，顾琛来我们家已经十二年了吧。"

谢诗蕊点点头，想起了十二年前的那一幕，眼眸中带着些许笑意，她说："还记得顾琛刚来的那一天，咱俩还在地板上堆积木呢。"

"一晃十二年过去了，真快。"夏子衿翻了个身，朝着谢诗蕊侧躺着，笑眯眯地问，"诗蕊，你在学校里有喜欢的男孩子了吧？"

谢诗蕊脸一红："子衿姐，你说什么啊？！"

“别瞒我了，上次在你书里看到一张便笺，上面写着什么‘有些人哪怕抱不到，遇见了也好’。快跟我说说，是你们班的吗？”夏子衿现在有些紧张，急切地需要一个话题让自己转移注意力。

“什么啊？！”谢诗蕊扯过被子盖住脸，又羞又恼，“你怎么可以乱翻我的书？！”

“嘁，咱们什么关系，翻翻你的书怎么了？连我都保密，太不够意思了。”夏子衿佯怒，背过身去躺着，不再理会谢诗蕊。

脑海里不自觉又浮现出顾琛的面容，她嘴角漫上一抹喜色。

书房内，夏明奕坐在宽大的红木书桌前，望着顾琛，说：“集团总部那边给你留了一个部门经理的职位。”

顾琛有些为难，说：“夏叔，你知道，大学的时候，我创立了一个自己的公司，现在发展得还不错。”

“据我所知，你的公司已经上了正常轨道，也不需要经常顾着，放心，这边的工作不会影响你自己的公司。到这边多认识一些人脉，对你以后的发展有好处。”

“可是……”顾琛有些为难。

“别可是了。”夏明奕打断了顾琛的话，说，“试试看吧，再说，总部那边有些问题，需要个知根知底的人帮我，别的人我信不过。”

夏明奕都这么说了，顾琛不好再拒绝。

夏子衿从晚上九点多一直挨到十一点，爸妈终于回了睡房，谢诗蕊也睡着了，外面彻底安静下来。她把床头柜上昏黄的台灯拧开一点光亮，掀开被子下了床。

夏子衿脚上踩着拖鞋，身上穿着一件半透明的纱质吊带睡裙，从脚踝到大腿，一片光滑白皙。

镜子里的她，十九岁的身体，穿着这样的睡裙，并没有显得过于风尘；齐耳短发有些凌乱，反倒给人一种法式浪漫少女的感觉，像刚刚盛开的花骨朵，清纯动人。

夏子衿深呼吸一口气，给了自己一个鼓励的微笑，随即裹上一件白色浴袍，打开卧室房门，蹑手蹑脚地下了楼。

在夏子衿关上卧室的门之后，刚才躺在床上看似睡着的谢诗蕊缓缓睁开了眼睛。

站在顾琛卧室的门口，夏子衿感觉到自己的心脏剧烈地跳动着。她透过门缝去听里面的声音，隐隐有细微的鼾声。她尝试着拧了拧门把手，房门被反锁了。

夏子衿拿着早准备好的备用钥匙，小心翼翼地插入锁孔。

随着“咔嗒”一声响，房门开了。

夏子衿将脑袋探进房间。黑漆漆的房间里，窗帘没关，今夜月光很亮，透过玻璃窗洒了进来，映照着躺在床上酣睡的男人。

夏子衿迈步进屋，关上房门。

一步一步，只是门口到床边这几步的距离，对于夏子衿来讲，却遥远得好像在过跨海大桥。

她的手终于碰触到顾琛的床沿，她坐在床边，脱了鞋，掀开被子，小心翼翼地钻进了被窝。

被窝里面暖暖的，她没敢贴上顾琛的身子。两个人中间隔着一点距离，借着浅浅的月光，夏子衿望着躺在床上的男人的侧脸。此时的他，没了平日里淡漠的样子，只是安安静静地睡着，温柔多了。

夏子衿撑着胳膊缓慢起身，凑近男人的脸颊。

空气中酒精的味道让她迷醉，她的唇有些颤抖，慢慢地靠近顾琛。

床上的男人似乎有些不舒服，睡梦中哼哼了两声。

夏子衿急忙抬起头，身子往后退开一些距离，却不小心扯动了被子。顾琛身子动了动，夏子衿吓得心跳到了嗓子眼。顾琛迷迷糊糊之间，随手将滑落的被子再次扯了过去，翻了个身，并没有醒来。

夏子衿松了口气，想起四年前的那个雨夜，雷声阵阵，她借着怕打雷的理由，非要赖在顾琛的房间里睡。而后发生的事情，她不愿意再回忆，反正不如此刻美好，月光皎洁，美男在侧。

夏子衿再一次缓缓躺下，侧过身，从后面轻轻拥抱着顾琛的身子，将脸贴在他的后背，感受着这个男人的温度。

四年了，她不知道这四年顾琛为什么不肯联系她，自己几次找机会联系顾琛，他也从来不给任何回应。她只能没日没夜地期盼着，希望可以早一点见到顾琛。

睡梦中的顾琛似是有感觉，身躯一动，打断了夏子衿的思绪。

顾琛转过身来，双眸紧闭，呼吸均匀又绵长。

夏子衿第一次觉得，酒精真是个好东西，向来浅眠的顾琛，这一次竟然睡得这么沉。

夏子衿放轻动作，一点一点地钻进顾琛的怀里。

房间里很安静，夏子衿的心却躁动得不行。尽管之前她已经在心里演练过千万次，可现在还是有些下不了手。

房间外面响起一阵脚步声，像是有谁下楼了。

夏子衿紧张地屏住呼吸，听到脚步声路过房间门口，又渐渐远去。

夜太宁静，厨房里玻璃器皿碰撞在一起的声音清晰可闻。夏子衿猜测，应该是爸爸喝多了酒口渴，下楼找水喝。

夏子衿一动不动地躺在顾琛身侧，像是夜半偷腥的猫儿。她聚精会神地听着外面的点滴声响——脚步声从厨房出来，又渐渐靠近顾琛卧室的门口。她在心里祈祷着，千万不要被爸爸发现。

躺在她身旁的顾琛不知道梦到了什么，抬起一只胳膊搭了过来，毫无预兆地落在她瞪大的眼睛上。

“啊！”夏子衿痛呼一声，随即急忙抬手捂住自己的嘴巴。

门外的脚步声骤然停了下来。

完了完了！死了死了！夏子衿紧咬牙关，扯过被子，盖住自己。

过了良久，房门都没有动静，脚步声停了一会儿，便远去了。

虚惊一场，夏子衿松了口气，看到还搭在她头上的胳膊，她气恼地爬起身，对着顾琛的胳膊就是一口。

明明心里恨得牙痒痒，可夏子衿还是没太用力，她不敢在这个节骨眼儿把顾琛弄醒。

夏子衿掀开被子，跨坐在顾琛的身上。

大概是刚才的脚步声离开，让夏子衿彻底放松了警惕，压根儿就没有注意到，房间外面，此刻站着两个人。

夏明奕和老婆穿着整齐的睡衣，站在顾琛卧室门口。夏妈妈给夏明奕使了个眼色，让夏明奕进去。

夏明奕有些为难。

夏明奕不动，夏妈妈却忍不了。她也不敲门，直接拿着家里另外一把备用钥匙打开了顾琛的房门。

房间的灯被人“啪”的一声打开，房间里突如其来的光亮，映照着床上的两个人。夏子衿姿势不雅地骑坐在顾琛的身上，被子在外侧，刚好挡着顾琛的半边身子。

房间的动静，和刚才夏子衿的骚扰，让本来就半睡半醒的顾琛睁开了眼睛。看到站在门口的人是夏家父母，顾琛抬手遮着眼睛，有些不解。

“夏叔，阿姨，你们怎么……”顾琛起身，这才感觉腰间有东西压着他。他定睛去看，只见夏子衿穿着一身性感的薄纱睡裙骑坐在他身上，双眸圆瞪，一脸茫然。

顾琛再去看自己，一丝不挂！

他急忙伸手扯过被子，一把将夏子衿从身上推了下去。

夏子衿毫无防备又惊慌失措，被顾琛这么一推，没来得及坐稳身子，整个人便栽到床下去了。

“夏子衿！”夏妈妈从牙缝里挤出三个字。

夏明奕站在一旁，神色凝重。看到眼前这样的场面，他觉得老脸挂不住了。

夏子衿坐在地上，伸手去抓床上的被角。被子里的顾琛不着寸缕，自然不会让夏子衿得逞。两个人拉扯着，站在门口的夏氏夫妇更是来气。

“子衿，你给我出来！”夏妈妈呵斥一声，转身离开了房间，迈步上楼。

夏明奕也不想继续看这一幕，跟着夏妈妈离开，转身去了客厅。

房间里只剩下夏子衿和顾琛两个人。

顾琛此刻酒意和睡意全无，恼火地瞪着夏子衿："大半夜发什么神经？疯了？"

"还不是因为你打到我眼睛，不然他们会发现吗？"夏子衿抬眸跟顾琛对峙。

"出去。"顾琛又羞又恼。

夏子衿现在哪敢出去，楼上一个老妖婆，客厅一个老妖怪，看这情形，她别想活着见到明天早上的太阳了。

见夏子衿未动，顾琛气得喘息声有些重，他掀开被子丢给夏子衿，从床尾捡起短裤穿上，又套上衬衫，头也不回地离开房间。

夏子衿一个人坐在冰冷的地板上，抱着一团被子，不知道该怎么办。

说实话，她想过这件事会被爸妈知道，她也压根儿没准备隐瞒，可她没想到，自己什么都没做成就被发现了。

客厅里，爸爸低吼："顾琛，你简直太让我失望了！"

顾琛没有解释，没有反驳，一句话也不说。

哪怕看不见外面的情形，夏子衿也能猜到，顾琛的脸色肯定很难看。

这件事因她而起，她不想让顾琛背这个黑锅。夏子衿从地上起身，裹上自己的浴袍，去了客厅。

"爸，顾琛不知道这件事，你们开了灯之后他才醒的。"夏子衿不敢去看顾琛脸上的表情，也不敢去看爸爸，只是低头木讷地解释着。

"给我回房间去。"夏明奕看也不看夏子衿，语气中的恼怒显而易见。

"爸，你别骂他，骂也没用。你骂我吧。"夏子衿抱着必死的决心，已经豁出去了。

夏明奕沉声道："有骂你的时候。"

"对不起。"一直闷不作声的顾琛突然开了口。

这一声对不起，让夏子衿之前所有的解释全部打了水漂，不作数了。

夏子衿转眸瞪他一眼：他傻啊？

夏妈妈下楼把夏子衿拎了回去。上楼之后，夏子衿看到谢诗蕊穿着睡衣站在卧室门口。

去了妈妈的卧室，房门被关上，夏妈妈戳着夏子衿的额头：“女孩子家家的，不知道害臊。”

这件事被父母撞见，夏子衿自认倒霉。可她没有片刻的后悔。此时跟妈妈独处，夏子衿尽量平心静气地解释：“我对顾琛是真爱，这是我心甘情愿的。”

“你心甘情愿？你有没有问问他是不是心甘情愿的？”夏妈妈抬着下巴，皱着眉，“趁着别人醉酒去做那种事，我怎么教出你这么不懂事的女儿啊！”

“我又没干伤天害理的事，我又没有出去跟别的男孩子乱来。妈，我已经十九岁了，我有权利支配我的人生。”

“十九岁？支配人生？翅膀硬了是吧？爸妈的话都可以当作耳旁风了是吧？顾琛他是你哥，这种事传出去，会让人笑掉大牙！”

“笑就笑，我又不活给他们看。再说了，顾琛哪里是我哥了？他姓顾，我姓夏，他只是在咱们家吃了几年饭而已。他不还是叫你阿姨，没叫你妈妈吗？”

“你！”夏妈妈被这伶牙俐齿的女儿气到不行，也不跟她废话，只是说，“明天就让顾琛搬出去，你们以后不准见面。”

“不行！”一听让顾琛搬出去，夏子衿瞬间急了，上前抓着妈妈的胳膊，“妈，你不能这么不讲道理。这又不是封建社会，我们也没干罪大恶极的事情，怎么就不能在一起！”

“就是不能在一起！你给我好好反省！”夏妈妈说完，甩开夏子衿的手，迈步离开房间。

夏子衿站在原地，看着妈妈决然离去的背影，眼泪在眼眶里打转。

刚才在楼下被发现的时候她没觉得委屈，被顾琛赶出房间的时候她也没有委屈，她知道这件事是她唐突了，顾琛生气是应该的。可妈妈不能把顾琛赶走。

他已经走了四年了，四年没有和她联系，如今好不容易回来，她不敢想象接下来四年再没有他的消息，自己该怎么熬过去。

夏子衿跑出房间，下了楼。此时，谢诗蕊也站在了楼下。客厅里，只有爸爸妈妈坐在沙发上，已经不见顾琛的身影。

见顾琛的房门紧闭，夏子衿快步走到门口，拍打着房门："顾琛，你开门！顾琛！"

夏妈妈从客厅过来，上前抓着夏子衿的胳膊，低声道："还不嫌丢人？上楼去！"

谢诗蕊也上前规劝："子衿姐，你冷静一点。"

夏子衿不理会，继续拍门："顾琛，顾琛你出来，我有话对你说。"

房门被人打开，夏子衿的眼泪被硬生生憋了回去。她红着眼睛，委屈巴巴地撇着嘴。当她看到顾琛手里拉着的旅行箱时，她不再淡定了。

她抓着顾琛的胳膊，随后被甩开。

顾琛拖着行李箱往外走，夏子衿紧抓着行李箱的拉杆不放。

她语气放得很软，没了任何脾气："不要走，顾琛，对不起，是我的错，你不要走好不好？"

顾琛不说话，也不去看她。

夏子衿转头望着妈妈，求饶："妈，我错了，我再也不胡闹了，你不要让他走好不好？他已经四年没理我了，我已经四年没有见到他了。妈……爸，爸，我求求你。"

门外司机已经把车子开了出来，远光灯映照在客厅里。

夏子衿终究还是松了手。

顾琛拉着行李箱离开，自始至终，没有跟夏子衿说一句话。

夏子衿失魂落魄地回了房间，谢诗蕊跟着她进屋，将卧室的房门关上。

看着夏子衿无精打采的样子，谢诗蕊劝道："子衿姐，你别难过了。"

夏子衿声音带着一丝哭腔："你知道这四年我是怎么熬过来的吗？我盼星星盼月亮，好不容易把他盼回来了……"

夏子衿将自己蒙在被子里，沉默下来。

这个夜晚很漫长，漫长到夏子衿把她和顾琛这些年的点点滴滴全部回忆了一遍。她始终想不通，妈妈的反应为什么会那么大。

次日清晨，夏子衿起来得比较晚，谢诗蕊已经离开了。

洗漱之后，夏子衿下楼，饭桌前只有爸爸一个人坐在那里。

夏子衿走到桌前坐下，默不作声地吃着饭，也不跟爸爸说话。

夏明奕看着女儿，叹了口气："顾琛不是我们赶走的，是他自己要走的。"

"有什么区别吗？"夏子衿抬起头，终于正眼瞧自己的父亲，"我跟你说过了，他什么都不知道，醉得像一摊烂泥，你们还把黑锅丢给他，是谁谁都委屈吧。"

"这事本来就是你的不对。"夏明奕对女儿的态度很不满意。他向来宠她，没想到宠得她这样不懂事。

"老夏，做人要讲点道理。我怎么就不对了？我是抢人家老公了，还是违法犯罪了？你不会也用妈妈那一套来说我吧？顾琛不是我的哥哥，我们之间没必要遵守那些伦理道德。"

"你这孩子……"夏明奕欲言又止，劝道，"我知道你对顾琛的感情。但这件事太突然了，你得给妈妈一点适应的时间。"

"什么意思？"听爸爸这么说，夏子衿好像看到了一点希望，"你不反对我跟顾琛在一起？"

夏明奕没有回答，只是问："你还记得江斯晨吗？"

夏子衿语气也缓和了一些，低头继续吃早饭，随口嘟哝道："他不是去当兵了吗？"

"上个月刚回来，想要跟你一起吃个饭。"夏明奕说完，观察着夏子衿脸上的表情。

"是我妈妈约的他吧？"

"只是一起吃个饭而已。你妈妈已经难受一晚上了。算是爸爸跟你的约定，如果你真的不喜欢，我会尽力说服妈妈。"

"不是真的不喜欢，是肯定不喜欢。我这辈子除了顾琛，谁都不嫁，让我妈趁早死了这条心。"夏子衿态度坚决。

"你就不想看看顾琛的态度？"夏明奕问。

夏子衿抬眸，有些不解地看着爸爸。

夏明奕继续道："我知道顾琛是个好孩子，但是婚姻大事，我希望你能让你妈妈看到你和顾琛之间的感情，这样我和你妈才能放心。"

夏子衿想了想，点点头。

江斯晨比夏子衿高两个年级，夏子衿上初一的时候，两个人就认识了。

中午，夏子衿拉上乔巧，一起去见江斯晨。进了餐厅，两姐妹看到不远处的桌前坐着一个眼熟的身影。

几年没见，江斯晨当初每天都做发型的头发，如今变成了利落的圆寸，身上也不再是以前那些彰显个性的衣服，只是一件很简单的白色 T 恤衫，看起来让人觉得舒服很多。

当兵的经历让江斯晨退去了曾经的痞气，多了一丝阳刚气，显得成熟不少。只可惜，他再怎么变，都不是夏子衿的菜。

江斯晨看见夏子衿和乔巧走过来，笑着起身迎接。

落座之后，三人随意聊着以前学校的事情。

江斯晨跟乔巧聊得热火朝天，夏子衿却有些心不在焉。饭菜还没上桌，夏子衿已经觉得有些无聊了。今天好不容易出来一趟，她要不要去公司里找顾琛。见夏子衿出神，乔巧用手在桌子底下扯了扯夏子衿的衣服。

夏子衿回过神来，勉强笑笑，客套地跟江斯晨搭了两句话，随后，又陷入沉默。

夏子衿想着昨天晚上顾琛的态度，心里纠结，终究还是决定问一问。她拿着手机，给顾琛发了一条信息：你还在生我的气吗？

顾琛并未回复。

夏子衿紧接着又发了一条：妈妈让你晚上回家吃饭。

不多久，顾琛的消息回了过来，只有一个字：好。

夏子衿尽量让自己专心听江斯晨聊着，可部队里的事情夏子衿不感兴趣，以前上学那会儿的回忆现在看起来又那么幼稚。

她知道不是江斯晨无聊，只是自己的心思没办法集中在这里。

一顿饭终于挨到最后，江斯晨本来想跟夏子衿到处逛逛，可她说下午还有事，拒绝了。

夏子衿回到家，正在餐厅那边准备晚饭的爸妈询问今天夏子衿和江斯晨吃饭的情况，夏子衿随意应付了几句，疲惫地坐在客厅的沙发上，拿起遥控器调着电视频道。

家门被人推开，顾琛从外面进来。

夏子衿心头一紧，急忙起身去了餐厅那边，凑到爸爸身边，扯了个谎，说："老夏，上午我在外面碰到顾琛，他说想吃妈妈做的饭了，我就说让他来吃，没想到他真来了。"

"我说呢，来也没打声招呼。"夏明奕说完，转身要进厨房。

夏子衿再次把爸爸拉住，有些难为情地说："我怕我妈还生气，你过去帮忙说说好话，只是一起吃顿饭，让我妈别再提那天晚上的事了。"

夏明奕若有所思地看着自家女儿。

夏子衿双手合十："老夏，今天晚上会不会发生一场恶战，就看你了。"

夏明奕似乎明白了什么，好在没有拆穿。夏子衿松了口气。

吃饭的时候，妈妈的确丝毫没提那天晚上的事情。不但如此，她好像一点都不生顾琛的气，席间一直给顾琛夹菜，跟平日里没什么两样。

夏子衿渐渐放下心来。

"子衿，今天你跟江斯晨见面感觉怎么样？"夏妈妈似乎是故意的，下午夏子衿回来的时候，明明都已经跟妈妈说过一遍了。

"就那样呗。"夏子衿低头夹菜，借着眼角的余光看向坐在旁边的顾琛。

"别跟我打马虎眼，江斯晨妈妈下午给我打电话了，说你好像不太喜欢人家。"

夏子衿没有反驳，低声嘟哝着："我本来就不喜欢他。"

她喜欢的是谁，尽人皆知。

"那可不行呀。"夏妈妈好脾气地说着，"人家对你可是真心的。"

夏子衿多希望顾琛可以帮她说些什么，哪怕是转移一下话题也好。可顾琛只是闷不作声地吃着饭，压根儿不搭这个茬。

夏妈妈又说："反正你现在暑假也没事，多跟人家接触接触。"

夏子衿心里清楚，妈妈绝对是故意当着顾琛的面说这些的，就是想让顾琛知道，夏子衿和他之间，没戏。

吃过晚饭，夏妈妈在厨房收拾，夏爸爸和顾琛在客厅聊天，夏子衿坐在一边看电视，眼睛时不时地瞥向顾琛那边。

顾琛好像压根儿不在乎她和江斯晨吃饭这件事，一直跟爸爸聊着公司里的事情，看也没有多看夏子衿一眼。

后来夏爸爸去了洗手间，夏子衿终于有机会跟顾琛单独在一起。她往顾琛身边坐了坐，问："你怎么想？"

顾琛没吭声，夏子衿有些急，抬起胳膊顶了顶顾琛的腰："问你话呢。"

"你喜欢就好。"顾琛开了口，语气却不怎么好。

夏子衿有些郁闷："我根本就不喜欢他，是我妈非让我去的。"

"阿姨要是让你跟他结婚呢？"顾琛问得莫名其妙。

夏子衿瞪着他，面露不悦："顾琛你什么意思？从回来到现在跟我说话开口就带刺！你老实说，大学是不是有女朋友了？"

"你在意吗？"顾琛问。

"废话，我当然在意。"

顾琛望着夏子衿，过了半晌，才终于开了口："我不是故意不联系你的。"

"嗯？"夏子衿有一瞬间愣神，随后意识到，顾琛说的是那四年的事情，她忙问，"那是因为什么？"

夏子衿等着顾琛继续说，顾琛却没再开口，只是往洗手间的方向看去。

夏子衿看到爸爸从洗手间出来，心里郁闷，起身上了楼。

楼下，夏明奕走到顾琛身边坐下。

顾琛迟疑片刻，对夏明奕开了口："夏叔，有件事我想跟您商量一下。"

夏明奕拿着茶几上的茶壶，给顾琛倒了杯水，并没有应声。

顾琛继续道："这四年，我已经按照阿姨所说，没有跟子衿有任何联系。我也以为四年的时间，可以完全放下这段感情，可是我没有做到。"

夏明奕端着茶杯，放到顾琛的面前，终于抬眸望向了他。

“这些年你和阿姨都把我当亲生儿子一样，我也想过，如果子衿真的能够找到一个她喜欢的人，我愿意把对她的这份感情永远埋在心底。”顾琛语气顿了顿，再次开口，“可江斯晨不是好的人选。”

听着顾琛的话，夏明奕脸上带着浅淡的笑，说：“你们年轻人之间的事情，自己做主就好了。”

“夏叔，这不只是我和子衿两个人的事。”顾琛说。

夏明奕沉吟片刻，问顾琛：“你觉得，婚姻代表着什么？”

“两个人，一生一世。”

“如果中间发生了不可控的事情呢？”

听夏明奕这么说，顾琛没有马上回答。

大学期间，顾琛运营着一家自己的公司，哪怕不靠夏氏集团，他也不担心物质上会让夏子衿受委屈。只要夏家父母同意，他和夏子衿的未来肯定是幸福的。再说了，他们从小就在同一个屋檐下长大，已经是对方生命中最熟悉的人了。

夏明奕一直望着顾琛，等着他的答案。

顾琛实话实说：“我不能预测未发生的事情，只能保证，我这一辈子所做的任何事，都会为子衿好。”

夏明奕望着顾琛神情中的坚定，点了点头：“过几天我要出差，这件事，等我回来再说吧。”

夏子衿洗完澡，想要再跟顾琛好好聊一聊，可她从楼上下来的时候，顾琛已经走了。

夏明奕从别墅外面进来，看到站在楼梯口的夏子衿，说：“子衿，你过来一下。”

夏子衿走到沙发旁坐下。

夏明奕对夏子衿开口说道：“刚才顾琛跟我聊了聊你们的事。”

夏子衿抬眸看向夏明奕，不解地问：“他说什么？”

夏明奕没有回答夏子衿的话，只是问：“你对他是认真的吗？”

夏子衿有些急："废话。"

"真的不准备再跟江斯晨试一试了吗？"

"坚决不。"夏子衿态度明确，眼神坚毅。

夏明奕点点头："你妈妈那边我会帮你说的。"

"真的，假的？"夏子衿欣喜不已，上前搂着夏明奕的胳膊，撒娇道，"还是老夏最好了。"

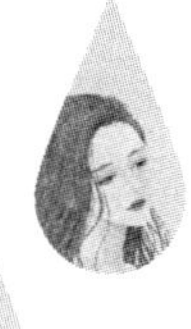

第二章 •
我可以让她一生无忧

次日，夏明奕到外地出差。

下午的时候，夏子衿做了一顿晚饭，带去了夏氏集团总部。

坐电梯上楼，夏子衿敲响了顾琛办公室的门，帮夏子衿开门的是顾琛的助理。

办公桌前空无一人，夏子衿问助理："顾琛呢？"

"顾经理在会议室开会。"助理恭敬地说。

夏子衿将手里的饭盒递给助理，转身往顾琛的办公桌走去。看着办公桌上叠放整齐的文件之中，有一个眼熟的东西，夏子衿伸手去拿。

助理把饭盒放进休息室，刚出来，就看到夏子衿不安分的手。

"不能动。"助理紧张不已，快步上前。

夏子衿没有理会，将一对亲嘴小猪拿了起来。这是顾琛高考结束之后，夏子衿送给他的礼物。两只小猪的嘴里有一根绳，如果将亲嘴的它们拉开，弹力绳会再将它们的嘴连到一起。

助理走上前，一阵焦急："那是顾经理最喜欢的一个摆件，平日里不允许任何人碰。"

他还记得刚来上班那天，擦桌子的时候，想帮这对小猪也擦一擦，被顾琛发现之后，顾琛就吼了他一顿，现在夏子衿竟然直接拿在手上把玩。

夏子衿抬眸望了助理一眼，又看着这对眼熟的小猪，不由得心情大好，没跟助理计较，把这对小猪放回了原来的地方。

在办公室转悠了一圈儿，夏子衿这才去了休息室。

老夏这是多宠顾琛，竟然给他配了一间这么棒的办公室。休息室原本跟办公室是一体的，中间隔了一道磨砂玻璃墙。大大的落地窗前，夏子衿反坐在椅子上，下巴搁在椅背上，望着玻璃窗外偌大的城市。

她看到了她和顾琛上学必走的那条街，看到了他们最喜欢逛的一个小公园。傍晚的阳光透过玻璃，洒在夏子衿的身上，整个世界都柔软起来了。

一直到夜幕降临，顾琛才从办公室外面进来。

看到夏子衿，顾琛问："你怎么在这里？"

他又看了一眼身边的助理，神情比面对夏子衿的时候冷漠不少："怎么没跟我说一声？"

助理有些尴尬，解释道："我是想让夏小姐先回去的。"

"顾琛，来吃饭吧。"夏子衿打开保温盒，里面的饭菜还是热的。

顾琛也没有再跟助理计较，只是说："你可以下班了。"

"好的。"助理应声离开。

顾琛走到小桌前坐下，看着桌上的饭菜，问夏子衿："你做的？"

"怎么样？是不是有点贤妻良母的样子？"夏子衿手托着下巴，笑盈盈地望着顾琛。

顾琛不语，递给夏子衿一双筷子。

夏子衿接过筷子，问顾琛："昨天晚上你还没有告诉我，你为什么这四年不跟我联系。"

顾琛正准备夹菜，拿着筷子的手顿了顿，抬眸望向了夏子衿。

夏子衿看到他眼眸中有些迟疑，又问："还有啊，四年前为什么一声不吭就走了？"

"你吓到我了。"顾琛开了口。

"嗯？"夏子衿不解。

"四年前，你才十五岁。"顾琛又道。

夏子衿这下听明白了。四年前，十五岁的她趁着雷雨夜悄悄溜进了顾琛的房间，可那个时候她并没有想太多，只是不舍得顾琛去外地四年，想要跟他坦白心意而已。

听顾琛这么说，夏子衿不悦地嘟嘴："还不是因为你一直太被动，你要是早跟我表白，我用得着那么费劲吗？”

“我们又不是第一天认识，很多话不用说得那么清楚。”顾琛没有再去看夏子衿，自顾自地吃着东西。

夏子衿嘟着嘴，不悦道：“那你早说嘛。前几天你回来对我态度不咸不淡的，我才那么心急想要跟你确定关系，你以为我愿意啊！”

“你不愿意吗？”顾琛突然转头看向了夏子衿。

夏子衿望着顾琛，见他神情中带着少有的认真，她心头微微一颤。

他们认识十二年了，除去顾琛大学四年两个人之间没有互动，前面八年都是同一个屋檐下一起生活着。顾琛的冷漠和淡然，夏子衿比谁都清楚。此时此刻，她也知道，顾琛能够说出这样的话，绝非开玩笑。

想到昨天晚上爸爸的话，夏子衿又问：“昨天晚上你跟我爸说什么了？”

“没什么。”顾琛说。

“你还把我当外人是吧？信不信我找机会再爬你的床吓唬你？”夏子衿威胁道。

顾琛坦然地望着她，一本正经地说：“再一再二不再三，我不会怕了。”

“你这意思，是很期待？”

“你是不是女人，脸皮怎么这么厚？”顾琛还以为自己这四年已经变得成熟了，没想到，在夏子衿面前，还是会觉得无措。

夏子衿觍着脸笑：“我不是女人啊，我是女孩，是小仙女，是你的小宝贝。”

“……”

见顾琛吃瘪，夏子衿这两天的坏情绪，终于消散了不少。

饭过之后，顾琛把夏子衿送回家。夏子衿站在车前跟顾琛挥手告别，雀跃得像一只小鹿。

顾琛坐在车里，望着别墅里面的灯光，若有所思。

他读大学的这四年，原本以为可以放下这段本不该有的感情，可随着日子一天一天地过去，这个女孩在他心中的样子却越来越清晰，挥之不去。

夏子衿回了家，谢诗蕊也在。

谢诗蕊看到夏子衿，笑着叫了一声："子衿姐，你回来了。"

夏妈妈从楼上下来，看到女儿这么高兴，问："去哪儿玩了，这么开心？"

"秘密。"夏子衿不擅长在爸妈面前说谎，怕说多错多，直接上楼回了房间。

想着今天顾琛说的那些话，还有他的态度，夏子衿觉得心情很好。只是，一想到妈妈并不支持她和顾琛的事，她又有些头疼。她到底该怎么做，妈妈才能松口？

夏妈妈推开夏子衿卧室的房门，走到沙发旁坐下，望着夏子衿，神情有些难看。

她问："你去找顾琛了？"

夏子衿皱眉，心道：妈妈怎么知道的？

"别瞒我了，诗蕊已经告诉我了。"

"诗蕊？你让诗蕊监视我？"

夏子衿心中郁闷，谢诗蕊竟然背地里打她的小报告。

夏妈妈没有继续顾琛的话题，而是问："你对江斯晨的感觉怎么样？"

夏子衿心里还冒着火气，嘀咕一句："就那样呗。"

"什么叫就那样，你对他有没有感觉？"

"没感觉。"夏子衿实话实说。

"那我就跟江家说清楚。"夏妈妈点点头。

夏子衿转头看向妈妈，她什么时候变得这么通情达理了，难道理解自己对顾琛的这份深情了。

可随后，夏妈妈的话让夏子衿绝望："你爸爸还有一个朋友，他儿子跟你报考的是同一所大学……"

"妈，亲妈……"夏子衿打断妈妈的话，"你就饶了我吧，我这还小呢，你是怕你女儿以后嫁不出去吗？"

"江家不行就林家，林家不行我再给你找，找到你满意的为止。"夏妈妈态度很强硬。

夏子衿在心里哭着叫爸爸，可爸爸不在家，没人给她撑腰。夏子衿不想跟妈妈吵架，暂时屈服了：“我再接触接触看看吧。”她可不想把爸爸朋友的儿子都认识一遍，那太恐怖了。目前她只能先稳住妈妈，剩下的一切等爸爸回来之后再说。

妈妈离开没多久，谢诗蕊进了夏子衿的卧室。

夏子衿坐在床上玩手机，抬眸看着走到床边的谢诗蕊，开口问：“为什么打我小报告？”

谢诗蕊脚步顿住，支支吾吾地解释：“是……是阿姨让我看看你最近有没有跟顾琛哥联系。”

“谢诗蕊，我一直把你当亲妹妹，你竟然在我背后捅刀子？”夏子衿目光直直地望向谢诗蕊。

谢诗蕊支支吾吾地开口道：“子衿姐，阿姨也是为了你好。顾琛哥毕竟从小跟你一起长大，你们之前的关系，不就像兄妹吗……”

夏子衿现在听到有人说“兄妹”这俩字就来气，指着卧室门口：“回你的家，我不想再看到你。”

“子衿姐……”谢诗蕊有些为难。这些日子妈妈出差不在家，她实在不敢一个人回家睡。

“让你回家听不见吗？”夏子衿瞪了谢诗蕊一眼。

以前谢诗蕊摆出这样一副可怜的样子，夏子衿还想着要保护她，毕竟她从小没有父亲，母亲又对她关心太少。夏子衿觉得自己是姐姐，照顾妹妹天经地义，可现在夏子衿才知道，谢诗蕊从来都没有把她当自己人。

谢诗蕊面露悲伤，转身离开了夏子衿的卧室。

次日，夏妈妈叫夏子衿陪她去江家，夏子衿说今天没空，要去找乔巧。

夏妈妈觉得夏子衿有些古怪。

离开家之后，夏子衿直接打车到顾琛的公司楼下，给顾琛打了个电话：“中午一起吃饭吧。”

“嗯。”顾琛没有拒绝。

十分钟后，顾琛和夏子衿一起进了餐厅。

“顾琛，我准备跟我妈妈摊牌。”夏子衿看着对面已经在吃饭的顾琛，不知道他心里怎么想。

“摊什么牌？”顾琛问。

“我知道你不好跟我爸妈说这件事。”夏子衿手里抓了一个鸡翅啃着。

顾琛抬眸，看了她一眼，问：“江斯晨呢？”

“那是我妈张罗的，又不是我的意思。”夏子衿把鸡骨头丢在餐巾纸上，又抽了一张纸巾擦了擦手。

她端起饮料，嘴里含着吸管，突然看到窗外站着一个人，饮料吸到一半，还没到嘴里的，又顺着吸管流了回去。

顾琛见夏子衿神情异样，正准备回头，夏子衿急忙抬手挡住顾琛的视线，说：“别看！”

可是，已经晚了。

顾琛看到玻璃窗外站着的，正是夏家那位掌权“皇太后”。

夏子衿原本奢望这家的玻璃是单面的，可妈妈一脸恼怒，从门口走了进来，她最后一点侥幸也破灭了。

“乔巧呢？”夏妈妈在夏子衿身边坐了下来。

她跟妈妈解释：“我本来是跟乔巧在这儿吃饭的，她有急事先走了。正好顾琛下了班也过来吃饭，就顺便……顺便拼个桌。”

“是吗？”夏妈妈笑意更深了。

坐在旁边的顾琛对夏妈妈解释说：“阿姨，是我带子衿出来吃饭的。”

夏妈妈转头望向了顾琛，脸上带着一丝清浅的笑意，但仔细看会发现，夏妈妈心情并不好。

她说：“顾琛，你是个好孩子，阿姨知道你以后会很有前途，可子衿跟你不一样。”

旁边的夏子衿听妈妈这么说，有些不悦：“妈，你说什么呢！”

夏妈妈不理会女儿，继续对顾琛说：“你是我看着长大的，我不敢拍着胸脯说待你如亲生儿子一样，但是这些年我尽全力给了你我所能给的一切。我就子衿这一个女儿，我希望她一生无忧。”

“阿姨，我可以让她一生无忧。”顾琛抬眸望着夏妈妈，目光坚定。

这是自从顾琛回来之后，夏子衿第一次从他的脸上看到如此笃定的神色。说实话，她心里有些感动。

这些日子，甚至是这些年，夏子衿一直觉得，顾琛可能并不喜欢她。他太过被动，什么话都藏在心里，表情也总是一副淡漠的样子。夏子衿真的很难从顾琛身上发现自己被喜欢的痕迹。

可是，他也从不拒绝。他们两个人一起生活了这么多年，却从来未曾体验过恋爱的甜蜜。但刚才顾琛的话，让夏子衿觉得心被触动了。他说：他可以让她一生无忧。

这是夏子衿听过最动听的情话，哪怕这句话是说给妈妈听的。

夏妈妈开口，对顾琛说：“我不怀疑你对她的感情，我也相信就算你们结婚以后遇到些不开心，你也可以继续宠着她……”

“这些还不够吗？”顾琛少有地打断夏妈妈的话。

夏妈妈欲言又止，沉吟片刻，终于开口：“我可以一辈子把你当我的孩子，但我并不希望你成为我的女婿。”

夏子衿已经有些坐不住，气恼地叫了一声：“妈！”

这是夏子衿第一次听顾琛如此认真地讨论他们两个人之间的事情，夏子衿不想让他的热情被妈妈一盆冷水给浇灭。

夏妈妈不理会夏子衿，对顾琛说：“吃饱了就先回去吧，我还有话跟子衿说。”

顾琛看了一眼夏子衿，起身离开。夏子衿一点办法都没有。

桌前，只剩下夏子衿和妈妈两个人。

夏妈妈望着夏子衿，哼笑着说：“你跟江斯晨又算什么？”

“是你让我跟他在一起的，我本来就不喜欢他。”夏子衿赌气地说道。

“以后你不要再跟顾琛有任何来往了。”夏妈妈怕自己说得不明白，又道，“把他的电话删掉，微信好友拉黑。”

夏子衿不可思议地瞪大双眸：妈妈这是要来真的？

“妈……”夏子衿眉宇紧蹙，十分不满，“你的霸道强势我都认了，你给我相亲我也配合了，可你现在想断了我跟他之间的联系，是不是太过分了？”

“我没说让你们这辈子都不联系，至少你上大学这四年，不许跟他有任何来往。”夏妈妈态度很坚决。

夏子衿一脸恍然大悟，气极反笑：“四年？顾琛四年不跟我联系，是你的主意吧？我就说呢，问他几次他都支支吾吾。”

“没得商量？”夏妈妈不答反问。

“商量？你什么时候跟我商量过？”

“那还不是因为你跟顾琛……”

“得了吧。”夏子衿打断妈妈的话，说，“你无非是怕我跟顾琛在一起，他无父无母，让你在圈子里丢了面子。妈，我真的对你很失望。”夏子衿拿着包包从座位起身，头也不回地离开。

直接打车回家，夏子衿上楼回了自己的房间，打开衣橱，收拾了几件换洗的衣服和日用品，拉着旅行箱再次离开。

乔巧家里，夏子衿把行李箱里的衣物一件一件拿出来挂进乔巧的衣柜。

乔巧坐在卧室的床上，欲言又止。

整理好衣服，把行李箱推到角落，夏子衿走到乔巧身边。

“我知道你想说什么，但是那个家我一天都待不下去了。反正过几天就开学了，就收留我这几天。”夏子衿在乔巧身边坐下。

乔巧有些为难：“我不是不想收留你，可是你这样，阿姨会担心的。”

“我在你这里，又不是去找顾琛，她担心什么。反正她现在也视我为眼中钉，少见为妙。”夏子衿想起妈妈说的话就来气。

看乔巧还想说什么，夏子衿又道：“我知道你想说父母都是为了我们好，但是我也有我的坚持。”

乔巧叹了口气，夏子衿这脾气，她也劝不了，只是偷摸着给夏妈妈打了个电话，说夏子衿在这里暂住几天，让夏妈妈不要担心。

夏子衿心里烦乱，关了手机，跟乔巧去了附近的一个古镇躲了三天。

一直到第四天，想着爸爸该回来了，她才开了手机。

有几个未接电话，江斯晨打的。

她打开微信，消息更是炸了锅，好兄弟陆寅希问她是不是失踪了，谢诗蕊也让她收到消息立马回复，江斯晨每天的早安和晚安，还有顾琛的一条消息……

顾琛的聊天框里，没有表情，没有字，只有一个问号。

夏子衿回了陆寅希和谢诗蕊的信息，在群里跟他们聊了一会儿。

顾琛又发过来一个问号。

夏子衿这才给他回复：这几天没开机。

顾琛：怎么了？

夏子衿：怕我妈找。

顾琛：在哪儿？

夏子衿：乔巧这里。

乔巧上前，看到夏子衿和顾琛的对话，啧啧嘴："难怪说你有你的坚持。"

"怎么了？"夏子衿转头看她。

"还怎么了，你这一招，让这段时间一直对你不咸不淡的顾琛都着急了。"乔巧也明白，现在夏妈妈反对夏子衿跟顾琛接触，再加上夏子衿之前对顾琛做了那种事情，让顾琛完全处于被动的形势。碍于夏家的压力，顾琛不好对夏子衿太过热络。现在好了，夏子衿失踪三天，顾琛着急了。夏家的压力跟他对夏子衿的担忧比起来，简直是九牛一毛。

微信上，顾琛发来消息：夏叔让你来一趟公司。

夏子衿有些紧张，问：干吗？

顾琛：来了就知道了。

夏子衿郁闷，乔巧开着车子，载着她去了公司。

她上楼走到爸爸的办公室门口，助理帮她开了门。

夏子衿往办公室里面看了一眼，见爸爸坐在办公桌前，顾琛站在窗前，背对着这边，夏子衿看不到顾琛脸上的表情。

乔巧在办公室外等着，夏子衿一个人迈步进了办公室，心里有些紧张。

“子衿，过来坐。”夏明奕看到夏子衿进屋，从办公桌前起身。

顾琛转过头来，跟夏子衿对视一眼。

夏子衿和顾琛一起跟着夏明奕走到旁边的会客厅，在沙发前坐下。

茶几上放着一套工夫茶具，夏明奕烧开了水，一边洗茶冲水，一边开了口。

“什么时候回家？”他是在问夏子衿。

夏子衿别别扭扭，没吭声。

“我这出差几天，你就闹出这些幺蛾子。多大点事儿，还学会离家出走了。”夏明奕冲好茶，给夏子衿和顾琛一人倒了一杯，又说，“乔巧爸妈医院里忙，现在还要照顾你这个客人，别老给人添麻烦，一会儿回去收拾一下东西，回家吧。”

夏子衿想到爸爸不在的这些天，妈妈做的那些事，觉得心里有些委屈。

“不吭声，还不想回？”夏明奕瞪了夏子衿一眼。

夏子衿撇嘴道：“我没说不回。”

“回去收拾东西吧，下了班顾琛去接你。”夏明奕说。

夏子衿乖乖地点头，离开了办公室。

出了门，乔巧上前，关切地询问：“这么快就出来了，没事吧？”

夏子衿不说话。

“你爸叫你来干吗？是因为顾琛的事情吗？”

夏子衿摇摇头。

“快说，到底咋回事。”乔巧心里着急，夏子衿这话说一半，非要急死她。

“就是跟我说回家的事。”夏子衿终于开了口。

“就这事？”乔巧皱眉，“这么点小事，电话里说不就行了？”

“他知道电话里说，我肯定不会回去。”

“我看顾琛也在里面，你爸就没说你俩的事？”

“说了。”说到这里，夏子衿脸上才露出一抹笑意，对乔乔说，“我爸让我现在回去收拾东西，下午顾琛来接我。”

乔巧松了一口气，也替夏子衿高兴："还是叔叔通情达理。果然女儿都是爸爸前世的小情人儿，这宠得，我都羡慕了。"

夏子衿离开办公室之后，夏明奕问顾琛："你真的准备离职？"

顾琛点点头，说："我不想让外界觉得我是靠着您的关系才有所发展，我想靠自己的努力，把我的那个公司做大，让阿姨看到我的能力和决心。"

"也不需要这样，你的能力大家有目共睹，而且，你阿姨不是嫌你没能力。你知道，虽说现在公司里看起来一切都好，但实际上有些人暗中存有私心，你为人稳重，公司需要你。"夏明奕试图规劝。

顾琛说："可以继续留在夏氏，把那个人抓出来之后再辞职。我公司那边现在运营得还算平稳，不需要太费精力。"

听他这么说，夏明奕放了心。

夏明奕提前下班回家，夏妈妈正在家里做饭，看到夏明奕回来，她围着围裙从厨房出来，问："子衿晚上回来吗？"

夏明奕将外套挂在门口的衣架上，换了鞋，走了过来。

"顾琛去接她了。"夏明奕说。

夏妈妈脸色有些不好看。

夏明奕知道老婆心里想什么，说："江家的公司出了问题。"

"什么问题？"夏妈妈问。

"老江涉嫌商业诈骗，现在公司里资金链断了，正在被起诉。"

"怪不得最近江斯晨的妈妈老是给我打电话。子衿又不理我，我也不知道该拿她和江斯晨怎么办。"夏妈妈想了想，又说，"不过，我感觉江斯晨对子衿是真心的。"

"你想让子衿嫁到一个商业诈骗的家庭？"夏明奕拉开冰箱，从里面拿出来一瓶啤酒。

"我就是随口说说。"夏妈妈炒着菜，心想，要是江家真的出问题了，商场上是能帮就帮，可她是绝对不会让女儿跟着一起受累的。

"子衿已经成年了，她的事情还是尊重一下她自己的想法吧。"夏明奕喝了口啤酒，往厨房外面走去。

夏妈妈不高兴了，拿着锅勺跟出来：“那也不能让她继续把心思放在顾琛身上吧。”

“不然你再给她介绍一个？”夏明奕停下脚步，转身问。

“也不是不行，老林家的儿子不是跟咱们子衿一个学校吗？”

“我估计子衿下一次离家出走，就不是去乔巧家，也不只是三天找不到这么简单了。”夏明奕一句话把夏妈妈堵了回去。

夏妈妈白了夏明奕一眼，拿着锅勺回去继续炒菜，心里有些纠结。

顾琛下班之后，给夏子衿打了个电话，开车去了乔巧家。

乔巧帮夏子衿拿着包包下楼，顾琛打开车子后备厢，将行李箱放进去。

回去的路上，顾琛问夏子衿：“这几天你去哪儿了？”

“乔巧家啊！”

“说实话。”顾琛去乔巧家找过她，根本就不在。

“你担心我呀？”

顾琛抿着嘴，没吭声。

夏子衿转头看向顾琛。车里的顾琛已经摘了领带，衬衣领口解开了两颗扣子，衣袖卷起一圈，没有办公室那么严肃冷漠，多了一丝柔和。傍晚的阳光从车窗洒进来，在两人间跃动。

夏子衿记起顾琛刚来他们家那会儿，自己并不喜欢他。相反，因为多了一个陌生的孩子跟她争夺父母的宠爱，她特别讨厌顾琛，找了各种机会整他。

可顾琛从来不在爸妈面前告她的状，仍旧远远地跟在她身后，送她上学，接她放学。

她在某一天开窍了，明白自己对顾琛已经习惯，甚至产生了好感，终于鼓起勇气决定跟他坦白的时候，却不承想自己的举动竟然吓到了他。

夏子衿坐在副驾驶，歪着头望着顾琛，问他：“你之前跟我妈说的，是不是真心话？”

“什么？”顾琛不去看夏子衿，只是自顾自地开着车子。

“许我一世无忧啊！”夏子衿心道：他不会这么快就忘了吧？

“我没说过。”顾琛语气淡漠。

看着他这副模样，夏子衿暗骂了句“闷骚”，也不再理会他，转头看向车窗外的风景，只觉得心里美滋滋的。

车子在夏家别墅停稳，顾琛先下车，帮夏子衿把后备厢的包裹拿了出来，跟在夏子衿身后，一起进了家门。

客厅里，夏子衿看到谢诗蕊也在，她有些不悦，走到夏明奕身边，跟爸爸嘀咕一句：“她怎么又来了？”

夏明奕不知道夏子衿和谢诗蕊之间的矛盾，只是说：“你谢阿姨最近不是出差吗，她到咱们家来住几天。”

夏子衿没有跟谢诗蕊打招呼，直接迈步走进厨房，看到妈妈正在炒菜。

“妈。”夏子衿甜甜地叫了一声。

夏妈妈冷声道：“干吗？”

夏子衿笑笑，也不说话，乖巧地在一旁帮妈妈打下手递盘子。

夏妈妈觉得夏子衿碍手碍脚，嫌弃地说：“别在这儿碍事，出去玩儿去。”

夏子衿从身后环着妈妈的腰，脸贴在妈妈的背上。

“你这丫头，别给我添乱。”夏妈妈被夏子衿抱得身子有些站不稳。

夏子衿像听不到一样，仍旧抱着妈妈，嘟哝着：“妈，你还生我的气吗？”

“我哪敢生你这个大小姐的气哟，你不生我的气就谢天谢地了好吗？”夏妈妈语气酸酸的。

夏子衿松开妈妈，跟她解释：“我不是生你的气，我只是想要静一静，把很多事情想清楚。”

“现在呢？想清楚了吗？”夏妈妈转过身，手里拿着锅铲，望着夏子衿。

夏子衿吐舌笑了笑：“所以我回来了啊！”

夏妈妈鼻子哼气，继续炒菜。

夏子衿站在一旁，低声说：“妈，对不起。”

“行了行了，嘀嘀咕咕烦不烦啊，出去出去，赶紧出去。”夏妈妈推了夏子衿一把。

夏明奕从外面进来，对夏子衿笑了笑，让她出去陪顾琛。

看着夏子衿乐滋滋地出去，夏明奕走到夏妈妈身边，笑着说："女儿回来了，你也放心了吧。"

夏妈妈转头望着夏明奕，有些好奇，小声问："你跟她说了什么？不但乖乖地回家，还知道过来哄我开心。"

"我哪有说什么，是咱们女儿本来就懂事。"夏明奕说。

夏妈妈懒得理他。

"我答应你的事情做到了，你答应我的可别忘了。"

"跟你女儿一样啰里啰唆。"夏妈妈白了夏明奕一眼，继续炒菜。

饭菜上桌，一群人到桌前坐下。

夏子衿坐在顾琛对面，谢诗蕊坐在夏子衿身边。夏子衿心里排斥，当着顾琛的面，却没有多说什么。

夏明奕跟顾琛聊了一会儿公司里的事情。

夏妈妈难得不再说江斯晨，夏子衿也可以舒心地吃一顿饭。

饭间，顾琛看了夏子衿一眼，对夏明奕和夏妈妈说："夏叔，阿姨，有件事情我想跟你们商量一下。"

夏子衿手里拿着筷子，抬眸，正巧对上顾琛的目光。她似乎猜到顾琛要说什么，心里有些紧张。

夏妈妈没说话，夏明奕问："什么事？"

顾琛神情认真，一本正经地说："这些年，多亏了夏叔和阿姨，我才能走到今天这一步。我知道叔叔和阿姨不希望子衿的终身大事这么早就定下来，只是，我想说，我对子衿的感情是真的，我愿意一辈子对她好，请夏叔和阿姨给我一个机会。"

旁边吃饭的谢诗蕊拿着筷子的手微微一僵。

夏妈妈看了夏明奕一眼，正想说什么，夏明奕笑着接话："嗨，我还以为什么事，你们小孩子的事情自己拿主意就好了。"

顾琛顿了顿，再次开口："我想和子衿订婚。"

不等夏明奕说话，夏妈妈决然地开口：“我不同意。”

饭都没吃完，夏妈妈便冷着脸起身离开餐桌，迈步上了楼。夏明奕尴尬地笑笑，也起了身，跟着夏妈妈一起上去。

回了房间，夏妈妈不悦地转身看着从门外进来的夏明奕，质问：“老夏，你怎么回事？你明知道我反对他们俩的事情，这不是打我脸吗？”

“你的面子重要，还是女儿的幸福重要？顾琛什么性格，我们再清楚不过。以后结婚了，子衿也会继续留在咱们家，你还有什么不放心的？”

“那也不能这么早就订婚吧？她才十九岁，还要上大学呢。”夏妈妈心里别扭，不肯松口。

夏明奕走到夏妈妈身边，安抚道：“女儿大了，总要嫁人，拦不住的。他们俩有这份心，也挺好的。”

“反正我不同意。”夏妈妈走到床边坐下，不再理会夏明奕。

楼下餐桌前，谢诗蕊扒了几口饭，说了声“吃饱了”，便去客房了。

夏子衿没想到顾琛会在今天晚上直接说订婚的事情。顾琛平日里太过沉默，夏子衿还沉浸在上次爬顾琛床他生气时的状态，没想到，他却直接想到订婚这么长远的事情上了。

看着坐在餐桌前的顾琛，夏子衿嘟哝道：“求婚都没有，谁要跟你订婚。”

顾琛望着夏子衿，语气平静：“你爬我床那会儿，也没跟我商量呢。”

“这能一样嘛。”夏子衿有些急，说，“我不管，咱俩都没正儿八经谈过恋爱呢，我可不想就这么不明不白就嫁了。”

顾琛只是笑着望着夏子衿，好似她的恼怒并没有给他带来半分不悦。

想到刚才妈妈的态度，夏子衿转头望向楼上，说：“也不知道老夏能不能搞定妈妈。”

话一说完，夏明奕从楼梯下来，把顾琛叫去书房。

夏子衿心里有些烦乱，随手拿起顾琛放在桌上的手机，无聊地翻看着。

看到微信有一条未读消息，夏子衿随手点开，给他留言的人，是谢诗蕊。

夏子衿翻看着他们近期的聊天记录，大部分都是学习上的事情，顾琛也只回复答案，多余的话没有说。但是谢诗蕊的态度，明显在示好，同为女人，夏子衿感受得到。

放下手机，夏子衿转头看了一眼客房里的谢诗蕊，觉得心里更乱了。

“诗蕊。”夏子衿对着那边叫了一声。

谢诗蕊看了夏子衿一眼，摘下耳机。

夏子衿说：“到我房间来，有话跟你说。”

谢诗蕊将耳机放下，跟在夏子衿的身后上了楼。

关上卧室的门，谢诗蕊走到夏子衿旁边，探究地看着夏子衿，不知道她要干吗。

夏子衿坐在沙发上，抬眸望着站在面前的女孩，问她：“诗蕊，这些年，我对你怎么样？”

谢诗蕊以为夏子衿说的是之前在夏妈妈那里打小报告的事情，急忙解释：“子衿姐，之前的事情对不起，我以为顾琛哥不喜欢你，所以才……”

“所以才给我们使绊子，你好得手？”夏子衿打断了谢诗蕊的话，语气冰冷。

谢诗蕊鲜少看到夏子衿这副冷淡的模样，急忙解释：“子衿姐，你误会了，我怎么可能跟顾琛哥……”

“别叫我姐，恶心。”夏子衿脸色越发阴沉，“我还说上次你有喜欢的人，为什么瞒着我，原来那个人是顾琛，亏我那么信任你，这些年有什么关于顾琛的心事，都毫无保留地告诉你。”

“子衿姐……”

“说了别叫我姐，我没你这么吃里爬外的妹妹。”夏子衿越说越气，“以后离顾琛远点，再让我发现你不识好歹，别怪我不讲情面。”

谢诗蕊神情中有些惧意。认识夏子衿这么多年，她比谁都了解夏子衿的脾气。上学那会儿，学校里有人对顾琛示好，她总有法子搞破坏。

夏子衿看起好脾气，可一旦沾上顾琛，她愿意与全世界为敌。这一点，谢诗蕊深知。

“还不走？”见谢诗蕊站在面前发呆，夏子衿一眼都不想多看她。

谢诗蕊嘴唇动了动，终究是没有再多说什么，转身离开卧室，下了楼。

夏子衿一个人坐在房间里，想着刚才爸爸叫顾琛去了书房，也不知道他们在说什么。她知道就算爸爸同意，妈妈也不会那么好说话。这段感情，她希望得到爸爸妈妈的祝福。

隔壁书房内，夏明奕坐在宽大的书桌前，望着坐在沙发上的顾琛，问："上次让你多注意一下公司里的几个人，你有什么发现吗？"

"梁文山有点不对劲。"顾琛微微蹙眉。

"怎么说？"

顾琛抬眸望向夏明奕，在心里斟酌着该如何开口。

当年梁文山和夏明奕的父亲夏景山一同创立了公司，后来发展成现在的夏氏集团。如今夏老爷子已经去世，梁文山是夏氏最有威望的前辈，顾琛不能草率。可是这件事涉及到夏氏集团的未来，他也不能对夏明奕有所隐瞒。

思前想后，顾琛开了口："之前几次董事会，他的想法都没有站在夏氏的最大利益上考虑。这一次江斯晨家里出事，他私人出了点钱，不过对于江家来说，只是杯水车薪。"

"你怎么看？"夏明奕问。

"证据不足，我不敢乱说。"

"没事，说说你的想法，就当咱爷俩闲聊。"

"我觉得梁文山和他儿子心都有点野，梁云川现在已经是运营部经理了，可所作所为完全不是一个经理该干的。"顾琛剑眉微蹙。

夏明奕点点头，说："你继续盯着，有消息及时跟我说。"

"嗯。"

顾琛的父亲顾安之曾经是夏老的助理，却在顾琛十岁那年自杀身亡。当年夏明奕决定把顾琛留在自己家里的时候，梁文山极力反对。只是碍于当时夏老还在，梁文山不敢乱来。从那个时候开始，梁文山就已经对夏明奕有了一丝芥蒂。

夏老爷子去世之后的这些年，梁文山跟夏明奕之间的矛盾冲突越来越大，很多时候都嫌夏明奕做事不够狠辣，说夏老打下的江山，迟早会毁在夏明奕的手里。而夏明奕并不觉得自己的理念有什么错，时代不同，运营方针自然不同，三十年前的规则，放在现在已经不再适用了。

夏明奕也知道自己性格不够果决，太感情用事。正是因为如此，梁文山才得寸进尺，越来越以一种上位者的态度对待夏明奕，总说夏氏是他和老夏打下来的，言外之意不言自明。

也幸亏顾琛争气，年纪轻轻，为人稳重，心里有自己的一杆秤，知道什么该做，什么该说，什么时候该周旋，什么时候该拍案而起。

书房的门被推开，顾琛和夏明奕一同往门口看去，走进来的人是夏妈妈。

“阿姨。”顾琛从沙发起身，看着夏妈妈进来。

夏妈妈瞪了顾琛一眼，没有说话，径直走向了夏明奕身边。

顾琛对夏明奕说：“那夏叔，我先走了。”

“别着急。”夏明奕看了一眼夏妈妈，对顾琛说，“刚才当着子衿的面，我没好说太多，现在正好你阿姨也在，说说你跟子衿的事情吧。”

顾琛再一次望向了夏妈妈。夏妈妈没有说话，也不去看顾琛。

顾琛沉吟片刻，对夏妈妈说：“阿姨，我已经准备办理离职手续，离开夏氏。我自己的公司发展得也还不错，我希望您可以给我一个机会，我相信我可以带给子衿幸福。”

夏妈妈抬眸望了顾琛一眼。

顾琛继续说着：“阿姨，我从小是您看着长大的，这个世界上，只有您和夏叔最了解我。除了您和夏叔，也只有我最懂子衿。刚才当着子衿的面，我不想许诺太多。但我想让您和夏叔知道，只要有我在，我会竭尽全力让她快乐。”

夏妈妈不情愿地哼道：“老夏不都说了吗，你们小孩子的事情，自己决定就好了。”

顾琛说：“子衿看起来叛逆，实际上她很在意您的想法。我不求您百分之百地认可我，我也知道我没有好的家世可以给子衿一个保障。我能做的只有努力，让您和夏叔亲眼看到子衿在我身边能真的幸福。”

夏妈妈不再说话，夏明奕问顾琛：“想过订婚的日子吗？”

“子衿快开学了，我想就在最近几天。”顾琛说。

夏明奕点点头，说：“那就去江清市吧，子衿从小就喜欢海边，到时候在游轮上举行。”

顾琛向来淡漠的脸上浮起一抹喜色，点点头，说：“谢谢夏叔。”

“还叫叔呢。”夏明奕佯怒。

顾琛笑意更浓，想叫一声父亲，却有些开不了口。

顾琛离开书房下了楼，没有看到夏子衿。见夏子衿房间的灯已经关了，他心想，来日方长，就让她先好好休息吧。

书房里，夏妈妈脸色难看，瞪着夏明奕。

夏明奕伸手揽过夏妈妈，笑着安慰：“好啦，女儿都要嫁人了，你还跟个孩子似的。这次就算给我个面子，毕竟只是订婚，你还有时间考察顾琛对子衿的感情。”

事已至此，夏妈妈知道自己一个人拗不过这爷仨，也只能勉强同意。

夏明奕打开书桌的抽屉，从里面拿出来一份文件。

“这是什么？”夏妈妈看到，有些疑惑，拿起桌上的文件，一脸惊讶，“遗嘱？老夏，你神经病啊，年纪轻轻的写什么遗嘱？”

说话间，夏妈妈看着遗嘱上的内容，脸色越发难看起来。

她问：“你把公司股份都给顾琛？”

“嗯。”夏明奕笑着点点头。

“一点都不给咱女儿留？你是不是亲爸？”夏妈妈有些不高兴。

夏明奕解释道：“公司的事情太复杂，我不希望子衿被牵扯进去。我给她留了五千万，还有她和顾琛共同拥有的这栋别墅。”

“那也不行啊，我可就这一个女儿，我不同意。”夏妈妈想从夏明奕身上站起来。

夏明奕再次将她拉进自己怀里，说：“正因为咱就这么一个女儿，我才想让她活得简单一点。难不成，你想等咱俩周游世界的时候，女儿还在为公司里这些事情钩心斗角？”

“可是，那也不能都给顾琛吧，他毕竟不是亲生的。”夏妈妈还是觉得有些舍不得。

夏明奕安抚道：“顾琛这孩子在咱们家这么多年，你还信不过他吗？放心吧，只要有他在，子衿不会受半点委屈。”

夏妈妈沉默下来。

夏明奕又道：“再说了，我留给子衿的那些钱，也够她好好生活了。咱俩以前刚在一起的时候，我爸也没给我多少钱，咱还不是过得很幸福。”

想起他们年轻时候的事情，夏妈妈的脸上终于露出笑容。

“老夏，你说咱俩退休之后，去哪里旅游比较好？”

“只要你在我身边，去哪儿都好。”

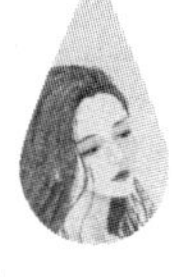

第三章 · 未来的每一天，都有他

几日后，江清市，晚上七点。

豪华常乐号游轮缓缓离开港口，夏子衿和顾琛的订婚晚宴也正式拉开帷幕。

宴会大厅内，所有参加订婚典礼的人都在，桌上的菜品由国际星级大厨亲自操刀制作，每道菜都是精心设计，寓意美好，味道也很棒。

舞台上，庆典团队先给大家表演了一些开场节目助兴。

司仪邀请夏子衿和顾琛上台，一同上台的，还有夏明奕和夏妈妈。

因为顾琛没有父母，而他们的订婚也不用讲究太烦琐的步骤，只是向宾客宣布两个人订婚的喜讯，请大家共同祝福这对在未来即将结为夫妻的恋人。

众人鼓掌举杯庆贺，顾琛和夏子衿到人群中给各位朋友敬酒。

一阵觥筹交错的喧嚣之后，顾琛和夏子衿终于解脱。

宴会大厅里大家一边吃着东西，一边欣赏着舞台上精心准备的节目，夏子衿却有些不高兴。

她原本以为，订婚这么重大的事情，至少会有求婚，会有浪漫到不行的流程。他们却像是相亲认识的新人一样，并没有任何的惊喜和激动，甚至都没有订婚戒指。

顾琛站在夏子衿身边，拉起了她的手，说："走吧。"

"去哪儿？"夏子衿转头望着他，神情中难掩失落。

"跟我走就行了。"顾琛带着夏子衿穿过人群，离开了喧闹的大厅。

两个人从船舱出来，坐着电梯上了甲板层，顾琛并没有带着夏子衿上甲板，而是走向了旁边的过道。顺着过道进去，对面是一个像缆车一样全玻璃制造的东西。

两人旁边站着穿制服的服务员。

“这是什么？”夏子衿站在玻璃门口，有些不解。

服务员面带微笑地解释：“这是常乐号的摩天舱。”

“摩天舱？”夏子衿只听说过摩天轮。

顾琛也不多说，脸上带着少有的笑，拉着夏子衿的手，跟她一起进去。

服务生检查设施，摩天舱的门自动缓缓关上。

这个摩天舱是一个球形的，材料看起来有点像玻璃，可又觉得不是玻璃，摸上去没有那么凉，透明度却特别好。摩天舱里面有两个躺椅，旁边还摆放着一个天文望远镜，镜筒伸在摩天舱的外面，可以自由旋转。

顾琛站在夏子衿的身后，在她耳边问：“准备好了吗？我们开始遨游太空。”

顾琛朝外面打了个响指。摩天舱动了动，慢慢升起。

夏子衿感觉自己离船越来越远，原本巨大的游轮，在她面前一点一点地变小，灯光和人影像蚂蚁一样。视野越来越开阔，周围的海面逐渐清晰，好似在一架直升机上俯瞰大海一般。

摩天舱上升到空中，顾琛拉着夏子衿的手，在旁边椅子上靠着躺下，指了指天上：“你看。”

原本透明圆顶，不知道什么时候完全敞开了。圆顶分成了四部分，顺着支撑的钢架，滑到摩天舱的周围。

夏子衿在躺椅上，仰起头望着夜空。

这里远离城市，没有那些红红绿绿的灯光映照，没有各种雾霾和尾气，能见度很高。蓝色、白色的星星一颗一颗闪耀，明亮如钻石一般。夏子衿有些看呆了。十多年前的时候，中海市还没有现在这么繁华。夏天的时候，她和顾琛喜欢跑到别墅后面的草地上，躺着看天上的星星。

那时候的她就喜欢跟顾琛争个输赢，比赛看谁认出的星座最多。一晃这么多年过去了，中海市越来越繁华，生活条件越来越好，她仍旧怀念那个时候的他们。

摩天舱静止了没多久，绕着游轮缓慢地水平转动，像是一个平面的摩天轮，可以让夏子衿三百六十度地观看满天星辰。

她感觉自己远离尘世，这个世界上仿佛只剩下她和顾琛两个人，自由自在地遨游在天空，漫天繁星都在为他们起舞。

好在，时光流转，他们终究还是在一起了。

“想什么呢？”顾琛靠在她旁边的躺椅上，紧紧握住她的手。

夏子衿转头望着顾琛，一本正经地说：“顾琛，我们在这里造个孩子怎么样？”

顾琛脸色一滞，这个女人的脑回路是怎么回事？

“怎么了？你不喜欢吗？”夏子衿从躺椅上起身，走到顾琛身边，趴在他的胸口，说，“反正咱们这儿这么高，谁也看不见。”

“你确定？”顾琛眼睛直直地望着夏子衿。

夏子衿憋着笑，不说话。顾琛俯身，吻上了她的唇。

“呜！”夏子衿没想到顾琛这么经不起调戏，他不是向来冷漠吗，怎么自己说了两句话，他就开始上手了。

漫天的星空，霎时绽放起绚烂的烟花。

摩天舱的顶棚玻璃不知道什么时候已经闭合了，甲板上的烟花一个一个蹿到天上，在夏子衿的眼前绽放，五颜六色，绚丽多彩，看得她的心里都开出了花。

“喜欢吗？”耳边响起顾琛的声音。

夏子衿这才意识到，自己现在还窝在顾琛的怀里。

她急忙从顾琛身上起来，站在摩天舱里，望着近在咫尺的美丽烟花。

顾琛从口袋里掏出来一个小盒子，里面是一对钻石耳钉，钻石在漫天的焰火下闪着光，像星星一样。

顾琛将耳钉从小盒子里拿出来，把夏子衿耳朵上的耳坠轻柔地摘下，然后将耳钉戴上。

“这两个耳钉，一个代表我爱你，一个代表我想你。哪怕我不能时时刻刻对你说，也希望你知道，我的心意从来都没有停止过。”顾琛的声音前所未有的温柔。

他们认识十二年了，夏子衿都已经习惯顾琛这个人就是生性寡言淡漠。从他的眼中，看不到很多恋爱中的男人会有的深情与激动，也从来没有听他说过任何一句情话。有时候，夏子衿都会怀疑，顾琛是不是压根儿就不喜欢她。

可就是这个寡言淡漠的男人，却每时每刻萦绕在夏子衿的心头。哪怕没有浪漫，没有情话，没有表白，没有求婚，她还是愿意嫁给他，还是希望，未来的每一天，陪伴在身边的人，只有他。

繁星还在闪烁，烟花还在绽放，最爱的人就在眼前，这一刻，美得不像话。

摩天舱在二十分钟后缓缓降落。

夏子衿和顾琛下来，在甲板仰望摩天舱的一群人笑着鼓掌。乔巧上前，看着夏子衿脸上的幸福，打心里觉得高兴。之后，顾琛被陆寅希叫去打台球，乔巧和夏子衿去不远处的泳池里面游泳。

在水里待得太久，夏子衿有些累，披上宽大的浴巾，站在甲板边缘吹着海风。

海面上很平静，夏子衿抬手摸了摸自己左耳的耳钉，想着刚才在摩天舱里的时候顾琛说的话，她嘴里嘀咕着“我爱你”，又摸了摸右耳的耳钉，默默说着“我想你”，脸上笑意渐浓。

感觉身后一个人影走了过来，夏子衿回头，看到了江斯晨。

她转身欲走，江斯晨拦住了她的去路。

“子衿，我今天不是来捣乱的。”江斯晨解释。

尽管这样，夏子衿还是不想跟他有任何交集。她见识过江斯晨的死缠烂打，在今天这样的日子里，她不想被影响心情。她转身要走，游轮下面传来“砰”的一声巨响，整个船体都跟着晃了晃。原本明亮的游轮瞬间断电，陷入一片漆黑，甲板上的人尖叫着。

没过几秒，游轮上再次恢复了明亮，甲板上一大片人已经乱作一团。

游轮上响起了广播，说刚才出了点小问题，让大家不要惊慌。

江斯晨在部队里的时候曾经跟过船出海，比普通人更了解海上的事情。直觉告诉他，刚才的那声巨响，绝对不只是一点小问题。顾不上想太多，江斯晨下意识抓着夏子衿的手腕，带着命令的语气，说："走，去救生舱。"

"你放开我。"夏子衿想甩开江斯晨握着她手腕的手，可江斯晨力道太大，她压根儿就没有力气跟他抗衡。

"子衿，你听我说，游轮的平稳性是出了名的，刚才船体明显晃动，肯定是出了大问题，有可能是触礁，有可能是其他的意外，这事马虎不得。我在部队里进行过逃生演练，你相信我。"江斯晨抓着夏子衿的手腕，快步往救生舱走着。

"江斯晨，你放开我。"夏子衿听了江斯晨的话，心头恐惧更甚，脑海里浮现出顾琛和爸妈。

距离刚才的巨响没过多久，船体开始出现了倾斜，尤其是夏子衿和江斯晨所在的船头甲板，已经开始往海里沉落。

夏子衿也顾不上江斯晨的禁锢，任由江斯晨拉着，两个人一起往船舱的方向跑去。

船头沉没的速度特别快，失去平稳的巨大游轮像一个跷跷板，倾斜的坡度让好不容易走到入口的江斯晨夏子衿瞬间滑到了船头栏杆的位置。

翻涌的巨浪打湿了夏子衿的礼服，她惊叫一声，下意识抓住了身边江斯晨的衣角。

江斯晨一只手紧紧地抓着船头的栏杆，另外一边的胳膊环抱着夏子衿的腰。

船头以他从未见过的速度急速下沉。很显然，船头已经进水了，而且是隔水舱都没办法阻挡的水。否则，游轮不会倾斜得这么快。

跟江斯晨和夏子衿一起滑回船头的人还有好几个，有几个人甚至没来得及抓住护栏，直接滑出去，被船体下沉的漩涡卷入海里。

夏子衿感觉自己身子僵住了，大脑也瞬间空白，她只在电影和新闻里面听说过沉船事件，没想到这种事情竟然会发生在自己身上，脑子里没有任何经验，身边只有江斯晨。

她转头望着将她的腰紧紧揽在怀里的江斯晨，颤抖着嘴唇问："游轮真的会沉吗？"

"有我在，别怕。"江斯晨的神情少有的严肃认真。

江斯晨环顾四周，看到船体冒出一股浓烟。他神情越发严肃。

游轮的另一端，哭闹声、喊叫声，让刚才还欢声笑语的天堂，一下子变成了人间炼狱。

顾琛原本正在和陆寅希打台球，听到巨响之后开始给夏子衿打电话，却提示对方无法接通。他又给乔巧打电话，仍旧是无法接通。

明显感觉到船体开始倾斜，台球桌上的球纷纷滚落到地上。从外面跑进来的人，哭天喊地。

大家都在往救生舱跑，连陆寅希也奔向了船尾。顾琛却跑向了已经开始急速下沉的船头。

身边的陆寅希急忙拉住他，呵斥道："顾琛，你疯了吗？赶紧跟我去救生舱。"

"我要去找子衿。"顾琛力道很大，猛地推开陆寅希。

陆寅希脚步趔趄，踉跄着退到一边，后背撞台球桌上，身子跌倒在地。他还想起身去追，后背的疼痛让他一时半会儿站不起来，只能眼睁睁地看着顾琛跑出台球室。

顾琛正好碰到从船头跑过来的乔巧，他心头一喜，往乔巧周围看去，却没有看到夏子衿的身影，脸上瞬间布满失落。

顾琛抓着乔巧的肩膀，焦急地询问："子衿呢？"

"她应该回来了吧，船头的人都跑回来了。"乔巧心里也着急，往船头方向看了一眼。

顾琛放开乔巧，再一次奔向了船头。

陆寅希忍痛跑出了台球室，挤过人群，追上顾琛。

他抓着顾琛的肩膀，吼道："你脑子也进水了吧？子衿又不傻，乔巧都跑回来了，她能不回来吗？现在人这么多、这么乱，万一子衿已经去了逃生舱，你一个人去船头送死吗？”

顾琛向来理智，可此刻的他感觉脑子里一团糨糊，他只想赶快找到夏子衿，见不到夏子衿，他没办法冷静下来。

不顾陆寅希的反对，顾琛继续朝船头跑去。

游轮的广播里，船长发出了弃船的指令，命令所有人全部到救生舱集合。

顾琛跑过来的时候，船舱的门已经被船员关上。他站在门里面，清楚地看到，船头已经没入水中，甲板上空无一人，只有翻涌的海浪拍打着，叫嚣着。

陆寅希紧随其后追过来，紧紧抓着顾琛的胳膊，拉着他往救生舱的方向走。

船身倾斜得越发严重，陆寅希很费力才能往前走动。加上周围都是人，他此刻真是恨急了顾琛的冲动。

顾琛心慌，起初是陆寅希拉着他跑，后来他铆足了劲，抓着陆寅希往船舱里面跑。

“子衿！子衿！”顾琛一边跑，一边对着周围大喊大叫。可人群混乱不堪，他找不到夏子衿的身影。他的声音淹没在男男女女的哭喊声中，听不到任何回响。

二十分钟后，游轮上的救生艇按照顺序载着乘客被一一放了下去，船头再一次发出一声巨响，整艘游轮都在跟着颤抖。

顾琛拒绝上救生艇，却被陆寅希一把推了上去。

来到救生舱的人，一个不落地上了救生艇，船长和几个船员最后离开。

平静的海面伴随着伤者的哭号，有些人已经在逃生的过程中被踩踏而死，永远地留在了游轮上。而顾琛的夏子衿，却没有半点影子。

顾琛在救生艇上几乎要疯掉，看着越来越远的游轮，他不知道该怎么办。从小到大，从来没有任何一个时刻，让他像此时此刻这么绝望。

今天原本是他和夏子衿人生中第一个幸福的日子，他却没能在危险来临的那一刻守在她的身旁。心中的自责几乎要把他压垮。

他甚至想，自己干脆跳进海里算了，只是陆寅希一直在一旁紧紧地抓着他。

救生艇以最快的速度离开游轮，船长和船员乘坐的救生艇，距离游轮还很近。星空下，明显看到白色的船头已经完全没入海里，只剩下三分之二的船体在慢慢下沉。随后，游轮传来“轰隆”一声巨响，顿时火光冲天。

常乐号游轮在事发三十分钟之后，爆炸了。

漫天大火中，船长和船员乘坐的那艘救生艇再也没有跟上来。

常乐号失事事件，在第二天成为新闻头条，引起了举国上下的关注。

江清市昨天晚上得知常乐号发生事故之后，第一时间派遣了搜救人员。最新消息称，游轮上一共 216 人，其中包括乘客 147 人，船员 69 人。获救 132 人，死亡 13 人，另有 71 人下落不明。

死亡的 13 人中，包括中海市夏氏集团董事长夏明奕。

此次游轮出行，原为中海市夏氏集团为其女儿举办订婚典礼，未婚夫顾琛获救，夏明奕的妻子受伤，女儿至今下落不明。

据调查发现，游轮失事是因为船头撞上暗礁，撞破船舱。船身晃动，引爆了放在船舱底层的烟花，加重了船舱的破损程度。底舱火势蔓延，烧到游轮的油箱，引起游轮爆炸。很多原本可以等到救援的人，在爆炸中丧生。

医院里，陆寅希守在夏妈妈的床边。

顾琛在过道里用手机看着新闻。这一切发生得太突然，就像一个突如其来的噩梦，顾琛到现在都觉得整个人是蒙的。

陆寅希从病房里出来，走到顾琛身旁，劝道:“这是意外，谁也没有办法。我知道你心里难受，看着阿姨好端端的一个人被烧伤成这样，我也觉得接受不了。”

顾琛性子本就淡漠，从海上回来之后，他再也没有开口说过一句话。

没有理会陆寅希，顾琛抬脚离开。

一天后，顾琛抱着夏明奕的骨灰盒，一个人提前回了中海市。

游轮失事的新闻全国轰动，夏氏集团群龙无首，尽管他很想陪着夏妈妈，但他不能。

夏明奕的葬礼上，商界名流前来吊唁。

墓碑上刻着夏明奕的名字，顾琛没有把夏子衿的名字也刻上去。

不管别人怎么说，他始终都不接受夏子衿已经死亡这件事。只要没有看到夏子衿的尸体，她就还有存活的可能。或许是在一个小岛上，或许被某个经过的船只救了，反正，她一定不会死。

远在江清市的陆寅希打来电话，在那头泣不成声地告诉顾琛，夏阿姨没有挺过来。

刚刚参加完夏明奕的葬礼不久，顾琛又参加了夏妈妈的葬礼。

顾琛穿着一袭黑衣。天上飘落了雨滴，淋湿了他的头发，脸上都是雨水，可他连眼眶都未曾红过哪怕一次。

顾琛从来不觉得自己是一个幸福的人。他带着小时候的那些绝望，一路跌跌撞撞走到现在，之所以没放弃，是因为有夏家人的疼爱，有夏子衿的依赖。

而现在，一夜之间，他什么都没有了，什么都没有了。

陆寅希知道顾琛心里的苦，怕顾琛一个人做出什么傻事，除了上班的时间，整天都赖着他，陪他一起吃饭，叫他一起喝酒。

陆寅希希望顾琛能够抱头痛哭一次，哪怕是一次也好。

可顾琛就像个没事人一样，除了话比以前更少，好像没有其他的变化，每天穿戴整齐，行事利落干脆，就像陆寅希高中刚认识他的时候一样，又变成了曾经那个自闭的男孩。

没有人知道，顾琛曾在深夜抱着夏明奕的遗嘱，哭得泣不成声。

乔巧继续上着学，学校里经常看到她孤单落寞的身影。

某天下午，谢诗蕊去了顾琛的公司，站在楼下，等顾琛下班。她从下午两点，一直等到晚上十点半。

冬日的风很冷，她冻得鼻涕直流，可她还是想见顾琛一面，哪怕只是看一眼也好。

公司的保安看到谢诗蕊一个人站在外面，站了这么久，上前问："等人吗？"

谢诗蕊笑着点点头，鼻头已经冻得通红。

"这么冷的天，你朋友怎么还不下来？进来喝杯热水吧。"值班的安保大叔对谢诗蕊说。

谢诗蕊说了谢谢，跟着保安大叔进去，喝了点热茶，暖了暖手。

保安大叔问她："你还没吃饭吧？要不你先点个外卖在这里吃？"

谢诗蕊笑着摇摇头："不用了，我一会儿回家吃。"

过了一会儿，保安大叔又问："你朋友是谁啊？这个点还在加班，他会不会已经走了？"

"没，我看到他办公室的灯还是亮着的。"谢诗蕊说。

"那他知道你在等吗？怎么大冬天的让你一个小姑娘在外面冻着？"

谢诗蕊手里抱着茶杯，摇了摇头，笑容有些苦涩。

"男朋友？"大叔又问。

谢诗蕊只是笑着，没再说话。她虽然很感激大叔收留，可这个大叔的话也太多了些。

快十一点的时候，电梯在一楼停下。谢诗蕊透过保安室的玻璃，看到顾琛穿着一袭黑色长风衣，从里面走了出来。

谢诗蕊从保安室起身，保安大叔也跟着出来，看到顾琛，保安大叔问好："顾经理，还没走呢。"

顾琛点点头，没作声，继续往公司大厅外面走。谢诗蕊原本不想打扰他，可是她看到他瘦了，瘦了好多，曾经俊逸的脸庞，如今棱角分明，虽说人还是那么冷淡，可他给人的感觉少了一丝威严，像一只受过伤害的小兽，用冷漠把自己包裹了起来。

她忍不住开口喊了一声："顾琛。"

顾琛停下脚步，这才往保安室看了过去，看到谢诗蕊穿着羽绒服，戴着手套和帽子，站在保安大叔旁边。

“你怎么来了？”顾琛站在原地，开了口。

谢诗蕊有些受宠若惊，几步上前，脸上挂着笑，说：“我想见见你。”

“天这么冷，以后别做这种事了，赶紧回去吧，这么晚了，你妈妈要担心的。”顾琛说完，转头离开。

旁边保安大叔有些愣，看着顾琛离开公司，他问谢诗蕊：“小姑娘，你等的人是我们顾经理啊？”

谢诗蕊点点头。

“你也真是够厉害的，自从夏总出事，这个顾经理话少得可怜，今天竟然能跟你说这么多。”

谢诗蕊说不出心头是什么感觉，别人觉得顾琛对她算是热情了，可谢诗蕊知道，顾琛之所以让她回家，只是不想让她发生什么意外。他要是真的在意，为什么不亲自开车送她回去。

她知道，夏子衿出事之后，顾琛对身边的这些朋友，比以前在意了很多。或许也是因为谢诗蕊跟夏子衿是从小长大的姐妹，顾琛才愿意为她驻足片刻吧。

谢诗蕊对保安大叔说了谢谢，一个人离开了夏氏。

坐着出租车回去的路上，谢诗蕊想起夏子衿。如今她很可能已经尸沉大海，尽管顾琛没有为她举行葬礼，尽管顾琛无论如何都不肯相信她已经死亡的事实，可毕竟事情都过去这么久了，依然没有她的半点消息。

谢诗蕊心里清楚，顾琛无法接受那个从小和他一起长大的女孩就这样消失不见了，甚至在最紧要的关头，他都没能陪在夏子衿的身边。

这一刻，谢诗蕊心想，倘若那个沉入大海的人是她，顾琛会不会为她伤心？

为什么自己明明比夏子衿更早喜欢上他，可在他心里，她的喜欢却一文不值。

顾琛一个人住在夏家别墅，守着这个孤寂冷清的家。他在等一个人回来，从来都不敢想那个人到底还会不会回来。

寒假来临，谢诗蕊天天来夏家，像以前一样，在客厅写会儿作业，然后去夏子衿的房间待一会儿。

顾琛起初不同意，甚至把谢诗蕊挡在门外不给她开门。

可有一天晚上，谢诗蕊就那样在门外待了整整一夜。第二天顾琛起床上班，看到谢诗蕊眼睛红肿，哭着对他说："我只是想念子衿姐，想念伯父和阿姨。从小我妈妈工作忙，不怎么管我，这里也是我另一个家。你知道的。"

顾琛的确知道，谢诗蕊从小到大就跟夏子衿一起玩。想着在他还没有来到夏家的时候，谢诗蕊就跟夏子衿是好姐妹了，他也就没有再跟谢诗蕊计较。

对于夏子衿出事，谢诗蕊说不上心里是什么感觉，悲伤没有那么强烈，也感觉不到一丝一毫的快乐。

就好像一个竞争对手，自己还没有好好跟他打一架，对方就自动退出比赛了，尽管当初那个人是最热门的冠军人选。

晚上，谢诗蕊做了晚饭，等顾琛回来吃。

她特意从网上学了夏子衿最喜欢吃的糖醋排骨，尝试了很久，味道跟夏妈妈做的相差无几。

顾琛仍旧在公司里加班到半夜，回来的时候，谢诗蕊已经趴在餐桌上睡着了。

顾琛看到餐厅的灯亮着，以为谢诗蕊走的时候忘了关，走过去才看到桌上已经凉掉的糖醋排骨，和趴在桌上睡着的谢诗蕊。

闻到糖醋排骨的味道，顾琛感觉仿佛一瞬间回到了小时候。夏叔和夏子衿坐在桌前，夏妈妈端着饭菜从厨房里出来。夏子衿有时候跟顾琛抢吃的，夏妈妈就打夏子衿的筷子，亲自给顾琛夹一块最好的排骨。

当时他并没有意识到自己有多幸福……

夏子衿是夏阿姨的亲生女儿，而自己只是借住在夏家的一个外姓孩子，甚至因为他的存在，夏明奕无端地承受了太多外界带来的压力。

他们对顾琛所做的一切，已经超出了养父母该做的。可为什么这么善良的一家人，老天爷会让他们是这样的结局？不都说好人有好报吗？

他们还没有等到顾琛真的强大起来，好好孝敬，就再也不给他这个机会了。

顾琛手握成拳，捶了捶桌面。

正在睡觉的谢诗蕊，被吓得整个人一激灵，瞬间从座位上起身。

她仰着头看到站在桌前的顾琛，恐惧转化为喜悦，笑着问："你回来啦。"又看了一眼桌上的饭菜，说，"我去帮你热一下，很快就好了。"

顾琛回过神来，问谢诗蕊："你怎么还没回去？"

谢诗蕊端着盘子，有些尴尬："那个，我本来是想回去的，结果太困，不小心就睡到了现在。我去帮你把饭菜热好就走，你先坐一下。"

顾琛站在原地，眉心紧蹙。他原本不想再麻烦谢诗蕊，可是厨房里已经传出熟悉的香味儿，这让他有些贪心。

很快，谢诗蕊将热好的几个菜再一次端上桌，又帮顾琛从锅里添了一碗米饭。

顾琛安静地坐在桌前吃着，谢诗蕊坐在对面看他吃着。

两个人都没有说话。

晚饭之后，谢诗蕊离开。时间已经这么晚了，顾琛不放心，开车把她送了回去。

自从那天晚上顾琛吃了她做的饭之后，她就找到了窍门，想到以前夏妈妈经常做的菜，趁着寒假的机会，一个人在家里练习，浪费了很多食材，自己也尝了好多遍，最后觉得可以了，就去夏家做给顾琛吃。

顾琛不再像以前一样排斥谢诗蕊。

有一天晚上，外面下着瓢泼大雨，顾琛回来的时候，衣服都湿透了。

谢诗蕊正在客厅里看书，见顾琛回来，她急忙起身上前。

初春的第一场雨，带着冬日的寒冷，顾琛回来狂打了两个喷嚏。

谢诗蕊接过顾琛脱下来的湿漉漉的外套，挂在门后的衣架上，对顾琛说："你先去冲个热水澡，我帮你煲一个姜汤。"

顾琛也没说话，一个人去了浴室。

谢诗蕊站在原地，看着顾琛离去的身影，又看了看被她挂在衣架上的衣服，这一瞬间，她有一种错觉，好像她和顾琛已经结婚，如今只是婚后平淡又幸福的生活。

顾琛洗了澡，吃了饭。

谢诗蕊收拾好饭桌，对顾琛说："那我先回去了，你不要忘记喝姜汤。"

"外面雨太大了，今天晚上你先别回去了，在这里将就一晚吧。"顾琛自顾自地吃着饭。

谢诗蕊有些惊讶，也有些开心。她点点头，上楼去了夏子衿的房间，已经很久都没有再睡过这张床了。想起这些年两姐妹说过的悄悄话，谢诗蕊第一次感觉，她有点想念夏子衿了。

她坐在床上，看着夏子衿以前睡的位置，说："子衿姐，我现在跟顾琛哥单独共处一室，他喜欢吃我做的饭，也不再那么排斥我了。"

她想象着夏子衿就躺在她的身旁，像以前一样没好气地说着："顾琛这个浑蛋，今天又跟踪我，简直太变态了。"

谢诗蕊记得当时对夏子衿解释："顾琛哥那是在乎你，害怕你下了晚自习会遇到危险。"

想象中的夏子衿又说："我才不要他在乎。你都不知道，他来我家之后，我爸妈有多宠他，我完全就成了捡来的。"

回过神，面前空无一人，谢诗蕊伸手摸过去，床单一片冰凉。

谢诗蕊闭上眼睛，缓缓开口："子衿姐，你知道我有多羡慕你吗？你有夏叔和阿姨宠着，还白白捡了一个这么关心你的哥哥。可我呢？我从出生就不知道自己的爸爸是谁。我小时候问过一次，我妈哭了整整一晚上，从那以后，我再也不敢问了。"

"子衿姐，可能你永远都不知道有个人愿意保护你是多么幸福的事情。其实我不是真的讨厌你，我只是讨厌老天爷把一切好的都给你，你却一副理所当然的样子，甚至有时候还觉得是负累。"

这一夜风雨交加，同样睡不着的，还有楼下房间里的顾琛。

他脑海中莫名地浮现出自己上大学的前一夜，夏子衿借着害怕打雷的缘由，要在他的房间睡。当时顾琛吓到了。他曾经以为自己对夏子衿的感情，就像是哥哥对妹妹，天经地义。尽管他知道自己喜欢陪夏子衿走在上学放学的路上，喜欢自己写作业的时候夏子衿在他的房间里叽叽喳喳地陪着，喜欢有她在的夏家。可他一直以为，那样的喜欢，只是因为自己是哥哥。

那个雷雨交加的夜，让顾琛第一次有了不想做哥哥的想法，他想娶她，想要她，想跟她生一个可爱的娃娃。

可同时，顾琛知道他不能。且不说夏家父母肯定不会同意，就算他们宠顾琛到极致，外面的人也会说他配不上夏家千金，除此之外，他还要背上一个攀龙附凤的骂名。

从小亲生父母不在身边，顾琛比其他的孩子更会看人脸色，想的也更多。他以为大学四年可以忘记夏子衿，可是他没有。两个人分开得越久，夏子衿在他心中就越深刻，挥之不去。

天知道四年后顾琛在夏家别墅第一眼见到穿着碎花裙的夏子衿时，有多想拥抱她，亲吻她。

若是时光能再来，顾琛那一夜或许还是会拒绝，可他不会整整四年不跟夏子衿联系。若是知道夏子衿会在某一天从他的生命中消失，他肯定会珍惜当初的每一天。

一夜未眠，次日清晨，顾琛起床吃了一颗头痛片，开车去了公司。

办公室里，助理进门，对顾琛说：“梁总来了。”

顾琛若有所思，从办公桌前起身。

梁文山从外面进来，黑发油亮，穿着得体的西装，看不出来他已经是一个六十多岁的老人。

顾琛伸出手，跟梁文山握了手。

梁文山性子跟顾琛有些像，不喜欢说话，也不喜欢笑，冷冰冰的样子，不怒自威，让人望而生畏。

顾琛是晚辈，自然要谦卑一些。他让助理将那套工夫茶具拿出来，帮梁文山烧水冲茶。两个人在旁边的休息室坐着。

梁文山望着顾琛，开了口："小顾，这些日子，你辛苦了。"

"梁总，这都是我应该做的。"

两个人客套了一会儿，梁文山也不再兜圈子，对顾琛说："明奕出了事，是我们大家都不想看到的，可有些事该处理还是得处理。"

顾琛不说话，只是微微点点头，表示尊重。

梁文山神色比刚才温和了一些，对顾琛说："最近有一个神秘人，高价收购了其他几个股东的部分股份，现在他已经是夏氏最大的股东了。你也知道，夏氏是我跟夏老打下来的，也凝聚了明奕的所有心血，我们不能眼睁睁地看着公司落在外人手里。"

"嗯。"顾琛点头。

梁文山看到希望，继续说着："明亦之前立过遗嘱，他所有的股份都给了你，我希望你可以把股份卖给我一部分，只要我成为夏氏最大的股东，董事会上就可以跟那个神秘人相抗衡了。"

顾琛思虑片刻，抬眸望着梁文山，带着敬意说："梁总，你也知道，我从小在夏家长大。这些股份是夏叔唯一留给我的东西，如果被我卖了，我会觉得对不起夏叔。"

"你也不是卖给别人啊！"梁文山有些着急，"放在我手上，跟放在你手上，都是一样的。要说起来，我比明奕还要在乎夏氏，我是真的不想在这个动荡的时候，让公司承受不必要的风险。"

"我知道梁总是好意，但我真的不能卖。"顾琛态度礼貌而坚决，他又说，"梁总你也说了，放在我手上和放在你手上都是一样的，我希望你看在和夏爷爷这么多年交情的分上，让我留在夏氏尽一份力。你放心，如果召开股东大会，我一定会全力支持你的一切决定。"

助理已经将茶水烧好，顾琛帮梁文山倒了一杯茶，说："梁总，我还是个新人，现在夏叔不在，我身边也没有个长辈依赖，以后还要靠你多多提携。"

“你这孩子……”梁文山有些无奈，话都说到这个份上，他知道再说下去也没有意义。

两个人喝了会儿茶，顾琛送梁文山离开。

回了办公室，助理忍不住吐槽：“黄鼠狼给鸡拜年，谁不知道他一直想要让夏氏改姓梁。”

“在公司里面别瞎说。”顾琛呵斥助理，“梁总是为了公司好。”

“是，是为了公司好，是为了他的公司好吧。”

顾琛没理会，继续工作。

助理走到办公桌前，不解地问：“不过，最近关于那个神秘的股东，传闻很多。他从夏总刚出事的时候就开始各处高价收股，另外几个小股东，和市面上的散股，都被他收去不少，对方到底是敌，是友啊？”

“跟你无关的事情别多想，想了也没用。赶紧给我准备文件，一会儿要去部门开会。”

“好的，顾经理。”助理急忙闭嘴，乖乖去忙。

助理走后，顾琛靠在座椅上，闭着眼睛，抬手揉了揉眉心，打开抽屉，从里面拿出一盒止痛药，连吃了两片。

下午时分，助理通知顾琛准备去开会，路上的时候，顾琛经过洗手间，听到女洗手间里有人说着话。

他听力本来就好，里面的女孩子正巧聊得起劲，并不知道此刻当事人正站在外面。

“我听说，夏总坐的游轮，不是撞上了暗礁，而是有人在游轮里面点燃了炸药，把游轮炸毁的。”

“啊？不是吧？谁这么苦大仇深啊，直接把夏家灭门了？”

“有传言说是那个人，你懂的。”

“不可能吧，他从小在夏家长大，听说夏总对他很好，连女儿都要嫁给他了，他怎么会干这么丧尽天良的事情。”

“怎么就不可能，现在人心难测，要女儿有什么用，夏氏这么大呢。”

“不过，夏总走后，他也没什么动静啊！听说夏总立了遗嘱的，他肯定会继承股份，直接上任吧。”

“所以说你就当不了老总啊，要是这么快就上位，那不是司马昭之心了嘛。”

“也对。”

顾琛站在外面，拳头紧紧攥着。身后助理过来，催促一句：“顾经理，会议已经开始了。”

里面两个女生急忙探出头来看，见顾琛此刻就站在洗手间门口，两个人吓得呆若木鸡。她们以为自己就要被炒鱿鱼了，没想到顾琛只是冷着脸离开，一句话也没说。

会议开了两个小时，止痛药已经过了劲儿，顾琛主持会议的时候，一直抬手揉着眉心，脸色苍白，额头沁出细密的汗。

旁边助理小声问：“顾经理，你是不是不舒服？”

顾琛摇摇头，拿着文件继续看着，下一秒，他倒在了会议桌上。

顾琛再次睁开眼睛，发现自己躺在医院里。谢诗蕊在一旁哭得眼睛通红，乔巧和陆寅希陪在床边。

看到顾琛醒来，乔巧松了口气，道：“顾经理，你这是为了工作不要命了吧？”

顾琛嘴唇干裂，谢诗蕊急忙帮他倒了一杯水。看着谢诗蕊如此殷勤，乔巧心情不好：“好姐妹还生死未卜呢，有人住她家，吃她的饭，还帮忙照顾她的老公，真是感人。”

谢诗蕊原本就不善言辞，她以前说不过夏子衿，现在也说不过乔巧，干脆不理会，只是将水轻轻地喂进顾琛的嘴里。顾琛感觉好了一些，看了一眼手机上的时间，从床上起身，这才看到手背上还扎着针。

“把针拔了。”顾琛望着陆寅希说。

“你想死是吧？”陆寅希向来好脾气，此刻却也不能忍了，“今天你哪儿都别想去，我这班也不上了，就在这儿看着你。医生说让你好好休息，你就只管休息，夏氏那么大个公司，离了你一天倒不了。”

助理从外面进来，帮顾琛买了一大包药，把塑料袋放在床头的小桌上，对顾琛说：“顾总，公司那边帮你请了三天假，你放心休息，工作的事情交给我。”

顾琛还能怎么办，他看着向来喜欢化妆打扮的乔巧，已经很久都没有化过妆，头发随意扎了马尾，用白色的皮筋绑着，身上穿着一件白色的毛衣和黑色的裤子，整个人显得很素淡。

算了算，夏子衿消失有三个多月了。

曾经，这几个人聚在一起就满是欢声笑语。可现在，大家的心里都藏着一个忘不掉的人，明知道那个人已经走了，不会再回来了，却仍旧不放弃地等在原地，奢望奇迹有一天会发生。

“晚上到我那儿去吃饭吧。”顾琛开了口。

“你好好在这里住三天，别想什么幺蛾子。”陆寅希佯怒道。

“又不是什么大病，只是这几天没休息好，医院里味道太难闻了。”

陆寅希没说话，乔巧在一旁问：“晚上想吃什么？我现在去买菜。”

“家里什么都有。”在一旁默不作声的谢诗蕊开了口。

“家里？”乔巧皱眉，一脸不爽，“那是你家？”

谢诗蕊被堵得哑口无言，她只是一时说顺了嘴而已。

旁边顾琛解释：“诗蕊只是想念子衿，偶尔过去待会儿，做点东西吃。”

“你还让她给你做东西吃？”乔巧转头望着病床上的顾琛，一脸失落，“都说男人绝情，还真是一点没错。”

旁边陆寅希拉了拉乔巧的胳膊，说：“帮我去买包烟。”

“医院里不准抽烟。”乔巧有火没处发，瞪了他一眼。

“快去。”陆寅希也不理会，把乔巧推出门。

两个人站在病房外面，陆寅希劝说：“顾琛现在身体不好，你就别给他添堵了。子衿不在，有个人能照顾他也是好事。”

“你脑子有问题吧？”乔巧戳了戳陆寅希的额头，“子衿走了才几天？你们这些男人就这么没良心吗？”

“非要顾琛为子衿寻死觅活，你就高兴了？”陆寅希反问一句，见乔巧不说话，他又开口，“认识顾琛这么多年，你还不了解他吗？他之所以不排斥诗蕊，就是因为诗蕊是跟子衿一起长大的。他要是真像你说的那么绝情，现在就不会因为休息不好而躺在病床上了。让诗蕊照顾一下他的生活怎么了？他还能娶诗蕊不成？要是你愿意，你可以天天给顾琛送饭啊！”

“我送就我送。”乔巧太了解谢诗蕊存的什么心。

空气陷入沉默，乔巧叹了口气，她问陆寅希：“你说，子衿还会回来吗？”

陆寅希没再说话，乔巧也低下了头。

见状，陆寅希伸开胳膊将乔巧揽进怀里，像个大哥哥一样轻轻拍着她的后背，说：“乔巧，人生无常，我们得走出来，好好珍惜现在还拥有的。”

他神色是少有的认真，乔巧鼻子泛酸，把陆寅希推开，眼眶红红的，却咧嘴笑着：“少给我煽情。”

“你当我煽情也好，说好听的话哄你也罢，只要你开心，我才能放心。”

“怎么？你暗恋我？”乔巧一脸倨傲。

“那还是算了，咱们还是当兄弟比较合适。”陆寅希笑着连连摆手。

“嘁，跟谁兄弟呢，在你眼里我就不像个女人是吧？”乔巧哼唧两声，转身进了病房。

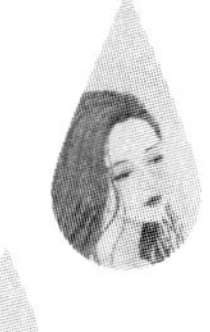

第四章 · 你回来吧，我好想你

三年后，Y 国一家私人医院，躺在病床上的夏子衿，嘴巴动了动，嘴里嘟哝了一句什么。

一个金发碧眼的女护士正在帮她擦洗身子，察觉到她的变化，心头一喜，叽哩呱啦说着外语跑出了病房。

不一会儿，江斯晨坐着轮椅从外面进来，双手快速转动轮椅的滚轮，来到夏子衿的病床前。

看着仍旧昏迷的夏子衿，他轻轻叫着："子衿，子衿？听得到我说话吗？"

夏子衿嘴巴动了动，声音极小。

江斯晨用英语跟身后的女护士沟通，女护士上前，将江斯晨从轮椅上扶起来。江斯晨双手撑着病床边缘，在女护士的帮助下，将耳朵凑到了夏子衿的嘴边。

他听到夏子衿嘴里发出"ba、ba"的声音，像是在叫爸爸。

江斯晨心中狂喜。

三年了，已经三年了，夏子衿躺在这张床上，从未开口说过一句话。

虽然她可以睁开眼睛，却看不到面前的江斯晨；虽然她的手指会动，呼吸也正常，可她失去了所有的意识，灵魂好像已经飞出了她的身体。

他等着夏子衿开口说话，已经等了整整三年了。

"贝拉，快，去叫史密斯医生。"江斯晨推搡着女护士，才意识到女护士听不懂中文，又急忙用英文说了一遍。

没多久，一个身形高大的男医生，穿着白大褂，脖子上挂着听诊器，疾步从外面走了进来。他上前用听诊器听了一下夏子衿的心跳，又翻起她的眼皮，用光照她的眼睛。

一系列的初步检查之后，男医生用蹩脚的中文对江斯晨说："她很快会醒。"

这一句话，让江斯晨高兴得差点没跳起来。可惜他此刻坐在轮椅上，只能推着轮椅在病房里不停地转圈。

三天之后，江斯晨正在夏子衿的病房看着手机，听到了一声久违的声音："水。"

江斯晨回头，看到夏子衿躺在床上，睁着眼睛，正望着他。

"子衿！"江斯晨兴奋得把手机随手一放，推着轮椅到病床前，握住夏子衿的手。

夏子衿皱眉，将手抽了回来，警惕地看着江斯晨，问："你……是谁？"

江斯晨刚才还欣喜的神情僵在了脸上。夏子衿的目光，太陌生。

"我想喝水。"太久没有说话，夏子衿的嗓音暗哑。

江斯晨点点头，滑动轮椅，到饮水机那边帮夏子衿接了一杯水。

回来的时候，看到夏子衿还躺在床上，江斯晨没办法站起来，也不能帮夏子衿坐起来，一时间有些为难。

贝拉从外面进来，看到江斯晨端着一杯水，上前扶着夏子衿靠在床头的软垫上坐着，又接过江斯晨手里的水，轻柔地喂到夏子衿的嘴里。

夏子衿喝了一些，感觉喉咙和嘴巴舒服了一点，再一次看向病床边坐着轮椅的江斯晨。

贝拉按了医生的铃，史密斯医生从外面进来，看到夏子衿坐在床上，也是一脸惊讶。他以为，夏子衿至少还要一个星期才能正常沟通。

夏子衿看着穿白大褂的史密斯，问："我怎么了？这是哪儿？"

史密斯用蹩脚的中文告诉她，这里是Y国。她因为意外造成了脑出血，已经在这张病床上躺了三年了。

意外？夏子衿想了想，却丝毫没有头绪。

她又问："那我是谁？我爸妈呢？"

虽然什么都记不起来，但夏子衿想，她一定是有爸妈的吧。为什么没有看到别人，病房里只有一个坐在轮椅上的人，而且上来就抓她的手，他们很熟吗？

史密斯医生劝说："你刚刚醒来，身体还很虚弱，不适合想这么多问题，等身体恢复一些，会慢慢想起来的。"

夏子衿这才放心一些，由贝拉扶着，再一次躺了回去。

这些天，江斯晨一点一点告诉夏子衿，她的家在中海市；她的父亲是中海市夏氏集团的董事长；她和借住在她家多年的顾琛准备订婚；在订婚典礼上，他们乘坐的游轮撞上暗礁，船头下沉，船舱内的烟花爆炸，游轮失火。

刚刚撞到暗礁的时候，江斯晨还算淡定，就算自己暂时去不了逃生舱，那些已经乘坐救生艇的人，也一定会到船头这边看看有没有需要搭救的人。然而，江斯晨看到了船头下面有黑色的浓烟，他知道游轮所面临的危险，绝非只是触礁这么简单。

他拉着夏子衿跳进海里，协助夏子衿，从船体下沉形成的漩涡里游出去，一路拼命往游轮相反的方向游去。

他跟夏子衿在海面上游了三十分钟，距离游轮已经有一千多米。随后，游轮发生了爆炸，顿时火光冲天，冲击波震荡得海水翻涌，夏子衿当场昏迷。

出事的地方距离江清市已经很远，游回去是不可能的。茫茫大海，江斯晨也不知道该怎么办，只能继续往前游着，希望可以有过往的船只搭救。

好在老天爷并没有让他和夏子衿走上绝路，海水里，他看到一条浮木。他拖着夏子衿，借着浮木的浮力，继续往前游着。

整整一夜，江斯晨几次快要睡死过去，永远地留在海里，可是看着身边的夏子衿，他又继续咬牙坚持。

一直到第二天，天色微亮，有晨起捕鱼的渔船看到了他们，将他们救上了岸。

江斯晨的腿，在上岸之后不能走路，已经完全废了。

他看到网络上有关于游轮出事的新闻，得知夏子衿的父亲已经遇难，母亲凶多吉少。有人猜想游轮出事不是意外，而是有人蓄意为之，在调查清楚之前，江斯晨不敢让夏子衿再回中海。

江斯晨当兵的时候，曾经认识一个外籍军医史密斯，如今已经退役，就在Y国。他想办法联系了史密斯。很快，他和夏子衿被史密斯接到了史密斯的私家医院，一直待到现在。

每每想起那晚的经历，江斯晨都觉得像一场噩梦，曾经最喜欢游泳的他，现在只要看见水池就会吐。

夏子衿身体恢复了大半个月，已经可以下床活动了。

这些日子，夏子衿也从网络上搜寻着关于中海市的新闻。父母已经在那次事故中身亡，而当时幸存的顾琛继承了夏明奕在夏氏集团所有的股份，在三年后的今天，已经是夏氏集团的掌舵人。

网上有很多评论，说当年游轮出事，是顾琛一手操纵，只是为了独占夏氏集团。因为那些烟花是顾琛带到游轮上去的，虽然那天晚上的确放了一些烟花，可船舱里还留下了很多。

夏子衿找过订婚当天的视频来看，台上的顾琛看起来并没有多高兴，没有求婚，甚至没有订婚戒指。

自己失踪三年，网络上没有半点关于顾琛找寻夏子衿的消息，或许他也觉得夏子衿已经死了吧。或许夏子衿的死，对于顾琛而言，是种解脱吧？

夏子衿在心底暗暗发誓，她一定不会让顾琛得逞，夏氏是他们家的，就算爸爸死了，夏氏也绝对不能落到外人手里。

夏子衿的记忆慢慢恢复了一些，她能够想到一些以前的事情，关于爸爸妈妈，关于顾琛，关于谢诗蕊和乔巧。不过，这都只是一些零散的片段，并不能结合起来。

史密斯只说，她还需要一些时间。

因为自己的记忆跟江斯晨之前告诉她的那些事情没有什么差别，她对这个救命恩人很感激，也很信任。她记起当年妈妈想要让她和江斯晨在一起，只是当时她坚持要嫁给顾琛，她和江斯晨之间的事也就不了了之了。

她昏迷的这三年，贝拉一直在照顾着她和江斯晨。夏子衿看得出来，贝拉喜欢江斯晨。

夏子衿身体恢复了一段时间，江斯晨询问她要不要回去看看。

这段时间夏子衿也想过这个问题，可是，如今爸妈已经不在了，家已经不是家。

她没有足够的勇气去面对自己曾经那么深爱，却背叛了她，背叛了他们一家的那个男人。

夏子衿发誓，她要努力让自己变强大，顾琛从她家拿走的东西，她要一点一点全部夺回来。

中海市，夏氏集团。

顾琛今天并没有加班。

那三年如地狱一般的日子终于过去了，梁文山被赶出夏氏，连同他的左膀右臂，与之相关的人，全部被清理掉。而顾琛自己的公司，也在商战之中牺牲了。

他不后悔，哪怕把自己所有的一切全部押上，也要把夏氏握在自己手里，而不是改姓为梁。

天还没黑，顾琛开着车子去了墓地。他买了一大束鲜花，放在冰冷的墓碑前。

“夏叔，梁文山倒了，你可以安息了。”顾琛站在墓碑前，望着墓碑上夏明奕的照片，他的笑容还是那么慈祥。

已经三年了，可顾琛觉得，夏明奕与他促膝长谈的那些日子，仿佛就在昨天。

夏家给他的物质，他可以报答；但夏明奕给他的宠爱，他这一辈子都还不清了。

他拨了拨墓碑旁边的干草，靠着墓碑坐下：“夏叔，你能不能告诉我，她现在究竟在哪里？”

顾琛仰着头，望着夕阳西下的天空。天边的云被染成红色，他却再也听不到夏明奕的回答了。

“其实，我有很多次都想亲口叫你一声爸爸，可你知道我的，叫不出口。”顾琛勾了勾唇，觉得鼻子有些泛酸，“我原本想着，等我跟子衿订了婚，于情于理都该称你一声父亲，可你没能等到那个时候。”

口袋里手机响起，顾琛拿出来一看，是谢诗蕊打过来的。

他将电话挂了，起身，望着墓碑，说：“爸，谢谢你这些年来带给我的所有支持与关爱，让我知道，我有家可回。”

他对着夏明奕和夏妈妈的墓碑深深地鞠了一躬，转身离开。

顾琛驱车回家，还没拿出钥匙，屋子里的谢诗蕊已经打开了门。

“你怎么来了？”顾琛迈步进了屋子。

“明天是子衿姐的生日嘛，大家都想要好好办一办，我们就先过来了。”谢诗蕊说着，很自然地把顾琛的外套接过来，挂在门后的衣架上。

顾琛进门，看到客厅里坐着陆寅希和乔巧。

尽管所有的人都知道，夏子衿不会再回来了，连法律也承认了夏子衿死亡这个事实，可顾琛始终不肯接受，谁要是敢在他面前说夏子衿不会回来这种话，他马上就会爆发。

时间长了，大家也都习惯了，陪顾琛一起等着夏子衿，好像她随时都可能回来一样。

顾琛的脸色好了些许，迈步进了客厅。

乔巧从沙发上起身，带着顾琛上了楼。谢诗蕊和陆寅希也跟着一起上去。

走到夏子衿的房间，乔巧对顾琛说：“闭上眼睛。”

“神经兮兮。”顾琛懒得理会无聊的乔巧，伸手直接推开了房门。

看到房间里的一切，顾琛有些愣神。

房顶被五颜六色的氢气球挤满，每个气球上都飘着长短不一的彩带，彩带的下方，挂着一张张的照片。

有夏子衿小时候摔倒了哭的，有夏子衿在学校里获奖的，有她缠着顾琛陪她玩游戏的，也有顾琛不在的那四年，她由小豆芽变成少女的，还有她和夏明奕一起照的。

全家福，单人照，生日照，成年礼……

一张一张，见证了夏子衿的成长。

顾琛慢慢走进去，抬手捏住一张照片，笑着说："这是上次这个笨蛋掉进文心湖里的时候，刚从医院醒过来的时候照的。"

"这张这张，当时子衿在学校里被一个小胖子抢了糖，回家哭。"也是从那个时候开始，顾琛每天都要陪夏子衿一起上学、一起放学，哪怕夏子衿不喜欢，他也会远远跟着。

顾琛一个人念念叨叨，每一张照片都仔细看着。

他看到前面一张照片，迈步走了过去："这张我记得，这是我十八岁成人礼那天照的，她把我脸上抹了这么多奶油。"

陆寅希进了房间，上前将胳膊搭在顾琛的肩上，说："好了，先去吃饭吧。"

顾琛拿开陆寅希的胳膊，继续一张一张地看着。他又抓着一张照片，转头拿给陆寅希看："你还记得这张吗？那天心情不好，咱们第一次去了酒吧。"

"好了顾琛，我们出去吧。"陆寅希上前，抓着顾琛的胳膊，把他往房间外面拉。

乔巧已经看不下去，转身离开房间，靠在墙上。

她后悔了，她不该这么残忍。她本来不想这样的，她本来想让顾琛开心一点，可她忽略了一点，如今子衿已经不在了，那些美好的过往，就全部都像利箭一样，刺穿了顾琛的心。

房间里，顾琛推开陆寅希。

陆寅希再次抓着他："顾琛，我们出去。你以后别在这里住了，你搬到我那里去住。"

陆寅希知道顾琛从来都没有忘记夏子衿，可他并不知道这份思念有多深。这一刻，当顾琛看着夏子衿从小到大一张一张的照片，一点一点地说着那些回忆，陆寅希才明白，夏子衿离开的这三年，顾琛每天都留在夏家的这栋别墅里，角角落落里全部都是曾经的影子，对他来说，是多么残酷的折磨。

顾琛身子有些无力，望着这一张一张的照片，开口时语气带着恳求："子衿，你回来吧，我好想你。"

看到顾琛眼角滑落一滴泪，陆寅希感觉心口一阵抽痛。

自那天之后，顾琛整个人都变了，好像终于把这些年压抑的悲伤释放出来，终于恢复到了曾经的样子，话虽不多，却知道开玩笑了，遇见开心的事，也能够笑得出来了。

日子一天一天地过，顾琛再也没有提过给夏子衿庆祝生日。大家都觉得，他已经能够接受夏子衿死亡的事实了。

这些年，谢诗蕊一直留在顾琛身边照顾他。

乔巧每次看到还是不高兴，陆寅希劝说，谢诗蕊了解夏子衿，跟顾琛有话题可以聊，她跟顾琛认识那么多年，彼此了解。宁愿是谢诗蕊，他们也不希望让一个陌生的女人走进顾琛的生活。

慢慢地，大家也在心里默认了谢诗蕊跟顾琛的关系。

七年弹指一挥间。

谢诗蕊大学毕业之后留在顾琛身边，现在是夏氏集团的董事长助理。

陆寅希一直劝顾琛，说谢诗蕊默默地在他身边陪伴了这么多年，于情于理，都不能再继续耽搁她了。

这一天，顾琛下班回家，谢诗蕊已经做好了晚饭。

吃饭的时候，顾琛问她："你想嫁给我吗？"

谢诗蕊愣了一下，在心里想着，这算是顾琛的求婚吗？

她没说话。

顾琛再次开口："既然决定跟你在一起，我就会尽到一个丈夫的职责，会按时回家，不会跟其他女人有过多的接触，除了身体和夏氏，其他的一切都可以给你。”

谢诗蕊几乎没有过多的思考，很认真地点点头：“我愿意。”

她不是普通幸福家庭长大的孩子，从小就没有父亲，也曾痛恨母亲为什么要把她生出来。所以，她从小到大，都对生孩子这件事抱有排斥的心理。男女之事只是排解压力，她在那方面需求不多，只要每天可以守在顾琛的身边，其余的一切都不重要。

她愿意，她很愿意。

“我可以先跟你订个婚，跟外界公布我们的关系，等子衿十年忌日过后，我就娶你。你可以等吗？”

谢诗蕊再次点头，激动得几乎要哭出来。

她认识顾琛已经二十年了，这一天，她终于等到了，也不介意再多等三年。

顾琛跟谢诗蕊订婚并没有大张旗鼓，只有公司里的一些人知道，几个至交好友知道。

尽管顾琛自己没有开诚布公，可网络社会那么发达，消息还是很快传出来了。霎时间，流言蜚语漫天，有人说顾琛不止害夏家满门，还逼走夏氏打江山的元老，让夏氏姓顾。但说得最多的还是，顾琛如今又要娶当年夏子衿最好的姐妹。他俨然就是一个十恶不赦的人渣，哪怕长得再帅，事业再成功，也为人所不齿。

如今的顾琛，对这些流言蜚语已经不太介意了，他自己的人生，自己活得明白就好，没必要对全天下的人证明他有多清白。

顾琛和谢诗蕊的订婚宴在一家普通的酒店里举行，所有人加起来只有一桌。

顾琛买了戒指，帮谢诗蕊戴在无名指上，两个人拥抱，却没有亲吻。

在戒指盒里面，还有一封协议，是顾琛的保证，在三年后，正式娶谢诗蕊入门。

一桌宴席结束，一切仍旧是往常的样子。

直到有一天，顾琛在人群中看到了一个熟悉的面孔，那一刻，他觉得自己被闪电击中，整个人都是蒙的。

他揉了揉眼睛，确定自己没有看错，人群中的人是夏子衿，她此刻正推着轮椅，而轮椅上坐着的人，是江斯晨。

夏子衿竟然还活着，她还活着！

可顾琛怎么也想不明白，夏子衿既然回来了，为什么不来找他。他更想不明白，她为什么会和江斯晨在一起。

当顾琛想要问个清楚的时候，那个熟悉的面孔已经消失在人群之中。

这几日，谢诗蕊觉得顾琛有些不对劲，以前虽说他也很冷漠，但是对谢诗蕊还算客气，可最近这几天，他总是莫名地发脾气，让人摸不着头脑。

她没有办法，就去找了陆寅希，这才知道，原来，夏子衿回来了。

一下午，谢诗蕊呆呆地坐在夏家别墅的沙发上，脑子是蒙的。

夏子衿不是已经死了吗？

顾琛找了夏子衿这么多年，一直杳无音信，为什么偏偏在顾琛终于决定要娶谢诗蕊的时候，她又回来了？她还回来干吗？她为什么还要回来？再把顾琛从她的手里抢走吗？

不！谢诗蕊咬着牙，她一定不会让夏子衿得逞的。不管付出任何代价，她都不允许任何人抢走顾琛，谁都不可以。

经过陆寅希的调查，顾琛知道了夏子衿现在的住处。

下了班之后，顾琛没有回家。将车子停在夏子衿住处的楼下，他熄了火，安静地坐在车子里面。

大概过了半个小时，他看到楼道里，那个无比熟悉的女人，推着江斯晨的轮椅走了出来。

顾琛忍住下车的冲动，坐在车子里安静地看着。

他看到夏子衿脸上带着灿烂的笑，凑在江斯晨耳边说着什么，两个人很亲昵，夏子衿看起来很喜欢江斯晨，就好像曾经喜欢他一样。

所有的思念，在这一刻化为了愤怒。

七年啊！她就不想回家看看爸爸妈妈吗？

那个别墅，顾琛从未离开过，他就怕有一天夏子衿回来了，会找不到他。

顾琛想不到其他的理由，他虽然不想接受，却也不得不承认，七年的时间，夏子衿爱的人，已经不再是他。

夏子衿推着江斯晨的轮椅，在顾琛的视线中消失。顾琛终究没有追上去质问，一个人开着车子，在马路上游荡。

谢诗蕊已经做好了饭，等了一个多小时，顾琛还是没有回来。以往，顾琛就算不回家吃饭，也会提前打个电话跟她说一下，今天却像是忘了这件事一样。

想到下午陆寅希说的话，谢诗蕊坐在饭桌前，心情复杂，不知所措。

顾琛去找夏子衿了吧？她想。这个世界上，也就只有夏子衿能让顾琛抛下所有，甚至包括他自己。

这一刻，谢诗蕊忽然明白，为什么当初顾琛决定要给她一个名分的时候，说除了自己和夏氏，其他的都可以给她。

原来，顾琛从来都没有忘记夏子衿，哪怕他慢慢接受夏子衿死亡的事实，可他的心，永远都在等她回来，宁愿空着，也不愿意分给谢诗蕊一分一毫。

谢诗蕊给顾琛打了个电话，顾琛接了起来，这才想起，谢诗蕊还在家里等着他。

这一刻，顾琛觉得自己是个浑蛋。

以往网络上和周围的人再怎么批判他，他都从未觉得自己做的事情有什么错，然而现在，他第一次这么厌恶自己。

将电话接了起来，顾琛语气还算温和："我在外面有点事，晚饭不回去吃了。"

谢诗蕊其实想问，他现在是不是跟夏子衿在一起。可是她不敢跟顾琛摊牌，她害怕自己闹得凶了，顾琛连自己的承诺都不去兑现，再一次将她挡在门外。

这里是夏家别墅，她要嫁的是夏子衿的爱人，她没有那么大的勇气作。

谢诗蕊柔声说“好”，什么也没有问，安静地挂了电话。

顾琛打电话给陆寅希，约他在 TIME 酒吧喝酒。

陆寅希知道夏子衿回来的事情让顾琛烦恼，本来在家里吃饭，还没吃完就换衣服去了酒吧。

现在时间还早，酒吧里并不喧闹。

陆寅希帮顾琛叫了两打啤酒，兄弟俩坐着喝着。

“我去找她了。”顾琛主动开了口。

陆寅希倒着酒，问：“见面了吗？”

顾琛摇摇头。想着夏子衿推着江斯晨的轮椅，俯身在江斯晨耳边说话的样子，他觉得心口闷得发紧，端起陆寅希倒满的酒，一饮而尽。

七年了，那个女人的一举一动，刺激着他花了七年时间平静下来的心。

“你准备怎么办？”陆寅希问。

顾琛摇摇头。他要是知道自己该怎么办，就不会坐在这里喝闷酒了。

“你先别着急，我这边再帮你仔细调查一下，看看这些年子衿都去过哪里，然后派人过去看看，问问这些年都发生过什么。”陆寅希说。

顾琛端着酒杯，无奈地勾了勾唇：“有什么意义吗？”

他在意的无非是夏子衿是否还活着，现在知道她还活着，活得好好的，就够了。

陆寅希也不知道该说什么了。

这几年，发生了太多事情，就算夏子衿现在回来，她和顾琛也回不到过去了。

“放下吧。”陆寅希说，“和诗蕊好好过日子。她对你是真心的，我们都看得出来。既然子衿跟江斯晨在一起能幸福，就由她吧。”

“是啊，只要她能幸福。”只是夏子衿的幸福，再也与他无关了。

顾琛仰起头，再一次将杯子里的啤酒一饮而尽。

酒喝到大半夜，从来没有醉过的顾琛，这次却喝趴在了桌子上。

他向来理智，就算遇到再大的坎，也都会坚持着，想办法努力走过去。

伤心难过这种情绪，对顾琛没有任何的作用，他也不需要。可现在，他想醉一场，醉了就什么都不知道了，心就不会这么痛了。

陆寅希拖着顾琛回去，谢诗蕊看到车灯，急忙出来，跟陆寅希一起扶着顾琛进了屋。

“帮他冲杯蜂蜜水，刚才吐了我一车。”

谢诗蕊乖巧地照做。

陆寅希帮忙扶起躺在床上的顾琛，谢诗蕊将杯子放在顾琛嘴边，轻轻喂他喝了进去。

顾琛睁开眼眸，看着身边的女人是夏子衿的模样，他甚至能感觉到夏子衿生气了，嘟着嘴呵斥他：“干吗喝这么多酒，不知道你身体不好吗？万一头疼病又犯了，难受的不还是你？”

“不难受，有你在我就不难受。”顾琛将面前的女人抱进怀里，依偎在她的胸前，感到前所未有的心安。

谢诗蕊被顾琛抱着，第一次听他对她说这样的话，当着陆寅希的面，脸有些红。

陆寅希把沉重的顾琛从谢诗蕊身上扒开，想扶着他躺下休息。

顾琛又抱住了陆寅希，说：“别走，你别再走了，当年我只是四年没联系你，你已经惩罚我七年了，够本了。”

陆寅希转头看向了谢诗蕊。

谢诗蕊也恍然，原来，刚才顾琛那么温柔的话，并不是对她说的。她顿时觉得脸上火辣辣的，为她的自作多情，也为当着陆寅希的面出丑。

陆寅希扶着顾琛躺下，帮他盖好被子，跟谢诗蕊一起离开了房间。

客厅里，陆寅希和谢诗蕊坐在沙发上。

谢诗蕊眼眶通红，忍不住有眼泪落下。

陆寅希抓了抓头发，不知道该说些什么来安慰。

若是乔巧，他随便说两句玩笑话就过去了，乔巧也不是那种会让自己受委屈的人。可谢诗蕊不一样，她太过隐忍，喜欢把委屈吞进肚子里，又敏感，不够乐观。

他心里清楚，自从顾琛知道夏子衿回到中海市那一刻，顾琛的心就不可能再安稳了。

“你别想太多，想多了也没用。顺其自然吧，该是你的，谁都抢不走。”言外之意，陆寅希是在劝谢诗蕊，如果原本就不是她的，就算强求也得不到。

“我认识他二十年了。”谢诗蕊从茶几上抽了一张纸，擦干眼泪，吸了吸鼻子，“从第一眼见到他的那一刻，我就觉得他跟周围所有的人都不一样。他就像个太阳，让人挪不开眼。”

陆寅希从茶几上拿过一包烟，问谢诗蕊：“介意吗？”

谢诗蕊摇摇头。

陆寅希把烟点上。

“后来我才知道，原来并不是因为他跟别的男生有什么区别，只是因为我喜欢他。”谢诗蕊想起小时候的事情，脸上的笑容有些苦涩，说，“那时候我还小，也不敢跟顾琛表白，我就天天跑到这里来找子衿，我只是想借此多看他两眼。我以为只要我们相处的时间够久，顾琛就会喜欢我。可我没想到，当我鼓起勇气想要把这个秘密分享给子衿的时候，她却告诉我，她喜欢上顾琛了。”

陆寅希沉默地将烟灰弹在烟灰缸里。

“你知道子衿的，她那么耀眼，就像一个公主。她有自己的小心思，学校里有人想要让她帮忙给顾琛递情书，她就在顾琛面前说那些女孩的坏话。要是有女生对顾琛表现得太过明目张胆，哪怕是高年级的学姐，子衿也有法子让她知难而退。”谢诗蕊说着，又觉得委屈，“我哪敢再说我喜欢顾琛，就一直把这个秘密藏在心里。我一直以为等我长大了，遇见更多其他好的男生，对顾琛的感觉就会淡了。我也希望自己对顾琛只是一种依赖，就像我需要一个哥哥保护我一样。可事情不是我想的那个样子……”

陆寅希摁灭了烟，劝道：“感情这种事，谁也说不好。”

“可夏子衿为什么还要回来？她回来是要夺走顾琛吗？”谢诗蕊抓着陆寅希的胳膊，因为太过激动，陆寅希都被抓疼了。

他抽回自己的胳膊，对谢诗蕊说：“你别太担心了，子衿现在跟江斯晨在一起了。这七年，她一直都跟江斯晨在一起。虽说现在顾琛看起来放不下，但是你也说了，你认识他二十年，你知道他的性格，知道子衿对他而言意味着什么。你要给他一点时间，就好像这七年一样。等他自己想明白，有些人就算回来了，也不再是原来的样子，他就会死心了。”

“真的吗？”谢诗蕊半信半疑。虽说陆寅希这话让她心里踏实了一些，可是她领教过夏子衿的手段，她还是忍不住担心。

“行了，你也早点休息吧。顾琛喝成这样，估计明天早上要头疼的，劳烦你照顾了。”陆寅希不想在这里听谢诗蕊说太多。

谢诗蕊还有很多问题想问陆寅希，陆寅希却已经离开了。

空荡荡的房间，只剩下谢诗蕊一个人。

她环顾这个熟悉的家，自己虽然已经在这里住了好几年，却始终感觉自己是个外人。她也想过跟顾琛搬出去住，但顾琛并不同意。谢诗蕊哪敢要求太多。

就算她这么卑微，这么小心翼翼，终究还是不能让顾琛把整颗心留在她的身上。

谢诗蕊上楼，经过顾琛的房间门口，迈步过去，打开门，看到顾琛安静地躺在床上。

她有一个大胆的想法，顾琛是一个负责任的人，倘若她怀了顾琛的孩子，就没有人再把顾琛从她身边抢走了吧？

悄声走进房间，站在顾琛的床前，谢诗蕊一件一件脱掉自己的衣服。

床上醉梦中的顾琛翻了个身，嘴里嘟哝："我不爱她……"

谢诗蕊光着身子站在那里，顿觉羞辱。

梦中的顾琛是在跟夏子衿解释吗？解释他跟谢诗蕊在一起，只是谢诗蕊一直死缠烂打？

可他说的没错啊！他不爱她，哪怕一分一秒都没有爱过。

谢诗蕊捡起地上的衣服，离开了顾琛的房间。

她已经不再是七年前那个不懂事的女孩了，她不能这么不顾后果。

次日，顾琛宿醉醒来，头痛欲裂。他起身打开抽屉，从里面取出止痛药，倒进嘴里。

洗脸的力气也没有，顾琛起床便走到客厅，在沙发上靠着。

回想昨天晚上，他好像梦到夏子衿了。睡梦中的夏子衿质问他，为什么让谢诗蕊住在她的家，睡她的床，爱她的男人。她质问顾琛是不是变心了。

顾琛记得自己慌乱地对她解释，他不爱谢诗蕊，只是事情就这样发生了。他甚至跟夏子衿发誓，这些年他从来都没有背叛过她，从身体到心，一点一滴，都是干净的。

厨房里，谢诗蕊端了一碗小米粥过来，放在茶几上，笑着对顾琛说："趁热喝了，胃会舒服一点。"

顾琛看着面前的女人，这个实实在在陪伴了他七年的女人。那种自责的情绪又冒出来了，他觉得自己是一个浑蛋，彻头彻尾的浑蛋。

顾琛忍着头痛，端起粥，喝了一口，又放下了。

"怎么了？"谢诗蕊问，"不好喝吗？"

"我值得吗？"顾琛抬眸，望向了谢诗蕊。

"啊？"谢诗蕊其实知道顾琛说的是什么，可她宁愿装傻。

"我值得你这样对我吗？值得你为我耗尽青春吗？我到底有什么好？我这么浑蛋，我到底有什么好？"他靠在沙发上，头疼得更厉害了。

顾琛抬手捶打着太阳穴，谢诗蕊急忙上前，抓住他的手。

"顾琛，你别这样。你是不是头疼啊？吃药了吗？要不我送你去医院吧？"

谢诗蕊的关心，对于顾琛来说就是折磨。

他对谢诗蕊说："我们搬出去吧。"

既然夏子衿已经回来了，既然她知道家在什么地方，他也没有必要再守在这里了。

顾琛从沙发上起身，忍着头疼出了门。

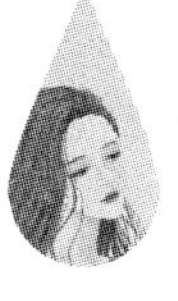

第五章·
能够见到她，心就会安宁

夏子衿和江斯晨回了中海市，租了一套房子。江斯晨原本准备把贝拉也一起接过来，只是诊所那边还有一些工作需要交接，贝拉要晚一些才能过来。

夏子衿的记忆在这些年已经全部恢复，但她对顾琛的爱，却随着当初失去记忆的那些日子慢慢变了。

或许是因为自己当初太年轻、太傻，才会错把顾琛当成人生中最重要的人，甚至为了跟他在一起，让妈妈伤心。

这些年，她调查了很多关于当初游轮出事的资料，越发觉得那不是一场意外。每每想到自己曾经想要跟一个那么危险的男人共度余生，夏子衿就觉得后怕。

信任这种东西，一旦打破，便觉得对方的一举一动都带有目的。

这天清晨，夏子衿醒来，江斯晨已经帮她买回了早餐。

夏子衿坐在桌前吃着，忍不住说他："都跟你说了，以后不用专门帮我去买早餐。"

"我想你每天早上起床都有东西可以吃，满足地开始新的一天。"江斯晨笑着说。

夏子衿拿他没办法。

吃饭的时候，江斯晨问夏子衿："你真的要去找顾琛吗？"

夏子衿拿着筷子的手一僵，点了点头，她说："我前两天去查过我爸的遗嘱了，他的确把股份都给了顾琛，留给我一些钱，和我们家的房子。"

"夏叔对顾琛这么信任，没想到顾琛竟然翻脸。"江斯晨都替夏明奕不值。

夏子衿想起传闻中顾琛做的那些事，也觉得心寒。

“你知不知道他现在跟谢诗蕊住在你们家？”江斯晨问。

夏子衿没说话，很显然，她知道。

“我听说，他已经跟谢诗蕊订婚了，只不过知道的人不多，估计怕别人的流言蜚语吧。毕竟夺了你爸爸的公司，又把当初跟你爷爷打江山的梁文山赶走，已经引起公愤了。现在又正大光明地要娶你的发小，是彻彻底底的坏人了。”江斯晨也替夏子衿不值，“要不是我现在腿不行了，真得把你拐到手。”

“得了吧你，我这辈子都不会再谈恋爱了。你要是有这样的心思，咱可连朋友都没得做了。”

“别别别，我开个玩笑。”江斯晨急忙摆手，笑着说，“说来也奇怪，自从游轮出事之后，我也看开了。你不喜欢我就不喜欢我吧，能跟你成为朋友，我已经很开心了。”

夏子衿问：“不过说真的，贝拉什么时候来中国？我看得出来，她对你是真心的，你可别负了人家。”

“自然不会，难得她不介意我跟你这个初恋情人走得这么近。”江斯晨笑语一句。

“谁是你初恋情人。”夏子衿瞥了江斯晨一眼，继续低头吃饭。

吃过早饭，夏子衿换了身衣服。

出门前，江斯晨嘱咐：“别跟他来硬的，他这人太腹黑，得慢慢深入，先打探一下。”

“安啦安啦，你别到处跑，等我回来。”

夏子衿说完，关了门出去。

她没有去夏氏，而是直接坐出租车回了夏家别墅，敲了敲门，里面传来一个女人甜美的声音：“来了。”

谢诗蕊推开门，看到站在门外的人是夏子衿，她整个人愣住了。

夏子衿没等谢诗蕊反应过来，已经迈步走了进去。

环视了一眼这个已经七年没有回来的家，她咂咂嘴："什么都没变啊！"

"我们正准备搬出去。"谢诗蕊也不知道为什么突然冒出这句话。她潜意识一直觉得这里是夏子衿的家，如今主人回来了，她就像一个小偷一样，不知所措。

"搬出去干吗，在这儿住得不是挺好的吗？"夏子衿也不去看谢诗蕊，在房间里逛着。

走到顾琛的房门口，夏子衿推开门，里面还是原来的摆设。夏子衿又上了楼，走到她自己的房间。

房间的床单是粉色调的，窗帘也换了，只是东西的摆放还是原来的样子。

谢诗蕊急忙跟着上楼，夏子衿也不理会她，依次看了书房、爸妈的卧室，还有洗手间和浴池。

最后，她下了楼，去厨房瞄了一圈，才走回客厅，在熟悉的沙发上坐下。

谢诗蕊站在夏子衿的面前，夏子衿抬眸望着她，笑着问："怎么样？我们家住着是不是特别舒服？"

"之前是顾琛不肯搬走。"谢诗蕊不知道该怎么跟夏子衿解释。说实话，这一刻，她甚至害怕夏子衿会给她一巴掌。

"过来坐啊，站着干吗？"夏子衿脸上带着笑。

可是这样的笑容，让谢诗蕊更觉得恐怖。

"我给顾琛打电话吧。"谢诗蕊说。

夏子衿没有去公司，直接来了家里，就说明她现在还不准备见顾琛。谢诗蕊猜测，夏子衿只是想来给她一个下马威，让她自动退出。但她不会的，她已经和顾琛订婚了，她不会再像以前那样傻，把顾琛让给面前这个女人。

"好啊！"夏子衿脸上笑容不变，慵懒地靠在沙发上。

谢诗蕊问夏子衿："你还回来干吗？"

"咦，你这话说得。这是我家，我不回来，我去哪儿？我又不像你，这么厚的脸皮，能把别人家当自己家，把别人的老公当自己的老公。对了，你以后会不会也把别人的孩子当成自己的孩子啊？”夏子衿邪惑地勾起嘴角，一副无所谓的模样。

这副样子却惹恼了谢诗蕊，她红着眼眶指责：“你没有资格这么说我，我才不稀罕住在这个破地方。”

要不是当初顾琛不肯离开，谢诗蕊这辈子都不会再踏入夏家的家门。

“呦！”夏子衿从沙发上站起来，走到谢诗蕊面前，跟她几乎脸对脸，问，“是谁五花大绑捆着你，然后把你软禁在这里的吗？”

谢诗蕊下意识后退。

“当了婊子还立牌坊，说的就是你这种人吧？”夏子衿步步紧逼，看到谢诗蕊眼睛里面酝酿着泪珠，她停下脚步，“这么多年了，你还是这副德行，让人恶心。”

谢诗蕊跟夏子衿保持着距离，也不再说话，反正自己永远都说不过夏子衿，倒不如干脆闭嘴，随便她吧。

“不是给顾琛打电话吗？打了吗？”夏子衿说话间，从谢诗蕊手里拿过手机，翻看着电话本，找到备注为“老公”的号码，“顾琛这么多年都不换号码，是在等我回来吗？”

谢诗蕊已经忍不下去，扑上去把自己的手机抢了回来。

谢诗蕊不愿意把顾琛这些年以来承受的痛苦告诉夏子衿，怕她知道以后，会更爱顾琛。

夏子衿看着谢诗蕊这副紧张的样子，不免觉得好笑，也没有心情再逗她，坐在沙发上，等顾琛回家。

不知道是不是谢诗蕊偷偷联系了顾琛，还没到中午下班的点，顾琛就从外面回来了。

他进门，看到夏子衿坐在沙发上，只是静静地站着，一声不吭。倒是夏子衿，大大方方地从沙发上起身，走到顾琛面前，抬手摸了摸他的脸：“几年不见，你瘦了。”

顾琛没有避开，眼睛直直地盯着面前的女人。

旁边谢诗蕊有些伤心，要知道，自己跟顾琛唯一一次拥抱，还是在订婚宴那天，当着那么多人的面做做样子而已。

顾琛不说话，并不是他无话可说，而是有太多的东西堵在喉咙里，同一时间一起往上冒，他不知道第一句话究竟该说什么。

他只是盯着面前的女人，一直望着她，强行压下内心想要抱她的冲动。

夏子衿环顾房间，对顾琛说："中午一起吃个饭吧？这个家里不干净，我不喜欢。"

谢诗蕊自然知道夏子衿所谓的不干净是什么意思。

顾琛看了谢诗蕊一眼。

"就我们两个人，我有话跟你说。"夏子衿打消了顾琛想要带上夏诗蕊的想法。

顾琛想要拒绝，可他说不出口。

天知道，当谢诗蕊发消息告诉他夏子衿现在就在家里的时候，他有多激动。他庆幸今天谢诗蕊休班，否则夏子衿过来也只是扑个空。

"走吧。"夏子衿拉着顾琛的手腕，离开夏家别墅。

谢诗蕊自始至终都像是一个外人，没有被顾琛正眼看过。她早就知道的不是吗？只要夏子衿在，顾琛的目光从来看不见其他的任何人。这一刻，谢诗蕊无比的后悔，她为什么要联系顾琛。

夏子衿看到别墅外面停着的黑色凯迪拉克，笑着说："这辆车还没换呢，你还真是长情。"

话里的讽刺意味，顾琛不是听不出来。

这七年，顾琛想过无数种和夏子衿重逢的场景，他也想过某一天夏子衿再次回到这个别墅，像小时候一样等着他回来。

美梦实现了，顾琛开心吗？

开心，是真的开心，发自内心的开心。

不管前些日子当着陆寅希的面说了多少狠话，在看到夏子衿的那一刻，他宁愿当一个口是心非的伪君子，反正，他现在也不觉得自己是什么好人。

夏子衿熟练地打开顾琛的车门，坐上了副驾驶位，看到车子前面放着几个毛绒玩具，不用猜也知道，这么幼稚的玩意儿，肯定是谢诗蕊的。夏子衿将毛绒玩具从车窗丢了出去，只留下顾琛放在前面的那一对亲嘴小猪。

此时此刻，看到这一对亲嘴小猪，夏子衿想起了很多事情。那些她曾经以为美好，却在后来伤她最深的事情。

不得不说，顾琛的演技还是很好的。可他碰触了夏子衿的底线，尽管没有确切的证据证明他害死了爸妈，可他赶走了梁爷爷是真的，他夺了夏氏是真的，他决定要娶谢诗蕊，也是真的。

有了这些明摆着的真相，夏子衿不会再像当年一样傻乎乎地说服自己，顾琛有什么苦衷。

“去哪儿？”这是顾琛见到夏子衿之后，开口说的第一句话。

“公司对面那家餐厅吧，还在吗？”夏子衿从顾琛的车子抽屉里翻出一袋口香糖，剥了一颗丢在嘴里嚼着。

“嗯。”顾琛启动车子，缓缓离开了别墅。

谢诗蕊站在楼上窗边，看着被夏子衿丢出来的她的宝贝毛绒玩具，那些都是跟顾琛和陆寅希他们出去玩，从娃娃机里抓到的。那也是顾琛送给谢诗蕊的为数不多的礼物。可是夏子衿欺人太甚，竟然全部丢了出来。而顾琛，并没有阻止。

路上，顾琛几次想要开口，终究还是一路沉默。

反倒是夏子衿，嚼着口香糖痞里痞气地问：“你跟谢诗蕊上过床了吗？”

“没。”顾琛瞬间开口。

他也不知道自己为什么要这么急着解释，好像一个在向老师讨要糖果的幼稚园学生。他急切地想要告诉夏子衿，他很想她，他一直在等她回来，如今看到她，他又是多么的开心。

可顾琛向来不是一个善于言辞的人，这些话从他脑中升起，经过了喉咙，却没有发出任何声音。

夏子衿望着车窗外，哼笑：“真难得啊！”

“你呢？”顾琛问。

“我？”夏子衿转过头来望着他，显然没明白他说的是什么意思。

顾琛也不怕说得更直白一些：“你跟江斯晨……”

“他啊……”夏子衿下意识想说，她跟江斯晨什么关系都没有，可随后就止住了，只是说，“这好像跟你无关吧，毕竟你都要娶别的女人了。”

顾琛心里翻江倒海，夏子衿却显得云淡风轻。

很明显，夏子衿没有忘记他，不但没有忘记他，还记得公司对面的那家店，还知道吃谢诗蕊的醋。也就说明，夏子衿原本可以早一些出现在他的面前，但是她没有。

顾琛心里藏了好几天的疑惑，此时当着夏子衿的面，问出了口：“你为什么不回来？”

“我在上大学啊！”夏子衿说得理所应当。

“总可以打个电话吧？”顾琛有些恼。

“为什么要打电话？”夏子衿转头望着他，仍旧是一副让他气恼的哼笑模样，说，“你大学四年，不也没给我打过电话吗？彼此彼此，谁也别说谁。”

“可那时候你知道我是活着的。”顾琛的情绪已经有些激动。

他四年没有联系夏子衿，是因为他搞不清楚自己对夏子衿的感情究竟是正确的，还是错误的。他给了自己四年的时间去理清楚，放下，抑或是争取。可夏子衿呢？他们已经订婚了，他们已经对彼此坦诚了对方的感情，他们已经是情侣，是决定要携手度过一辈子的人了，这能一样吗。

夏子衿没跟顾琛继续争，只是说：“说这些没有意义，都过去了不是吗？说说你吧，什么时候跟谢诗蕊举办婚礼啊？”

顾琛嘴唇紧抿，不吭声。

车子在公司楼下停了下来，夏子衿一个人下车进了餐厅。

此时还不到中午的饭点，餐厅里面人不多，夏子衿找了一个靠窗的位子坐下。

夏子衿也挺佩服自己的，竟然还有勇气再次回到这个地方，看着对面的夏氏集团总部，一切好像都没变样，可一切都已经不一样了。

顾琛迈步走了过去，在夏子衿对面坐下。

夏子衿端着桌上的水杯喝了一口，柠檬水的味道一如既往。

她对顾琛开门见山地说："我今天来找你，是想拿回夏氏的股份。我不要多了，你把我爸的给我就行了。"

顾琛望着夏子衿，问："为什么？"

"什么为什么？这本来就是我的东西，我拿回来也很正常吧？"夏子衿没有再嬉皮笑脸，神情是顾琛从未见过的认真，也带着一丝疏离。

这样的神情，让顾琛觉得心头渐渐漫上一丝冷意。

原来，她再次出现，不是回来从谢诗蕊手里抢回他，

原来，她压根儿就不在乎他跟谢诗蕊之间会有什么样的发展。

"对了，还有别墅，你们尽早搬出去吧"夏子衿又说。

顾琛笑了，他问夏子衿："是江斯晨让你回来的吗？"

"这是我自己的事情，跟江斯晨无关。"

"如果我不给呢？"顾琛问。

"不给？"夏子衿愣了一下，尽管她知道顾琛就是为了得到夏氏，但是她没想到他敢这么明目张胆地说出来。

夏子衿也不想跟顾琛硬碰硬，再次开口："这些年你收的股份那么多，我只拿回属于我爸的那份，对你在公司的地位没啥影响吧？"

"我说了，如果我不给呢？"

"你凭什么不给？"夏子衿皱眉，"这本来就不是你的东西。"

"为什么不是我的东西？"顾琛神色有些冷，他问，"你应该找律师查过遗嘱了吧？我继承夏叔的股份是完全合法的。我现在拥有公司大比例的股份，是用我自己的钱从其他股东手里买的。这几年公司动荡差点撑不下去，是我没日没夜拼过来的。公司已经没有你的股份了，你平白无故地来找我，我为什么要给你？"

当他意识到夏子衿今天找他的目的时，那颗原本温热跳动的心，被一盆冰水浇了下去，浇了个透心凉。

夏子衿一直忍耐的脾气，也在这一刻爆发："我爸立这份遗嘱，是因

为信任你，可他不知道自己错付他人。再说了，我爸的财产本来应该由我这个亲生女儿来继承的，你跟我爸在法律上又没有任何关系，凭什么抓着不放？”

“既然这样，那就没得聊了？”顾琛靠在椅背上，神情恢复以往的淡漠。

“我说过，我只拿回属于我爸的股份。你以后过什么样的生活，我不会干涉。如果你觉得我现在是一副丑恶的嘴脸，我大可以以后再也不出现在你的面前。但是，我一定要拿回属于我的东西。”夏子衿态度坚决。

顾琛身子前倾，双眸直直地望着夏子衿，一字一句地问：“你，从我这里，拿回属于你的东西？”

他说着，忍不住笑出声来。

从什么时候开始，他成了夏子衿的外人。

事到如今，夏子衿已经明白，今天的谈判失败了。

这顿饭也没什么好吃的，夏子衿从座位起身，冷声道：“真替我爸寒心。”

话一说完，夏子衿迈步离开。

“夏子衿。”顾琛坐在位子上，连名带姓地叫住她。

夏子衿停下脚步，并未转身，听见身后顾琛说：“我希望你永远都不会为这一刻你的所作所为后悔，永远都不要。”

“谢谢你的提醒。”夏子衿头也没回，踩着高跟鞋迈步离开。

她这辈子唯一后悔的事情，就是年少无知的时候，想要以他之姓，冠己之名。

离开饭店，夏子衿坐车去了墓地。

她来中海市的这段时间，每天都会来墓地看望爸爸妈妈。残酷的是，曾经活生生的人，现在变成了冰冷墓碑上的两张照片。

“爸，顾琛不肯答应我，我也不知道该怎么办。”夏子衿坐在墓碑前，抬手轻轻地抚摸着爸爸的照片。

父母给过的那些宠爱仿佛还在昨日，她也一直觉得自己永远都会是父母的小公主。然而如今，连顾琛都成了外人，她能依靠的人，只剩下自己。

夏子衿看向了妈妈的照片："妈，当初是我不懂事，总是惹您生气，要是我听您的话，也许就不会发生今天这样的事情了。"

如果老天爷再给她一次机会，她肯定离顾琛远远的。这一切都是因为顾琛而起，她对不起所有爱她的人。

夏子衿从墓碑前站起来，望着墓碑，说："爸，妈，你们放心，不管用什么手段，我都一定会把我们家的东西夺回来。"

那天谈判过后，夏子衿又去找过顾琛几次，只是顾琛再也不肯见她。

顾琛给夏子衿寄了一个包裹，里面只有一把别墅的钥匙，其他的只言片语都没有留。

夏子衿并没有搬回别墅，能够回去看一眼，已经用光了她所有的勇气，要是日日夜夜住在那里，她一定会崩溃的。

顾琛不见她，她得自己另想办法。既然从顾琛这里攻不破，她只能从谢诗蕊那边下手了。

他们不是已经订婚了吗，夏子衿偏要给他们添堵。

这天中午，夏子衿起床洗漱之后，坐在梳妆台前，从抽屉里拿出一个小盒子，里面是一副钻石耳钉。

清晨的阳光从卧室的窗外倾洒进来，夏子衿手里拿着耳钉，阳光透过钻石反射出璀璨的光，在夏子衿的眼前闪闪发亮。她脑海中浮现出七年前在摩天舱的那个夜晚，漫天的繁星。

夏子衿将耳钉戴上，离开家，坐车去了公司。

她在楼下的水吧点了一杯咖啡，一个人坐在那里喝着。

中午下班之后，她看到谢诗蕊从电梯出来。

夏子衿起身，迎了上去。

七年时间，谢诗蕊不再是当年那个不施粉黛的女孩了，今天她穿着一身白色的工作装，黑长直的头发披在肩上，脸上化着清淡的妆容，看起来倒很顺眼。

看到夏子衿远远走过来，谢诗蕊下意识回身，快步往电梯那边走去。

只是，此时的电梯门已经关上，墙上的红色数字往上跳动着。

夏子衿走到谢诗蕊身后，笑着说："躲什么，我还能吃了你？"

"你想干什么？这里是公司。"谢诗蕊勉强让自己镇定下来，身子却有些发抖。

"每次见到我都那么紧张，怎么，抢了别人的东西内心不安，害怕不是你的东西早晚有一天会失去？"夏子衿问。

谢诗蕊粉拳攥了攥。夏子衿总是这样，一两句话就能戳到她最介意的地方。

"怕什么，顾琛都跟你订婚了，还能被我拐走了不成？你放心，我现在对男人没兴趣，倒是对你……"夏子衿伸手拉着谢诗蕊的胳膊，"走吧，请你吃个饭。"

"我不去。"谢诗蕊想要挣脱，怎奈夏子衿力气太大，而且这里又是夏氏，她也不想失了形象，给顾琛丢脸。

夏子衿不再说话，冷着脸扯着谢诗蕊离开公司。

夏子衿拉着谢诗蕊去了公司对面的餐厅，仍旧在老地方坐下。

谢诗蕊坐立不安，第一想法是给顾琛发信息。可是想到上次顾琛见了夏子衿之后的态度，她只能作罢。

谢诗蕊说服自己，这里是公众场合，夏子衿不敢乱来。她深呼吸一口气，面上不动声色，让自己看起来冷静一些。至少，她不想在气势上输给夏子衿。

反倒是夏子衿，点了东西一边吃着，一边若无其事地开了口："你跟顾琛什么时候结婚？"

"跟你无关。"谢诗蕊才不会说，顾琛当初的保证是，给夏子衿过了十年忌日之后再结婚。现在夏子衿都好端端地回来了，还有什么十年忌日。

"的确是跟我无关，不过有件事我不得不告诉你。"夏子衿望着谢诗蕊。

她给谢诗蕊看了看她耳朵上的耳钉："喏，这是我跟顾琛订婚的那天，他送给我的。知道什么意思吗？"

谢诗蕊不说话。

"这个。"夏子衿指了指左耳上的耳钉，"他说代表我爱你。这一个，他说代表我想你。订婚那天在游轮上，你看到了吧？我跟顾琛在摩天舱里，他为我放了烟花。对了，还没问你，你们在什么地方订婚的？请了多少人啊？他送你什么订婚礼物？”

谢诗蕊抿着嘴，低着头。

她的订婚宴，寒酸得让人难过。可因为那个人是顾琛，谢诗蕊连伤心都无处诉说。所有一切都是自找的，谢诗蕊没有什么好抱怨的。

“看你这表情，估计订婚也只是走了个形式吧。还有个事要告诉你。自古以来呢，都讲究一个先来后到。虽然你现在跟顾琛订婚了，但那是在他以为我死了的情况下。很显然，现实是我还没死。所以他就算要跟你履行婚约，也要先履行跟我的婚约。你上过大学，这个道理能听懂吧？”

谢诗蕊听出来了，今天夏子衿过来找她，就是为了给她难堪的。

她不会让夏子衿得逞，仰起头说：“订婚只是一个形式，可以订婚，也可以悔婚。”

“对对对，我正想跟你说呢，既然你知道这个道理，那我也就不用浪费口舌了。让别人悔婚，不如自己悔婚来得过瘾。所以你还是放聪明一点，跟顾琛取消婚约吧。”

“你休想。”谢诗蕊态度坚决。

“反正我也就是这么一说，你就那么一听，至于怎么做，还是得看你自己。”

饭菜上桌，夏子衿自顾自地吃着东西。谢诗蕊不想继续留在这里自取其辱，起身要走。

她以为夏子衿还要说什么不好听的话留她，但夏子衿什么也没说。

夏子衿隔三岔五就去给谢诗蕊添堵，终于有一天，她在公司等谢诗蕊的时候，看到了顾琛。

这一次，顾琛没有再躲避夏子衿，就这样站在她的面前，冷漠地望着她：“你究竟想怎么样？”

“你不躲着我了？”夏子衿勾唇笑了。

夏子衿看了谢诗蕊一眼，对顾琛说：“这么多年没见我的好姐妹，过来找她聊聊天，你不会连我这个机会都夺走吧？”

“有事冲着我来，离诗蕊远点。”顾琛挡在谢诗蕊的面前，与夏子衿对峙。

夏子衿的心口猛地抽痛了一下。

她一直以为自己现在已经是钢铁侠，浑身上下都已经麻木，再也不会有任何事情能够勾起她的情绪了。

此时此刻，她鄙视自己。

“既然这么疼爱你的未婚妻，那今天中午你也一起吃饭吧，听听我对她说了什么，也好放心。”夏子衿嘴角扯出一抹笑，压住了心中的异样。

“不就是想见我吗？不用诗蕊跟着了。”顾琛说完，迈步走出公司大厅。

谢诗蕊站在原地，有些失落。其实，她是愿意跟顾琛一起的。

夏子衿看到谢诗蕊的脸色不好看，笑着上前挽住顾琛的胳膊，故意大声地说：“你这样，你未婚妻会吃醋的。”

顾琛想要甩开夏子衿，夏子衿却死死攥着，没有放手。

她就认准了这里是公司，不管是顾琛还是谢诗蕊，都不敢跟她耍脾气。

离开公司，还不等顾琛甩开夏子衿拉着他胳膊的手，夏子衿就自动放开了。

她没有到对面的餐厅，就站在公司外面，对顾琛说：“我不跟你兜圈子，你知道我是什么目的。”

“想要钱，我可以给你。”顾琛说。

夏子衿紧咬牙关，却带着笑。她感觉自己被羞辱了，可她又不想发火。

她望着顾琛，耐着性子又解释一遍：“我虽然不太富有，但是目前还不需要顾总接济。我拿回股份不是为了我自己，是为了我无辜死去的爸妈。”

她神色平静，语速很慢。话已经说到这个份上了，顾琛不傻，肯定听得懂。

“然后呢？”顾琛问得莫名其妙。

夏子衿不解，什么然后？没有然后了呀！她拿回属于她的东西，顾琛继续过他的日子，这都已经说了多少遍了。

“我说了，你要钱，我可以给你。但是公司的股份，不行。”顾琛的态度很坚决。

夏子衿觉得跟他没办法沟通：“你到底懂不懂我的意思？”

“我不用懂你的意思，你懂我的意思就行了。”

“所以你就要死守着这些不义之财，跟里面那个背信弃义的女人过一生？顾琛，这就是你的追求吗？”夏子衿抬手指着公司。

“随便你怎么理解。”顾琛懒得多解释。

他曾经以为，只要夏子衿还活着，他愿意为她放弃一切，包括夏氏。可自从夏子衿回来以后，顾琛每见她一次，都多一分失望，多一次心凉。

“行。”夏子衿长呼一口气。

此时此刻，她真的一点办法都没有。这个男人有钱有权，已经靠自己的“努力”，走上了人生的巅峰。而她，正如刚才自己所说，只是一个落魄千金，一文不值。

“那你给我钱吧。”夏子衿抬眸望着她。

“多少？”

“看我在你心里还能值多少。”夏子衿说完，转身离开。

顾琛望着夏子衿的背影，半晌都没有回过神来。他搞不清楚为什么，为什么曾经相爱的两个人，会变成现在这副模样。

夏明奕的遗嘱上面写着，股份归顾琛，可别墅和夏明奕的钱都是夏子衿的。只不过遗嘱在顾琛手里，夏子衿并不知情。

他有自己的私心，害怕真的把这些给了她之后，她会再一次消失在他的生命里。

他以为，只要自己能够见到她，心就会感觉得到安宁。

但他错了。

夏子衿的心已经不在他这里了，哪怕他还赖在原地不走，也没有任何意义。

这一次失败之后，夏子衿没有再去公司。

她的账户里多出来一千万，虽然她不知道顾琛是怎么得知她的账户的，但是这些都不重要。

她拿不回股份，能抠出点钱来也是好的。

只是，夏子衿始终都不甘心。她还在想办法，想一个让顾琛无法拒绝的办法。

夏子衿没有再去找顾琛，这些日子，她忙着自己的应聘简历。

一周后，夏子衿收到夏氏集团董事长助理的面试通知。

参加面试的她，头发绾在脑后，白色职业套装，红色细跟高跟鞋，浅粉色V领衬衣内搭，让她整个人看起来利落又不失妩媚。

办公室里的面试官有三个人，一个人是人事部职员，一个是人事部副经理，另外一个是记录员。

人事部职员问了她几个问题，她自信地一一对答。

人事部副经理面带得体的微笑，问夏子衿："你是前任董事长的女儿，是吧？"

夏子衿愣了一下，只是片刻，夏子衿微笑着点头承认："夏明奕是我的父亲。"

人事部职员看起来比夏子衿还惊讶，他来人事部三年，对于前任董事长有过些许了解，但对于董事长的女儿是绝对不认识的。

如今副经理提出了这个问题，人事部职员也找到了问题的切入点，问："那请问夏小姐，你为什么选择了我们公司？是因为这里是你父亲曾经掌管的公司吗？"

"这只是一方面吧。"夏子衿说，"从我出生的时候，夏氏集团就由我爷爷打理了。后来我爷爷生病，公司交给了我的父亲。夏氏集团对于我而言，不同于其他任何公司。在这里，我有归属感，我也愿意把自己的努力用在这里。"

对于夏子衿的回答，人事部职员还是很满意的。

他又问："夏小姐申请的职位是董事长助理。你应该知道，这个职位对职员的要求比较高。我看过你的履历，今年刚毕业，虽说你上的是Y国知名大学，但对于工作的经验，并没有太多。”

“说到这个问题，我不得不再次提到我的父亲。从小到大，父亲把所有的精力都放在公司，我耳濡目染，对于公司的发展以及涉外沟通，都比其他的毕业生有优势。再者说，不得不承认，现在外界对夏氏集团颇有微词，虽然现任董事长将公司打理得很好，但是如果我成为董事长助理，会努力协调那些不满的声音。除工作业绩之外，对于公司的声誉也会起到好的影响。我觉得，这件事只有我可以做得到。”

人事部副经理附在旁边职员耳边，小声说了几句什么。

职员点点头，起身跟夏子衿握手：“很高兴你的配合，请静候佳音。”

“谢谢。”夏子衿回以微笑。

从面试办公室离开，夏子衿松了口气。

虽说自己已经为这次面试做足了心理准备，可当人事部副经理提起爸爸的时候，夏子衿内心还是略显慌乱。

倘若顾琛很避讳这件事，那么公司里面也不会接受跟夏家有关的任何人，这也是夏子衿没有在简历上写夏明奕的原因。

好在，最后面试官的态度看起来还不错。

接下来，她要提前准备二轮面试了。

因为董事长助理的位子比较特殊，她还要跟顾琛单独见面。

如果她不能够说服顾琛，就算前面表现得再好，也毫无意义。

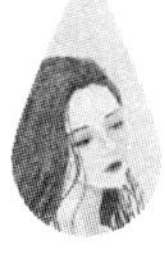

第六章 · 想听你说：好久不见

两天之后，夏子衿顺利接到了夏氏集团人事部的电话，说她第一轮面试已经过了，让她准备第二天上午十点，跟董事长进行第二轮面试。

挂了电话，夏子衿心里还是紧张的。她在想，自己要怎么说服顾琛，让她留在他的身边。

顾琛是个聪明人，夏子衿三番五次地找他要公司的股份，这一次又直接来应聘董事长助理，目的显而易见。

次日，夏子衿没有像第一次面试一样穿得那么正式。她把头发绑了个马尾，稍微化了一点淡妆，穿着一身休闲的连衣裙就去了公司。

进去之后，人事部的负责人将她带到董事长楼层的会议室。

宽大的会议室，只有夏子衿一个人坐在这里，显得有些空旷。

距离面试的时间已经过去十分钟了，顾琛还没有来。

人事部的负责人过来告诉她，顾总现在正在开会，让她稍候片刻。

这个片刻，足足有四十分钟那么长。

夏子衿都用手机看完两集英剧了，会客室外的脚步声才终于响起。

那是顾琛的脚步声，时隔这么多年，夏子衿还是能一下子就辨别出来。

夏子衿将手机放在桌面上，安静地等待顾琛进来。

办公室的房门被推开，顾琛对外面的人说了几句什么，迈步走了进来。

他走到会议桌的最前端坐下，靠在旋转椅背上，双手交叉，抵着下巴，望着坐在不远处的夏子衿。他不问问题，也没有说其他的话，就这样一直看着她。

夏子衿起初还能跟顾琛对视，可看得久了，她的目光开始闪躲。

她不知道顾琛心里现在在想些什么，自从知道顾琛不是她年少时候认识的那个顾琛，她就感觉人心难测，再也摸不准面前这个男人的想法了。

夏子衿害怕顾琛会拒绝她，这是她最后一次靠近夏氏的机会，她不想轻易失败。

“抬起头来。”顾琛说。

夏子衿暗自深吸一口气，再次将头抬起来，鼓起勇气望向顾琛。

不就是对视吗，她就暂时把他当成当年的那个顾琛好了。反正她知道自己的目的是什么，现在还不是时候跟顾琛敌对。

想开了，夏子衿嘴角勾起一抹笑：“七年没见，我是不是又漂亮了？”

“一千万不够花吗？”顾琛不答反问。

夏子衿心中一哽，表面上仍旧不动声色：“一千万哪够，我以前可是名门千金，过惯了好日子，受不了半点委屈。”

夏子衿说得若无其事，没有人知道，此刻她的心情有多复杂。她从来都没有想过，自己跟顾琛会有这样口是心非的一天。当初她发誓一定要嫁的男人，如今却用这种方式来羞辱她。

不过，只要能够进夏氏，只要有机会拿回属于她和爸爸的东西，受这点委屈不算什么。

“就算当了我的助理，一个月的工资也是固定的。倒不如直接找个有钱的男人嫁了，好日子来得更快。”顾琛眼神中带着戏谑。

“你娶我吗？”夏子衿笑着问。

“几年没见，你的脸皮倒是越来越厚了。”顾琛终于收回目光。夏子衿松了口气，再这样对峙下去，她怕自己会起身逃离。

她并不像自己想象的那么淡定。夏子衿极力说服自己，不要再被顾琛那副深沉的样子吸引，也不要再为他的淡漠和疏离而伤心。顾琛之所以可以做到这么淡定，只是因为他不在乎。

可是，习惯这个东西太可怕，夏子衿的理智和感情，并不能完全统一。

“到我办公室来。”顾琛没再多说，从座位起身。

夏子衿抬眸望向他，有些不解地问：“干吗？”

“不是要当董事长助理吗？”顾琛脚步未停，径直离开。

夏子衿有些惊讶，这就开始上班了？

她起身，跟着顾琛离开会议室，去了董事长办公室。

这个办公室要比以前那个经理办公室大得多，里面装潢很简洁，黑白色调，东西不多，顾琛的办公桌后面是一个到房顶的大书架，黑椅白桌，地面上铺着黑色的地毯。

顾琛不喜欢工作的时候被打扰，地毯可以将周围的噪声降到最低。

夏子衿环视一周，看到办公室里，除了顾琛，还有另外一个人——谢诗蕊。

谢诗蕊也看到了夏子衿，没有太过惊讶，想必已经知道夏子衿会来。

顾琛低着头工作，也不再看夏子衿，只是说：“先让诗蕊带你了解一下工作内容。”

谢诗蕊的脸色有些不好看，对夏子衿说：“跟我到会议室吧。”

夏子衿就知道顾琛没有那么好心，还说今天就开始上班，只是想找个机会让谢诗蕊报仇吧。以前对顾琛信任的时候，她从来都没有多想，现在站在旁人的角度去看，只觉顾琛的心机还真不是一般的深。

也难怪，七年前，他不过只是一个大学毕业生，要不是有点脑子，又怎么可能在短短几年的时间，赶走了梁爷爷，霸占了那么多股份，坐在了夏氏集团的最高位置。

自从决定成为董事长助理的那一刻，夏子衿就已经做好了心理准备。对方只是谢诗蕊而已，她没有什么好担心的。

离开了办公室，夏子衿跟谢诗蕊去了隔壁的一个小型会议室。

谢诗蕊拿了一大沓文件，放到夏子衿面前，说：“这些文件，是公司内部的策划与方向。身为董事长助理，你必须熟知这些东西。因为上一个助理突然离职，所以才这么急着招一个新的助理。你如果干得不好，人事部那边是不会放一个废物在董事长身边的。”

从小到大，不管是学习，还是人际，谢诗蕊永远都被夏子衿压制着，哪怕是喜欢同一个男生，她也得先顾及夏子衿的心情。

只是如今，谢诗蕊从大学毕业到现在，已经在顾琛身边工作了三年，而从夏子衿的简历上看，她是从四年前才开始读的大学，现在不过是一个刚毕业的大学生而已。哪怕夏子衿毕业于Y国的名牌大学，可是因为她工作经验不足，谢诗蕊完全有资历在她面前扬眉吐气。

夏子衿翻看了一下这些文件，点点头："没别的了吧？"

"先把这些文件看完再说吧，有不懂的，等我有空的时候问我。"谢诗蕊望着夏子衿的面容，试图从她脸上看出些许不快。

可夏子衿一直认真地翻看着资料，并没有理会身边的谢诗蕊。

过了一会儿，夏子衿回头，看到谢诗蕊还站在这里，对谢诗蕊摆摆手："你先出去吧。"

谢诗蕊有些恼，她这是什么语气，可自己待在这里的确是没有什么事情了。

谢诗蕊压着火气，离开了会议室。

下午两点，顾琛到这边来开一个小型会议。他习惯提前到场，推开门的时候，看到了坐在会议桌前看资料的夏子衿。

"你在这儿干吗？"顾琛皱了皱眉。

夏子衿头也不抬："谢诗蕊给我一堆资料，我还在看。"

顾琛才想起来，上午的时候，他让谢诗蕊带夏子衿了解一下公司现在的情况。这么久没见，顾琛还以为夏子衿已经走了。

"中午没吃饭？"顾琛又问。

夏子衿这才抬起头，看到顾琛手里拿着一个文件夹，又低头看了一眼桌上手机的时间。

夏子衿惊觉："怎么都快两点了。"

外面陆陆续续有人进来，夏子衿收拾东西准备走。

顾琛将她按回座位上："你也参加吧。"

夏子衿感觉顾琛的手碰触到她的肩膀，心里有一股莫名的感觉，她有些排斥。

看着顾琛走到会议桌最前端坐下，夏子衿心想，自己也算是夏氏集团的一分子了，既然顾琛让她参加，那就参加吧。

进来的人是各个部门的经理主管，谢诗蕊坐在顾琛旁边，看到不远处的夏子衿，心情很糟糕。她才第一天上班，没想到顾琛竟然留她在这里开会。

今天只是每日例会，汇报一下公司里的情况，解决一些要紧的问题，不到半个小时就散会了。

大家又陆陆续续离开。

顾琛对谢诗蕊说：“我有点饿了，点份朴家味道的卤肉饭。”

谢诗蕊下意识看向了夏子衿，跟着顾琛这几年，他从来没有下午加餐的习惯。虽是这样，谢诗蕊也没有多说什么，乖乖地拿着手机离开会议室，点外卖去了。

会议室里，只剩下顾琛和夏子衿两个人。

夏子衿将桌上的文件整理好，抱在怀里，对顾琛说：“你的好意我心领了，不过我现在已经不喜欢吃卤肉饭了。我还没有跟人事部签合同，所以上午的工作是无偿的。这些文件我回家再看，明天会准时来上班。”

夏子衿说完，离开了办公室。

会议室外面的楼道里，谢诗蕊正拿着手机点餐，夏子衿经过她的身边，说：“别点了，省得浪费。”

话一说完，她脚步未停，踩着高跟鞋走向了电梯的方向。

会议室里，顾琛听着高跟鞋“嗒嗒”的声音越来越远，有些丧气，也不知道自己哪根筋搭错了，还管那个女人有没有吃午饭。

谢诗蕊拿着手机有些迟疑，正想进会议室，看到顾琛从里面走了出来，她问：“还点外卖吗？”

“你饿你就点。”顾琛头也不回，回了自己的办公室。

夏子衿回了家，连夜将昨天的那些文件全部看完。因为大学她读的就是工商管理，专业方面的知识量是很充足的，再根据夏氏集团现在的发展情况，理解起来并不困难。

虽然昨天晚上睡得比较晚，第二天夏子衿还是早早就起床了。

江斯晨已经回了江家，没有再跟她住在同一个屋檐下。这么多年一直有人给她买早餐，突然中断，让她觉得有些不适应。

夏子衿再次感叹，习惯真是一个可怕的东西。

吃过早饭，洗澡、换衣服、化妆，夏子衿准点到了公司。

夏子衿刚进门，有人跟她打招呼，亲切地叫着夏姐。夏子衿的笑容很有感染力，这个新董事长助理，尽管只是实习生，人气已经力压谢诗蕊了。

谢诗蕊太过乖巧了，可能对上司来说，乖巧是好事，可对于下面的同事来说，太过乖巧，就让人有了距离感。看起来谢诗蕊好像对任何人都温和，而实际上她对任何人都疏远。

董事长助理办公室里面，除了夏子衿和谢诗蕊，还有另外三个人，都是男的。

上午谢诗蕊又给了夏子衿一堆文件，是目前夏氏集团董事会成员的一些资料以及夏氏集团分公司的资料。夏子衿继续看文件。

趁着谢诗蕊离开办公室的时候，一个叫李毅然的男人走到夏子衿办公桌旁，小声对她说："要是不开心，就跟我们说，不用受她的气。"

夏子衿资料看得正带劲呢，听到这人的话，抬起头来。

面前是一个长得挺帅的小伙儿，个子有一米八五，穿着西装，脸上带笑。

夏子衿并不了解这里的情况，也没有多话，只是保持着礼貌的微笑。

"你猜，为什么我们这间办公室里没有别的女孩？"李毅然笑着问。

夏子衿摇摇头。

"你还真是可爱，以后不用什么都听她的，省得一不小心就背了黑锅。"李毅然说完，走回自己的位子。

夏子衿低头继续看文件。她不是不知道李毅然是什么意思，只是不想把精力花费在这些无关紧要的事情上。她来这里不是为了跟谢诗蕊争宠，她时刻谨记自己的目的。

这里是夏氏，她是夏子衿。爸爸妈妈已经不在了，她不能让爸爸和爷爷辛苦了一辈子创下的事业，被别人坐享其成。

中午下了班，夏子衿一个人下楼吃饭，电梯里，遇见了顾琛。

“感觉如何？”顾琛难得主动跟夏子衿说话。

夏子衿点点头：“还不错，学到了很多。”

顾琛没再吭声。夏子衿眼睛一直盯着电梯上的楼层数字键，而顾琛眼角的余光则一直注意着她。他原本想邀夏子衿一起吃饭，不过，想到昨天下午在会议室里的事情，他把话咽回了肚子里。

两个人一起离开公司。

看到顾琛，员工们都礼貌地打招呼，同时，也跟夏子衿打招呼。夏子衿礼貌地微笑着一一回应。

走出公司，顾琛说：“人气很旺嘛。”

“托顾总的福。”夏子衿脚步未停，过了马路，去了公司对面的那家茶餐厅。

顾琛也跟着进来了。

夏子衿停下脚步，转头望着他：“你跟着我干吗？”

“公司附近就这一家餐厅的东西最合我的胃口。”很显然，顾琛只是过来吃饭，并不是有意跟着夏子衿。

夏子衿懒得理会，自顾自地继续往前走，走到平日里她喜欢的老位子，坐下。

顾琛在她的对面坐下。

“你还说不是跟着我。”夏子衿恼怒地嘟着嘴，圆圆的大眼睛瞪着顾琛。

尽管她是在生气，可看在顾琛的眼里，却有些可爱。

“我每天中午都在这里吃饭，是你占了我的位子才对。”顾琛压住心头的躁动，挪开目光，端起服务生送过来的柠檬水，喝了一口。

夏子衿气鼓鼓的，想要换个位子。可现在正是饭点，餐厅里的位子早已经被人坐满了。她并不知道，这个位子之所以没人坐，是因为顾琛跟店主买下了这里。哪怕是餐厅的人再多，哪怕顾琛没有下来，这个座位，二十四小时都会为他空着。

夏子衿早饭并没有吃多少，一上午工作又累，现在也不想再换餐厅。

拼桌就拼桌吧，反正她是顾琛的助理，总是免不了要有交集，她总要习惯的。

服务员拿来菜单，递给夏子衿。夏子衿简单地点了一份意式千层面，又要了烤鸡翅和小吃。服务员又把菜单递给顾琛。等顾琛选好了自己的东西，服务员便离开了。

夏子衿并没有介意顾琛跟她点在一起，既然他想请客，她没理由拒绝。

饭菜上桌，夏子衿一个人安静地吃着，拿着手机跟别人聊天，脸上的笑容发自内心，跟面对顾琛或者是公司里其他人的时候，完全不一样。

顾琛问："跟谁聊天呢？"

"现在好像是下班时间吧？"夏子衿拿着勺子刚吃了一口饭，抬眸看向了顾琛。

言外之意，不管夏子衿跟谁聊天，顾琛都管不着。

这一刻，顾琛想起他和夏子衿以前的相处。那时候的夏子衿，总是习惯主动。哪怕小时候曾经讨厌过顾琛，可她也只是不喜欢顾琛管得太多，自己有什么心事，除了谢诗蕊，只会告诉顾琛。

命运就是一个轮盘，没有人永远站在高点。曾经那么活泼好动的夏子衿，那个顾琛以为永远都会属于他的夏子衿，对他也会有这么冷漠的一天。

夏子衿一边吃饭，一边看着手机上的消息，眼角笑意盈盈。

顾琛伸手拿过夏子衿的手机，并没有去看手机上的内容，只是将手机反扣在桌子上。

"你干吗啊！"夏子衿不悦。

"身为董事长助理，要有随时为董事长排忧解难的觉悟。别说现在我就坐在你面前，就算你在家里睡觉，只要董事长有吩咐，也得立马乖乖去做。"顾琛说得一本正经。

夏子衿下意识反驳："凭什么啊？"

"就凭我是董事长，而你，只是一个助理。"

"官大一级压死人是吧？简直不可理喻。"夏子衿去拿自己的手机。

顾琛再一次扣住手机："不服气的话，等你什么时候官比我大，能压得到我再说。"

夏子衿的脑海里，瞬间浮现出她三番五次爬上顾琛的床，把他压在床上的情景。夏子衿急忙挥散那些不该有的想法，也不去管手机，低下头认真吃饭。

今天顾琛不知道是不是胃口不好，饭菜上桌，他没吃几口，好像故意跟夏子衿作对一样，话多到没完。

他问："你跟江斯晨在国外结婚了吗？"

"顾总，你管得是不是太宽了？我的感情状况还要向公司汇报吗？"夏子衿放下勺子，饭还没吃完，感觉肚子已经饱了。

顾琛一本正经地点点头："理论上，我不希望我的助理因为感情的事情影响工作。"

"你放心，在没有比你官大之前，我不会再让感情影响我。"夏子衿从顾琛那边拿过自己的手机，站起来，"我吃饱了，顾总你慢用吧。"

看着夏子衿快步离开，顾琛想着她刚才的那句话，猜不透到底是什么意思。她是说自己跟江斯晨没有关系，还是说江斯晨宠她到不在意她回到顾琛这个曾经的未婚夫身边。

顾琛有些懊恼，他明明已经有谢诗蕊了，不该再被夏子衿的一举一动牵扯着自己的心。

下午快下班的时候，谢诗蕊回到办公室，对大家说："晚上咱们团建，顾总也参加。"

"这么好，还有其他部门的吗？"李毅然问。

"晚上咱们团建。"谢诗蕊着重强调"咱们"二字。

"有就有，没有就没有呗，还用得着再说一遍。"李毅然小声嘟哝。

谢诗蕊听到李毅然嘴里的嘟哝，冷声说："把自己手头上所有的工作都做完，做不完的留下来加班，团建就不用参加了。"

李毅然"嘁"了一声。

明明是件好事，因为谢诗蕊这样的态度，大家也没有表现出多么欢喜的样子。

李毅然往夏子衿那边凑了凑，对她说："子衿，你真是太幸运了。我来这里三年，只跟顾总一起参加过三次聚会，两次还是公司的年度庆典。”

谢诗蕊把一支笔丢过来，差点戳到李毅然的眼睛。

他嘴里吐了个脏字，抬头去看。

谢诗蕊脸色冷淡：“你工作做完了？还是团建不想去了？”

李毅然知道谢诗蕊打小报告的本事，为了自己的工作，他不跟她一般见识。

下午下了班，除了谢诗蕊，办公室里四个人一起收拾东西离开。

四个人坐着公司的车，谢诗蕊跟着顾琛的车。

李毅然开着车子，一路上念念叨叨：“子衿，我真觉得你不要害怕‘女阎王’，之前被排挤走的那几个女孩子，都是处处听‘女阎王’的话，所以最后都着了她的道。你就跟她硬气一点，找机会多跟顾总靠一靠，对你有好处。”

这段时间夏子衿一直很低调，在办公室里也很少跟谢诗蕊说话。她原本不想理会这些无聊的办公室小斗争，可李毅然一直这样说，要是把话传出去，恐怕有人要说她刚入公司就没事找事了。

夏子衿说：“我干我的工作，又不会主动惹事。”

“这你就不懂了，你还太天真，有些人就算你不招惹她，她也会看你不顺眼。因为你的存在，影响到她的利益了。”

“那就看她有没有这个本事把我排挤走咯。”夏子衿无所谓地笑了笑。

李毅然透过车子内的反光镜，看了夏子衿一眼，竖了竖大拇指：“这话霸气。不过你也别太担心了，有我们哥几个罩着你呢。”

另外两个男生话不多，或许是跟夏子衿还不熟。

夏子衿客套一句：“那就谢了。”

“不存在。”李毅然笑着摆摆手。

夏子衿坐的车子在中海市一家高档自助餐厅门口停下。谢诗蕊已经在门口等着，拿着提前买好的餐票，领着几个人进去。

大家喝了一些酒，李毅然借着酒劲，胆子又大了起来。

他笑着问顾琛：“顾总，今天还有什么项目？”

“大保健去不去？”顾琛问。

“去啊！”李毅然一脸兴奋，看着旁边两个兄弟在笑，他急忙摆摆手，“顾总，我开玩笑呢。咱是良好公民，那种地方，不去。”

顾琛又说：“女士优先，你们想玩什么？”

虽然这话听起来是对谢诗蕊和夏子衿两个人说的，可顾琛的眼睛，却直直地望着夏子衿。

夏子衿原本想说，吃了饭就散了，她还要回家看资料。

可耳边李毅然一直不停地嘀咕：“KTV 吧，KTV！ KTV！”

夏子衿看向了谢诗蕊。

谢诗蕊乖巧地对顾琛说：“顾总想去哪儿？”

夏子衿在心里翻了个白眼，说：“去 KTV 怎么样？大家天天坐办公室，也挺累的，过去唱唱歌放松一下。”

“好啊，好啊！”李毅然急忙拍手。

“那就 KTV 吧。”顾琛点点头，对谢诗蕊说，“你订个包间，我们吃了饭过去。”

谢诗蕊面色淡然，看不出是高兴，还是不高兴。但李毅然觉得很爽，一是因为可以去 KTV，二是感觉顾琛没理会谢诗蕊的想法，反倒听了夏子衿的。

谢诗蕊订的 KTV，就在自助餐厅楼下。大家没有去取车，下楼直接去了包间。

夏子衿坐在沙发的一角，拿着手机跟别人聊天，好像对于唱歌这种事并没有太大的兴趣。

包间的房门被人推开，有一个人进来。夏子衿以为是同事，也没有多做理会。

那个人坐在她的身旁，耳边响起熟悉的声音：“子衿，你总算回来了。”

夏子衿这才抬头，看到坐在身边的人，是陆寅希。

“寅希，真是好久不见。”夏子衿脸上带笑，放下手机，开心地伸出胳膊给了陆寅希一个拥抱。

顾琛坐在旁边，看得有些郁闷。

这是夏子衿回来以后，第一次说“好久不见”，也是夏子衿第一次张开怀抱与人相拥。

只是，这句话不是对他说，这个拥抱也与他没有半点关系。

顾琛从座位上起身，走到陆寅希旁边，拉着他的胳膊将他从夏子衿怀里扯出来。

他拿着酒瓶倒了杯酒，问陆寅希：“喝酒吗？”

“喝啊，不喝酒怎么唱歌。”陆寅希接过顾琛递过来的酒，很给面子地一饮而尽。

他刚把酒杯放下，顾琛又给他倒满一杯。

陆寅希又转头看着夏子衿，问：“这些年没见，你去哪儿了？”

“这就说来话长了。”夏子衿笑着。

这样的笑容太让人嫉妒，顾琛记得中午吃饭的时候，夏子衿用手机跟别人聊天的时候，也是这样一副笑容。

明明是以前对顾琛才展露的这么好看的笑，如今她愿意给陆寅希，甚至愿意给公司里的人，却独独不愿意给他。

陆寅希没有看到身边顾琛的表情，自顾自地跟夏子衿聊着：“那就长话短说。”

“这些年在Y国上大学，这不是学成归来，回报中海了嘛。”

“不出去了？”陆寅希问。

顾琛也竖着耳朵听着。

“那谁知道，未来那么长，说不定会发生什么事呢。”夏子衿的手机嗡嗡两声，她拿起来看。

陆寅希又问：“你联系乔巧了吗？”

夏子衿的眼睛看着手机屏幕，摇摇头：“她不是在外面读书吗？”

“她要是知道你回来，估计书也不用读了。”陆寅希说。

“所以啊，还是暂时不要告诉她了，等她放假的时候再说吧。”

不远处，谢诗蕊坐在点歌台那边，眼睛时不时地往夏子衿这边看。

夏子衿似乎天生就有这种能力，只要有她在场的地方，就总会被人环绕。而谢诗蕊，哪怕再努力、再乖巧，也永远只是一个配角。

她给自己点了一首《追光者》，决定唱给顾琛听。等那几个男同事唱完了一轮，终于轮到了谢诗蕊。

她拿起话筒，等着前奏。

夏子衿不知道跟陆寅希说了句什么，两个人笑着离开了包间。随后，顾琛也跟着走了出去。

谢诗蕊举着话筒，唱着："我可以跟在你身后，像影子追着光梦游……"

而她的光，在夏子衿回来以后，就再也没有照耀过她了。或者，那道光，从来都不曾属于她。

门外，夏子衿举着手机，视频对面，是哭花了妆的乔巧。

"你要死啊，夏子衿，你还死回来干什么？！"乔巧对着视频咆哮，也不管宿舍里其他人有些已经睡觉了。

陆寅希在视频这头对着乔巧挥挥手："乔妹，半年没见，你有没有想我呀？"

乔巧无视陆寅希，问夏子衿："那你还走吗？"

大家都经历过夏子衿不见的日子，生不见人，死不见尸。那些恐惧与期盼仿佛就在昨日，他们害怕这样的事情还会发生。

也正是因为如此，顾琛在知道夏子衿想要进夏氏的时候，便已经决定要留下她了。

夏子衿倒是没有像回答陆寅希时那样，她告诉乔巧："就算再走，也不会让你找不到我了。"

"我恨死你了。"乔巧抬手擦着眼泪，随后又笑出声来，"还好你没死，你要是真的死了，我做鬼都不会放过你的。"

夏子衿只是笑着。她跟乔巧之间，无须说太多，也正是因为这样，所以她并没有刻意打扰乔巧的生活。

乔巧通过视频看到顾琛，说："顾琛，你赶紧跟谢诗蕊分手，子衿都回来了，你不是一直盼着她回来吗？"

站在楼道里的三个人都有些尴尬。

陆寅希急忙转移话题："乔妹啊，现在子衿回来了，你啥时候回来啊？"

"我现在就订机票。"乔巧转头四下看去，"我手机呢？"说着她又去问身后的舍友："有没有看见我手机？"

视频那头传来舍友无奈的声音："手机不是在你手里吗？"

乔巧看了一眼视频，这才反应过来，又忍不住笑了："算了，先跟你聊天吧。"

"你早点休息吧，现在也挺晚了。是寅希一直让我联系你，不然我就明天再找你了。"夏子衿现在情绪有些乱，对面是她这辈子最好的姐妹，身边站着的是她最好的朋友，和曾经……最爱的人。

尽管理智一直在她的脑海拿着扩音器大喊"不要动感情，不要动感情"，可感情这种事，是最没有办法控制的。

她怕自己继续跟乔巧聊下去，也会被乔巧的眼泪影响到。她不想那样，至少不想当着顾琛的面流露任何不该有的情绪。

乔巧听到夏子衿这话，不乐意了："子衿你真狠心啊，要不是寅希让你联系我，你是不是准备一直瞒着我？反正我今天晚上也睡不着了，我不管，你得陪我一晚上。"

陆寅希在一旁劝乔巧："你明天是可以逃课，可子衿还要上班呢。赶紧去睡吧，熬出黑眼圈可没人要了。"

"你要呗。"乔巧的眼泪终于止住了一些，看到这里是KTV，猜到包间里应该还有别人。

她对夏子衿说："那你明天一定要联系我。算了，到时候我联系你。"

夏子衿点点头："那你早点睡，回头我们好好聊。"

"嗯。"乔巧点点头。

宿舍里面熄了灯，视频那头已经看不清乔巧的面容了。她凶巴巴地警告夏子衿："不许再闹失踪，你要是再敢让我找不到你，我这辈子都不会再原谅你。"

"遵命。"夏子衿对着乔巧抬手敬礼。

乔巧还是不放心，又对陆寅希说："寅希，你不是警察吗，你帮我看住她。她要是不老实，直接铐起来。这是个离家出走的惯犯。"

"遵命。"陆寅希也学着刚才夏子衿的动作，对着视频敬了个标准的军礼。

乔巧原本还想说什么，只是现在视频里的她乌黑一片，最终还是作罢，恋恋不舍地关了视频。

夏子衿收了手机，靠在墙上，转头望着陆寅希，笑着说："听说你现在已经是局里的队长了。谈女朋友了吗？"

"你跟我谈啊？"陆寅希挑眉问。

"还唱歌吗？"身后顾琛突如其来的声音，把陆寅希吓了一跳。顾琛一直都没说话，陆寅希都忘记了他的存在。

看到顾琛冰冷的眸子，陆寅希赔笑："唱歌就算了，咱去喝酒吧。"

谢诗蕊一首歌唱完，外面的三个人才进来。夏子衿脸上带着笑，显然比之前开心了很多。谢诗蕊在心里想，是什么事情让她这么开心。要知道，在七年前，能够让夏子衿无条件开心的，除了顾琛，再也没有别人了。

谢诗蕊又看向了跟陆寅希一起坐下喝酒的顾琛，他面色淡然，看不出喜怒。

这一刻，谢诗蕊觉得自己不能再这样若无其事下去了。

谢诗蕊从点歌台那边起身，走到顾琛身边坐下，在他旁边柔声问："顾琛，你想唱什么歌？"

"不唱了，跟寅希喝酒，听你们唱。"顾琛说话的时候，并没有看谢诗蕊。

谢诗蕊想起刚才吃自助餐的时候，是夏子衿提议要唱歌，她将目光投向了夏子衿。

"子衿，你想唱什么歌？我帮你点。"谢诗蕊问。

七年前，她还愿意叫夏子衿一声子衿姐，而现在，她并不想跟夏子衿有太过亲密的关系。她排斥夏子衿的存在，一丝一毫都不会为夏子衿还活着而高兴。

"我自己点吧。"夏子衿面色淡然，不喜不怒，起身走向了点歌台那边。

在沙发一角坐下，夏子衿点了一首《一个像夏天一个像秋天》。

起初她也没想要唱歌的，可是刚才跟乔巧开了视频以后，她想为乔巧录一首歌。

等几个男同事唱完，轮到夏子衿，她拿起话筒，前奏响起的时候，她开了手机录音。

旁边的李毅然就是一个麦霸，看到夏子衿点了这首歌，他手里的话筒没放下，凑到夏子衿身边坐下，说："这首歌我也会唱，咱俩一起唱吧。"

"女孩子的歌你也会唱？"夏子衿转头笑望着他。

"必须啊！你听着啊，我先给你来第一段。"李毅然说完，歌曲的前奏也刚好放完。他拿着话筒，眯起双眼，声线瞬间拔高。

这声音，虽说比不上原唱，不过，比很多女生唱得都好。

他把第一段唱完，对夏子衿挑了挑眉，像是炫耀般的道：怎么样？还可以吧？

夏子衿忍不住笑，拿着话筒，开始唱第二段。

闲下来的李毅然看到夏子衿拿着手机在录音，他好奇地问："发给谁啊？不会是你男朋友吧？不过没关系，我这唱的是女生部分，他应该不会介意的。"

因为李毅然是拿着话筒说的话，整个包间的人都听到了，其中也包括顾琛。

他抬头看了夏子衿一眼，又想起夏子衿对着手机那么甜美的笑。她在唱给江斯晨听吗？就算人在这里参加聚会，她心里也一直记挂着江斯晨，是吗？

顾琛心里有一丝不爽。他尽力说服自己，这份不爽，是因为他俩从小一起长大，关心她是理所当然的。都说长兄如父，夏叔和夏阿姨不在，顾琛不能亲眼看着夏子衿错付他人。

顾琛想到什么，转头问陆寅希："唱完歌还想去哪儿玩？"

"你明天不上班？"陆寅希问。

顾琛可不是什么爱玩的男人，只有工作才能让他最快乐，今天这是怎么了？

“上啊！”顾琛说。

陆寅希不解地望着他：“那你受什么刺激了？”

顾琛没再吭声，他并不是真的想玩，只是想要和夏子衿多待一会儿，找个理由多一点时间看看她现在的模样。

坐在顾琛身边的谢诗蕊，听到顾琛跟陆寅希的对话，她说：“顾琛，我觉得有些累了，唱完歌咱就回去吧。”

“累了你先回去休息。”顾琛转头望着她，明明是关心的话语，可是此时从顾琛的嘴里说出来，却让她觉得自己被顾琛排斥了。

以往的谢诗蕊，从来都不会缠着顾琛，不管顾琛说什么，她都会乖乖听着。可现在不一样，夏子衿回来了，谢诗蕊的心里时时刻刻被恐惧充斥着。正如夏子衿之前所说，谢诗蕊知道她跟顾琛是怎么订婚的，而顾琛对她的承诺又是基于什么样的条件。

顾琛向来很少参加什么聚会，就算公司里有活动，也一般都是员工的活动。哪怕顾琛不得不参加的那种，他也只是露个面走走过场。像今天这样，陪着他们助理办公室所有的人一起吃饭，一起来KTV，还真是第一次，谢诗蕊怎么能不多想。

陆寅希看出谢诗蕊的担心，也劝顾琛：“算了吧，你这身体也不能熬夜，早点休息，以后有的是机会一起玩。”

台上，夏子衿唱完了歌，坐在沙发另一端，拿着手机跟别人聊天，脸上仍旧带着让顾琛嫉妒的笑。

是的，顾琛现在才意识到，看到夏子衿发自内心的笑，他是嫉妒的。

KTV唱到大半夜，李毅然越唱越嗨，压根儿就不知道累。旁边有的同事觉得困了，碍于顾琛这个大老板还在这里，也不敢提前离开，坐在沙发上发呆。

陆寅希跟顾琛喝了不少酒，顾琛自始至终都没有拿起过话筒。

一直聊天的夏子衿终于收起了手机，看样子也累了，靠在沙发上，望着屏幕上李毅然正在唱的那首歌，眼睛有些睁不开。

顾琛开口，让大家继续玩，他已经包了通宵，随后起身，和陆寅希一起离开了包间。谢诗蕊急忙跟上。

李毅然高兴地欢呼，跟旁边另外一个男同事继续唱着。

夏子衿回过神来，不想在这里多待，拿着外套离开了包间。另外一个同事见顾琛走了，直接躺在沙发上睡了过去，困得连起身打车回家的力气都没有了。

从 KTV 出来，外面有些凉，夏子衿穿上外套，站在路边等出租车。

因为顾琛喝了酒，由谢诗蕊开着车子，他和陆寅希坐在车后座。

看到夏子衿站在 KTV 门口，顾琛想让谢诗蕊上前载她，却看到不远处一辆白色轿车在她面前停下。夏子衿笑着进了车后座，透过半截车窗，顾琛看清车后座坐着的另外一个人，正是江斯晨。

他拳头紧攥，却也只能压抑着内心的不爽，任由谢诗蕊掉头，离开了 KTV。

夏子衿钻进车里，对江斯晨说："都说了不用等我了，而且你有钥匙，直接过去拿东西就可以了。"

"这么晚了，又是这种地方，你一个人不安全。"江斯晨跟前面的司机说了夏子衿的地址。

谢诗蕊把陆寅希送回去，又载着顾琛回家。

顾琛喝了不少酒，但他的意识还是很清醒的，开门进了客厅，直接去了浴室。

谢诗蕊一个人坐在客厅里，纠结着有些话要不要跟顾琛说清楚。

她想提醒顾琛，他们已经订婚了，他就不要再关注夏子衿了。可谢诗蕊又找不到很好的理由。今天晚上是整个办公室的同事一起参加的，谢诗蕊也在内，顾琛又没有单独去见夏子衿，而且在 KTV 包间里的时候，顾琛甚至没有跟夏子衿说过话。

但谢诗蕊明明感觉得到，顾琛心里很在乎夏子衿。

胸口一块大石头压着，她却找不到一个发泄的点。

顾琛洗完澡出来的时候，谢诗蕊躺在沙发上，闭着眼睛。顾琛从房间拿过来一条毯子盖在谢诗蕊身上，转身回了自己的房间。

听到顾琛房门关上的声音，沙发上的谢诗蕊缓缓睁开眼睛。

她并没有睡着，在听到浴室水声停止的时候，她故意躺在沙发上装睡。她就是想看看，顾琛会不会管她。

顾琛管了，但不是以谢诗蕊想要的方式。

她又在奢望什么呢？顾琛从来不跟她拥抱，不跟她亲吻，如今能拿条毯子帮她盖上已经仁至义尽，又怎么会把她从沙发抱到卧室的床上。

这一刻，谢诗蕊认清了形势。

她从来都未曾在顾琛的心中停留过，如今能够守着顾琛的一份承诺，已经得来不易，她不应该贪心不足，让顾琛为难。

顾琛已经答应了会娶她，就算心里暂时还没办法放下夏子衿，又能怎样。

谢诗蕊起身，拿着顾琛的毯子，回了自己的房间。

江斯晨的车子到了夏子衿楼下，司机从车子后备厢抬出折叠轮椅，扶着江斯晨坐上去，和夏子衿一起陪江斯晨乘电梯上楼。

进了房间，江斯晨将他一直没来得及拿走的东西收拾了一下，夏子衿在一旁帮忙。

江斯晨有些不好意思："你赶紧去睡觉吧，都十二点多了，明天还得上班。"

"要不你今天先别收拾了，在这儿睡一晚，明天再弄，让司机也回去休息吧。"

江斯晨看了一眼司机大叔，点点头："也行，不然我在外面收拾东西，也影响你睡觉。"

夏子衿洗了澡，穿着睡衣和长裤来到客厅。

江斯晨坐着轮椅在客厅里看电视，见夏子衿出来，他问："你怎么还不睡？"

"想找个人聊聊天。"夏子衿倒了杯水，在江斯晨旁边的沙发上坐下。

"有心事？"江斯晨放下遥控器，望向了夏子衿。

“我今天见到寅希了，还跟乔巧开了视频。”夏子衿说。

“感觉怎么样？”江斯晨知道，这对于夏子衿来说，算不上什么好事。

“高兴是高兴，可也有些别扭。我原本还没有准备好跟过去的人遇见。一个顾琛就已经消耗我太多精力了，我怕接触的人越多，越放不下过去，到时候，又会被顾琛牵着鼻子走。”夏子衿秀眉微蹙，看得出来，心里的确很纠结。

江斯晨温柔地笑着：“顺其自然就好。”

“我要尽早把股份拿回来才行。”

“你不要逼自己太紧了。如果夏叔和阿姨还活着，他们也不想看到你每天都过得不开心。”江斯晨劝说。

夏子衿在沙发上靠着，打了个哈欠：“算了，我还是去睡觉吧。明天公司里还有很多事儿，我可不想让谢诗蕊给我穿小鞋。”

“去睡吧，做个好梦。”江斯晨说。

夏子衿从沙发上起身，脚步又顿住，转过身望着江斯晨，说：“斯晨，其实我有两句话一直没有对你说。”

“发现你爱上我了？”江斯晨笑了笑。

夏子衿摇摇头，一本正经地开口：“以前我妈介绍咱俩相亲，我对你有些反感，后来发现，其实你没有我想象的那么讨厌。这么多年，很感谢你一直陪着我，也感谢你救了我。”

“这可不止两句话。”江斯晨打趣一句。

“很庆幸遇见你，谢谢你救了我。两句。”

江斯晨也没再玩笑，对夏子衿说：“其实不是我救了你。如果海上那次没有你，我撑不到上岸，早就被淹死了。虽然我现在废了两条腿，可我收获的远比这两条腿更珍贵。”

“好啦，我们都不煽情了。虽然经历了那么多事，我们都已经不相信永远了，不过，我还是想说，在这一刻，你是我生命中最重要的人。”

或许是因为患难见真情，或许是因为这七年来江斯晨一直陪伴她，也或许是因为江斯晨放下了这段注定得不到的爱情，选择了更适合他的贝拉，

这一切的一切，都让她觉得，他不是曾经她那么讨厌的人。

相比起来，江斯晨的那些冲动更显真实，而顾琛所谓的沉稳，却腹黑得让人觉得可怕。

这一晚，不知道是不是太累的缘故，夏子衿睡得特别安稳。

次日闹钟响起，她起身洗漱，准备做早餐的时候，看到饭桌上已经有人帮她买好了早餐。

早餐下面，压着一张便利条，是江斯晨的字迹：以后不能每天帮你买早饭了，你要照顾好自己。既然这一次生命来之不易，就一定要好好活着，别再让自己后悔。

夏子衿把便利条放下，开始吃江斯晨最后一次给她买的早餐。这像是一次告别，同样也是新的开始。

从今往后，她不再是Y国那个人生地不熟的异乡人了。中海市是她的故乡，她该接受这一点。既然很多人没办法避而不见，她就听从江斯晨的建议，顺其自然吧。

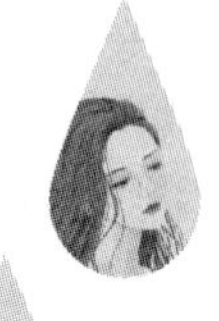

第七章 ·
不再是她的唯一

这些时日，夏子衿把所有的心思都扑在工作上。她的进步很快，短短一个月的时间，已经可以陪同顾琛参加重要会议了。

乔巧原本想要回来找夏子衿，夏子衿劝她好好上课。转眼暑假就快要到了，到时候她们有的是时间好好聚。因为两姐妹时不时地视频聊天，乔巧也就听了夏子衿的话，努力学习准备期末考试。

看着夏子衿工作能力越来越强，谢诗蕊很不开心。

夏子衿的人际交往能力比谢诗蕊好很多，她来公司不过一个月的时间，已经跟公司上下打好关系，基本上没有人不认识这个新上任的董事长助理了。更可气的是，在办公室里，谢诗蕊发布下来的任务没有几个人主动响应。而夏子衿有时候只是随便说一个小建议，大家就纷纷鼓掌叫好，分明就是拆谢诗蕊的台。

谢诗蕊不敢当着顾琛的面说什么，不代表她可以纵容这种事情发生。

下午部门例会结束，谢诗蕊经过夏子衿办公桌的时候，冷着脸说："你出来一下。"

谢诗蕊离开办公室之后，旁边的李毅然望着夏子衿，小心叮嘱："子衿，你可要小心一点，'女阎王'看起来很不高兴。"

夏子衿笑了笑，从办公位起身，跟了出去。

会议室里，谢诗蕊站在夏子衿面前，说："你该知道，以你这样的资历，一来公司就能顺利当上董事长助理，是顾琛念旧。"

没等夏子衿开口，谢诗蕊又说："我希望你搞清楚自己的水平，不要害了顾琛。"

夏子衿想起李毅然经常在她耳边念叨，谢诗蕊是怎么一个一个逼走以前来的那些女助理的。算了算，自己来这里一个月了，谢诗蕊也的确该行动了。

夏子衿也没有跟谢诗蕊辩驳，只是问："请问谢组长，我有什么地方犯错误了？"

"不犯错误不代表你有价值。"谢诗蕊冷哼。

"那请问，我的价值是对你比较重要，还是对这个公司比较重要？"

见谢诗蕊不说话，夏子衿继续问："你知不知道我最大的价值是什么？"

"不就仗着自己是以前的夏家千金吗？那不是你的功劳，那是你命好。"谢诗蕊酸了一句。

她努力了多少年，从大学那会儿开始，到毕业之后进公司，承受了多少白眼，又摔了多少跟头，才终于可以稳住自己助理组长的位子。

可夏子衿呢？同样是从毕业开始的，可她才干了一个月，在公司里已经比现在的谢诗蕊还要受欢迎了，谢诗蕊心里怎么能平衡。

夏子衿笑了："命好也是我的优势。现在夏氏有实力，却没有口碑，背后不知道多少人说顾琛的团队过河拆桥，不讲情面。而我的出现，正好可以堵住那些人的嘴。这一点，你努力了这么多年，做到了吗？"

"我说了，这不过是你的命好。"

"所以你就干脆承认自己不如我，不管你再努力，你都不可能超越我，因为你命没有我好。"夏子衿神色已经冷了下来。

谢诗蕊愠怒："夏子衿，这里是公司，这是你跟一个上司说话该有的态度吗？"

"上司？"夏子衿勾了勾嘴角，一脸嘲讽，"我的直属上司就是顾琛，你只不过是一个小小的助理部组长而已。"

"你！"谢诗蕊气得嘴唇有些颤抖。

"我之所以配合你的工作，是不想让顾琛为难，请你识趣一点，不要自找难堪。"夏子衿不想跟谢诗蕊多浪费唇舌，最后说了一句，"我要去工作了，谢组长。"

夏子衿转身，离开了会议室。

剩下谢诗蕊一个人站在会议室里，牙关紧咬，气得不轻。

自那次之后，谢诗蕊表面上对夏子衿的态度收敛了不少，可暗地里，夏子衿能够感受到谢诗蕊的敌意。

七月份的一天，顾琛要去外地出差，正值谢诗蕊来了大姨妈，肚子疼得直接请假，连公司都去不了。

顾琛看着谢诗蕊躺在沙发上难受的样子，让她在家里好好休息，这次出差就不用跟着了。

谢诗蕊可怜兮兮地望着顾琛，问："你想让谁跟你一起去？"

顾琛原本不想说，可他又觉得没有什么好隐瞒的，便告诉谢诗蕊："子衿来公司有一段时间了，让她锻炼锻炼。"

"你也可以带李毅然啊！他也算助理办公室里的元老，能力还是很不错的。"谢诗蕊说。

顾琛没有说话，只是望着谢诗蕊。

谢诗蕊意识到自己话多了，不好再多说什么。

"你好好休息，有什么事给我打电话。"顾琛说完，起身离开了别墅。

下午快下班的时候，顾琛去了助理办公室。因为谢诗蕊没来，李毅然正在办公室里乐呵呵地聊天。看到顾琛进来，他像被班主任抓到的顽皮学生，急忙安静地坐在自己的座位上，模样认真地继续工作。

顾琛没有理会李毅然，径直走到夏子衿的办公桌前，对她说："来我办公室一趟。"

"好。"夏子衿点点头。

顾琛走后，李毅然急忙凑过来："顾总叫你干吗？"

"要不要跟我过去一起听听？"夏子衿不答反问。

李毅然连连摆手："算了算了，当我没问。我是怕'女阎王'告你的状。"

"干好你自己的工作就行了，操心这么多事。"

"我这也是关心你好吧。不过你也真是厉害，以前那些女助理，从来没有坚持完一个月的。你这都快两个月了，不但没有被劝退，看起来董事长对你还是很欣赏的。”李毅然双手抱拳，作势对着夏子衿拜了拜，“以后还请夏姐多多照顾，多多提拔。早日干倒‘女阎王’，还我等一个青天。”

夏子衿被李毅然这副模样逗笑，收拾了一下办公桌，去了顾琛的办公室。

顾琛正在跟别人打电话，抬头看了夏子衿一眼，示意让她先坐。

夏子衿没有过去坐，走到落地窗前，看着窗外的风景。现在正是傍晚，夕阳透过大大的落地窗洒进来。

顾琛在跟一个客户打电话，说话比较客气，好像要跟对方见面，在电话里确定时间和地点。大概聊了五六分钟，顾琛挂了电话。

他从办公桌前起身，对夏子衿说：“走吧。”

夏子衿不解：“去哪儿？”

“吃饭。”

“顾总，现在还不到下班时间。”夏子衿还以为顾琛有什么工作上的事情要谈，她可不想跟顾琛一起吃晚饭。

“提前下班，一会儿赶飞机。”顾琛说。

“赶飞机干吗？”夏子衿惊讶。

“先去吃饭。”顾琛说着，继续往办公室外面走。

“我约了人一起吃晚饭。”夏子衿说。

顾琛停下脚步，转头看着她。她约了人？是江斯晨吗？

“要是没有别的事，我先回去工作了。”夏子衿没有给顾琛多余的时间思考，转身往办公室外面走去。

经过顾琛身边的时候，手腕被人抓住，夏子衿被迫停下脚步。

身后顾琛冷声说道：“吃了晚饭，跟我一起出差。”

“出差？出什么差？去哪儿？”夏子衿惊讶，一时间也忘记了顾琛现在还抓着她的手。

“江清市，去见客户。”

听到“江清市”三个字，夏子衿感觉脑子嗡了一下。她下意识甩开顾琛的手，后退两步，脱口说道：“我不去。”

那个地方，是她噩梦的起源。就是在那个地方，夏子衿失去了最疼爱她的父母，也失去了此生最爱，她这辈子都不想再去那个地方。

“你知道拒绝上司的命令是什么后果吗？”顾琛面色淡漠，看不出是不是生气。

夏子衿在心里做着思想斗争。

“这里是公司，不是幼稚园。如果你不能胜任助理这个职位，就把位子让出来。”顾琛脸色有些不好看。

夏子衿想到自己来公司的最终目的，她不能半途而废。想到这次出差只是去工作，并不会到海上，她劝服自己，点头同意。

不过，她还是不会跟顾琛一起吃饭。

“我先回去了，一会儿告诉我航班，我直接去机场。”话一说完，夏子衿迈步离开顾琛的办公室。

顾琛站在原地，看着自己空荡荡的手，一时间，连心里也觉得有些空了。

她就这么讨厌跟他在一起吗？

顾琛一个人开着车子前往机场，路上路过一家药店，顾琛将车子停下，去买了一盒晕车含片。

顾琛到机场的时候，夏子衿已经在那边等着了，他把机票递给了她。

两个人拿着行李上了飞机，夏子衿问顾琛：“酒店你订了吗？”

顾琛点点头。

“几间房？”夏子衿又问。

“你想要几间房？”顾琛望着她。

夏子衿没再说话，找到自己的位子，将自己的行李箱往座位上方的行李架放，举了半天却没塞上去。

顾琛高大的身子站在夏子衿身后，抬起胳膊将行李箱顺势往上一推，行李箱稳稳地停在了上面。

“还是这么笨。”顾琛语气略带嫌弃，也不去看夏子衿，在自己的座位坐下。

夏子衿的座位在窗边，得绕过车座外面的顾琛。可顾琛双腿自然地拦在过道，她没办法跨过去。

夏子衿不悦地嘟哝一句：“堂堂董事长出差，连头等舱都坐不起吗？”

“钱也不是大风刮来的。”顾琛白她一眼，双腿往旁边一侧，让她顺利过去。

飞机缓缓上升，夏子衿感觉胃里开始翻涌。

顾琛从口袋里掏晕车含片，递给夏子衿。

夏子衿靠在飞机椅背上，转头去看：“什么东西？”

顾琛剥开一粒褐色的含片，塞到夏子衿嘴里。

“呜——”夏子衿咧嘴皱眉，对顾琛突如其来的动作有些排斥。

嘴里有一丝辣辣的感觉，尝到一点薄荷的味道，夏子衿以前吃过，是晕机糖。

夏子衿嘴里含着糖，问顾琛：“我记得你不晕车不晕船也不晕机吧？”

顾琛不理她。

夏子衿又想到，这糖很有可能是习惯性地为谢诗蕊准备的。

想到谢诗蕊，夏子衿转头望着顾琛，问：“你怎么不带谢诗蕊一起出差呀？”

“她身体不舒服。”顾琛说，好像也在向夏子衿证明，之所以让她一起陪同出差，并不是顾琛的私心，而是别无选择。

夏子衿点点头，没有再说话。

飞机渐渐平稳下来，云层上方，夜幕笼罩，繁星闪烁。

夏子衿透过窗子，看到满天繁星，想起了订婚的那一天，顾琛和她坐在摩天舱里，在八十米的高空之上，看着明亮的星星，还有绚烂的焰火。

看着夏子衿趴在飞机的窗口，顾琛问：“难受吗？”

夏子衿摇摇头，仍旧趴在窗户上看着窗外的星星，她问顾琛：“你是真心喜欢诗蕊吗？”

顾琛有片刻的愣神，他不知道夏子衿说这句话的用意，是因为好奇，还是因为在乎。

夏子衿见顾琛沉默，坐直了身子，转头望着他，一本正经地说："你不要再欺骗别人感情了，诗蕊不是我，她对你来说没有那么密切的利益。她是真心喜欢你，你不要负了她。"

顾琛眉宇紧蹙，在她心里，他对她的感情只是因为利益？他跟她在一起，只是为了利用她的身份。

呵！

顾琛忍不住冷笑出声："夏子衿，你似乎太抬举自己了。"

夏子衿移开目光，不再去看顾琛。

片刻之后，夏子衿又问："你们什么时候结婚？"

顾琛知道夏子衿不是在乎他，他没再理会。

想到他写给谢诗蕊的保证书，结婚日期是在夏子衿过了十年忌日之后，如今夏子衿完好无损地回来了，那份保证书也无效了吧。

见顾琛不说话，夏子衿又道："现在你已经是夏氏集团的董事长了，性格也要改一改了。对身边的人这么冷漠也就算了，要是换成你的客户，难免让别人觉得不爽。说得好听一点，是你没有礼貌；说得不好听了，是你没有家教，反过来还要怪我爸妈没有把你教育好。"

顾琛的脸色越来越难看，原来自己在夏子衿的心目中，已经变得这么不堪。

同样一个性格，当她爱的时候，觉得是深沉；当她不爱的时候，就成了众人不齿的缺点。

"这些年，江斯晨没少在你耳边说我的坏话吧？"顾琛问。

要不是有人在背后说他坏话，夏子衿不会那么轻易就把他列入敌对的行列。

夏子衿笑了笑："你觉得我是一个那么轻易会被别人影响的人吗？"

不是，顾琛知道她不是。

从小到大，夏子衿都有自己的想法，甚至可以说，在某些事情上，因为太过于坚持己见，显得有些偏执。她认定的东西，很少有人抢得走。她决定不要的东西，就算再好，也不会入她的眼。

接下来是沉默，无止境的沉默。

顾琛向来不是主动的人，此时此景，他更不愿意再跟夏子衿多费唇舌。

随便她怎么想吧，反正她现在已经跟江斯晨在一起了。兜兜转转，她终究还是跟江斯晨在一起了。

飞机到达江清市的时候，这边正在下大雨。初夏的南方已经十分炎热，硕大的雨点伴随着雷雨声，整个江清市都充斥着潮湿的气息。

分公司那边已经派了司机在机场等候，因为两边约定的洽谈时间是明天上午，顾琛和夏子衿直接去了酒店。

房间开的是两间，顾琛和夏子衿正好住对门。

夏子衿拿着房卡开了门，坐了几个小时的飞机，她现在整个人都晕头转向。

在床上躺了一会儿，夏子衿去浴室洗了个澡，裹着睡袍出来的时候，看到顾琛坐在她的床上，她吓了一跳。

“你怎么进来的？”夏子衿急忙裹紧了自己的浴袍。

“跟你说一下明天工作的事。”顾琛语气淡漠地说道。

“你直接打电话跟我说不就行了？”夏子衿瞪了顾琛一眼，面露不悦。

夏子衿这副冷漠疏离的样子，刺痛了顾琛的眼睛，也刺痛了他的心。这一刻，顾琛觉得内心涌起一股恼怒，他想要直接把面前的女人按在床上，想看着她臣服，看着她求饶。

可是他不能，他只能拿自己这个董事长的身份来压她：“上司想要跟你谈工作，还得选你的时间吗？你不是来这里度假的。”

“工作时间也没有上司会趁着别人洗澡的时候偷偷跑进别人房间里坐在床上吧？”夏子衿一口气说完，都不带停顿的。

她这张嘴，真是越发厉害了。

一句话堵得顾琛哑口无言，饶是他应对工作上的事情一向手到擒来，可这一刻，他内心深处有一股深深的挫败感。

从小到大，他就没在夏子衿这里讨到什么便宜，也正是因为如此，他才习惯性地用沉默来应对，至少自己说得少，夏子衿计较得也就少了。

“说吧，什么事。”夏子衿觉得房间里空调温度有些热，走到墙边将温度调了一下，又去窗边把窗帘拉上，这才坐在旁边的单人沙发上，望着顾琛。

她希望顾琛可以赶紧说完赶紧走，并不想跟顾琛单独相处，她害怕自己会控制不住内心那份不该有的情愫。

顾琛从床边起身，走到夏子衿面前，身子靠在桌子上，双手插进裤兜，面色淡漠。

他对夏子衿说：“你之所以想当我的助理，还是为了夏氏的股份吧？”

夏子衿不反驳，顾琛又不傻，自己之前三番五次因为这件事找他，后来又突然跑去夏氏上班，而且点名就要应聘董事长助理的位子，目的显而易见。

“你应该知道，不管你工作做得再好，也都只不过是一个职员。”顾琛望着夏子衿的眼睛。

夏子衿知道顾琛说得没错，可除此之外，她没有别的办法。哪怕暂时拿不到股份，至少自己打入了公司内部，也可以防止顾琛乱来。再说了，未来的事情谁说得准呢，只要她活着一天，就一定不会放弃。

她已经失去了亲情和爱情，唯独爸爸的这个公司，不能落到外姓人手中。否则，九泉之下的爸爸和爷爷又怎么能安心。

“你如果真想要夏氏的股份，我倒是有一个可行的办法。”顾琛又说。

夏子衿眼前一亮，抬眸问他：“什么办法？”

“嫁给我。”顾琛说。

夏子衿一愣，显然没想到顾琛开口提这个。随后，她勾唇笑了。

“顾琛，你如意算盘打得真好。”夏子衿望着他，眸中带着失望，“我一回来，你就想把那个陪伴了你七年的女人一脚踢开，跟我结婚？为了挽回你的商业形象吗？”

夏子衿觉得，顾琛的心机真不是一般的深。

起初为了得到夏氏，他看起来对夏明奕忠心耿耿，却在爸爸出事之后，赶走了跟爷爷一起创办夏氏的梁文山，让夏氏成了他的囊中之物。

现如今夏子衿回来了，他又可以利用了。

娶了夏子衿，在外人眼中，他就是一个长情的男人，不只可以挽回形象，就连这些年对夏氏做的那些恶心的勾当，也一下子有了解释。至少名义上，夏氏是顾琛跟夏子衿共有的。夏明奕没有儿子，夏氏落得这样的结果，也是情理之中。

顾琛喉结上下滚动，夏子衿真是一次又一次地刷新他的认知，也让他每一次都惊觉，自己原来是这么让人不齿的一个坏人。

他也懒得解释什么，只是说："你有时间考虑，如果想要拿回夏氏的股权，这是你唯一的办法。"

"你还是说一下明天的工作安排吧，我有些累了，想休息了。"夏子衿不想跟顾琛继续这样无意义地争执。

顾琛说："既然你不喜欢面对面谈工作，明天的事项一会儿我发你工作号码上面。"

话一说完，顾琛头转身离开了房间。

尽管他关门的声音不大，可夏子衿还是感觉到顾琛生气了。

这是恼羞成怒？因为被夏子衿揭穿了真面目，所以装不下去了吧？

嫁给他？夏子衿这辈子都不想再跟这个虚伪的男人有半点牵扯。要不是为了股份，她连顾琛的办公室都不想再进。

顾琛走后，夏子衿将房门反锁，生怕半夜他会像刚才一样，悄无声息地进来。

夏子衿在床上躺下，留着床头一盏小灯。

窗户和遮光窗帘都关着，将外面的大雨声隔绝，也看不到闪电。可是，外面突如其来的一个惊雷，还是让夏子衿身子忍不住瑟缩了一下。

这么多年了，她还是没能勇敢到坦然面对打雷的声音。

夏子衿将房间里的灯全部打开，又将自己裹在被窝里面，试图让自己安全一点。

床头的手机"叮咚"一声响，被子里的夏子衿吓得身子一抖，拿过手机看了一眼，是顾琛发过来的工作安排。

顾琛只发了一小段，很明显话还没说完。

夏子衿看完没多久，顾琛又发过来一段。

起初夏子衿没有回复，后来看到一些不太懂的问题，她便隔着电话询问顾琛。牵扯到工作上的事情，夏子衿和顾琛都比较严肃，并没有说题外话。

两个人就这样发了好一会儿，夏子衿真觉得有些困了，对顾琛说：我大概明白了。明天还要早起，我先睡了。

顾琛没有回复。

夏子衿把手机锁屏，丢在一旁。她是真的很累了，很快便进入了梦乡。

夏子衿刚睡着没多久，窗外“轰隆”的一记响雷，感觉玻璃都被震得晃动起来了。

夏子衿惊醒，缩在被子里瑟瑟发抖。她脑海里响起七年前在游轮上听到的爆炸声，也是这样的动静。

耳边响起手机“叮咚”一声，她缩在被窝里，拿过手机。

发消息的人是顾琛，他说：明天早上不用起太早，养足精神，好好工作。

受到惊吓的夏子衿，在手机屏幕上输入：你可以过来一下吗？

先不管顾琛是不是个虚伪的坏蛋，至少这一刻，他是个男人，还是夏子衿的上司。他们认识了这么多年，顾琛也不至于对她做什么。夏子衿急切地需要一个人陪着，否则这个夜晚，她怕是挨不过去了。

顾琛没有回复，雷声渐渐止住，只有倾盆大雨敲打在窗子上的噼啪声。

夏子衿回过神来，看着自己发出去的消息，才意识到刚才做了一件多么不理智的事情。

门外传来房卡的嘀嘀声，顾琛试着推了推门，门从里面上了锁闩。

夏子衿从床上爬起来，披上睡袍，站在门口，隔着门缝，对顾琛说：“没事了，你回去休息吧。”

“开门。”顾琛面色冷淡，声音不容抗拒。

“真的没事……”

夏子衿话说到一半，外面的雷声很不给面子，“轰隆”一声，比刚才的声音还要惊人，这感觉，像是要把天劈出一道缝来。

夏子衿终究败给了内心的恐惧，将门上的锁闩打开。

顾琛进来，也不问夏子衿为什么让他过来。

经过了雷声的洗礼，现在的夏子衿没有一开始那么倨傲，她乖顺的样子，还是让人很舒服的。

顾琛从橱柜里抱出备用的被子，铺在夏子衿床边的厚地毯上，又从夏子衿的床上拿过来另外一个枕头，很自然地在地上躺了下去。

“睡吧。”顾琛闭上了眼睛。

夏子衿也不好多说什么，乖乖地躺回床上。

“关灯。”地上的顾琛闭着眼睛说。

夏子衿乖乖把房内其他的灯全部关上，只留了另外一侧床头的小灯，照不到顾琛这边。

经过刚才那么一吓，夏子衿已经没有睡意了。

此时此刻，她有一种错觉。时间好像一下子回到了小时候，那时候她上初中，顾琛上高中。正巧爸妈出国度假，家里只有她和顾琛。雷雨夜里她吓得哭了，当时顾琛也是抱着被子去了她的房间，在地上打了一个地铺，就那样安静地陪了她一夜。

夏子衿一直都不确定自己到底是从什么时候开始喜欢顾琛的，明明小时候对这个突然来他们家跟她争夺宠爱的男孩子讨厌得不行，后来却慢慢地想要占为己有。

她一直以为是因为学校里很多女孩子托她帮忙给顾琛递情书，让她意识到顾琛很受人欢迎。然而现在仔细回想起来，倘若当时夏子衿并不喜欢顾琛，帮别的女生给他递情书又有什么关系。倘若现在公司里有人让她帮忙给李毅然递情书，不管递多少，她都不会因此而不开心的。

也就是说，在夏子衿帮那些女孩子给顾琛递情书之前，顾琛在她心目中的地位，已经悄然产生了变化。

大概，就是从那个雷雨夜开始的吧。

那份安全感，让从小受惯了父母宠爱的夏子衿，在父母离开的几天里，从顾琛那里获得了。

若是七年前爸妈没有出事，夏子衿会不会一直沉浸在为自己编织的美妙谎言里。以为顾琛是爱她的，以为顾琛真的不在意事业。就算后来夏明奕仍旧会把夏氏交给顾琛，也是水到渠成的事情，夏子衿自然不会多想。

若是爸妈没有出事，这一辈子夏子衿都看不清顾琛的为人。同样的，她一辈子都相信顾琛是值得信赖的。那样的她，也会觉得很幸福吧。

躺在地上的顾琛也未睡去，不只现在睡不着，其实刚才跟夏子衿聊完之后，他也没有睡。这样的雷雨夜，已经成了顾琛多年的失眠之夜。他知道这个世界上有一个女孩，看似天不怕地不怕，却会在雷雨夜里吓得躲在被窝里哭。

夏子衿已经回来有一段时间了，可如今的夏子衿就像一只刺猬，不但无法靠近，还会扎得人心疼。

也只有这样的雨夜，才能让她露出熟悉的脆弱，给顾琛一个机会与她离得这么近。

顾琛心里感激这样的雷声，尽管雷声让夏子衿觉得害怕，可顾琛还是很自私地觉得开心。

只是，顾琛不在她身边的这七年，Y 国的雷雨夜里，夏子衿又是怎么度过的？是跟江斯晨一起度过的吗？

江斯晨肯定不会睡在床下吧？他们是一起睡在床上吗？江斯晨会紧紧抱着她吗？

想到这里，顾琛觉得心口有些发紧。

雨声渐渐小了，那片云似乎已经过去了。床上的夏子衿传来平稳的呼吸声，顾琛从地上起身，站在床边，借着床头微弱的灯光，看着夏子衿的睡颜。

她瘦了好多，以前脸上可爱的肉嘟嘟已经不见了，下巴尖尖的。她睡觉的时候嘴唇紧抿，眉心蹙着，好像在梦里都没办法放松。

顾琛想要抱住她，又怕会惊醒她。他小心翼翼地在夏子衿脸上落下一个吻，帮夏子衿掖了掖被子，走回自己的床垫躺下。

第二天，夏子衿睡饱醒来。昨天晚上设置的闹钟还没响，明明睡得那么晚，她怎么会这么早就醒了。

夏子衿伸手摸过床头的手机，看了一眼时间，瞬间从床上弹坐起来。

今天的洽谈会议在十点，她的闹钟定在八点，本来想着起床洗漱化妆，吃点早饭，再坐车过去，时间绰绰有余，可现在竟然已经十一点了！

夏子衿急急忙忙从床上起身，走到窗边拉开了窗帘。

昨天晚上还是雷雨倾盆，今天的江清市却阳光灿烂。被大雨冲刷了一夜，酒店外面的景致很美。

只是此刻的夏子衿没有心情欣赏美景，快步跑去了洗手间，洗漱完毕之后，也来不及仔细地化妆，只是涂了个口红，又急匆匆地回房穿衣服。

站在床边，夏子衿看着地毯，这才想起来，昨天晚上顾琛也在这里睡的。

此时地毯上已经空了，顾琛把被子叠好放在了窗边的单人沙发上。

夏子衿想到什么，再一次拿起自己的手机，看到昨天晚上定好的闹钟，的确被别人关上了。

不用想也知道，肯定是顾琛干的好事。

她想给顾琛打个电话，又怕顾琛现在正在跟别人洽谈，会打扰到他。

夏子衿准备出门的时候，看到房门上贴着一张便笺，是顾琛的字迹：等我回来，别到处跑。

他这话是什么意思？不让夏子衿陪他一起见客户了吗？可自己这次来江清市，不就是为了陪他出差的吗？

再次看了一眼时间，已经十一点多了，夏子衿就算想去，也去不成了。一个助理迟到这么久，合作方会怎么看，对夏氏肯定会有不利的影响。

夏子衿没有给顾琛打电话，而是发了一条信息过去：你现在在哪儿？

顾琛随后就给夏子衿回复了：收拾一下，中午一起吃饭。

信息刚发过来，接着又发过来一条：一会儿去接你，到了会给你打电话。

夏子衿又重新洗了把脸，仔仔细细化好妆，换好衣服，等着一会儿跟合作对象一起吃饭。

半个小时以后，接到顾琛的电话，夏子衿抓着外套和包包，关门离开了房间。

她乘坐电梯下楼，走出酒店，便看到顾琛站在车边。

夏子衿踩着高跟鞋快步过去，下楼梯的时候，脚下一滑，整个人朝前面栽了过去。

顾琛快步跑过去，却还是晚了一步。夏子衿倒在地上，脚踝疼得她直咧嘴，心里暗骂今天运气不好，哪哪都不顺心。

顾琛在夏子衿身边蹲下，查看她的脚踝，轻轻按了一下。

“啊！”夏子衿疼得冷汗都出来了，下意识看了看黑色的车子方向，感觉自己也有够丢脸的。

“你们先去吧，你别管我了。”夏子衿忍着疼，试图从地上站起来。她尝试了一下，没有成功，疼痛感让她面部表情都有些扭曲。

顾琛抬手扶稳了她，她单脚站立，踩着高跟鞋，身子左右扭动。

顾琛干脆打横将夏子衿抱了起来。

“不要。”夏子衿挣扎。

今天她已经够丢人的了，不能再当着合作方的面让顾琛跟着出丑。她倒不是介意顾琛的面子，只是，她和顾琛都代表了夏氏，她不想让夏氏集团因为她的失误而抹黑。

顾琛冷声呵斥：“别动。”

夏子衿闭了嘴。

司机已经下车，帮顾琛打开了车后座的门。顾琛把夏子衿小心地放在车后座上，自己则去前面副驾驶位坐着。

夏子衿这才发现，车上除了司机以外，并没有别人。

车子启动，夏子衿坐在车后座，拿着手机，给顾琛发了一个信息：合作方呢？

顾琛口袋里的手机响了一声，他拿出手机看了一眼，没有回复。

夏子衿又在手机上输入：我不想影响工作，你先去跟合作方吃饭吧，让司机一会儿送我去医院就可以了。

顾琛回头看了夏子衿一眼，说：“工作已经结束了，中午不用跟他们一起吃饭。司机是分公司这边的人，有什么话直说就行了，不用发短信。”

司机透过车内的后视镜，看了夏子衿一眼，点头微笑。

夏子衿顿觉尴尬，脸色有些红，安心地在后面坐着，也不再闹腾。

车子将夏子衿送去医院，她刚才的确是扭伤了脚踝，还好没有伤到骨头。医生帮夏子衿扭伤的部位进行冰敷，又用弹力带包裹脚踝，最后将她的脚吊在病床上。

医生交代夏子衿不准下床走动，也不要轻易晃动受伤的腿。

夏子衿问：“医生，我要多久才能好？”

“四十八小时以内不可以活动。之后再看你的恢复情况。”

“四十八小时！”夏子衿惊讶得张大了嘴巴，出差的时间也不过一天，本来今天白天跟合作方沟通过后，订晚上的机票就可以回中海了。

她又问：“医生，我可不可以坐飞机，回家再好好休息？”

“四十八小时以内，不建议长途飞行。”医生重复了一遍刚才的话。

夏子衿嘟了嘟嘴，无奈地靠回床上。

医生走后，夏子衿对顾琛说：“你别听医生瞎说，哪有那么严重啊！不过是崴伤了脚，回家休息几天就没事了。”

“听医生的话，不然以后容易落下病根，会习惯性崴脚。”顾琛的话跟医生如出一辙。夏子衿都怀疑，刚才是不是顾琛教医生那么说的。

“那你先回去吧，我等四十八小时之后，医生允许我出院了，就回去上班。”

顾琛不理会她，拿着一个苹果在一边秀刀工。苹果很快削完，皮完好无损地连在一起，他将皮丢进垃圾桶，自己拿着苹果啃着。

夏子衿脸色郁闷，敢情这苹果不是削给病人吃的。早上起床到现在还没喝一口水呢，夏子衿的肚子里传来咕噜噜的声音。

她也不矫情，对顾琛开口：“我饿了，给我弄点吃的。”

他一个大男人坐在那里啃苹果都不嫌尴尬，夏子衿又怕什么。

“嗯。”顾琛应了一声，身子未动，仍旧啃着苹果。

夏子衿在一旁气鼓鼓的。

顾琛的苹果还没吃完，外面司机手里提着一个袋子进来了。

“董事长，这是您要的朴家味道的粥。”司机见顾琛在吃苹果，将袋子放在了夏子衿床边的小桌上，恭敬地说，“要是董事长没有什么吩咐，我先到车里等着了。”

“你先回公司吧，我这儿一时半会儿走不了。”顾琛吃完了苹果，把苹果核丢进垃圾桶，起身去了洗手间。

司机乖乖离开。

顾琛洗完手出来，走到病床边，帮夏子衿拿出粥，喝了一口，觉得已经不那么烫，递给了坐在床上的夏子衿。

她现在的确是饿了，接过粥来，一口一口地喝着，心里劝说自己，她这算是工伤，要不是顾琛提前把她的闹钟关了，她也不会因为自己迟到而着急，也就不会扭伤脚了。所以，顾琛身为一个上司，主动关心她也是应该的。

喝完了一碗粥，夏子衿觉得胃里热乎乎的，很舒服。幸好刚才顾琛没有给她那个苹果，要不然，自己空腹吃一个凉苹果，估计肚子就没这么舒服了。

夏子衿吃饱喝足，拿着手机给自己的腿拍了照片，发给乔巧，跟乔巧聊着天。

顾琛不知道夏子衿在跟谁聊天，看到她脸上的笑，心里有些恼。

顾琛手机随后响了起来，他看了一眼来电显示，眼角瞄了夏子衿一眼，直接在病房里把电话接了起来。

电话是谢诗蕊打过来的，问顾琛几点的飞机回去。

顾琛说：“这边有点事，今天回不去了。”

电话那头的谢诗蕊关切地问：“怎么了？合作方那边有问题吗？”

顾琛望着夏子衿，也没有对谢诗蕊隐瞒，实话实说：“子衿伤到脚了，现在不能下地走路，等她好一些就回去。”

谢诗蕊心想，夏子衿伤到脚，不是有医院的医生吗，顾琛又不懂医术，留在那里还能让夏子衿好得快一些不成。只是这些话她也只敢想一想，没有对顾琛说出口。

谢诗蕊委委屈屈地说："我现在肚子好难受。"

"吃止痛药了吗？"顾琛语气温和了一些。

夏子衿听到他语气突变，往这边看了一眼。

谢诗蕊在电话那头说："吃了，但还是好难受。"

"我让寅希送你去医院。"

"不用了。"谢诗蕊急忙推辞，"我自己可以照顾好自己的。你尽量早点回来吧，公司这边也不能离开太久。"

"没事，出差之前我都交代好了。"顾琛说话间，见夏子衿又笑着跟手机里面的人聊天，他语气更软，"乖，好好休息。"

谢诗蕊听到这句话，心中的小不快瞬间烟消云散。顾琛还从来没有说过她"乖"呢，许是他跟她一起出差，才想起谢诗蕊的好了吧。毕竟夏子衿这么倨傲，不懂得尊重顾琛这个男人的自尊，顾琛肯定受不了的。

见顾琛挂了电话，夏子衿说："你回去吧，在这里也帮不上什么忙。我饿了会自己点外卖，又有这么负责任的医生，不会有事的。"

她虽是跟顾琛说话，眼睛却一直没有离开手机。

顾琛终于忍不住了，问："你在跟谁聊天？"

夏子衿的视线从手机挪开，看了顾琛一眼："董事长连个人隐私也要干涉？"

顾琛心有不悦："现在是工作时间，我的员工在工作时间做什么，我是有必要了解的。"

夏子衿把手机放下："我不聊了。"

"不就是跟江斯晨聊天吗，有什么好隐瞒的？"顾琛憋得难受，她就是不肯说吗。

夏子衿不置可否，只是说："允许你上班时间跟你女朋友打电话，就不允许我跟别人聊天？"

"她是我的助理。"

"拜托，你跟你所有的助理都叫'乖'的吗？你会跟李毅然打电话说

‘乖，好好休息’吗？”夏子衿别过脸不去看他。

顾琛的嘴角微微勾起，看起来心情好了不少。

夏子衿原本想要睡觉，可昨天晚上睡得太好又太久，现在一点都不困。面对着病房里的这个男人，她越发心烦意乱起来。

夏子衿感觉身体传来一些不适，小腹微微有些痛，并不是吃坏肚子想上厕所那种痛，好像有一股凉气。

又过了一会儿，感觉身体有一股温热的东西流了出来，夏子衿太熟悉这种感觉。

她每个月的好事都挺准的，按理说这个月还有三四天才对，可这次出差，再加上顾琛时不时地给她添堵，她情绪起伏波动大，竟然提前了。

脚还吊在床上，没办法自己下床去洗手间。更何况，她也没带卫生棉。

夏子衿喉咙咳了两声，对顾琛说：“你帮我叫个女护士过来。”

“怎么了？”顾琛看着夏子衿的腿，以为她哪里不舒服。

“让你叫你就叫。”夏子衿脸色有些红。她能怎么说？告诉顾琛她来好事了？这话是万万说不出口的。

顾琛看了夏子衿一眼，也没再多问，迈步离开了病房。

夏子衿感觉身体又涌出一股温热，今天她穿的还是一条白色的裤子，这可怎么办好。她可不想当着顾琛的面出丑。

不一会儿，顾琛从外面进来，跟着他一起进来的，不是女护士，而是刚才那个男医生。

夏子衿翻了个白眼，心头一阵郁闷。

男医生上前查看夏子衿的脚，问她：“哪儿不舒服吗？”

夏子衿瞥了顾琛一眼，忍着心中的不爽，还算好声好气地对医生说：“我没事。医生，你可以帮我叫一个女护士过来吗？”

“有什么事你跟我说就行。这边是专属病房，医生一对一服务的。”

“我不是……不是说你们服务的事情，这事只有女生能办啊！”夏子衿无奈，这个医生也真够死脑筋的，她又说，“要么你先把我腿放下来，我去一趟洗手间。”

“床上有坐便器，建议你现在不要下床，这样有助于你恢复。”医生说得一本正经。

夏子衿实在忍不住，咬牙对医生说：“我现在‘大姨妈’来了，这个坐便器可以解决吗？”

医生脸色顿时有些尴尬，也明白刚才夏子衿所谓的“只能女生办”是什么意思了。

男医生看了顾琛一眼，转身离开了病房。

“喂，你倒是先把我腿放下来再走啊！”夏子衿对着医生的背影喊了一句。

顾琛在一旁憋着笑。

夏子衿瞪他一眼，自己也觉得尴尬。

不一会儿，外面一个女护士进来了。看到顾琛在房间里，女护士笑着问：“这么帅的男朋友在这里，让他扶你去洗手间就可以了呀。”

夏子衿不作声。

女护士将夏子衿的腿放了下来，要扶她起身。

夏子衿小声问女护士：“麻烦问一下，你有卫生棉吗？”

“你没带吗？”女护士问。

夏子衿摇摇头：“这个月提前了。”

“我也没带，那你先等一下，我去帮你问问同事有没有。”女护士说完，就快步离开了。

夏子衿又只能望着她的背影，在心里吐槽：大姐，你先让我去洗手间不行吗？

顾琛随后也离开了病房。

夏子衿在病床上如坐针毡，却久久不见女护士和顾琛回来。

过了五六分钟，病房的门终于被推开，夏子衿眼前一亮。只是，回来的人不是女护士，而是顾琛。

顾琛手里提着一个袋子，里面装着一包卫生棉，是夏子衿常用的牌子。

夏子衿的脚已经被放了下来，顾琛说：“我扶你去洗手间吧。”

“你去帮我把女护士叫过来。”夏子衿坐在床上，身子未动。这种私密的事情，怎么好让顾琛来。

“她们现在下班了。”顾琛说。

夏子衿身子还是不动。

顾琛又道：“你第一次来‘大姨妈’，也是我帮你买的卫生棉，现在又矫情什么？是我扶你去洗手间尴尬一些，还是你把医院的床单被褥都弄脏尴尬一些。”

夏子衿的身体又传来那种感觉，这种黏糊糊的感觉很难受。

她终究还是把手给了顾琛，任由顾琛把她从床上扶起来。

白色的裤子已经脏了一片，尽管顾琛知道这些血并不会对夏子衿造成伤害，可是看到的那一刹那，还是觉得触目惊心。

顾琛问：“肚子疼不疼？要不要帮你找医生要止痛药？”

夏子衿摇摇头，任由顾琛扶着她去了洗手间。

“你出去吧。”夏子衿说。

顾琛看着站在马桶前的夏子衿，问：“你确定自己可以脱得下裤子？”

夏子衿也不吭声，单脚踩在地上，伸手去脱自己的裤子。本来单脚站立平衡性就不好，身子摇晃，受伤的脚下意识踩地，所有的重量压在脚踝上，夏子衿疼得“嗷呜”叫了一声。

顾琛再次上前，让夏子衿乖乖站着，抬手帮她把已经脏掉的裤子脱了下来。

夏子衿看着顾琛将她的裤子直接从腿上扯下去，急忙抬手制止：“你干吗？”

“你要继续穿着这血淋淋的裤子吗？”顾琛也不去看她，霸道地将裤子和内裤都脱了下来，丢在一旁的垃圾桶里。

“顾琛你神经病啊，那我穿什么？”夏子衿看着自己的衣服被丢进垃圾桶，忍不住爆粗口。

顾琛只说了一句：“等我几分钟。”

他离开了洗手间，几秒钟后，又走了进来，把夏子衿的手机递给她：“有事给我打电话。”

话一说完，顾琛再次离开。

夏子衿没穿裤子坐在马桶上，看着顾琛急匆匆出去，仍旧是一脸茫然。

她在心里想，顾琛该不会想要整她吧，要是顾琛现在直接去机场买票回去了，她不得在这里坐穿马桶？

好在顾琛并没有下去太久，不到十分钟，他再次回来，将一条还没拆封的内裤递给夏子衿：“来不及洗了，不过反正你垫着卫生棉，就先凑合一下吧。”

“裤子呢？”夏子衿郁闷，他该不会想让她穿着内裤把腿吊在床上吧。

“等会儿去商场重新给你买一条，谁让你生理期来得这么不是时候。”顾琛看着光腿坐在马桶上的夏子衿，问，“要不要我帮你穿？”

“滚。”夏子衿怒目瞪着顾琛。

虽说看起来顾琛是好意，身为一个董事长，还巴巴地跑去给她买卫生棉和女士内裤，可她总有一种感觉，顾琛就是想看她无能为力的热闹。

放着家里的未婚妻不管，跑她这里来献殷勤，真是渣男无疑。

夏子衿收拾好自己，扶着墙从洗手间里面单脚出来。

顾琛已经不在病房里了，还真是听话，让他滚就直接滚了。

夏子衿一蹦一蹦地到了病床边，看到床单不知道什么时候被人换了干净的，她上床坐着。

顾琛在夏子衿以前最喜欢的品牌店逛着，服务员很热情地帮顾琛一起挑选。

七年之后的夏子衿，身上的衣服已经不再是这种名贵的牌子。顾琛看得出来，这些年夏子衿过得并不富裕。

他甚至能够想象得到，夏子衿每次路过这种名贵服装店的时候，是一种多么失落的心情。

顾琛原本只想来给夏子衿买一条裤子，售货员却一直在推荐他们店哪件衣服很好，顾琛的女朋友穿着一定很好看。顾琛明明知道这都是售货员的套路，可一想到衣服穿在夏子衿身上的样子，顾琛还是忍不住让售货员都包起来。

司机在停车场等着顾琛，出来的时候，看他左手右手提的大大小小的包装袋加起来有十多个。

顾琛把衣服都堆到车后座，又帮夏子衿买了一些晚饭，这才往医院那边赶去。

到医院的时候，已经晚上八点多钟了，顾琛让司机把衣服送回酒店，只给夏子衿带了两条裤子和一条内裤上去。

夏子衿正坐在床上郁闷，想着顾琛这么晚还没回来，她要不要先点个东西吃，拿出手机刚打开订餐APP（应用软件），门外顾琛就提着东西进来了，左手是衣服，右手是食物，都是她需要的。

夏子衿急忙从床上坐起身来："有裤子了吗？"

顾琛将装食物的袋子放在床头柜的小桌上，把装了两条裤子和一条内裤的手提袋丢到床上。

夏子衿伸手抓起来，将里面的衣服倒出来，看到有两个包装袋，一条黑色的正装裤子，一条宽松的牛仔休闲裤，还有一条粉色的小内裤。

看着这个衣服的牌子，夏子衿眼睛有些酸。

这个牌子对于以前的夏子衿来说真的不算什么，一条裤子不过一两千块钱，跟那些富家小姐的奢侈品比起来，已经很平价了。可是自从七年前发生了那样的事，在Y国那种陌生的地方，经济来源能够她吃饭就不错了，连上学的学费都是江斯晨帮她交的。一两千块钱一条的裤子，对夏子衿来说，已经属于奢侈品了。

"买这么贵的衣服干吗？"夏子衿强忍着心头的不适，抬眸望着顾琛。

顾琛一脸无所谓："我可不想让别人看到我的贴身助理穿的是乱七八糟的品牌，省得败坏公司的形象。"

"那你买一条就可以了啊！"夏子衿这才把关注点挪到数量上面。

顾琛还没告诉她，酒店房间里还有十来件呢，不止裤子，连衬衣、裙子、外套，甚至鞋子和包包都买了。

夏子衿也没有注意，刚才顾琛的话里，说的是“贴身助理”。

她真的就相信顾琛的话，觉得他只是嫌弃现在的她穿得寒酸。或许这样做，能够让顾琛找到一些虚荣的感觉吧。当初寄人篱下的小子，如今也可以高高在上了。命运这种东西就是一个圆，谁都不可能永远站在制高点。

既然如此，夏子衿也不推辞，反正顾琛花的都是夏氏赚来的钱，都是爸爸和爷爷的钱，她没什么不能接受的。

夏子衿当着顾琛的面穿上那条休闲宽松的牛仔裤。

肚子有些饿，夏子衿问：“你买了什么吃的？”

“卤肉饭，还有汤和小凉菜。”

顾琛说话间，已经把东西从袋子里拿出来，打开包装盒的盖子，放在夏子衿旁边的小桌上。

闻着诱人的香味，夏子衿的胃又传来咕噜噜的声音。

她接过顾琛递过来的卤肉饭，安静地吃着，时不时地夹一口凉菜，用勺子喝口汤，吃得津津有味。

顾琛就在一旁一直看着，心里说不出的满足。

“干吗老盯着我看，你没买吃的吗？”夏子衿作势护住自己手里的卤肉饭，一点都不想分给顾琛。

顾琛不说话。他并没有告诉夏子衿，刚才怕夏子衿饿肚子，回来得太急，忘了给自己也点一份了。好在他也不太饿，只要看着夏子衿吃得开心，他也就跟着开心了。

晚上的时候，顾琛又接到谢诗蕊的电话。这一次，他走到病房外面接的。

谢诗蕊问：“顾琛，我肚子又开始难受了，你能不能先回来？”

“我给寅希打个电话吧。”顾琛说。

“不用，我就想让你在我身边。”谢诗蕊口气里满是委屈。

顾琛有些无奈：“我也不是医生，我回去你不还是疼吗？”

“可你也不是医生，你跟夏子衿在那里又有什么用？我才是你未婚妻好吧。”谢诗蕊已经难受一下午了，她一直试图劝服自己，不要计较。她也相信顾琛当初答应尽到一个老公的职责，就一定可以做到。

可是谢诗蕊一想到顾琛跟夏子衿远在江清市，两个人独处，她就觉得难受，心急火燎，恨不得立刻坐飞机赶过去看看他们之间有没有发生不该发生的事情。

顾琛在电话这头沉默下来。

谢诗蕊话一出口，又觉得自己太冲动了。顾琛的沉默让她觉得自己是不是说错话了，急忙问：“顾琛，你生气了吗？”

顾琛没有回答，只是说：“我一会儿回去。”

“真的吗？”谢诗蕊瞬间眉开眼笑，“老公，我就知道你最好了。”

顾琛在听到谢诗蕊说出“老公”两个字的时候，眉宇紧蹙，应付了两句，将电话挂断。

顾琛拿着手机走回病房，还没跟夏子衿说的，夏子衿已经开了口：“你要回去了吗？”

他刚才站在门口打的电话，并没有刻意躲着夏子衿，她难免听到了。

顾琛点了点头。

“我这算是工伤，你要帮我把医药费交上。另外，公司里要帮我请工伤假，一点工资都不能扣。”夏子衿说得一本正经。

顾琛脸一黑，她在意的就只有钱吗。

“我要回去跟谢诗蕊取消婚约。”顾琛突然开了口。

他也不知道自己为什么说这个，其实刚才跟谢诗蕊打电话的时候，他并没有往这方面想。

夏子衿嘴里吃着东西，说话声音有些含混：“这是你和她的事情，跟我说干吗？”

夏子衿这种事不关己的态度，让顾琛心里空空的。他明白，夏子衿已经有江斯晨了，又怎么会在意他的感情。

七年了，她已经变心了，他再也不是她当初心里的那个唯一了。

他为她做再多又有什么用，一点用都没有。

他的付出在夏子衿这里一文不值，若是让她知道自己的心还没有放下，恐怕换来的只有奚落吧。

顾琛想要守住自己最后的一点尊严，他说：“开玩笑的，其实我要回去跟谢诗蕊准备婚礼。”

“嗯。”夏子衿点点头，“那祝福你们，放心，虽然我没什么钱，但是红包一定不会少。”

她说得云淡风轻，没有人感觉到她现在心里翻涌的情绪。那个当初她决定要嫁的人，如今要娶她曾经真心相待的好朋友。

夏子衿的态度如此淡漠，顾琛也不知道再说什么，只是嘱咐：“那我先回去了，有什么事给我打电话。”

“嗯。”夏子衿点点头。

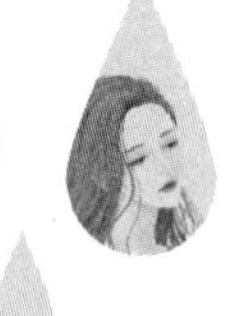

第八章 ·
我好想你

谢诗蕊在家里等到半夜十二点，敲门声终于响起。

谢诗蕊立刻从沙发上起身，跑到门口打开了门，看到顾琛站在门口，手里提着十几个衣服的包装袋。谢诗蕊也顾不上其他，伸开胳膊紧紧地抱住了他："顾琛，你终于回来了。"

顾琛没在门口停留，继续往里走着。

谢诗蕊松开他，帮顾琛拿过拖鞋，又接过他的外套，熟练地挂在门后的衣架上。

她问顾琛："晚上吃饭了吗？"

"在飞机上吃过了。"顾琛走到沙发旁，把手里的袋子放到沙发上。

"飞机上的东西哪吃得饱，我帮你煮碗面吧。"谢诗蕊说话间，已经去了厨房。

顾琛一个人坐在沙发上，听到谢诗蕊在厨房里忙活着。十来分钟，她端着一碗热气腾腾的面出来，放到顾琛面前的茶几上，笑着柔声说："趁热吃吧。"

谢诗蕊在顾琛身边坐下，拿过顾琛带回来的袋子，一一翻看。她一脸欢喜地望着顾琛："顾琛，这是你帮我买的吗？"

顾琛没说话，自顾自地吃着面。谢诗蕊就当他默认了。

都说小别胜新婚，还真是这样，这一次谢诗蕊没有跟着一起出差，但看样子顾琛的心里还是有她的。

顾琛抬眸望着谢诗蕊，问："肚子还难受吗？"

谢诗蕊还在翻看那些衣服，喜欢得不得了，脸上带着笑说："现在好些了，明天就可以去公司上班了。”

“再休息一天吧。”顾琛低头吃面。

谢诗蕊迟疑了片刻，将衣服放下，转头望着顾琛，小心翼翼地开口问：“子衿她……现在怎么样了？”

“还在医院呢，估计这两天不能下地。”顾琛想到夏子衿，有些担心。尽管他已经跟护士说明了情况，还是怕夏子衿不好意思麻烦别人，万一毛手毛脚又伤到脚踝。

谢诗蕊又问：“跟合作方洽谈还顺利吗？”

顾琛点点头。

看着顾琛把一碗面吃完，谢诗蕊一直高悬的心终于缓缓放下了。

她望着顾琛，有些歉意：“顾琛，你会怪我不懂事吧，这么晚了还让你赶飞机回来。”

顾琛没有说话。

谢诗蕊也没再多说，让顾琛去洗澡，早些休息。

初夏的天，雷雨渐渐变得频繁。

顾琛睡到下半夜的时候，浅眠的他被窗外的雷声吵醒。

他睁开眼睛，看到窗帘被窗外的风吹得飘动。

顾琛从床上起身，走到窗边，将窗户关上。

他站在窗口，看着已经沉睡的城市，想到了昨天晚上，他跟夏子衿在同一个房间睡觉，安静的房间里，可以听得到夏子衿的呼吸声，能感觉到她翻身，可爱地吧唧嘴。当时他很庆幸，过了七年，夏子衿还能因为他的存在，在雷雨夜里安然入眠。

顾琛转身走回床头柜那边，拿起手机，给江清市的司机打了个电话。

电话许久才接通，那头司机睡眼惺忪：“顾总。”

“江清现在下雨了吗？”顾琛问。

“等我看一下。”司机说完，响起一阵脚步声，还有他妻子的责问声。

没过多久，司机说：“顾总，没下雨，满天星。”

“好的，没事了，打扰你休息了。”

挂了电话，司机一脸郁闷，顾总这是咋了？大半夜的打电话过来就是为了问问天气，他在家看看天气预报不就知道了吗。

次日下午，顾琛找人联系上江斯晨，约他出来见一面。

江斯晨并未推托。

想到江斯晨腿脚不便，顾琛约定的地方离江家的住处不远。

江斯晨如约而至，看到顾琛，脸上带着礼貌的笑。

顾琛对江斯晨说：“很感谢你七年前救了子衿。”

江斯晨笑着说：“换作是你，也会那样做的。”

顾琛倒宁愿那个人是他，只是如今再说这些已经没有意义。

他又对江斯晨说：“你知道子衿这个人很善良，对于帮助她的人，会用一辈子来感激。”

江斯晨点点头，认可顾琛的话。

“但这不代表爱情。”顾琛紧接着说。

江斯晨没有反驳，心里却在想，原来，夏子衿一直都没有跟顾琛说明他们之间的关系。江斯晨知道夏子衿对顾琛的厌恶，当然也知道夏子衿这些年其实一直都没有放下顾琛。

江斯晨的沉默，在顾琛看来，就是默认。

“你要怎么样才肯跟她分手？”顾琛干脆开门见山，不想继续浪费时间和江斯晨兜圈子，又说，“如果我出钱让你在中海重新开一个公司，你觉得怎么样？”

江斯晨笑着轻轻摇首：“难怪子衿对你失望。”

“这是我跟你的事情，无须提到她。”顾琛神色一如往常般淡漠。

“你这次来找我说这些，她知道吗？”江斯晨声音平静。

顾琛没有说话，事情比他想象的要棘手得多。

江斯晨脸上始终带着清浅的笑意：“要是子衿还爱你，我绑都绑不住。同样，如果子衿已经对你死心，就算我单方面分手，她还是会跟其他的男人在一起。这么浅显的道理，顾总应该想得明白吧？”

“我说了，子衿跟你在一起，只是因为你是她的救命恩人。”顾琛向来骄傲，谈判桌上永远都是占有优势的那一方。可是现在，面对江斯晨，他总感觉自己心有余而力不足。

“是子衿亲口对你说的，还是你自己臆想的？就没有可能她是真心爱我？你现在有了夏氏，有了那么爱你的谢诗蕊，爱情事业双丰收，为什么还是缠着子衿不放？”江斯晨质问，随即又说，“抑或是你觉得现在夏氏口碑还不好，子衿还有被你利用的价值？”

江斯晨的这句话，让顾琛觉得有些熟悉。

前些日子，夏子衿也对他说过类似的话。

顾琛冷眼望着江斯晨，说：“要是我在意外界的看法，会有无数种手段给自己挽回名声。”

可他觉得这些都没有意义，只要能够守住夏氏，让九泉之下的夏明奕和夏爷爷安息就好，至于那些无关的人会怎么看他，一点也不重要。

江斯晨探究地打量着顾琛，片刻后，他再次开口，说：“如果你真的想让子衿回到你身边，先跟谢诗蕊取消婚约吧，让我看到点你的诚意。”

饭菜上桌，江斯晨却没有吃，自己转着轮椅离开了。

三天后，夏子衿从江清市回来，顾琛亲自开车去机场接她。

回去的路上，夏子衿察觉到顾琛走的并不是去公司的那条路。

夏子衿不解地问：“不去公司吗？”

顾琛手握着方向盘，对夏子衿说：“你脚踝还没有彻底痊愈，先回家休息。”

“不用了，我在办公室里也是坐着，不影响我工作。”夏子衿拒绝了顾琛的好意。

顾琛开着车，也不去看夏子衿，只是说：“我不希望别人看到董事长助理瘸着腿去上班。”

夏子衿憋着一肚子气，很显然，顾琛是怕她给他丢脸。

果然啊，顾琛现在最在意的是自己的形象。

她没再拒绝。

顾琛直接开车把夏子衿送到小区。

夏子衿坐在车上，望着开车的顾琛，问："你怎么知道我住在这里的？你调查我？"

"员工资料上写着。"顾琛说。

夏子衿放松下来。

车子在楼下停稳，顾琛下车，帮夏子衿打开车门。

"我自己上去就可以了。"夏子衿不想让顾琛去她住的地方。

顾琛也没有坚持，看着夏子衿一瘸一拐地进了楼道，想到夏子衿回家之后，江斯晨在家里迎接，他心里有些不爽。

顾琛开车回公司的路上，看到路边一张熟悉的面孔。

那不是江斯晨吗？

而江斯晨的身后，有一个外国女人，笑容满面地推着他的轮椅，两个人谈笑风生，看起来很亲昵。

顾琛把车速放慢，看到那个女人推着江斯晨的轮椅，在一家饮品店的门口停了下来，当众跟江斯晨亲吻。

顾琛怒火中烧，夏子衿现在腿脚不方便，正在家里难受呢，江斯晨却跟一个洋妞在大庭广众之下卿卿我我。他把车靠路边停下，从车上下来，径直走向了江斯晨。

那个外国女人去饮品店里买东西，江斯晨一个人坐在桌前等着。

顾琛走到江斯晨面前，挡住了他的视线。

江斯晨仰起头，看向了顾琛。

"小情人不错嘛。"顾琛勾着嘴角，笑得有些吓人。

江斯晨没有说话，猜到刚才贝拉亲他的时候，被顾琛看到了。

前几天顾琛找他，一直误会他跟夏子衿在谈恋爱，现在，顾琛该是把贝拉当成夏子衿的情敌了吧。

江斯晨不说话。

顾琛又开了口："我不管你跟夏子衿发生到哪一步了，立刻跟她分手。"

江斯晨抬眸望着顾琛，问：“顾总，你现在是以什么资格命令我？子衿的男朋友？噢，我差点忘了，你现在已经是她好朋友的未婚夫了。她的哥哥？也不算，她爸妈死了，你夺了夏氏，你们又没有血缘关系，你也不配当她的哥哥吧？她的朋友？我想，子衿可能并不认可你这个朋友。”

“哪怕我是个陌生人，也不会允许你这么伤害子衿。”顾琛知道自己没有立场，但他更知道，夏子衿有生以来最憎恨背叛。倘若让夏子衿知道江斯晨跟别的女人这么亲密，她该有多伤心。

“还真抱歉呢，顾总，这是我自己的事情。要不你报警，让警察来问问我这样合不合法？如果警察都觉得没问题，我想顾总更不应该多管闲事了。”江斯晨脸上始终带着淡淡的笑。

顾琛的拳头攥了起来，江斯晨不过是仗着夏子衿在乎他，这副无所谓的表情真是欠揍。

饮品店门口，贝拉端着两杯饮品从店里出来。看到江斯晨面带笑容地跟对面一个男人聊天，贝拉上前，用英语问：“亲爱的，这是你朋友吗？”

一声“亲爱的”成了压倒顾琛理智的最后一根稻草，他举起拳头，猛地砸向了江斯晨的面门。

贝拉吓了一跳，手里的饮品掉在地上，洒了一地。

她急忙上前护住江斯晨，伸开胳膊，与对面的顾琛对峙，用英语急切地说着：“这位先生，你不能伤害我的男朋友。”

“男朋友？”顾琛从牙缝里挤出三个字，望着贝拉，同样用英语问，“你该知道他已经有女人了吧？你该知道子衿跟他的关系吧？”

“子衿？”贝拉听到顾琛说起夏子衿，放松了警惕。这七年，贝拉深知夏子衿对江斯晨的感情只有友谊和感激，只是前段时间两个人住在一起，想必是顾琛误会了。

贝拉正想跟顾琛解释，身后的江斯晨抓着她的胳膊，说：“贝拉，我们走吧。”

“可是……”贝拉看了顾琛一眼，害怕这个凶巴巴的男人以后还会找江斯晨的麻烦。

“走。”江斯晨态度坚决。

贝拉尊重他，走到轮椅后面，推着他离开前，最后看了顾琛一眼，说：“请你发火之前搞清楚状况，不要伤害无辜的人。”

周围的人已经围成一个圈，有人拿着手机拍摄着。

夏子衿坐在家里，看到网上的娱乐新闻里配了一张她和顾琛的照片，是那天她崴到脚，顾琛抱起她之后的照片。

配的文字更是气人，说什么夏氏集团董事长与前任女友私密幽会，大庭广众之下亲密无间。

这些狗仔整天闲着没事，就喜欢胡说八道，窥探别人的私生活吗？

夏子衿明明生气，却还是忍不住翻看。

随后，她翻到一个视频，是一个小时以前发的。

夏子衿看到画面上的人是顾琛跟江斯晨，还有惊慌失措的贝拉。

夏子衿的心中有一股不好的预感。她急忙将视频点开，听到视频里贝拉端着饮品走过来问江斯晨：“亲爱的，这是你朋友吗？”

随后，顾琛的拳头毫无预兆地挥向了江斯晨的脸。

江斯晨捂着鼻子，贝拉丢了手里的饮品，张开胳膊护在江斯晨面前，怒气冲冲地对顾琛说：“这位先生，请你马上离开，你不能伤害我的男朋友。”

视频到这里中断了，夏子衿不知道后来发生了什么，不知道顾琛还有没有继续找江斯晨的麻烦。

她突然有些自责，一直以来借着江斯晨在顾琛面前伪装和保护自己，从来没有想到顾琛这个浑蛋会去找江斯晨的麻烦。

江斯晨为了她，已经失去了双腿，这些年他明明可以回国，却一直留在Y国陪她读大学。可顾琛都不搞清楚状况，竟然就对江斯晨做出这么恶劣的事情。

如果不是自己今天看了这个视频，恐怕夏子衿永远都不知道顾琛会浑蛋到对一个坐着轮椅、手无缚鸡之力的人动手。

夏子衿给江斯晨打了一个电话过去，电话是贝拉接的，说江斯晨在睡午觉。

夏子衿对贝拉表示歉意，虽然她不在场，可这件事总归因她而起。

贝拉在电话那边对夏子衿说："请你劝一劝你的朋友，不要再误会江了，他不应该受到这样的对待。"

"我知道，给你们添麻烦了。"夏子衿语气很软。

"你不用担心，江没有受伤，但是心情比较不好，我希望你朋友可以给他道歉。"贝拉说得很坚定。

让顾琛给江斯晨道歉？夏子衿想都不用想，这一定是不可能的。不过她还是对贝拉说："我会去找顾琛沟通的，以后这种事不会再发生了。"

"一定不要再发生了，不要忘记江为你做过多少事。"听得出来，贝拉此时的情绪很不好。

别说贝拉了，连夏子衿这个对江斯晨没有什么男女之情的人，都替他觉得委屈。

挂了电话，夏子衿踮着脚一瘸一拐地离开家，乘坐出租车去了公司。

顾琛嫌她影响公司形象，她偏要去给他添堵。

她进了公司，大厅里有人热情地跟她打招呼，看到她一瘸一拐地走路，关切地询问。

正巧李毅然从电梯出来，看到夏子衿这样，急忙上前，扶着她进了电梯。

电梯里，李毅然问："这是怎么了？怎么出个差把自己给整瘸了？"

"不小心崴到脚了。"夏子衿笑笑。

李毅然有些不满："都这样了，董事长也不让你回家休假。"

夏子衿也不解释。

电梯在董事长办公室的楼层停了下来，李毅然扶着夏子衿的胳膊，跟她一起走向办公室。

谢诗蕊从顾琛的办公室出来，看到夏子衿，问："你怎么来了？不是在家里休假吗？"

办公室里的顾琛听到谢诗蕊的话，也走了出来，看到李毅然扶着夏子衿。

李毅然看到顾琛，点头叫了声"顾总"。顾琛没理他，视线落在夏子衿身上。

“有事吗？”顾琛问。

要是没事，夏子衿不会忽然来公司。

“有点急事找你。”夏子衿没有去看顾琛，径直迈向顾琛的办公室门口，绕过挡在门口的谢诗蕊，进了办公室。

顾琛跟着夏子衿进去，顺手将办公室的门关上。

夏子衿靠在办公室门上，抬眸望着站在面前的男人，脸色很难看。

她问：“顾琛，你为什么要去找江斯晨的麻烦？”

听夏子衿这么说，顾琛恍然大悟。他就说呢，夏子衿都已经回家了，怎么忽然又跑到公司里来，原来，是江斯晨那个浑蛋告状了。

顾琛望着夏子衿，在心里斟酌着该怎么说，要直接告诉夏子衿，说江斯晨跟别的女人有一腿吗？虽说顾琛真的很想让夏子衿看清江斯晨的真面目，可是，一想到夏子衿对江斯晨的感情，他不想看到夏子衿受伤。

顾琛委婉地对夏子衿说：“江斯晨不适合你。”

“你是我的谁？”夏子衿皱眉，与顾琛对峙，语气有些咄咄逼人，“咱们现在又是什么关系？你凭什么干涉我的事情？要是你觉得看我不爽，可以直接跟我说，跑去打一个残疾人，这种事你也做得出来？顾琛，我真的对你很失望。”

窗外吹进来一阵风，顾琛感觉周身都有些冷。

“我最后警告你一次，你有什么不爽都朝着我来，再去招惹江斯晨，别怪我不客气。”话一说完，夏子衿转身拉开办公室的门，一瘸一拐地走了出去。

办公室内，顾琛站在原地，看着夏子衿离去的身影，耳边回荡着她刚才说的那几句话，一字一句，都撞击着顾琛的心。

她竟然不分青红皂白，就为了江斯晨那个浑蛋，而把他当成敌人一样威胁。

夏子衿回了办公室，在自己的位子坐下，打开了电脑。

谢诗蕊随后进来，站在夏子衿办公桌前，貌似关切地询问：“子衿，你的脚没事了吧？”

夏子衿现在看到任何有关于顾琛的人都来气，不咸不淡地回了一句：“有事还能来上班吗？”

当着办公室里其他同事的面，谢诗蕊觉得面子上有些过不去。

旁边李毅然没作声，心里却在偷笑。

谢诗蕊看了一眼夏子衿的脚，发现她穿的这条西裤，正是之前顾琛在江清市帮自己买的那些衣服的牌子。

自从夏子衿回中海市之后，谢诗蕊从来没有见过她穿名贵品牌的衣服。当年夏子衿在海上突然出事，曾经的衣服都在夏家别墅，她根本没机会拿。

而夏子衿现在穿的这条裤子，是今年初夏的最新款，刚刚上市还不到一个月呢。

难道，顾琛不仅给她买了衣服，也帮夏子衿买了？

想到这里，谢诗蕊的脸色难看起来。她记起自己在网上看到的关于顾琛跟夏子衿在江清市出差的时候，被狗仔队拍下来的一些照片。当时谢诗蕊还劝自己，是因为夏子衿受伤了，脚没办法走路，顾琛才把她抱上车的。

现在看来，夏子衿腿伤到底是轻是重都不一定呢，说不定她就是故意用计摔倒，来博取顾琛的怜悯。

夏子衿上学的那些年，对付喜欢顾琛的女孩子，也用过一些手段，没想到过去这么多年，夏子衿本性还是没有变。

这让谢诗蕊觉得自己当初瞎了眼，竟然把夏子衿这样的人当成自己的好朋友。

谢诗蕊平静下来，对夏子衿说：“既然没什么问题，正好你和顾总出差的时候落下了一些工作进度，你跟我到会议室，我跟你说一下。”

话一说完，谢诗蕊转身离开办公室。

李毅然在夏子衿身边提醒：“你可要小心一点，根据我多年的经验，现在‘女阎王’很生气。”

夏子衿冷着脸，并未放在心上。

夏子衿起身，身子趔趄了一下。旁边李毅然急忙起身扶着她，将她送到会议室门口。

“你自己小心一点。”李毅然再次叮嘱。

夏子衿点头谢过。

李毅然看着夏子衿进了会议室，心里还是有些放心不下，房门留了一点点缝隙，将耳朵贴在会议室门口，静静地听着。

夏子衿踮着脚走到座位坐下。

谢诗蕊坐在她的对面，望着她，半天没有说话。

夏子衿先开了口：“几天没见，你想我了？”

谢诗蕊鼻子哼气，嘁了一声，收回视线。

她低头看着自己面前的文件，对夏子衿说：“转眼就到六月了，上半年的业务总结需要整理一下。我知道你做事细心，这个工作就交由你来负责吧，把公司上半年度所有的业务分类整理好，所有的客户资料仔细分析一下。还有，哪些项目需要跟进，哪些项目要在未来着重发展，都整理出来。”

夏子衿蹙眉：“我来公司还不到半年，之前的业务我并不熟悉。”

“那就查资料。”谢诗蕊的态度不容置喙，又说，“也不用太急，下周一上班之前给我就可以了。”

“下周一？”夏子衿面露不悦。现在都已经周四了，留给她的工作时间还不到两天，就算周末加班，也不到四天。公司上半年业务那么多，客户那么多，光是从头到尾梳理一遍，一个星期都不一定搞得定，况且还要分门别类地整理出来，写总结报告。

谢诗蕊这是明摆着给她穿小鞋吧。

“怎么，时间太短了？”谢诗蕊抿嘴笑了笑，“本来这周二你跟顾总出差回来就该告诉你的，可你受伤住院，一直没来上班。公司的计划都是有严格安排的，不能因为你个人的问题影响公司的进度。董事会上如果资料不全，让顾总准备不周，可不是你一句腿脚不方便就能蒙混过去的。就算顾总大人有大量，可其他的董事不会听你的理由。”

夏子衿心有不爽，不能任由谢诗蕊这么欺负她。

夏子衿道：“你明知道我受伤了，暂时回不来，为什么不安排其他人先做？”

“我说了，这项工作一开始就准备让你来负责的。我以为你周二会回来，可是你没回来。就算你周三回来上班，也还有时间。这是你自己的责任，有什么问题，也要自己去解决。”

“我要是这周都没回来上班，你怎么办？”

“可你不是来了吗？”谢诗蕊勾唇笑。

在公司里，她有足够的资历去压夏子衿，就算挤不走夏子衿，也绝对不会让这个碍眼的女人好过。

谢诗蕊整理了一下自己的文件，离开了会议室。

出门之前，她眼中闪过一抹得逞的笑意。

这已经不是七年前了，就算夏子衿有那个狐媚心想让顾琛念旧情，谢诗蕊也已经有能力有方法让夏子衿知难而退。

李毅然听到谢诗蕊的脚步声，急忙从会议室门口站直身体，拿出电话放在耳边，对着电话叽里呱啦地笑着聊着。等谢诗蕊进了助理办公室之后，李毅然才把手机放进口袋，快步进了会议室。

看到夏子衿坐在会议室里发呆，李毅然走到她身边坐下：“子衿姐，没事的，我和几个兄弟都听你吩咐，就算手头的工作不做，也一定帮你把这个任务圆满完成。”

“你都听到了？”夏子衿有些无精打采。

倒不是因为谢诗蕊给她安排的这些任务，只是她忽然之间找不到自己进入夏氏的理由和目的了。

她已经来了两个月了，虽说在公司里干得还不错，从人脉到业务都很优秀，可她就一直这样下去吗？顾琛如果不肯放夏氏的股份，她在这里待再久又有什么用。

“子衿姐，你别不开心了。‘女阎王’就这样，她这还不算最过分的。不就是一个半年汇总吗，你就不用担心了，回家好好休息，交给我，保证周一上班的时候一定可以亮瞎‘女阎王’的眼。”李毅然握着拳头，一身干劲。

夏子衿望着他，由衷地感谢："要不是有你们这些好心的同事，恐怕我也撑不到现在。"

"子衿姐你人好，又有实力，我们知道你不可能只是助理。"李毅然眼睛里闪着光，是真的相信夏子衿。

夏子衿点点头，刚才心中的那些迷茫，也因为李毅然的话渐渐看清了方向。

她要做的还有很多，不能中途退缩。

夏子衿并没有拒绝李毅然的帮助。周五下班之后，夏子衿家里坐满了人，除了助理办公室的那群人，还有公司里其他部门的同事。有些是李毅然叫来的，有些是夏子衿请来的。

大家都带着自己的笔记本电脑，在李毅然的分配下，按部就班地做着自己负责的部分。

晚上一直工作到十一点，夏子衿原本想请大家吃夜宵，他们都拒绝了。

周六和周日，一群人依旧全天无休止地加班。

因为人多力量大，再加上各部门的齐心协力，原本不可能完成的任务，在周日下午太阳落山之前，全部搞定了。

把文档发到了夏子衿的邮箱里，大家都松了一口气。

夏子衿再次邀请大家一起吃饭，这一次谁都不准推辞。

饭桌上，夏子衿端着酒杯敬大家："这几天真是辛苦大家了，话不多说，这杯酒我先干了。"

旁边李毅然抓着夏子衿的手腕："算了子衿，你脚伤还没好，不能喝酒，我代你喝了。"

"不行。"夏子衿抽回手腕，模样坚定，"这杯酒我一定要喝。"

大家也没再劝，举着酒杯跟夏子衿共饮。

一行人吃过饭，准备走，李毅然这个麦霸原本还想去KTV，不过想到明天还要上班，只得约好下周五晚上。

吃饭的时候大家都喝了些酒，各自坐出租车回去。李毅然不放心夏子衿，和她同坐一辆车。

路上，李毅然借着酒劲问夏子衿："子衿，你有男朋友吗？"

夏子衿没有正面回答，问道："你觉得我这个年龄，有没有男朋友？"

"你什么年龄啊，我看过你的档案了，今年也就二十五六岁，跟我差不多。现在这个社会谁还看年龄啊，三四十岁单身的女人也多得是，大家都讲究个情投意合。"虽然李毅然看起来喝了不少，可这逻辑还没混乱。

夏子衿只是笑笑，不说话。

李毅然又问："公司里有些人传你跟顾总之间的事情，都是谣言吧？听说这次出差，你脚扭伤了，他还给你来了个公主抱呢。"

"顾总跟谢诗蕊订婚了，以后这种话题别参与，省得让人给你穿小鞋了。"夏子衿佯嗔一句。

李毅然拍了拍夏子衿的肩："有子衿姐罩着，我不怕。"

夏子衿被他这副模样逗笑了。

第二天，夏子衿早早地去了公司。

谢诗蕊到办公室的时候，看到夏子衿正在办公桌前忙活着。

她在夏子衿办公桌前停了下来，笑着问："需要我再给你半天时间吗？"

"你要的东西已经发到你和顾总的邮箱了。"夏子衿也不去看谢诗蕊，自顾自地继续忙着。

谢诗蕊显然觉得不可思议："怎么可能？才几天的时间……"

话一出口，她又觉得自己太冲动，这不明摆着让办公室里的人知道，她是故意给夏子衿安排完不成的任务吗。

谢诗蕊走回自己办公桌，打开电脑。

邮箱里，的确有夏子衿发来的邮件。甚至来不及下载文档，谢诗蕊点开了预览，从项目列表到客户列表，整理得规规矩矩，连一些谢诗蕊都记不太清的小细节，夏子衿竟然都标注了。

谢诗蕊心想，夏子衿肯定作弊了。她才来公司两个月，怎么可能对公司里这半年以来的所有进展都了如指掌。

可是这样的话她再傻也不能说出口了。

看着夏子衿还抄送了顾琛的邮箱，谢诗蕊更是有苦难言，原本以为就算夏子衿这周真的把业务总结做完，她也会想办法在顾琛那里为夏子衿多说那么两句“好话”，可她没想到夏子衿虽然初入职场，却对这些流程很熟悉，一点都没有给她留可以钻的空子。

谢诗蕊感觉自己好像点了一个哑雷，心里憋屈得很。

她的这些小策略，只能针对初入职场的新人。可她忘记了夏氏是夏子衿家的，夏子衿从小受夏明奕的耳濡目染，听过的商战策略比她上班这几年亲身经历的还多，这些小计谋自然是难不倒夏子衿的。

是谢诗蕊小看了夏子衿，只是，她不甘心就这样轻易放过夏子衿。不管以前的夏子衿有多高傲，现在的她没有父母撑腰，没有顾琛保护，只是一个普通到不能再普通的人罢了。况且，在这间办公室里，始终是谢诗蕊说了算。

“做得还不错。”谢诗蕊想通之后，也不再纠结，笑着表扬一句。

李毅然看着谢诗蕊那张虚伪的嘴脸，躲在电脑后面拼命地对夏子衿翻白眼。

夏子衿继续工作。忙碌了一整天，下午下了班，她终于可以好好休息一下了。

晚上，夏子衿正准备早点睡觉的时候，外面响起一阵敲门声。

夏子衿从床上起身，没有开灯，小心翼翼地走到门口，透过猫眼去看外面的人。

楼道感应灯亮着，站在门口的人是一身酒气的顾琛。

夏子衿的担忧消散，帮顾琛打开了门。

顾琛连步履都有些摇晃，在夏子衿的记忆里，他很少会喝得这么醉。

顾琛一进门就扑进了夏子衿的怀里，紧紧地抱着她，她推也推不开。

顾琛醉醺醺地说了一句：“我好想你。”

夏子衿再次尝试把顾琛推开，这一次，顾琛没有紧抓着不放，被夏子衿推出两步远。

看着面前醉成这样的男人，夏子衿问：“大半夜发什么神经，你的未婚妻在家里，跑我这里闹什么？”

“我的未婚妻是你。”顾琛说话间，又伸开胳膊去抱夏子衿。

这一次，夏子衿没有让他得逞，身子往后退开了两步。顾琛扑了个空，脚步踉跄，险些倒在地上。

面前的这个男人，不论什么时候，都是一副沉静淡然的样子，可现在他眼睛有些红，不知道是喝了酒的缘故，还是……哭过。

“子衿，你为什么对我这么冷淡？你真的以为我是他们说的那样的人吗？我们从小一起长大，在同一个屋檐下生活了整整八年，就比不上一群陌生人对我的评价吗？”顾琛望着夏子衿，他眼中带着希冀，同时也伴随着一丝希望。

可夏子衿始终沉默，就好像那些年他对她的沉默一样。

顾琛不甘:“江斯晨他哪里比我好？你知不知道这七年我是怎么过来的？”

说到最后，顾琛几乎嘶吼起来。

夏子衿不知道他是真的喝醉了，还是故意借酒劲撒泼。这样歇斯底里的顾琛让她觉得有些陌生，也有一些……心疼。

“顾琛，你喝醉了。”夏子衿看着顾琛身子摇摇晃晃，扶着他走到沙发那边坐下。

她去厨房帮顾琛冲了杯热茶，端出来的时候，看到顾琛靠在沙发上闭着眼睛，似乎是睡着了。

七年了，他似乎没有太大的变化，仍旧是棱角分明的脸，仍旧在睡着之后面容变得柔和，不再像平时那么凛冽。

夏子衿手里端着热茶，站在顾琛对面，一个人呆呆地看了许久。

刚才顾琛质问夏子衿，是不是也像那些人一样看他。他说他们从小一起长大，在同一个屋檐下生活了整整八年，为什么比不上陌生人的一句话。

是她误会顾琛了吗？夏子衿想。

可爸妈死在海里是事实，顾琛把跟爷爷打江山的梁文山赶出公司也是事实，他跟谢诗蕊订婚更是事实。这些铁一般的事实摆在夏子衿的面前，她没办法像没事人一样，再对顾琛完全信任。

夏子衿把热茶放在顾琛面前的茶几上，回房间给谢诗蕊打了一个电话。

没过多久，谢诗蕊开着车子来了。

看到顾琛醉倒在夏子衿的沙发上，谢诗蕊心情很复杂。

她试着把顾琛叫醒，可顾琛嘴里一直喊着夏子衿的名字。

“先坐一会儿吧。”夏子衿对谢诗蕊说。

谢诗蕊看着顾琛一时半会儿醒不过来，自己又没有力气把他弄走，可今天晚上是一定不能让他在夏子衿这里过夜的，她只好先坐下。

夏子衿望着谢诗蕊，问：“你知道当初我发现你喜欢顾琛之后，为什么对你没有太大的反应吗？”

谢诗蕊没说话，不知道该怎么回答夏子衿的话。她心里还在想着顾琛跟夏子衿独处这么久，两个人有没有做出什么她不想知道的事情。

“你知道我原本可以把这件事情告诉你妈妈，她这个人最讨厌抢别人男人的女人。她如果发了脾气，你在家的日子就不好过了，还可能勒令你这辈子都不能跟顾琛有半点接触，也可能不允许你再往我家里跑。”夏子衿缓声说着，“我还可以把你做的那些事发到你们学校的论坛，随便配个标题，你就会在你们学校成为红人。”

谢诗蕊这才将目光转向了夏子衿。

“你知道我为什么什么都没做吗？”夏子衿再问。

谢诗蕊心里猜到，那个时候，夏子衿还把她当好朋友，所以没有用当初对付其他女孩的手段来对付她。

谢诗蕊不说话，夏子衿也没强迫她，仍旧自顾自地说着：“我知道你觉得我上学那会儿太有心计，让好几个喜欢顾琛的女孩知难而退。我的确不想看到任何女孩子喜欢顾琛，可我也不是对任何人都不择手段。那几个被我整过的女孩儿，并不是真心实意喜欢顾琛，有些是有男朋友的，有些是在外面混的。这样的人为什么要来招惹顾琛？”

谢诗蕊想说点什么，可实在不知道该说些什么，只能听着夏子衿说。

“诗蕊，虽然咱俩没有血缘关系，可咱俩从小就认识，我一直把你当我亲妹妹。虽然我是独生子女，可因为有你，有顾琛，我觉得我是幸运的。但你们呢？”

“顾琛以为你死了。”谢诗蕊也不知道自己为什么要替顾琛解释。

谢诗蕊看得出来，夏子衿回来的这些日子，顾琛变了很多。虽然他对谢诗蕊还是以前的样子，不温不火，不咸不淡，可谢诗蕊感觉得到，他心里已经快要熄灭的那团火苗，再一次燃烧起来了。

谢诗蕊怕，她怕自己这些年的付出到头来只是竹篮打水。

夏子衿也没有再多说什么，该说的，她都已经说了。

在沙发上睡了一小会儿的顾琛醒了过来，看到房间里的谢诗蕊，皱起了眉："你怎么来了？"

显然，对于谢诗蕊的追踪，他有些不开心。

夏子衿解释说："我打电话叫她来的。"

顾琛这才看向坐在他身边的夏子衿。

他喉结动了动，没有再多说什么，从沙发上起身，摇摇晃晃地往外面走。

谢诗蕊想去扶他，他推开她，一个人离开了夏子衿的住处。

谢诗蕊急忙跟上。

顾琛没有坐电梯，他现在头昏昏沉沉的，有些难受。

谢诗蕊在一旁想要扶他，他转头看她一眼："别碰我。"

谢诗蕊吓得把手缩了回去，只好跟在顾琛的身后，一起下了楼梯。

出了小区门口，夜里的风吹拂着顾琛的脸，酒意清醒一些。他站在楼下，仰头望着那个亮着灯的窗口，嘴角泛起一抹笑。

江斯晨不在，他们没有住在一起。

谢诗蕊看到顾琛一个人傻笑，在旁边劝道："顾琛，我们回家吧。"

"家？"顾琛的眼睛仍旧望着亮灯的窗口。

他的家，是有夏子衿的地方。夏子衿都不在他身边了，他哪里还有家。

顾琛转头，望着谢诗蕊，他想要说：我们分手吧。

可谢诗蕊站在他的身后，眼泪汪汪，看起来有些委屈。这让顾琛再一次觉得自己是个浑蛋。

"回去吧。"顾琛失落地低下头，走向谢诗蕊的车子。

第二天，夏子衿去公司之后，顾琛把她叫去了办公室。

站在顾琛的办公桌前，夏子衿想起了昨天晚上的事情。

好在顾琛没有提，只是说："我听诗蕊说，半年度总结报告是你做的。"

夏子衿点点头，的确，文稿部分是她写的。

“做得不错，你现在可以提前转正了。”

“谢谢顾总。”能够被认可，夏子衿心里还是开心的。

回了助理办公室，夏子衿难掩喜色，对所有的同事说：“晚上我请客，想吃什么，随便选。”

李毅然在夏子衿旁边笑着问：“怎么了，升职了，还是加薪了？”

“我可以提前转正了。”夏子衿脸上笑意更浓。

谢诗蕊正好从办公室外面进来，听到夏子衿这句话，停住了脚步。

李毅然的办公桌背对着办公室的门，他没有看到谢诗蕊，听到夏子衿的话，高兴地站了起来：“我就知道子衿最给力了，这还不到三个月就转正，下一步是不是就要升职为咱们办公室的组长了？”

他原本还想说，等夏子衿升职了，就天天给“女阎王”穿小鞋。

其他同事着急，望着站在门口的谢诗蕊，急忙叫了一声：“谢组长。”

李毅然回身，看到谢诗蕊抱着文件站在门口，脸色很难看。

他急忙坐下。

夏子衿也看到了谢诗蕊，脸上带笑：“诗蕊，晚上一起吃饭吧。”

谢诗蕊没有吭声，迈步离开办公室。

李毅然一脸郁闷，凑上前小声问：“你干吗要叫上她？”

“都是一个办公室的，吃个饭怎么了？”

“我怕她去了，我们都没胃口。”

旁边有人说：“你管她干什么，我们庆祝我们的就是，反正都是咱们自己人，别扭的也是她好吧。”

李毅然回过神来，点点头：“也对，到时候咱们好好为子衿庆祝，气死她。”

下午的时候，李毅然激动地在群里发了一句：子衿，咱们晚上吃了饭再去 KTV 吧。

他太过高兴，竟然错把大群当成了他们的私群，这条消息整个公司的人都看到了。

有人打趣：李毅然，你不会看上子衿了吧？

李毅然已经来不及撤回消息，回了那人一句：你就羡慕我们吧，今天晚上我们助理办公室所有人聚餐，子衿请客。你想来也可以，给我发个红包，我给你张入场券。

——原来不是你俩约会啊，算了算了。

群里嬉闹两句，也就没人再说话了。

李毅然急忙在私群里给夏子衿道歉：刚才我手抽，忘了关总群，直接把消息发总群了。

夏子衿也没在意，又不是什么见不得人的事情。

只是没过多久，总群里一个从来没有说过话的人发了一条消息：聚餐怎么也不带上我？

所有的人都惊呆，仔细确认，发消息的人的确是他们的董事长。他们一直觉得董事长高冷，没想到竟然也会在总群里面求捎带。

话题是李毅然引起的，他在群里说：董事长要是不嫌我们吵，也一起来吧，今天子衿可要大放血了。

对话框里，顾琛的消息发了出来：那我还要给你发红包吗？

李毅然：哎哟，顾总，你可折煞我了。

李毅然发了个笑哭的表情。

原本看到顾琛在群里说话，没有几个人敢应，见李毅然这样，也纷纷发起了表情包。

顾琛向来不喜交际，从小到大，他都只是看着夏子衿跟朋友们欢闹。如今夏子衿进了公司，他也经常看她在群里跟其他同事聊天，开开玩笑、说说段子什么的。

今天是顾琛第一次加入进来，这种感觉真不错，看样子，以后要经常在群里面露露面才行。

下午下了班，谢诗蕊原本不想跟这群人凑热闹，可看到顾琛也去，她也就没有推辞了。

一家烤肉店内，一群人吃吃喝喝聊着工作以外的趣事，夏子衿被大家逗得直笑。

顾琛和谢诗蕊坐在夏子衿正对面，望着夏子衿，顾琛开心，谢诗蕊却不怎么高兴。

酒过三巡，夏子衿对顾琛举起酒杯，客套一句："这段时间，感谢顾总照顾，以后我会更加努力工作。"

旁边李毅然也都跟着一起举着酒杯，说："顾总，子衿真的很努力工作。上周四谢组长安排子衿做上半年业务汇总报表，说是这周董事会顾总要用，子衿周末都没休息，熬了几个通宵才赶出来。"

谢诗蕊脸色原本就不好看，此刻更是面色铁青。

没想到李毅然竟然胆子大到当着她的面向顾琛打小报告。

顾琛举着酒杯的手顿了顿，没有说话。

夏子衿也没有说话。

虽说李毅然这话说得有些不合时宜，可他毕竟是帮她说话，话是夸张了点，但谢诗蕊给她安排的的确是原本不可能完成的任务。

夏子衿只是对李毅然说："你着什么急，上次你跟其他小伙伴一起帮我，欠你的饭少不了。"

李毅然也意识到自己说话冲动了，可他不后悔，凭什么每次都是谢诗蕊欺负别人。若是无关的人也就算了，但夏子衿这么好的人也被欺负，她不计较，不代表其他人也看得过去。

夏子衿再次对顾琛举杯："顾总，小伙伴们都把公司当自己的梦想营地，也把彼此当成是自己人，我很喜欢这里的工作氛围，也很感谢顾总能够给大家营造一个这样自由民主的氛围。相信夏氏在顾总的带领下，一定会越来越好。"

该说的客套话说完，夏子衿端起酒杯把里面的啤酒一饮而尽。

这话让顾琛觉得舒服，很给面子地喝光了杯子里的酒。

李毅然乖乖地没有再提公司里的任何事。

吃过饭之后，李毅然原本想送夏子衿回去，顾琛却先开口说他送。李毅然不敢跟老总抢，只得乖乖地跟其他同事坐一辆车。

夏子衿没有拒绝顾琛的好意，大大方方地上了顾琛的车后座。谢诗蕊没喝酒，她来开车，顾琛坐在副驾驶。

夏子衿手机响了一下，收到一条李毅然的消息：刚才我当着顾总的面说“女阎王”的坏话，你没生气吧？

夏子衿回：你在帮我说话，我生什么气。

李毅然发了个卖萌的表情。

夏子衿将手机放在座位一旁，昨天晚上本来就没休息好，吃饭的时候又喝了酒，现在有些倦意。

顾琛听到车后座没动静，回头看了一眼，只见夏子衿靠在车座上闭着眼睛，似乎睡着了。

一路无话，车子在夏子衿小区楼下停稳，夏子衿却还未醒。

谢诗蕊主动下车，拉开车后座的门，轻轻拍了拍夏子衿：“子衿，到了。”

夏子衿醒了过来，揉了揉惺忪的睡眼，下了车，挥手跟顾琛和谢诗蕊告别，拖着有些疲惫的身躯，转身上了楼。

回家之后，夏子衿总感觉自己忘了什么，想要跟乔巧聊天的时候才想起来，她的手机落在顾琛的车子里了。

夏子衿打开电脑，给顾琛留言，让他明天帮忙把她的手机带去公司。

顾琛应着。

车子到了谢诗蕊的住处停下，顾琛往车后座看了一眼，回身把夏子衿的手机拿了过来。

开车的谢诗蕊看到了，从顾琛手里拿过手机，笑着说：“子衿手机忘了，给我吧，明天我带去办公室给她。”

顾琛望着谢诗蕊，问：“李毅然说的是真的？”

谢诗蕊脸色一僵，她还以为顾琛没有当众问她，是没把这件事放在心上，原来他一直记着。

谢诗蕊解释说：“半年汇总的事情，我也没说一定要周一上班之前交给我，只是说最好是这样，毕竟这周董事会的确要用。”

“这好像是我出差前安排给你的工作吧？”顾琛的声音不咸不淡，谢诗蕊听不出他到底有没有生气。

“我是觉得子衿来公司这么久了，想让她锻炼一下。而且我也说了，有不懂的地方，我和她一起做。”谢诗蕊耷拉下脑袋，这件事她本来就不占理，也不知道该怎么解释。

“挺好的。”顾琛突然说。

谢诗蕊抬眸，看向了他。

“要不是你给她这个机会，她也不会这么快转正。”顾琛说完，自顾自地进了楼道。

谢诗蕊知道，顾琛生气了。联想到顾琛这段时间的变化，谢诗蕊更觉委屈。

如果这次下达任务的人是夏子衿，受欺负的是谢诗蕊，顾琛肯定一句话也不会多说吧。当年谢诗蕊纠缠顾琛那会儿，他为了不让夏子衿多想，对谢诗蕊态度那么冷淡，她都忍了。可现在，她都已经是他的未婚妻了，为什么他还是对夏子衿这么偏爱。

不公平，谢诗蕊觉得这不公平。

可她又能怎么办呢？

她手里紧紧抓着夏子衿的手机，因为太用力，骨节都有些泛白。

上了楼，见顾琛在浴室洗澡，谢诗蕊把手机放在茶几上，便回房间换衣服了。

顾琛洗完澡出来，在沙发上坐下，看到茶几上夏子衿的手机，下意识拿了起来，输入夏子衿经常用的六位数密码，手机锁屏被顺利打开。

他打开夏子衿的聊天软件，近期的聊天记录里只有跟乔巧的，上一次跟江斯晨聊天，还是三天前。

他点开夏子衿跟江斯晨的聊天框，说的都是一些日常，并没有任何暧昧的话语。夏子衿还提到了贝拉，是江斯晨的女朋友。

顾琛有些惊讶，上次在路边碰到的那个外国女人，是江斯晨的女朋友？难道，夏子衿和江斯晨之间的事情，是他误会了？

心里有了这个想法，顾琛心情大好。

谢诗蕊换了衣服，从房间出来，走到顾琛身边坐下。

顾琛眼睛望着手机，对谢诗蕊说：“不是累了吗？去休息吧。”

谢诗蕊身子未动。

顾琛转头望向她，见她泪眼汪汪，一脸委屈。

“顾琛，你到底有没有爱过我，哪怕只是一瞬间？”谢诗蕊眼中带着希冀，也有些担忧。

顾琛沉默下来，手指滑动着夏子衿的手机屏幕，看到的是李毅然他们私群里面的聊天记录。

谢诗蕊有些害怕，怕自己说得太多，顾琛会发火。可这些话憋在心里太久了，她真的觉得自己再也没办法继续承受了。

她委委屈屈地说：“自从子衿回来以后，你整个人都变了。”

见顾琛还是不说话，谢诗蕊大着胆子又问了一句：“你是不是已经不想娶我了？当初的订婚是在夏子衿死亡的基础上，你说等她十年忌日过后，就会跟我办婚礼领证，现在她回来了，你是不是又想跟她在一起了？”

这事情显而易见，只是谁都没有拿到明面上说起过。

夏子衿“死去”的这七年，顾琛是怎么一日一日熬过来的，身边的所有人都亲眼见证着。现在夏子衿回来了，顾琛的等候终于有了结果，这对他来说是一件好事。可是碍于跟谢诗蕊的关系，顾琛又不好真的提出分手。现在被谢诗蕊亲口问出来，其实最担心的那个人是谢诗蕊。

沉默许久的顾琛点了点头。

谢诗蕊皱眉：“顾琛，你什么意思？你是真的不打算娶我了？”

“我承认，子衿回来，我想了很多。”顾琛仍旧翻看着夏子衿的聊天记录。他已经看到，李毅然说了很多关于谢诗蕊的坏话，还有谢诗蕊当年是怎么一步一步逼走那些女同事的。

“但我并没有下定决心离开你。”顾琛又说。

谢诗蕊缓缓地放下心来。

只是她的开心还没有持续多久，就听到顾琛继续说：“不过现在，我已经下定决心了。”

谢诗蕊抬眸望着他，一脸不可思议的表情。

“顾琛，你不是这么不负责任的人。”谢诗蕊摇着头，眼泪在眼眶里酝酿，感觉下一秒就要掉出来。

顾琛把夏子衿的手机丢给她，让她自己看。

谢诗蕊拿着手机，看着李毅然把她这两年在公司里做的坏事一一道尽，她的手有些颤抖。

她把手机丢在一旁，上前紧紧抱住顾琛的胳膊，哭着解释："顾琛，公司里钩心斗角本来就是正常的，我要是不给自己留点后路，被排挤走的那个人就是我。但是我对你绝对没有二心。"

"公司里有钩心斗角，这我承认。"顾琛没有推开谢诗蕊，也不看她，只是说，"可你刚刚毕业出了校园，我就把你留在我身边，你不用像普通员工一步一步往上爬，为什么还要做这样的事？"

"我只是……"谢诗蕊咬着唇，不知道该怎么解释。

"我原本想着，多招几个助理让你带带，等时机成熟，给你个分公司，独立闯荡。可是你呢？谢诗蕊，我现在对你很失望。"顾琛声音很平静，可越是这样的平静，让谢诗蕊越觉得恐惧。

"顾琛，我只是因为太爱你。"她已经有些泣不成声，"我做这些，都是为了能够留在你身边。我不想看到那些女人对你抛媚眼、使手段，我太清楚她们心里在想些什么。"

"包括子衿吗？"顾琛终于转头，望向了谢诗蕊。

谢诗蕊愣了一下。

"半年汇总的事情你针对她，也是想逼她离开公司吗？"顾琛冷眼望着谢诗蕊。

谢诗蕊被顾琛问得哑口无言。

"诗蕊，咱们认识二十年了，你该知道我的底线在哪里。"顾琛扯开谢诗蕊抱着他胳膊的手，从沙发上起身，往门口走去。

谢诗蕊害怕了，起身追上顾琛，从他的身后紧紧揽住他的腰："顾琛，我知道错了，我以后再也不针对子衿了。这次是我不懂事，你原谅我好不好？"

她将脸贴在顾琛的背上，泣不成声："顾琛，你不要走好不好？"

顾琛的脑海里浮现出他刚大学毕业回到夏家那天晚上，因为夏子衿偷摸地爬上他的床，被夏家父母发现，当时他收拾东西拉着行李箱要走，夏子衿却紧抓着他的箱子不放。那个时候，她也是这样泣不成声地祈求，说她知道错了，求他不要走。

当时顾琛的心里有多难过，只有他自己知道。而此时，一个在他身边陪伴了整整七年的谢诗蕊，尽管紧紧抱着他，尽管哭得声嘶力竭，可他的心，不为所动。

或许在以前，顾琛对谢诗蕊还有一丝怜悯，但是当他知道谢诗蕊对夏子衿的坏心思，便连那仅存的一点怜悯也不剩了。

“放手吧。”顾琛声音从未有过的平静。

谢诗蕊不放，她不肯放，也不舍得放。她只是哭着说着：“顾琛，求你再给我一次机会，我这次真的知道错了。”

顾琛转过身来，谢诗蕊这才放开了他。

看着谢诗蕊脸上挂满泪痕，顾琛抬手帮她擦了擦。

谢诗蕊的心慌乱得很，她不知道顾琛到底肯不肯原谅她。

“诗蕊……”顾琛望着她，缓缓开口，“我们都不要再自欺欺人了，你陷得越深，我越愧疚，可这样的愧疚，不足以让我陪你过一生，我不是你要找的那个人。”

“你是！”谢诗蕊扑进顾琛的怀里。这一刻，她感到了从未有过的惶恐，仿佛自己生命中就要失去什么重要的东西，心里那种空洞的感觉，犹如天塌了一般。

顾琛轻轻推开面前的谢诗蕊，说：“我知道你跟我在一起图的不是钱，但我真的没办法让我的心属于你。我只能保证，只要我还在夏氏一天，就会给你最好的前程。”

顾琛后退两步，转身往门外走去。

“不要，顾琛，你不要离开我。”谢诗蕊哭着跑过去，顾琛已经关上了房门。而等谢诗蕊打开门追出去的时候，电梯门已经缓缓关上了。

就好像她在顾琛这里耗费了二十年的青春，在终于看到一点希望的时候，顾琛将心门缓缓地关上了。

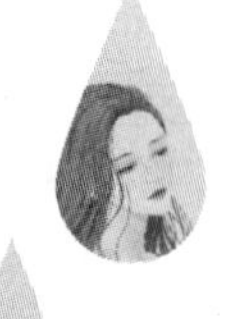

第九章·
这里也是我的家

下了楼，顾琛并没有开车。他一个人走在初夏的夜晚，像脱离了牢笼的鸟儿，浑身的每一个细胞都舒坦起来了。

这里距离夏家别墅很近，他还有一把备用钥匙，此刻正好派得上用场。

顾琛走到夏家别墅门口，里面没有半点光亮。

想到七年前，这里还是温暖的家，可现在，家人都不在了，只留给他一个空荡荡的房子，和再也回不去的美好回忆。

顾琛正准备拿钥匙开大门，才发现大门并没有上锁。

顾琛心想，难道是夏子衿什么时候回来过，临走忘记了锁门。

他正想着，原本黑漆漆的别墅，客厅的灯忽然亮了。

顾琛看到夏子衿的身影进了他的房间。

之前夏子衿的手机落在顾琛的车上，她一个人在家里翻来覆去睡不着，这才来了别墅。

此刻，她一个人站在黑漆漆的房间里，并没有半点害怕的感觉。这里的一切她都很熟悉，闭着眼睛都能够畅通无阻。

夏子衿站在顾琛房间的窗口，一个人呆愣了很久。

门外的顾琛，因为看到夏子衿而觉得欣喜，可他前脚刚迈进别墅，脚步又顿住了。

就算他跟谢诗蕊分手了，又能怎样，如今的夏子衿已经不再像以前那样信任他、在乎他，自己的出现，会给夏子衿带来困扰吗。

她原本想要平静地回家看看，他的到来，会不会破坏她难得的好心情。

窗边的夏子衿隐约看到别墅门口站着一个熟悉的身影，她以为是自己的幻觉，再仔细看，那个人进了门又退了出去，好像在做什么心理斗争。

“顾琛？”夏子衿下意识叫出声。

门口的顾琛抬眸，看向了自己房间的窗户。夏子衿穿着裙子站在那里，像是一幅唯美的画。

她站在窗口问：“大半夜的，你怎么来了？”

顾琛不答反问：“不是把你送回家了吗，你怎么又跑出来了？”

“这是我家，我想来就来。”夏子衿嘟了嘟嘴。

“这也是我家好吧。”顾琛有些无奈。

或许是因为初夏的夜太过惬意，或许是路灯的光太过温柔，在这一刻，时间好像一下子退回到小时候，最最美好的小时候。

“你大半夜不回家，诗蕊让你出来吗？”夏子衿一句话，将气氛瞬间降到冰点。

好在现在的顾琛已经从谢诗蕊那里解脱了，他大着胆子走进了别墅。

客厅里，夏子衿站在顾琛卧室门口，顾琛站在玄关，两个人就这样四目相对，谁也没有说话。

两个人的距离好像在一瞬间跨越了几个光年，又迅速地返回原点。

顾琛走到客厅，在沙发上坐下。

夏子衿走到饮水机旁，想倒杯水，才想起别墅现在没有人住，饮水机里并没有可以喝的水。

顾琛说：“酒柜里有酒。”

夏子衿往餐厅那边的博古架走去，博古架的上层是一个菱形酒柜格，里面摆满了爸爸的珍藏。如今酒的主人已经不在，这些酒也显得落寞了很多。夏子衿舍不得喝。

顾琛猜到夏子衿在想什么，又说：“左边的酒是我后来买的。”

夏子衿伸手，从里面拿出来一瓶白葡萄酒，开瓶之后，倒入高脚杯中，走到沙发前坐下，递给顾琛一杯。

夏子衿端起酒杯，轻轻抿了一口。因为没有提前醒酒，口感有些涩。不过总归是好酒，味道极为香醇，可以抵消入口的那一丝酸涩。

两个人就这样坐着，谁都没有再开口说话。

夏子衿想要问顾琛什么时候跟谢诗蕊结婚，又觉得不太合时宜。

顾琛想要告诉夏子衿，他已经跟谢诗蕊分手了，又觉得太过突兀。

两个人各怀心事，安静地一口一口品着高脚杯里面的酒。

一直到酒被喝完，夏子衿才开了口：“你回去吧。”

“回哪儿去？”顾琛下意识问。

他今天晚上本来就准备在这里睡的，只是没想到夏子衿也在这里。

夏子衿又说：“我们这样不好。”

不管她以前跟顾琛是什么关系，至少现在，他是谢诗蕊的未婚夫，让他在这里坐坐，已经是她的底线了。

顾琛看得出来夏子衿的疏离，他开口解释：“子衿，当年游轮出事与我无关，那只是一次意外。”

“都过去了。”夏子衿不想再提。周围全部都是她熟悉的一切，某一瞬间她甚至感觉妈妈随时会从楼梯下来，爸爸随时会从门外回来。可她知道，这些都是奢望。

这七年，爸爸妈妈连她的梦里都不肯去。

“你准备一直对我这样冷漠吗？”顾琛感觉心口有些痛。这个女人明明就坐在他的旁边，他却感觉离她那么远。

夏子衿从沙发上起身，走到博古架那边，又给自己倒了杯酒。

“子衿，我们结婚吧。”客厅里传来顾琛的声音。

夏子衿手一滑，酒瓶差点掉落在地，她急忙紧紧握住。

顾琛从沙发那边站起身来，走到夏子衿对面。两个人隔着博古架的空隙，望着彼此。

“子衿，我还是放不下你。这七年，我从来没有一天放得下你。”他说。

夏子衿低下头，继续倒酒，缓声开口：“可我放下你了。”

顾琛神情有些受伤，却不想放弃：“子衿，我已经跟诗蕊分手了。我知道你在公司受了很多委屈，我知道你这些年在Y国过得并不好。我们不要再彼此误会了，你给我一个机会，让我好好爱你，好不好？”

夏子衿再一次放下酒瓶，抬眸望着顾琛，有些不可思议："你跟诗蕊分手了？可你们回去的时候还……"

"是刚才分手的。"顾琛声音平静地解释，"其实我从来都没有喜欢过她，之所以答应跟她在一起，也只是想给她一个名分。现在你回来了，我不能欺骗自己的心，这样对你对我都不公平。"

"对她公平吗？"夏子衿问，"她陪了你这么多年，你说订婚就订婚，你说分手就分手，你把感情当成什么了？"

"我说了，我从来都没有喜欢过她，只是……"

"顾琛，你变了。"夏子衿望着他的目光中带着失望。

这样的失望，扎得顾琛心口生疼。

顾琛喉结动了动，点了点头："或许吧。可谁又没变呢？你不是也变了吗？我以为你对我的感情会有一辈子那么长，可只是七年的时间，你已经开始把我往别的女人那里推了。"

刚才在门口看到别墅里面亮起灯的时候，顾琛就该走开的，这里已经不是他的家了，他早就该认清现实：他已经没有家了。

"是我唐突了。"顾琛低头，转身离开。

夏子衿站在博古架前，望着顾琛的背影，心里五味杂陈。她记得顾琛刚大学毕业回来的那个晚上，他也是这样留给她一个背影。那时候夏子衿或许就应该听妈妈的话。

如果她跟顾琛从未开始过，或许现在他们也不会这么疏远吧。至少失去了父母，在这个世界上还有另外一个陪她一起长大的人。或许那个时候她放手了，如今顾琛和谢诗蕊也不会相处得这么艰难吧。

顾琛离开夏家别墅，把门关好。他望着这栋无比熟悉的别墅，在这一刻，只觉陌生至极。

当初他一夜之间成了没人要的小孩，被收留在夏家的时候；上学那会儿他被一群小浑蛋围着，撕了他的作业本，打得他鼻子出血的时候；大学四年他没有跟夏子衿联系的时候；这七年外面流言蜚语几乎要把他压垮的时候……他都没有像现在这样孤独。

世界那么大，他却感觉自己变成了一缕游魂，无可归处。

次日，夏氏集团的董事会，助理办公室的人都在为顾琛准备，顾琛却没有去公司。

这是顾琛接手夏氏以来，第一次没有理由地翘班，谁都不知道他去了哪里，电话打不通，也没有人见过他。

谢诗蕊也迟到了，她双眼通红，黑眼圈极重，看样子昨天晚上并没有休息好。

夏子衿想到顾琛昨天跟她说，他和谢诗蕊分手了，也就能理解谢诗蕊的难过了。

谢诗蕊刚进办公室没多久，电脑也没打开，又拿着一些资料出去了。

私群里有人发了一条消息："女阎王"在写离职报告。

李毅然无疑是最兴奋的：她终于要滚蛋了吗？

他望着坐在旁边的夏子衿，说："我昨天晚上吃饭的时候跟顾总打的小报告这么有用啊！我就知道，顾总对你很特别。以前那么多女助理受欺负他都视而不见，到了你身上就直接把'女阎王'劝退了。"

夏子衿心情不好，没有理会李毅然的絮絮叨叨。

谢诗蕊没过多久又从外面回来了，将手里的几份资料放在办公桌上，走到夏子衿桌前，声音暗哑地说："你出来一下。"

夏子衿起身，跟着谢诗蕊一起出去。

两个人去了会议室，谢诗蕊将门关上。

"你赢了。"谢诗蕊在夏子衿对面坐下，"但是我不甘心，就算你们以后在一起了，我也永远都不会祝福你们。"

夏子衿觉得有些可笑，这明明是谢诗蕊跟顾琛两个人之间的事，现在却无端地扯上了她。虽说夏子衿内心深处并不想看到顾琛跟谢诗蕊在一起，可从回国到现在，夏子衿自认没有任何想要破坏他们感情的想法。

夏子衿忍不住问谢诗蕊："你觉得，如果我想要跟你争，还会等到回国三个月之后？"

谢诗蕊红肿的眼睛望着夏子衿，一时间没太理解夏子衿这句话的意思。

“你口口声声说你喜欢顾琛，你们有七年的时间可以培养感情，在他心目中一直认为我已经死了，在这么好的条件下，你都没让他喜欢上你，到头来却怪别人？”

“你不用跟我炫耀……”谢诗蕊一脸不服气。

夏子衿打断她的话，道：“我没有跟你炫耀，我也不需要跟你炫耀。我现在一个家破人亡的落魄女，连衣服都要穿廉价品，我还有什么资本跟你炫耀？”

“可你有顾琛。”谢诗蕊说到这里，声音带着一丝哭腔。

事到如今，谢诗蕊仍旧不想让夏子衿知道顾琛当年因为她而承受了多少痛楚。

她语气瞬间软了下来：“子衿姐，我知道以前是我错了，我不求你的原谅，只希望你能把顾琛还给我。只要你跟他说，他一定会照做的。”

“凭什么？”夏子衿忍不住勾唇冷笑。

她想不想跟顾琛在一起，是她自己的选择。顾琛想不想跟谢诗蕊在一起，是顾琛的自由。而谢诗蕊能不能留住顾琛，得看谢诗蕊自己的本事。

她所能做的只是不去破坏，事到如今，她早已经不想再掺和这个烂摊子了。

“没别的事，我先回去了。”夏子衿说完，从桌前起身，离开会议室。

楼道里，顾琛正从电梯那边往自己办公室走，看到了从会议室里出来的夏子衿。

顾琛说：“到我办公室一下。”

夏子衿现在一点都不想看到顾琛，可是碍于这里是公司，她不能任由自己耍性子。

顾琛进了办公室，夏子衿后脚也跟了进去。

谢诗蕊正巧从会议室出来，看到了夏子衿的背影。

董事长办公室内，顾琛坐在办公桌前，手指一下一下地在桌子上轻轻敲打，半天都没有说话。

“顾总，你有什么事吗？”夏子衿受不了这样的气氛，主动开口。

顾琛又考虑了片刻，望着夏子衿，说“我准备把当年夏叔的股份给你。”

夏子衿心里起了波动，有些不解：“为什么？”

顾琛停顿片刻，继续说道：“你来公司三个月，表现很不错。我也相信你已经可以理智地去处理一些事情。今天下午的董事会，你跟我一起参加，我想让你证明，你有足够的能力拿得动这些股份。”

夏子衿的心瞬间慌乱。

这一切都来得太突然，她回国只是想要拿回自己的东西，却没有想过真的要打理公司。

“我……我没有准备。”夏子衿有些局促，双手不停地揉搓。

顾琛勾唇，皮笑肉不笑地说“七年前，夏叔出事的时候，我也没有准备。机会有时候就是这样，我只会给你一次，能不能抓得住，看你自己。”

夏子衿不知道该说什么，现在心里一团乱麻。

顾琛从抽屉里拿出一部手机，放到桌上：“你的手机。”

夏子衿拿着手机，木讷地离开了顾琛的办公室。

距离董事会的时间还有不到五个小时，她该怎么办？

夏子衿想找人商量一下，而唯一信得过的人，只有江斯晨。

江斯晨接到夏子衿的电话，语气一如既往的温柔：“怎么了，子衿？今天不上班吗？”

夏子衿说：“我有件事情想找你商量一下。”

因为事情有些麻烦，两个人约好了一起吃午饭。

中午下了班，夏子衿直奔跟江斯晨约定的午饭地点。看到江斯晨坐在桌前，她慌乱的心得到了些许安慰。

她跟江斯晨说了一下顾琛要给她股份，但是必须参加董事会的事。

江斯晨知道夏子衿现在紧张，也不废话，开门见山地问：“你知道董事会现在有多少人吗？”

“董事会成员有二十几个，但是手上股份比例多的，过来开会的，只有六七个人。我也是做半年总结的时候听同事们说的，我来这里时间太短，还没有参加跟顾琛参加过董事会。”

“你先别着急。”江斯晨说，“只要是问题，就一定有解决的办法。顾琛只说让你参加董事会，也没说具体让你做什么吧？”

夏子衿摇摇头。说实话，她现在整个人还是蒙的。

“你这样，一会儿回公司，把所有董事会成员的资料全部细致地了解一遍，包括那些没有来参加董事会的人，看看里面有没有熟人，比如以前你爸爸的老同事。你现在不是在助理办公室上班吗，问问办公室里的同事，深入了解每一个董事，包括他们跟顾琛的关系。”

“可是关于公司的一些发展规划，我一点头绪都没有。”夏子衿没办法坦然面对这次机会。向来自信的她，现在比任何时候都心虚。

“我建议你去见一个人。”江斯晨说。

“谁？”

“梁文山。”

“不行！”夏子衿想都没想直接摇头，“梁爷爷是被顾琛赶走的，他当年极力反对顾琛住在我们家，我当初跟顾琛关系那么好，现在过去找他，他肯定不会帮忙的。”

“不是要他帮你的忙，是你帮他的忙。”江斯晨帮夏子衿分析，“梁文山几年前被顾琛赶出公司，心里肯定有很多不服气。他是夏氏的元老，甚至可以说，夏氏是由他创建起来的。他比任何一个现任的股东都了解夏氏。只要你给他一个机会，他绝对会感谢你。如今夏叔不在了，有梁文山辅佐，你想把夏氏拿到自己手里，是水到渠成的事情。”

“我怎么给他机会？”

“他现在需要的是什么？”江斯晨问。

夏子衿摇头。

“他当年被逼走，是因为没有发言权。可一个集团的发言权，看的是什么？看的是谁握的股份最多。你只要许诺把顾琛给你的股份分给他一些，到时候他在董事会有了发言权，也就有了说话的分量。”

夏子衿沉默下来。

她知道江斯晨说的有道理，可她心里总有点别扭。

“就没有别的办法了吗？”她皱眉望着江斯晨。

“夏氏是一个大集团，不是小孩子过家家，没有股权在手里，空口白话没有任何说服力。且不说你现在跟顾琛不是夫妻，就算你们结婚了，真正涉及公司内部的事情，也需要走程序。再说了，夏氏是梁文山和夏爷爷一手创办起来的，我相信梁文山也希望夏氏可以越来越好。”

夏子衿点点头。

时间太急迫，她好像也没有其他可以选择的余地了。

董事会定在下午三点钟开始，夏子衿跟江斯晨吃过午饭的时候已经十二点半了。

和江斯晨告别之后，夏子衿给李毅然打电话，让他帮忙请一会儿假，说自己突然身体不舒服，要去看医生。

李毅然担心夏子衿的身体，追问几句，她忍不住吐槽：“女孩子来个‘大姨妈’你也要问。”

李毅然被堵得没话说，只得应下。

夏子衿以前跟爸爸一起去过梁文山的家，只是不知道现在他是不是还在那里住。买了一些见面礼，夏子衿乘出租车过去了。

夏子衿上楼敲门，开门的人是梁文山的儿子，梁云川。

夏子衿面带微笑，礼貌地打招呼：“小叔叔。”

其实梁云川年纪只比夏子衿大五岁，只是按照辈分她叫小叔叔叫习惯了。

梁云川认出是夏子衿，急忙热情地招呼她进屋，左看看右瞧瞧，忍不住夸赞：“这么多年没见，子衿又变漂亮了。”

房间里面，正在书房练字的梁文山听到客厅的动静，放下毛笔，走了出来。

夏子衿刚在沙发上坐下，看到走过来的梁文山，急忙笑着起身：“梁爷爷好。”

“嗯。”梁文山臭着个脸，问，“你怎么来了？”

“我前些日子才回国，想着很久没来看你们了，正好路过。来得仓促，也没准备什么礼物。”夏子衿客气地说。

梁云川在夏子衿身旁坐下，笑着说：“子衿，这么说可就见外了。”

夏子衿和梁云川聊了几句家常，望着坐在旁边的梁文山，问：“梁爷爷，我听说我爸走后，公司这些年一直动荡。”

“留了个白眼狼在公司，不动荡就奇怪了。”梁文山只要提起这件事就来气。

夏子衿又道：“我知道梁爷爷这些年受委屈了。”

梁文山从茶几上拿起他的电子烟，叹了口气：“我老了，早退了也好。好在那小子也没把事情做绝，给了云川一些钱，让他开了一家自己的公司，我这养老钱也是一分不少。”

“你还想回去吗？”夏子衿也不兜圈子，直接开了口。

梁文山望着她：“回去？回去干吗？怎么回去？”

“你知道当年顾琛之所以那么做，是以为我们夏家没人了。谁都没想到，我还活着。”夏子衿并没有把事情说得太明白，她相信梁文山聪明，应该听得懂她话里的意思。

梁文山也没有多说，只是问：“要我怎么做？”

夏子衿并没有直接说股份的事情，只是说：“今天我第一次参加董事会，想来找梁爷爷学习点经验。”

“你入驻董事会了？”梁文山先是惊讶，随后又点点头，“也难怪，你毕竟是明奕的亲女儿。有你在，夏家怎么也落不到别人手里。老夏在天之灵，也算可以安息了。”

将近两个小时的时间，梁文山跟夏子衿说了很多，包括以前夏明奕对公司的期许和治理手段以及梁文山离开公司的时候，对公司的前景规划。他甚至从书房里拿出来一份当初他亲自做过的企划，交给了夏子衿。

“你第一天参加董事会，不用说太多。我告诉你这些，是防止有人想要考你的时候，你可以让他闭嘴。”梁文山虽然面色还是一如既往的冷淡，可他的这些话，让夏子衿听了很舒服。

因为就快要到董事会的时间，夏子衿也没有在这里多待。

本来梁云川想去送她，被她拒绝了。

开会之前，夏子衿还抱着手机，一直在了解今天参加董事会成员的详细资料。

顾琛是最后一个进会议室的，夏子衿跟在他身边。他给夏子衿指了个座位，夏子衿过去坐下。

其余已经到场的几个人纷纷看向了夏子衿。

会议一开始，大家按照原定会议计划进行着。

直到会议结束，都没夏子衿什么事儿。夏子衿甚至怀疑，顾琛让她过来，不会是以他助理的身份吧。

董事会就这么结束了，办公室的人先后离开，顾琛也收拾东西，起身走出办公室。

夏子衿原本以为顾琛最后还有什么话要跟她说呢，可顾琛什么都没说。

夏子衿有些郁闷，亏她还那么紧张，为这场会议做了那么多准备。顾琛为什么态度这么淡漠，难不成，他知道她去找梁文山的事情了。

夏子衿心事重重地回了自己的办公室，看到谢诗蕊还坐在办公桌前。

私群里的聊天记录已经 99+ 了，夏子衿随意翻了翻，才知道顾琛没有同意谢诗蕊的离职申请。

此时此刻，夏子衿根本就没有心思去想谢诗蕊的问题，她满脑子都是顾琛为什么让她参加董事会，却没让她开口。

下了班之后，夏子衿在办公室里加班。其余同事大多都走了，只有李毅然还在。

他滑动自己的办公椅，来到夏子衿桌前，小声说："下午你请假的时候，顾总问起你了。"

"你怎么说？"夏子衿眼睛仍旧盯着电脑屏幕。

"我就照你说的那样说的啊，来'大姨妈'了肚子疼。"李毅然嘿嘿笑，看起来像是在邀功。

夏子衿转眸瞪着他，一脸怒意："我那是随口跟你说的，你怎么连这个都说。”

“怎么了？”李毅然不知道夏子衿为什么会忽然生气。

夏子衿已经气得不知道该说什么好了。她跟顾琛出差还是上周的事情，顾琛知道她“大姨妈”刚来没几天。李毅然又说来她“大姨妈”，很明显就是找借口嘛。

万一他问起来怎么办？万一他真的发现夏子衿跟梁家人联系怎么办？

这都不是最主要的。

关键是，万一顾琛一时情绪上来，不给她股份了怎么办？

她现在又没有跟顾琛签订任何书面协议，空口无凭，一切还是他说了算。想到刚才会议上，顾琛冷漠的态度，夏子衿更加担忧。

李毅然在一旁关切地问：“是不是我说错话了？”

看着李毅然这张嘴，夏子衿有些无力，但也不好多说什么，毕竟李毅然也没有坏心。只是有了前车之鉴，夏子衿以后跟李毅然得少说话为妙。

李毅然走后没多久，夏子衿关掉电脑，打开抽屉，从里面拿出今天从梁文山那里带来的企划，准备带回家。

关了办公室的门，夏子衿路过顾琛办公室门口的时候，门被人推开，顾琛从里面走了出来。

夏子衿也没跟顾琛打招呼，径直走向了电梯。

电梯此时仍在一楼，上楼需要时间。夏子衿听到顾琛的脚步声越来越近，电梯却不紧不慢地一层一层往上走，她心里有些紧张。

“怎么才下班？”顾琛走到夏子衿身边。

夏子衿没敢去看他，只是说：“工作刚做完。”

“你工作量有那么大吗？”顾琛说完，也不等夏子衿回应，问她，“还没吃饭？”

“吃了。”夏子衿知道顾琛要说什么。可她话刚说出口，肚子就很不给面子地叫了一声，在这安静的办公室走廊里，清晰地传到了顾琛的耳中。

“一起吃饭吧。”顾琛说。

“不了，我约了人。”夏子衿说完，已经上来的电梯开了门。她迈步进去，按了一楼的按键。

顾琛也跟着进了电梯。

她感觉到顾琛的视线一直停留在自己身上，她下意识地抱了抱怀里的资料。

她如此戒备的样子，反倒让顾琛更疑惑，他问：“什么文件还要带回家看？”

说话间，他伸手想去拿夏子衿抱在胸前的文件。

夏子衿身子一撤，脚步后退，躲开了顾琛的碰触：“顾总，请你自重。”

顾琛把手收了回去，也没有再多说什么。

电梯下楼，夏子衿快步出去，想要拦出租车回家，不远处江斯晨隔着车窗对夏子衿挥挥手：“子衿，这里。”

夏子衿也不理会身后的顾琛，快步进了江斯晨的车后座。

开车的人是贝拉，看到夏子衿，她回头对夏子衿笑笑。

车子启动，江斯晨看到了从公司里出来的顾琛。

江斯晨问夏子衿：“下午董事会怎么样？没人为难你吧？”

夏子衿摇摇头。

“你去找梁文山了吗？”江斯晨又问。

“去了。”夏子衿说。

开车的贝拉笑着说：“夏，你好像心情不太好。”

“有吗？”夏子衿下意识抬手摸了摸自己的脸，自己表现得这么明显吗。她转移了话题，问：“咱们现在去哪儿？”

“邀请你去看看我们的新家。”贝拉一脸兴奋。

夏子衿惊讶：“你们连新家都准备好了！”

“是啊，江跟我求婚了，我们下个月就要结婚了。”贝拉脸上难掩喜色。

夏子衿望着坐在身边的江斯晨，笑着打趣：“你这真是不行动则已，一行动就让人措手不及啊！不过你放心，份子钱我随时准备着。”

江斯晨望着夏子衿，问：“你呢？”

“嗯？”夏子衿眼睛望着车窗外，看起来有些漫不经心。

江斯晨再次开口："我和贝拉都要结婚了，你有没有想过关于以后的打算？"

夏子衿摇摇头。

她的确没想过，这些年自己在大学里努力学习，为的就是有朝一日可以靠自己的实力夺回属于自己的东西。

"你还喜欢顾琛吧。"江斯晨又问。

江斯晨的问题，让夏子衿原本就不太高兴的情绪显得更加低落。

"遵从你的心吧。"江斯晨再次开口。

夏子衿将视线从车窗外收回来，转头望向了江斯晨。

江斯晨继续说："如果你心里还放不下顾琛，如果你还愿意相信他，就不要用那些所谓的传言和你的负罪感折磨自己了。"

她是在折磨自己吗？

夏子衿心中不解，道："可这些年你不也一直告诉我，顾琛这个人不可信吗？"

有些话，江斯晨原本不想说，如今看着夏子衿这样，他也顾不上自己的脸面了。

"其实，我从一开始就是戴着有色眼镜来看待他的。那个时候我喜欢你，你的眼里却只有顾琛。"话已至此，江斯晨干脆实话实说，"其实，你出差的那几天，顾琛去找过我。"

"他去找你干吗？"夏子衿疑惑。

江斯晨说："在那之前，我也一直以为他只是为了利用你。但我后来想了想，依顾琛的头脑和手段，如果想要挽回自己和公司的名声，压根儿就不会等七年。在他心里，你已经是一个永远也回不来的人了。他完全可以诋毁你，诋毁夏叔。再聪明一点，他完全可以做一些其他的慈善活动，去挽回自己的形象。但是他没有。"

夏子衿静静地听着。

"这说明他压根儿就不在乎别人怎么看待他。"江斯晨又说。

夏子衿低下头，手指纠缠在一起。

她同意江斯晨的话，从小到大，顾琛都不是一个在意别人眼光的人，只是她现在心里还是矛盾的。

她从昏迷中醒过来之后，在心目中已经把顾琛当成自己的敌人了。后来身体慢慢恢复，记忆也慢慢恢复，她想起自己当初跟顾琛之间的那些经历，也会觉得纠结。

回国之后的这段时间，顾琛的所作所为，每时每刻都牵动着夏子衿的心，她告诫自己不要跟顾琛靠得太近，可正如江斯晨所说，她没放下，自始至终都没有放下那个男人。

夏子衿抬眸看向车窗外，自顾自地说着："我放不下是我的事，但他已经不是我当初要嫁的那个人了。"

他们之间有太多东西阻碍着，夏子衿已经找不到初心了。

车子缓缓停了下来，夏子衿刚才一直跟江斯晨说话，没顾得上看路边。看到车窗外的房子，夏子衿忍不住瞪大眸子。这是夏家别墅所在的别墅区，江斯晨怎么在这里买了房子。

"进去看看吧。"江斯晨说。

江斯晨现在的车子经过改装，车后座有专门的地方固定轮椅。贝拉下车帮江斯晨固定好斜坡板，扶着他的轮椅慢慢从车内滑了出去。

江斯晨拉着贝拉的手，笑着对夏子衿说："这是当初我妈买的房子。那时候我妈跟夏阿姨天天商量咱俩的婚事，你不会忘了吧。"

旁边贝拉笑着，似乎并不介意。夏子衿也笑了笑，有些尴尬。想到当年妈妈为了她和江斯晨的婚事，母女俩闹得那么凶，倒是不知道，原来这桩婚事，当初真的是用心在准备的。

贝拉推着顾琛的轮椅，走到别墅门前，拿出钥匙开了门。

看着贝拉推着江斯晨进了别墅，夏子衿站在门口，想起昨天晚上站在别墅楼下的顾琛。

当时的顾琛，会不会也像现在的夏子衿一样，明明是熟悉的街道，却再也没有家的感觉。

"傻站着干吗？进来呀。"江斯晨在门口对夏子衿挥挥手。贝拉已经开门进去，打开了客厅的灯。

房子的装修风格，是Y国的风格，应该是按照贝拉的喜好来的。没想到，贝拉还没来中海市的时候，江斯晨就已经开始为他们的家行动了。

夏子衿在心底觉得这样真好，身边有在乎的人，真好。

贝拉从厨房里拿出她下午做的糕点给夏子衿吃，又冲了一杯茶。

旁边的江斯晨有些无奈：“贝拉，我们这边晚上就不吃甜点、不喝茶的。”

“没事，我肚子也有些饿了。”夏子衿笑了笑。

虽说贝拉的甜点比不上糕点房的味道，可在这样温馨的灯光下，吃着甜点还是让人觉得无比幸福。

夏子衿随意吃了一点，并没有在这里待太久。

江斯晨想让贝拉送她回去，她却说：“我现在也经常会回来住，就在隔壁，不用送了。”

江斯晨这才没有坚持。

夏子衿离开江斯晨家的时候，外面下起了蒙蒙细雨。细小的雨点扑在脸上，像盐粒一样，让她感觉痒痒的。

路灯下，夏子衿往江斯晨家里看了一眼，透过窗子，看到贝拉笑着跟江斯晨玩闹，她抿嘴笑笑，迈步离开。

夏子衿回了自己的家，上楼站在窗口，愣愣地看了许久。她不知道自己在等什么。昨天晚上顾琛已经把对她的感情讲得那么明白，她拒绝了，可自己一个人的时候，又忍不住怀揣着希望。

外面的雨越下越大，夏子衿关上窗子，离开了卧室。

她去了书房，从书架最底层搬出来一个箱子。

那里面原本都是家里的影集和相册，现在箱子里却空空如也。

她的照片呢？爸爸妈妈的照片呢？

夏子衿一下子想到了顾琛。

她起身找到手机，也不管现在已经快十二点了，直接把电话给顾琛拨了过去。

电话很快被接起，那头传来顾琛的声音，仍旧不咸不淡：“喂。”

夏子衿心里郁闷，她问：“照片呢？”

“什么照片？”电话那头的顾琛有些疑惑。

“我和我爸妈的照片。”夏子衿蹙眉，语气已经有些不好。

顾琛心道：她和她爸妈的照片？她就这么想要把他划分到外人的行列了吗？

想到下午下班的时候，夏子衿对自己的疏远，顾琛冷声说道：“烧了。”

“烧了？谁烧的？你烧的？你有什么资格烧我的照片？”夏子衿越说越激动，这几天心里的郁闷和压抑一瞬间爆发出来，“你赶走了梁爷爷，夺了夏氏还不够吗？你忘了我，跟谢诗蕊订婚还不够吗？”

听着夏子衿的话，顾琛的心头被微微触动。他语气缓和了一些，又说：“还有一些在我房间。”

夏子衿“啪”的一声把电话挂掉，抹了一把眼泪，起身快步下了楼。

夏子衿去了顾琛的房间，按开墙壁上的灯。

她翻箱倒柜，把顾琛的房间翻得一团乱，最后终于在床底下找到了一个纸箱。

夏子衿将箱子搬出来放到床上，打开一看，那些影集还在。

她随意翻了翻，大部分照片都还在，只不过，一张顾琛的照片都没有了。

原来，顾琛把有他的照片都烧了。

夏子衿望着相册，喃喃自语：“就这么急着跟我们家脱离关系吗？”

夏子衿看着这些年和爸爸妈妈照的照片，空洞的心得到了一些安慰。

有一张是顾琛来夏家没多久，夏子衿过生日的时候照的，两个孩子脸上都被涂满了蛋糕奶油，对着相机笑得一脸灿烂。

大概是蛋糕把两个人的脸都遮住了，顾琛竟然遗漏了这一张。

夏子衿将照片从相册里面拿出来，看到照片背后有一行字：我有家了。

字迹歪歪扭扭，应该是顾琛小时候写上去的。

她将装相册的箱子搬到自己房间，把一张十八岁生日的全家福取了出来，找了个相框放起来。

那个时候顾琛还在外面读大学，照片里只有她和爸爸妈妈，这也是他们最后一张全家福。

这一晚，是夏子衿七年以来第一次梦到爸妈，梦里的爸爸妈妈还活着，妈妈依旧唠叨，爸爸依旧宠爱她。

次日醒来的时候，天色已经大亮，夏子衿睁开眼睛，心绪还停留在梦里。

如果这个梦不醒，该有多好。

梦里没有顾琛，没有谢诗蕊，没有出事的游轮，她可以什么都不要，她只想让爸爸妈妈回来。

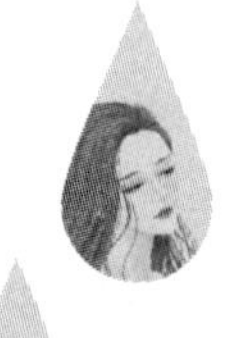

第十章·
会一直在你身边

顾琛最近出差，他不在的日子，夏子衿总算松了一口气。

下午下了班，夏子衿走出公司，看到陆寅希在大厅里，跟谢诗蕊聊着什么。

看到夏子衿出来，陆寅希挥手跟她打招呼："子衿，一起吃晚饭吧。"

夏子衿看了谢诗蕊一眼，对陆寅希摇摇头："我还约了人，下次吧。"

其实夏子衿并没有约别人，只是不想跟谢诗蕊有任何接触。

走出公司，夏子衿看到梁云川的车子在公司门口停着。

"小叔叔。"她迈步走过去，到梁云川的车后座坐着。

梁云川回头看了夏子衿一眼，笑着问："今天下班这么准时。"

夏子衿透过后视镜，看到谢诗蕊上了陆寅希的车子，暗自松了一口气。

她对梁云川笑笑："我进来躲一个人，现在没事了。你去忙吧，我先下去了。"

夏子衿说着话，就要打开车门。

梁云川却说："我爸让我过来接你到我家吃饭。"

"这样啊，那走吧。"夏子衿没再下车。

谢诗蕊和陆寅希一起去了一家餐厅，她坐在桌前，满脸愁容。

"我真的不知道该怎么办了，顾琛根本就不听我的。我不想再看他继续执迷不悟下去。"谢诗蕊继续说着，"你知道他有多在乎子衿，可就算这样，子衿还是极尽一切地伤害他。"

陆寅希不说话，在心里想着什么。

谢诗蕊问："你知道他为什么一开始不想把股权给夏子衿吗？"

陆寅希摇摇头。

“虽然顾琛没跟我说，但是我大概也猜得到。”谢诗蕊低下头，看着杯子里漂浮的柠檬片，自顾自地说着，“子衿这次回来的目的尽人皆知。她不是来找顾琛的，她只是想拿回公司的股份。如果顾琛把股份给她，她肯定就会走的。顾琛怎么会再让她离开？不可能再让她走的。”

陆寅希点点头，似是明白什么。

随后，陆寅希又有些担忧：“可子衿不知道这些，顾琛这样做，只会让子衿对他的误会更深。”

“可他还能怎么做。”谢诗蕊有些心疼顾琛，更多的是无奈，“他肯定对子衿解释过，但子衿那个人你又不是不知道，偏执得要命，只肯相信自己。”

“我能帮什么忙吗？”陆寅希知道，谢诗蕊今天找他说这些，不只是吐槽这么简单。

谢诗蕊说：“现在顾琛和子衿都不理我，我希望你能出面劝劝他们。你都不知道，最近子衿跟梁家走得很近，我怕顾琛继续这样执着下去，受伤更重。”

陆寅希点点头：“我找子衿聊聊。”

夏子衿在梁家吃过饭，梁云川开车送夏子衿回去。夏子衿坐在梁云川的车后座，正在跟乔巧聊天，手机屏幕闪过来一个电话——是陆寅希打来的。

夏子衿滑动屏幕，将电话接了起来。

陆寅希在电话那头问：“子衿，你回家了吗？”

“怎么了？”夏子衿想到下午陆寅希跟谢诗蕊在一起的画面，心里有些抵触。

陆寅希又说：“我有些话想跟你说。”

“都这么晚了，下次有时间再说吧。”夏子衿大概能够猜到，陆寅希要说的，不是跟谢诗蕊有关的，就一定是跟顾琛有关的，甚至有可能跟他们两个人都有关的。

而现在的夏子衿，不想听到任何有关于他们两个人的事情。

“你现在在哪儿？”陆寅希又问。

“我在外面。”夏子衿看了一眼正在开车的梁云川。

“什么时候回来？”陆寅希问。

“不确定。”夏子衿感觉自己已经有些没耐心，说，“我现在还有点事，回头再打给你。”

夏子衿挂了电话，跟乔巧又聊了几句，说了晚安，直接把手机关机了。

梁云川问：“现在回去吗？”

“回啊！”夏子衿看着梁云川，无奈地拿着手机笑了笑，“最近不想跟他们有过多的联系。”

“你需要点时间来恢复，别着急，会好的。”梁云川声音平静。

车子到了夏子衿的小区门口，梁云川停了下来，转头看着坐在车后的夏子衿，问：“要不要小叔叔送你上楼？”

“不用啦。”夏子衿拉开车门，从车上下来，对梁云川说，“谢谢你送我回来。”

夏子衿站在原地，看着梁云川开车离开，转身往楼道那边走去。

不远处，传来陆寅希的声音：“子衿。”

夏子衿脸上的笑容瞬间僵住，看到陆寅希从车子里面出来。好在，这里只有他，并没有看见谢诗蕊。

夏子衿不悦地皱眉：“不是说了今天不想聊吗？”

“给我半个小时的时间，我保证说完就走。”陆寅希极力争取。

夏子衿有些不爽，道：“我白天上班好累，你就不能让我有一个轻松的晚上？”

陆寅希摇摇头：“不能，这话我今天晚上必须得说。”

夏子衿无奈，转身迈步进了楼道。

陆寅希紧随其后跟着一起上楼。

回到家，夏子衿把包包随手一放，在沙发坐下，疲惫地抱着一个抱枕。

“刚才谁送你回来的？”陆寅希问。

夏子衿好不容易说服自己有点耐心，被陆寅希这么一问，又有些恼火。

她极力压制着自己的情绪，平静地问：“你来这里是帮谁监视我的吗？”

“我不是监视你。”陆寅希解释，“我听说你最近跟梁家的人走得很近。你知不知道当初他们跟顾琛闹得有多凶？”

“跟我有什么关系？”夏子衿问。

“这……”陆寅希被夏子衿说得有些不知道该怎么回答，顿了顿才开口，“这怎么能没关系，你就算生顾琛的气，可他到底还是你家人吧？”

“他不是。”夏子衿想到被顾琛烧掉的那些照片，还有被顾琛折腾得面目全非的别墅，反驳道，“他也不配当我们夏家的人。”

“怎么就不配了？再说，就算他不配当夏家的人，这种话也是夏叔才有资格说……”陆寅希话说到一半，有些失望，“子衿，你到底怎么了？你怎么变成现在这副样子了？”

夏子衿望着陆寅希，也不解释：“我是变了，就这样了，也变不回去了，怎么办吧？”

“你这不是耍赖吗？”陆寅希拿夏子衿没辙。

“行了，别说这些了。你今天来找我到底干吗？”夏子衿不想再继续兜圈子了。她不想让陆寅希影响了她一晚上的好心情。

“你是不是已经不爱顾琛了？”陆寅希终于说到正题上了。

夏子衿早就知道，陆寅希过来找她，肯定不是为了谢诗蕊，就是为了顾琛。

果然啊，兄弟情大过天。

夏子衿不答反问：“那你有没有关心过，顾琛是不是还爱我？”

“他当然爱，这还用说？”

“还真是可惜，我这个当事人可是一点都没有感觉到呢。是他亲口告诉你的，还是你会读心术？”

“子衿，你又开始胡闹了。”

“我不是胡闹。”夏子衿放开怀里的抱枕，在沙发坐直身子，神情认真地说，“很多事都已经发生了，我不想继续追究。这一次我之所以回国，不是来找顾琛叙旧的。如果你真的关心你的好兄弟，就让他早一点把股权还给我。我马上消失在他的面前，这辈子都不会再出现。”

“你这不是神经病吗？”陆寅希想要骂醒她，“你知不知道顾琛这些年因为你的死，承受了多少？”

夏子衿鼻子哼气，笑望着陆寅希：“你这话是在怪我了？”

“我这不是怪你……”

“你是在怪我，你怪我消失七年杳无音信，你怪我回来之后不懂事，竟然不上赶着给你们道歉。”夏子衿越说越激动，声音也越来越大，“可你只看到你们自己这七年不好过，有没有人问过我这七年好不好过？”

陆寅希沉默下来。

夏子衿继续说着：“你只看到我七年没跟你们联系，谁也不知道我是真的差点死在海里了吧？要不是江斯晨舍了双腿在海里拖着我游，我早被游轮炸死了。要不是他拼尽全力挨到天亮才昏过去，我也早在海里淹死了。要不是那天早上正好有渔船经过我们，我们可能也已经活不到接受治疗。”

“我知道，我知道这七年你也不好过。”陆寅希低下头。

“不，你不知道。”夏子衿摇摇头，继续说着，“你不知道我昏迷了三年多，是江斯晨天天守在我的病床前。你不知道我醒过来的时候，什么都记不得，是他没日没夜地给我讲以前的种种。”

夏子衿垂下眸子，顿了片刻，又说：“他告诉我，我有一个与我青梅竹马的恋人。可我在网上搜到关于那个名字的新闻，铺天盖地都是他怎么恩将仇报害死了他的养父母，又怎么逼走了梁爷爷，夺了夏氏。”

陆寅希望着夏子衿，问：“所以，你现在对顾琛一点感情都没有了？”

“当然有，我恨他。”夏子衿并没有去看陆寅希，只是自顾自地说着，“但我还是不想伤害他。我没有想伤害你们任何一个人，我只想回来拿回属于我的东西，想要让夏氏的董事会名单上，有我们夏家人的名字。”

陆寅希感觉自己懂了些什么，又觉得自己什么都不懂。

他唯一确定的一点就是，如今的顾琛，再也不是夏子衿曾经最珍视、最信任的那个人了。

“你跟顾琛之间，再无可能了吗？你一点都不喜欢他了吗？一点点都不喜欢了吗？”陆寅希还是不死心。

夏子衿抬眸望着他，说：“实话实说，这么多年的感情，我没办法说放就放。但是有一点可以确定，我们之间，再无可能了。”

陆寅希沉默下来。

夏子衿又说：“如果你真的关心你的好兄弟，我希望你劝劝他，不要再做无用功了。不管他是自私地为自己，还是觉得放不下这段感情，都不要再做无用功了。他做得越多，我越抵触。如果最后落得鱼死网破的境地，对谁都不好。”

陆寅希还想说些什么，可他不知道自己该说些什么，又能说些什么。

“我累了，想休息了。”夏子衿下了逐客令。

陆寅希点点头，从座位起身。迈步离开。

走到门口，他停下脚步，回头望着夏子衿，说：“我不是只关心我的好兄弟，我只是不希望你们相互伤害。如果跟他在一起对你而言是种折磨，我会劝他的。如果你现在有了喜欢的人，也请你稍微考虑一下顾琛的感受，毕竟你们曾经是彼此最在乎的人。”

听到房门被关上的声音，夏子衿整个人松了一口气。

夏子衿洗完澡回了房间，躺在床上刷着朋友圈，看到梁云川发了一个动态，分享了一首歌，是周杰伦的那首《告白气球》。配字是里面的一句歌词：拥有你就拥有全世界。

夏子衿点了个赞，评论里问：小叔叔这是要对小婶婶表白了吗？

梁云川随即在评论区回她：都几点了还不去睡觉。

夏子衿发了顽皮吐舌的表情，说：这就睡了。

梁云川：睡吧，晚安。

夏子衿：晚安。

抱着手机，听着这首歌，夏子衿的坏情绪消散了不少。在梁云川这里，她找到了一种熟悉的感觉，那种七年都没有再尝过的属于家的归属感。

这一夜，夏子衿睡得挺好，并没有被陆寅希说的那些话影响。

最近顾琛不在，她这个助理工作也不多。

周末的时候，夏子衿一上午都窝在沙发上看剧。

临近午饭时间，夏子衿接到梁云川的电话，问她中午有没有时间一起出去玩。

夏子衿正无聊呢，自然是有空的。

梁云川来接夏子衿出门，车上正放着那首《告白气球》。

“你很喜欢这首歌吗？”夏子衿笑着问。

“挺洗脑的。”

想起昨天晚上在朋友圈开的玩笑，夏子衿问：“你不会真有喜欢的女孩子了吧？”

“有啊！”梁云川回头，笑着看了夏子衿一眼，说，“我喜欢你呀。”

“小叔叔，你别开我玩笑。”夏子衿被梁云川说得脸色涨红。

梁云川笑了笑，转移了话题，问：“想去哪儿玩？”

“我很多年没回来了，不知道哪儿好玩。游乐场？”夏子衿真的想不到哪里有好玩的地方。

“果然是小孩子啊，游乐场有什么好玩的，我带你去玩个更有趣的。”梁云川将车子加速。

夏子衿问：“什么地方？”

“到了你就知道了。”梁云川卖关子不说。

他把车子开到文心湖边，将车子在停车场停稳，对夏子衿说：“下车。”

夏子衿乖乖下了车。

见梁云川走向码头，夏子衿急忙出声制止：“我不要坐船。”

自从七年前那场海难之后，夏子衿现在对水面有一种本能的排斥。

“我来开，你不放心吗？”梁云川停下脚步，回头望着夏子衿。

“不要。”夏子衿摇头，有些歉意，“我不是不相信你开船，我只是……”

“我知道。那咱们到湖边走走吧。”梁云川并没有强迫夏子衿。

夏子衿点了点头。

午后的湖面波光粼粼，她感觉眼睛有些晕，头昏脑涨，浑身无力，额头都出了汗。

梁云川问："不舒服？"

夏子衿抬手揉了揉眉心，脚步已经有些踉跄。

"我扶你到那边排椅坐一会儿。"梁云川上前，扶着夏子衿的肩膀，迈步向旁边的排椅走了过去。

夏子衿坐下之后，没有再去看湖面，身体舒服了一些。

梁云川去不远处的小报亭买了两瓶水过来，站在夏子衿面前，将其中一瓶拧开，递给她。

夏子衿说了谢谢。

梁云川没有在夏子衿身边坐下，他走到湖边，看着一大片湖水，问身后的夏子衿："如果以后你的孩子掉进水里，你会不会跳下去救他？"

"呃……"夏子衿有一瞬间的愣神。

梁云川迈步走了过来，在夏子衿旁边的空位坐下，对她说："有时候，我们不能因为自己害怕就拒绝。"

这样的道理，夏子衿知道。可知道是一回事，做到又完全是另外一回事了。那种恐惧已经不仅仅在心理上阻碍她，就连身体也会出现一系列不适的反应。

梁云川抬手指了指湖面，说："你看这些水多美，水面上波光粼粼，那些渔船上的人那么快乐。"

夏子衿尝试着去看水面上的那些船，心里却在担心，那些船会不会下一秒就翻进水里，会不会有人再也回不来。他们有自己的家，有自己的亲人和爱人，可意外不会发半点善心，仍旧会无情地夺去他们的生命。

"子衿……"身边梁云川开口，打断了夏子衿恐惧的猜想，他说，"你试着想一想，从小到大，船和水有没有给你带来很快乐的事情？"

"有啊！"不用花费太多的时间，夏子衿已经想到了，"小时候，爸妈第一次带我去海滩。我还记得我的第一个泳圈是火烈鸟的。那次在水里玩得可开心了。"

"嗯，我小时候也是，特别喜欢游泳。还记得爷爷家里有一个鱼塘，我每次都当成游泳池，被爷爷抓到就是一顿打。”梁云川说。

夏子衿被他逗笑，神情也没有刚才那么紧张了。

“第一次游泳还是顾琛教我的呢……”话说到这里，夏子衿停顿下来，她不该提他的。

“子衿，不管是任何人、任何事，如果伤害了你，你都不该去回避。如果你不治愈自己，那些伤口会一直在，没日没夜都被拉扯着，痛苦的不是别人。你懂我的意思吗？”

夏子衿转头看着梁云川，说：“我感觉你像一个哲学家，或者心理学家。”

“开玩笑，你以为小叔叔大学的心理课白修了？”

夏子衿一本正经：“请小叔叔继续说。”

梁云川乖乖地继续开口：“我不是要你原谅那些给你造成伤害的人，但事情已经发生了，作为最痛苦的你，必须想办法让自己跨过这道坎儿。只有让伤口结痂了，痊愈了，你才有能力继续过好未来的生活。”

夏子衿认可地点点头：“你说的这些，其实我都懂。”

她还是觉得梁云川说的太理想化。

“做起来很难是吧？”梁云川问。

“不是很难，是根本就做不到。当你真的经历过，你会特别了解什么叫针没有扎在你身上。”

“那是因为你不了解方法啊！方法很重要的。你就按照我说的，把那些给你造成伤害的人和物，跟美好的事情联想起来，一直想，一直想，一直想。”

“然后呢？”夏子衿问。

“没有然后了啊！然后你就会来谢谢我的。”梁云川说。

夏子衿点点头：“我试试。”

“不是试试，而是要开始做，从这一刻开始。来，你再给我讲讲，还有没有关于船和水的高兴的事情。”梁云川问。

夏子衿和梁云川坐在文心湖边的排椅上，从脑海中找寻着有关于船和水的趣事，从自己亲身经历的，到曾经在网上看到的，从别人那里听说的，最后连小时候听到的童话故事都说了。

天色渐暗，梁云川问夏子衿："肚子饿不饿？"

夏子衿吐了吐舌："有点。"

"去龙船上吃晚餐，敢不敢？"梁云川问。

"不敢。"夏子衿有些无奈。

"给我一次机会，也给你自己一次机会，我们只是吃一顿饭。就是那艘船……"梁云川指了指不远处灯光绚烂的龙头大船，"那艘船晚上八点才会进湖。咱们现在过去吃饭，八点以前肯定吃得完。"

夏子衿咽了口唾沫，她也想尝试一下，可她怕自己会变成缩头乌龟。

"我们不能因为发生过一次坏事，就拒绝所有美好的可能。"梁云川抬手拍了拍夏子衿的肩膀，"放心啦，小叔叔会保护你的。"

夏子衿硬着头皮跟梁云川走向了那艘龙头大船。

这个点吃饭的人还不是特别多，只有两三桌客人，坐在船舱的窗边，一边看着窗外的湖景，一边开心地聊着天。

服务员礼貌地拿着菜单过来，菜谱上大多是海鲜。

梁云川问夏子衿想吃什么，她说随便。

她现在哪里还有心思去想吃什么，当踏上船的那一刻，就感觉把自己把生命交到死神的手中了。尽管她理智上知道，这艘龙船此刻还在岸上，是绝对安全的，可情感上还是觉得害怕。

梁云川点好了菜，把菜单还给服务员，又叫了一份热巧克力饮品。

望着对面眼睛盯着桌面的夏子衿，梁云川问："害怕吗？"

夏子衿诚实地点点头。

梁云川又道："不记得我跟你说过什么了？想想以前那些美好的事情；想想你第一次到海边游泳的时候，有多开心；想想我在鱼塘里游泳被发现的时候，被打得多惨。"

夏子衿终究还是被梁云川逗笑了。

服务员将热巧克力端了上来，放在桌上。

梁云川对夏子衿说："热巧克力是治愈良品，喝一口尝尝。"

夏子衿吹了吹有些烫的饮料，小心翼翼地喝了一口。

巧克力的香浓甜美在口腔中扩散开来，热乎乎的液体被咽下，从喉咙到胃部，一股热流涌进身体，很美妙的感觉。

饭间，梁云川跟夏子衿分享了很多关于他生命中船与水的趣事，夏子衿听得咯咯直笑。

一顿饭吃得还算顺利，梁云川说话算话，在船准备开去湖中心之前，他跟夏子衿一起下了船。

夏子衿回头看了一眼自己刚才吃饭的龙头船，觉得有些不可思议。

“是不是不难？”梁云川站在夏子衿身边，笑着问。

夏子衿望向了梁云川，由衷地说：“小叔叔，谢谢你。”

很愉快的一个下午，时间过得很快。

回家的路上，梁云川在一家饮品店停了下来，让夏子衿在车里等着，他下车进了店里。

梁云川回来的时候，手里提着一个袋子，递给车后座的夏子衿。

梁云川启动了车子，继续往夏子衿的小区开着。

夏子衿打开袋子，看到里面有一杯热巧克力饮料，还有一包巧克力豆，一包可可粉，一大盒牛奶。

“小叔叔，你这是要胖死我。”夏子衿脸上带着笑，故作吐槽，其实心里是很开心的。

“胖点也好看。”梁云川说。

回了家，夏子衿在沙发上坐着，端着那杯温热的巧克力饮品，看到梁云川发了一个朋友圈，照片正是他们晚上在龙船吃饭时拍的。夏子衿点了个赞。

手机随后闪过来一条消息，夏子衿以为是梁云川发过来的，看到消息记录才发现，发信息的人是顾琛。

夏子衿脸上的笑容瞬间凝固。

顾琛问夏子衿：吃饭了吗？

夏子衿没有回复。顾琛也没有再发新消息过来。

她一整天的好心情，因为顾琛的这句话，瞬间消失了。

她把手机丢在一旁，靠在沙发上，喝了一口手里的热巧克力。

如果有什么人或者什么事带来了伤害，那就去想关于这个人或这个东西带来的美好。

梁云川的话在脑海中回荡着。

夏子衿轻轻闭上眼眸，尝试着去想她跟顾琛之间美好的过往。

想到顾琛刚来夏家的时候，夏子衿对这个突然来到她家的男孩并没有太多的感觉。

夏子衿继续想，小时候顾琛为了保护她，经常悄悄跟在她的身后一起上学一起放学，她还是没有很舒服的感觉；想到了顾琛去上大学，四年没有跟她联系；想到顾琛大学毕业回来以后，对她的态度不冷不淡。

夏子衿觉得，她跟顾琛之间，似乎从来都没有真正快乐的时候。

她拿起手机，翻到了梁云川的头像，点开：小叔叔，我需要你帮帮我。

梁云川没有回复。

夏子衿一直等，一直等，手里的热巧克力变成了凉巧克力，梁云川都没有回复。

这一刻，她感觉自己被全世界抛弃了。

她也意识到，自己最近对于梁家人太过依赖。他从来都没有义务陪伴她，她嘴上叫一声小叔叔，心里把梁家的人当成家人，可他们真的是她的家人吗？

不是的，她的家人已经在七年前随着游轮沉入海底了。

她在这个世界上，已经没有家人了。

铺天盖地的孤独感席卷而来，夏子衿被压得有些喘不过气来。

过了一会儿，梁云川回了消息过来，他问：刚才去洗澡了，怎么了？

夏子衿拿着手机，一个字一个字地输入：没事了。

她不该继续这样自欺欺人下去了，就算去想最开心的事情又能怎样，不过是让自己沉浸在美妙的梦里，那样的确是会开心一会儿，可那样的开心太过虚假。

夏子衿拿着手机，随意刷着朋友圈。

乔巧在实验室里忙着，江斯晨跟贝拉上传了婚纱照，谢诗蕊晒了一张加班的照片，陆寅希收到一面锦旗。

整个世界，好像只有她一个人被遗忘了。

夏子衿想回别墅看看，至少那里还有她幸福过的证明，可随后又想到，别墅已经被顾琛弄得面目全非，再也找不到当初温暖的影子了。

手机铃声响起，电话是顾琛打过来的。

夏子衿迟疑片刻，将电话接了起来，放在耳边，并没有说话。

那头顾琛也沉默着。

最终还是夏子衿先开了口："有事吗？"

不知从什么时候开始，她对于顾琛的热络，变成了现在的无话可说。

"我快要登机了。"顾琛说。

"这就回来了？"夏子衿很明显不希望顾琛这么早回来。她自由自在的日子还没过两天，又要回归以前那种压抑的状态了吗？

顾琛无视夏子衿的抗拒，继续说："明天早上到机场接我，八点十五到。"

"你让诗蕊……"

"就要你。"顾琛的霸道本性又开始显露了。

夏子衿有些不悦："明天是周末，不是我的工作时间。"

"你是我的助理，我什么时候需要你，什么时候就是你的工作时间。"

话说到这里，已经没有什么话题能继续聊下去了。

夏子衿不知道顾琛为什么提前回来，虽然不高兴，可她知道自己没有理由也没有办法阻止顾琛，只能心不甘情不愿地应下。

挂了电话，夏子衿才想起来，她现在压根儿就没有车，明天怎么去接他。

次日早上，夏子衿八点钟到达机场。

顾琛的飞机准时到达，八点二十的时候，他出现在夏子衿的眼前，还是那副冷漠的样子，拒人于千里之外。

好在顾琛开口语气还算温和："吃早饭了吗？"

“吃了。”就算没吃，夏子衿也不想跟顾琛共进早餐。

两个人出了机场，夏子衿伸手拦了一辆出租车。

她想坐副驾驶，顾琛却把她推进车后座。

夏子衿强忍着心里的不爽，顾琛让司机把车子开去别墅。

下了车，夏子衿站在别墅门口，对顾琛说：“我任务完成了，你坐了一晚上飞机，去休息吧。”

“进来。”顾琛拿出钥匙开了门。

夏子衿脚步未动。

顾琛回头望着她：“我有话跟你说。”

夏子衿心不甘情不愿地跟着顾琛进去。看着对她来说已经陌生的别墅，她心里更加不是滋味。

顾琛先去洗手间洗了把脸，又从冰箱里拿了瓶水。

夏子衿坐在崭新的沙发上，等着顾琛说话。

顾琛喝了半瓶水，把水瓶放在茶几上，在夏子衿旁边坐下。

他转头望着夏子衿，问：“公司最近怎么样？”

“就那样呗。”夏子衿也不去看他，随意应付着。

顾琛又说：“你现在有两个选择，要么搬回来跟我一起住，每天给我做晚饭；要么我会搬到你公寓对面，每天去你那里吃晚饭。”

“我都不选。”夏子衿又不傻，犯不着给自己找难受。

顾琛也猜到是这种结果，他又说：“只要你答应我的条件，我会把属于夏叔的股份转给你。如果你不想参加董事会，我可以成为你的代理董事。”

夏子衿再一次看向顾琛，不知道顾琛这一次出差经历了什么，怎么一回来之后，变得这么好说话了。

顾琛继续开口：“你放心，我不会难为你太长时间，只需要给我做一个月的晚饭。一个月之后，你想要的，全部给你。并且我保证，从此以后，不会再强迫你做任何你不想做的事情。”

夏子衿思量着顾琛这么做的理由，却怎么也想不明白。

她问顾琛：“为什么之前你不同意，现在又同意了？”

"别问这么多，就说你答不答应。"顾琛看着夏子衿的眼睛。

夏子衿在心里考虑，只需要给顾琛做一个月的晚饭，股份就给她？

为了保险起见，夏子衿说："要我答应也可以，你拟一份合约，我们双方签字。"

"没问题。"顾琛很爽快地答应了。

他突然这么好说话，让夏子衿心里有些不踏实，感觉他为她挖了一个大坑，就等着她往里面跳呢。

可她现在一无所有，只是做一个月的晚饭而已，算起来也没有什么能损失的，她想不到拒绝的理由。

顾琛效率很快，中午的时候，公司就送来了合约。、一式两份，夏子衿跟顾琛签了名字，双方各自拿好。

顾琛脸上带着笑意，问："那你是在这里做饭，还是在你那边？"

"在我那边吧。"夏子衿可不想跟顾琛住在同一个屋檐下，太不安全了。

"好。"顾琛点点头，说，"那我今天晚上过去吃饭。"

"今天晚上？"夏子衿没想到那么快。

顾琛抬手对着夏子衿摆了摆手里的合同："白纸黑字写着，即日生效。"

"好吧，我下午去买菜。"不就是一顿晚饭嘛，也不是多么难的事情。

可是看着顾琛一脸笑意，夏子衿总感觉哪里不太对劲。

下午时分，夏子衿从超市买菜回家，把菜放进冰箱，客厅的手机响了起来。

夏子衿关上冰箱的门，快步出去，看到来电显示是"小叔叔"。她脸上带笑，将电话接了起来。

"晚上一起出去吃饭吧。"梁云川在电话那头说。

"今天晚上我要在家里做饭。"夏子衿往厨房看了一眼，有些郁闷。

"那你介意我过去蹭饭吗？我爸不在家，晚饭还不知道怎么吃呢。"梁云川的声音中带着笑意。

夏子衿想起她跟顾琛签订的合约，上面并没有标注必须是两个人吃饭，只说让她给顾琛做晚饭。

夏子衿对梁云川说:“那你晚上来吃吧,不过顾琛也在这里,你介意吗。”

“不介意啊,以前都是朋友呢。”梁云川大大方方地说。

夏子衿没有过多的担心,挂了电话,开始准备晚餐的配菜。

可她忽略了一点,自己只问了梁云川是否介意顾琛,却压根儿没想到要问问顾琛是否介意梁云川。

顾琛来得比较晚,给他开门的人是梁云川。

顾琛看到站在门口的男人,眉宇紧蹙:“你怎么在这里?”

梁云川坦言:“我来蹭个饭。”

顾琛听到厨房那边有声响,迈步直接走向了厨房。

夏子衿已经煮好了米饭,正准备炒菜。

顾琛进来,抓住她的手腕,面色淡漠地问:“谁让你叫别人来的?”

“合同上也没写不能让别人来啊!”夏子衿一脸无辜。

“那就加上这一条。”顾琛放开夏子衿的手,神色冷凝。

夏子衿不知道他突然犯什么神经,有些不悦:“白纸黑字已经签好了,你一个集团董事长,总不能朝令夕改吧?”

顾琛嘴唇紧抿,脸上带着恼怒。

外面梁云川好死不死地也跟着过来了,听到夏子衿跟顾琛的话,有些歉意:“子衿,要不我还是出去吃吧。”

“不用了,小叔叔,你今天晚上就在这儿吃。”夏子衿很坚决。

顾琛听到夏子衿对梁云川的称呼,脸色更僵,他们之间什么时候这么亲昵了。自己不在的这几天,夏子衿看起来活泼得很啊!

梁云川看出顾琛心情很不好,他也知道夏子衿跟顾琛之间有些矛盾,此时此刻,他还是不留在这里徒增尴尬了。

他笑着对夏子衿说:“我还是不打扰了,反正我现在也不是很饿。”

“来都来了,添双筷子添个碗的事儿。”旁边顾琛忽然开了口。

夏子衿看了顾琛一眼,没吭声,只是对梁云川说:“我饭都多做了你的份儿,你要不吃,就浪费了。”

梁云川虽然觉得尴尬,可现在走了,又显得自己小气,只好硬着头皮留下来。

顾琛离开厨房，梁云川从外面进来，站在夏子衿身边，小声问："我好像不该来？"

"不关你的事，我跟他一直这样。"夏子衿不想让梁云川自责。

外面，顾琛叫了一声："梁先生，要不要喝点酒？"

夏子衿看了梁云川一眼，有些担忧。梁云川说了声"没事"，迈步离开了厨房。

客厅沙发上，顾琛坐在那里，看着厨房里出来的梁云川，皮笑肉不笑地说："梁先生过来坐吧，不要客气。"

梁云川无奈，却只能过去坐下。

厨房里传来抽油烟机和炒菜的声音，顾琛知道夏子衿听不到他们说话。

他问梁云川："梁先生跟我们家子衿是什么关系？"

"我是她小叔叔嘛，你也知道。"

顾琛脸上笑意更浓："我记得你们好多年没见面了，现在看起来热络得很啊！"

"你也知道，夏大哥出事，子衿一个人无依无靠，前几天去看我爸，正巧就遇到了。"梁云川并不想让顾琛误会。

顾琛点点头，脸上的笑容却消减不少。

他望着梁云川，再次开口："夏叔和阿姨的确是不在了，但子衿不是无依无靠，收起你不该有的怜悯，以后离她远点。"

梁云川有些为难："顾总……"

"现在你不是夏氏的职员，我也不是你上司，我只是子衿的亲人。"顾琛神情很认真。

顾琛这么说，显然把梁云川排除在外了，显得他像是那种乘人之危的小人。

"我想顾先生误会了。子衿经历了那样的事情，她需要更多的陪伴和理解，需要小心翼翼地呵护，而不是霸道地把她绑在自己身边。我觉得这样做……有些自私。"

顾琛望着梁云川，梁云川也望着顾琛。两个人坐在客厅的沙发上对峙，沉默中酝酿着一些不知名的情绪。

夏子衿从厨房出来的时候，看到这一幕，感觉到一股危险的气息，或许是来自梁云川，但更可能是来自顾琛。

她上前，抓着顾琛的胳膊，将他拉去了厨房。

顾琛没有抗拒，乖乖地跟着夏子衿走了。

夏子衿关上厨房的门，看着面前的顾琛，有些不悦："小叔叔是我的朋友，这里是我的家，你能不能给我点面子？"

"好。"

顾琛的态度转变得太快，夏子衿有些吃不消，她越发觉得自己搞不懂顾琛到底在想什么了。

好在顾琛真的听了夏子衿的话，吃饭时，并没有再找梁云川的碴儿。

饭过之后，梁云川找借口先走，夏子衿下楼送他。

在电梯里，梁云川对夏子衿说："他蛮在意你的。"

"小叔叔，你别开我玩笑。"

梁云川一本正经地对夏子衿说："我没开你玩笑，我觉得你们之间可能有些误会。"

"误会？你不了解他。"

"你不了解我。"梁云川打断夏子衿的话，说，"你要相信我看人的水准。如果你把小叔叔当自己人，就听我的话，好好跟顾琛沟通一下，开诚布公地把所有的事情都说出来。"

"我会考虑的。"夏子衿只能应着。

"不是考虑，是一会儿回去就要说。我不是逼你面对痛苦，我也不是强迫你非要跟他过一辈子，我只希望你能够打开心结，放下一些事。"梁云川语重心长。

夏子衿笑了："你还真像个长辈啊！"

梁云川却没有笑，仍旧一本正经地说着："听我的话，好好跟他谈一谈，别吵架，别耍脾气，把你这些年的想法都说出来。"

夏子衿也没再开玩笑，点了点头。

“如果觉得有必要的话，可以先给自己冲一杯热巧克力。”梁云川脸上终于见了笑。

电梯门在这时到达一楼，夏子衿还想出去送他。

梁云川说：“不用送我了，上去吧。”

夏子衿站在原地不动。

梁云川抿嘴，上前给了夏子衿一个鼓励的拥抱。

他轻轻拍着她的背，说：“没关系的，别怕，小叔叔会一直在你身边。”

夏子衿鼻子泛酸，舍不得推开这个拥抱。

七年了，她多希望自己能够听到有一个人对她说这样的话，告诉她，她不是没人要的小孩；告诉她，他们会一直在身边。

可是，没有人。

他们只会指责她为什么明明活着却不联系他们，他们只会庆幸她回来，同时又害怕她随时会消失，没有人知道她心里有多怕，有多想抓住自己曾经拥有的东西。

梁云川离开，夏子衿一个人上楼。家里的门半掩着，夏子衿进屋，关上门。

顾琛没有在客厅，夏子衿听到厨房有动静，迈步过去。

厨房的水池旁，顾琛站在那里，围着围裙，正在洗碗。

“我来就行了。”夏子衿迈步上前。她不想欠顾琛任何东西，或者任何感情。

在夏子衿的心里，顾琛一直是亏欠她和夏家的。夏子衿并不希望顾琛为此做出任何补偿，也从来没有奢望顾琛对她有更多的理解与尊重。

顾琛并未理会夏子衿，也没有让开。水龙头里的水哗啦啦地流着，将顾琛手里的碗冲洗得光洁如新。

夏子衿站在顾琛的身边，有些不知所措。

顾琛打破沉静，问夏子衿：“你小叔叔走了？”

夏子衿点点头，“嗯”了一声，声音小到几乎自己都听不见。

两人再次陷入沉默。

夏子衿想到刚才在电梯里，梁云川对她说的那些话。

她望着顾琛，说："我有些话想对你说。"

明显能察觉到顾琛拿着碗的手顿了一下，他说："你去客厅等我一下，我一会儿就好。"

夏子衿刚迈步离开厨房，又想到什么，再次走回去，从橱柜里拿出梁云川之前帮她买的巧克力豆、可可粉，还有牛奶，去了客厅。

夏子衿用饮水机里的热水帮自己冲了一杯热巧克力，虽然没有饮品店里的那么甜，却比饮品店里的巧克力味道更加浓厚，只是闻着，就感觉整颗心都柔软了。

顾琛从洗手间擦干了手出来，就看到夏子衿坐在沙发上，手里端着一杯热巧克力，脸上带着他很少见到的笑容。

顾琛迈步上前，问："什么时候开始喜欢巧克力了？你不是一直说这是肥胖的元凶吗？"

"事分两面，有好有坏。"夏子衿捧着热巧克力，抿了一小口。

"不是有话说吗？说吧。"顾琛迈步走到夏子衿身边，在沙发上坐下，将挽起的白色衬衣袖子扯了下来。

夏子衿又抿了一口热巧克力，捧着杯子，将腿放在沙发上，找了个舒服的姿势靠坐着。她尽量让自己抛开那些不适的情绪，在心底给自己加油打气。

顾琛见她不说话，转头看了她一眼，见她嘴角带笑，他神情怔了怔。

他也忍不住勾起唇，问："怎么了？"

夏子衿说："我想要好好跟你沟通一下。"

顾琛点点头，等着夏子衿继续说。

夏子衿感觉自己要说的话太多，一时之间不知道从什么地方开始说起。

她随便找了个起始点，说："这些年我一直在Y国。"

"我知道。"顾琛说。

夏子衿嘟了嘟嘴："你先别说话，安静地听我说。"

顾琛乖乖闭了嘴，只是望着夏子衿，表示自己现在正在认真听。

“游轮出事之后，我跟江斯晨都掉进海里。当时我很害怕，江斯晨说游轮有可能会爆炸，他拖着我尽量往远处游。”夏子衿回忆起那天夜里的事情，情绪开始起伏，她极力忍着，语气也比刚才快了些许，“当时我很担心爸妈，担心你，担心乔巧和寅希。我担心你们没有逃出来。但当时我吓傻了，看着船头慢慢下沉，看着船舱冒出浓烟。我不知道该怎么做，只能被江斯晨拖着，一直往前游，一直游。我们游了很久很久，我这一辈子都没有在水里待过那么久。”

夏子衿没有去看顾琛，眼睛望着手里端着的热巧克力。时隔七年，再次想起那天晚上的经过，夏子衿的心头还是有些发紧。

她平复了一下情绪，继续说：“天亮之后，一个渔民救了我们。江斯晨的腿伤很严重，我们后来去了Y国。”

顾琛喉结动了动，面色淡漠，并未打断夏子衿的话。

“我昏迷了三年，醒来的时候，记忆力并没有跟我一起苏醒。江斯晨跟我讲了很多事情，他知道的所有关于我的事情，包括我和你之间是怎么认识的，包括你上大学的那四年都没有联系我。他并没有故意说你的坏话。”夏子衿望着顾琛。

她喝了一口手里的热巧克力，继续说着：“我在网上搜寻有关的消息，我爸妈的消息，你的消息，夏氏的消息，包括乔巧、寅希、诗蕊。我看到很多对你的负面评价，但那个时候我能记起来的事情不多。我在家自学了一年，在江斯晨的帮助下，上了Y国的一所大学。”

一直沉默不语的顾琛开口解释：“网上的传闻是假的，我从来没有想过要独占夏氏，当年游轮出事跟我无关，我调查过，那只是一场意外。”

“为什么游轮最后会爆炸？如果不是油轮爆炸，我爸妈可能不会死。那些烟花是你带上游轮的。”夏子衿望着顾琛，眼神之中带着疏离。

顾琛微微蹙眉，她还是不肯相信他。

夏子衿察觉到自己刚才情绪有些激动，喝了一口热巧克力，脑海中想着梁云川教给她的方法，谨记自己是要跟顾琛沟通的，不是要跟他吵架的。

夏子衿平复了一会儿，才继续说："我承认，七年了，我一直都没有从那场意外中走出来。我总感觉那一切都只是个噩梦，觉得我爸妈只是出去度假了，可能下周，可能下个月，在某一天又回来了……"

"我懂。"顾琛抬眸望着夏子衿。

夏子衿也望向了顾琛，不知道是不是她看错了，她感觉顾琛眼中有些晶莹的光，是因为客厅的灯光吗。

她以为自己需要讲很多，可一杯热巧克力还没喝完的，她已经把这七年道尽了。

夏子衿又想到什么，说："我跟江斯晨之间，没有任何关系，我不希望你再因为我的事情去打扰他。"

她已经欠了江斯晨太多，不想再让江斯晨因她而受到任何伤害。

顾琛点点头。

夏子衿靠在沙发上，面对着顾琛，问："你呢？有就没有什么想对我说的？"

顾琛望着她，没想到她竟然给他解释的机会。

他想也没想，直接开口："我没有害夏叔和阿姨，不管你信不信，游轮的事情跟我无关。那些礼花我想等第二天十二点一过再放的。因为，第二天是我们认识十三周年的纪念日。"

夏子衿秀眉微蹙，她压根儿就不记得他们之间认识的纪念日。

夏子衿没有继续这个话题，继续问顾琛："那梁爷爷呢？你明知道他是夏氏的元老，跟我爷爷一起创立的夏氏，他的资历比我爸爸还高，你为什么要把他赶出公司？"

顾琛耐心地对夏子衿解释："其实夏叔早就知道梁文山有异心，在夏叔出事之前，他也一直让我盯着梁文山和梁云川，想找到一个合适的机会，把梁文山的权力撤掉。"

顾琛见夏子衿不信，继续解释："我知道你对梁家人有感情，因为梁家和夏家算起来是世交，你可能会觉得，当初梁文山不同意夏叔留我在你们家，所以我是在报复。"

夏子衿不说话。

见她这副样子，顾琛有些急："子衿，你为什么就是不能相信我？你为什么宁愿相信网络上那些甚至连我长什么样都不知道的人对我的诋毁，却不愿意相信此刻就坐在你面前的，跟你认识了整整二十年的人？"

"我不是不相信，我只是害怕。"夏子衿见顾琛情绪激动，低声解释，"失去父母的人不是你，你不了解那种感觉有多痛。"

"我不了解？"顾琛眼眶有些红，笑着转头看向别处，觉得夏子衿说出这样的话，简直是不可思议。

原本还想解释什么，顾琛却觉得自己没必要多说了。

他再次看向夏子衿，脸色已经冷漠下来："行吧，你就当我不了解，你就当我不知道失去至亲的感觉有多痛，不知道失去这辈子最爱的人有多痛，就当我没尝过吧。"

顾琛从沙发起身，站在客厅，双手叉腰，来回踱了几步。

他不再去看夏子衿，深吸一口气，说："明天还要上班，我先走了。"

他走得太急，连沙发上的外套都没来得及拿。

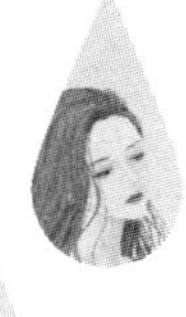

第十一章 · 世界上没有如果

顾琛走后，夏子衿一个人坐在沙发上，捧着已经凉掉的巧克力饮品，想到刚才顾琛情绪转变那么大，不禁怀疑她是不是说了什么不该说的话。

可她说的都是自己的心里话，她也并没有想要跟顾琛争论出谁对谁错。明明受害者是她，为什么搞得好像她伤害了顾琛似的。

她拿着杯子去了厨房，将里面的饮料倒掉，随后拿着手机上楼回了卧室里。

她给梁云川发了一条消息：我搞砸了。

梁云川随后回了夏子衿，问：怎么了？你们吵架了？

夏子衿不知道该怎么说，她现在心里很乱，很想找个人聊一聊。

她问梁云川：你现在有时间吗？我想出去逛逛。

梁云川没有多问，只说：我去接你。

十多分钟之后，夏子衿坐上梁 云川的车子，车子在中海市的马路上漫无目的地行驶着。她眼睛望着窗外，从上车到现在，她一直保持着这个姿势，什么话都没有说。

梁云川看了她几次，终于开了口，问："到底怎么回事？"

夏子衿欲言又止，只说了一句："我想听歌。"

梁云川打开车内的音乐，放的是一首英文歌。他单手握着方向盘，另外一只手调着歌，点了几次"下一曲"，才选了一首满意的。

夏子衿靠在车座位上，静静地听着。

这首歌曲调舒缓，歌手嗓音浑厚，听起来让人觉得有些悲伤。她看了一眼播放器的屏幕，上面写着歌名——《如果可以》。

夏子衿扯着嘴角笑笑，望着梁云川："我还以为你的歌单里都是欢快的歌呢。"

"那岂不是很无趣。"

两个人没有再说话，安安静静地听着歌。

歌词唱着：你曾像繁星闪烁，当你从浩瀚星空坠落……从此后，这世界少了一份光亮……

夏子衿想起七年前订婚的那一个夜晚，她和顾琛在高空的摩天舱里，望着漫天繁星，许诺陪伴彼此走过余生，却没想到，那一刻，是他们在一起的最后的浪漫了。

梁云川的车子开了一会儿，在路边停了下来。

夏子衿定睛去看，才认出这里是文心湖畔。

已经晚上九点多钟，湖边虽然还有一些人，不过比起白日的喧闹，显得寂静许多。

梁云川熄了火，对夏子衿说："到湖边坐坐吧。"

夏子衿点点头，跟着梁云川一起下了车。

两个人走到上次坐过的排椅那里，夏子衿坐下。梁云川背对着她站在湖边，望着宽阔的湖面。

夏子衿觉得梁云川今天有一些反常，平日里两个人在一起的时候，梁云川的话都比较多，可今天晚上，两个人从见面到现在，梁云川没说几句话。

夏子衿坐在排椅上，望着梁云川的背影，问："小叔叔，你今天是不是不开心？"

"嗯。"梁云川并未掩饰。

"为什么？"夏子衿问，"是不是一起吃晚饭的事情？"

"嗯。"梁云川应着。

他这么坦白，倒是让夏子衿不知道该说什么，只是有些歉意地说："我应该提前跟顾琛打声招呼的。"

"不是因为顾琛。"梁云川转过身来，走向夏子衿。

"那是因为什么？"

梁云川走到夏子衿身边坐下，说："因为你。"

"我？"夏子衿更加疑惑。她好像没有做什么让梁云川生气的事情吧。而且，梁云川从她家走的时候，看起来情绪也没这么差。他还体贴地给了她一个鼓励的拥抱呢。

梁云川又道："顾琛让我以后离你远一点。"

夏子衿脸色瞬间冷了下来："这个浑蛋。"

"我倒是没什么，毕竟你小叔叔魅力难挡。可我就怕万一没人开导你，你再寻个短见，显得你小叔叔是多么的无能。"梁云川一本正经地叹了口气。

夏子衿这才听出来，他哪是不开心，这明摆着就是拿她开涮呢。

梁云川一脸苦恼地说："我现在又不想开解你了，本来你讨厌顾琛，也蛮好的，说不定咱俩还有戏。你要是真跟顾琛解除误会，我岂不是更没机会了？"

"小叔叔！"夏子衿有些羞恼。

身边这个人有时候就像一个成熟的长辈，可有时候闹起来跟个小孩子似的，没轻没重。

梁云川笑着问："你是不是也觉得很可惜？来吧，跟我汇报一下，顾琛那个浑蛋是怎么跟你沟通的？我看看能不能找机会说说他的坏话。"

湖面风平浪静，路灯温润柔和，身边梁云川的玩笑话，让夏子衿卸下心防，心情比在车上的时候好了很多。

夏子衿也没再隐瞒，实话实说："我就按照你说的，把这年我的经历和感受跟他说了一下。"

"嗯，然后呢？"

"然后我还冲了一杯热巧克力，只不过没喝完。"

"跑题了。"

夏子衿吐了吐舌，继续说："没有然后了啊！我说完之后，想让顾琛也说一说他的想法。然后，他就一直在为自己辩解。"

"辩解？"梁云川问夏子衿，"你为什么要用'辩解'这两个字来形容顾琛的话？"

"本来就是啊！那话他已经翻来覆去说过很多遍了。无非就是解释我爸妈出事跟他半点关系也没有，你和梁爷爷被赶出公司，也跟他半点关系也没有。"

夏子衿并没有告诉梁云川，顾琛还告诉她，梁家对夏氏集团有野心。

梁云川又问："除了这些呢？"

"没了啊！我戳破了他的谎言，他恼羞成怒，最后走了。"

梁云川好奇："你们最后说的是什么？"

"就是……"夏子衿想了想，说，"就是他嫌我不相信他。"

"只是这些？"梁云川感觉，这样的话并不足以让顾琛生气。

夏子衿点点头。

梁云川换了一个问法："你把原话跟我说一下。"

"干吗？我都是按照你的建议说的，你该不会还要给我打分吧。"

"不是，我也想听听你的心事。"梁云川说。

夏子衿放下戒心，缓缓开口："我就是跟他说，他不像我一样父母双亡，所以他理解不了我有多难过。"

梁云川没有再说话。

夏子衿有些纠结："我说的没错吧？"

"没错。"梁云川知道现在的夏子衿情绪敏感又脆弱，指责的话并不适合说出口，可他心里已经明白顾琛为什么会生气了。

梁云川兜着圈子问夏子衿："你跟顾琛认识也有二十年了吧。"

夏子衿点点头："到今年刚好第二十年。"

"你爸爸妈妈对他好吗？"梁云川看起来只是跟夏子衿闲聊。

夏子衿说："好啊，尤其是我爸，有时候对他比对我这个亲女儿还好。"

"那顾琛对你爸妈呢？喜欢他们吗？"

"挺尊重的吧，我爸基本上什么事儿都会跟顾琛聊。尤其是很多工作上的事情，我和我妈又不懂，他经常跟顾琛在书房里聊很久。"想起曾经那么温馨的日子，夏子衿很怀念。

梁云川点了点头，对夏子衿说："也就是说，虽然顾琛不是你爸妈亲生的，但是他在你们家住的这些年，你爸妈都很喜欢他，他也很感激你的父母。”

夏子衿没有说话，转头望着梁云川。

梁云川也没有再多说。话说到这个份上，他相信夏子衿应该反应过来顾琛为什么会生气了。

夏子衿在心里想，她之前对顾琛说的是，失去父母的人不是顾琛，所以顾琛不能够体会她心里有多痛。可依照梁云川刚才的分析，夏子衿失去的父母，同样也是顾琛这些年最珍视的人。

只是夏子衿一直认为顾琛是个虚伪狡诈的势利小人，爸爸和妈妈又不是顾琛的亲生父母，便自动忽略了顾琛对夏家的感情。

现在听梁云川说了这些，夏子衿觉得，爸妈去世，顾琛也是难过的。

“想什么呢，这么入迷？”梁云川望着夏子衿，笑了笑。

夏子衿没有回答梁云川的话，只是问：“小叔叔，你现在是自己在开公司吗？”

“是呀。怎么，你想从夏氏离职，到我公司里来？我这儿也缺助理呢，你来给小叔叔当贴身助理吧。”梁云川打趣道。

夏子衿面上带笑，心里有自己的想法。

她又问梁云川：“当年你们到底是怎么离开公司的？”

“成王败寇呗。”梁云川笑了笑。

夏子衿仍旧疑惑：“可我记得梁爷爷拿着夏氏不少股份。除了我爸，就梁爷爷的股份最多了。就算我爸的那一份给了顾琛，公司里也还有其他的股东，轮不到他一手遮天吧？”

“这就说来话长了。”

夏子衿试探着问：“小叔叔，我想跟你商量件事儿。”

“什么事儿？”

“我想把顾琛从夏氏赶走，把夏氏夺回来。”夏子衿神色很认真。

“可别瞎胡闹了。”梁云川揉了揉夏子衿的脑袋，无奈地笑笑。

夏子衿却不服气，嘟着嘴说：“你应该看得出来，顾琛还是很在乎我的。

只要我对他服软，他一定会对我放松警惕。再不济，如果我嫁给了他，他的财产就有一半是我的。到时候，咱们里应外合，公司肯定可以顺利拿下。”

“你这样……太狠了吧。”梁云川从来没有看过夏子衿这样的一面，没想到，这小妮子竟然有这份心思。

夏子衿眸中带着倔强，说：“夏氏本来就是我爷爷和梁爷爷的。现在我爸不在了，就算轮也是轮到我和你，怎么轮得到顾琛。他当初不是给了你和梁爷爷遣散费吗，大不了到时候咱们多给他一点遣散费。”

梁云川没有再说话，只是盯着夏子衿看。

他目光如炬，夏子衿有些撑不下去，笑着推了他一把：“小叔叔，你别这样看着我，感觉我像个坏人。”

梁云川的脸上这才露出一抹笑，仍旧劝着：“别胡闹。我和我爸现在都过得挺好的。我爸年纪也大了，不过是早几年退休而已，不想再折腾了。”

“可是我觉得这样不公平，被赶出公司跟退休怎么能一样。因为我爸没有儿子，我从小就希望自己是个女强人，长大了可以给我爸分忧。你肯定也想过以后可以继承梁爷爷的衣钵，成为夏氏的顶梁柱吧。”

梁云川抬眸望着湖面上方的星空，叹了口气，说：“是啊！当年夏伯父和我爸一起成立了公司，为公司付出了一辈子的心血。”

夏子衿没有打断梁云川的话，安静地听着。

梁云川继续说：“如果当初公司叫梁氏，现在就不是这个样子了。如果我在公司站稳脚跟，哪里还有顾琛什么事儿。”

夏子衿的脸色一点一点冷了下来。

梁云川转头看向她的时候，她都没来得及扯出一个笑。

梁云川意识到什么，看着夏子衿，笑道：“不是说你跟顾琛的事儿吗，怎么扯到这里来了。”

夏子衿也没有强颜欢笑，只是嘴上说着：“我会让对夏氏图谋不轨的人付出应有的代价。”

梁云川感觉心口一顿：“你说的是顾琛？”

夏子衿问：“不然还有谁？”

梁云川的神色好看了些许。

夏子衿拍了拍梁云川的肩，笑着说：“小叔叔，真是谢谢你这么晚还肯陪我出来聊天，我现在感觉心情好多了，动力十足。”

“你开心了，小叔叔就放心了。”梁云川说。

梁云川把夏子衿送回家。

洗澡之后，夏子衿躺在床上的，久久不能入眠。

顾琛的那些话，不断地在她脑海中回荡。夏子衿也回忆起陆寅希曾经找她聊的那些话，心里在考虑，是不是真的是自己误会了顾琛。

第二天去了公司，夏子衿接到梁云川的电话，约她中午一起吃饭。想到昨天晚上在湖边跟梁云川说的那些话，夏子衿应了下来。

办公室里，李毅然问夏子衿：“顾总怎么提前一周回来了？你知道为什么吗？”

李毅然这八卦的性格估计是改不掉了。

夏子衿说：“上司想出差多久，是他的自由，咱这小喽啰怎么有资格多问，好好做好你的工作就行了。”

李毅然眼睛四处打量，把椅子滑到夏子衿座位旁，在她耳边小声说：“我听说，顾总这次是假公济私了。”

“什么意思？”夏子衿不解。

李毅然再次窥探周围的同事，见没有人注意他，他有些兴奋地说：“我听说，顾总的前女友在Y国上大学。你说，顾总是不是去找前女友了？顾总跟‘女阎王’在一起这么多年，现在突然分手，要说顾总没有新欢，打死我都不信。”

夏子衿无奈地翻了个白眼：“这对于你的工作有帮助吗？关注这些东西可以让你升职加薪吗？”

“当然。”李毅然拍拍胸脯，“我是顾总的助理，助理是什么意思？就是职业保姆，了解顾总就是我要学习的业务之一。”

李毅然的思路太奇葩，夏子衿这次是真的无话可说了。

李毅然却还没聊过瘾，一脸好奇地问夏子衿：“你知道顾总的初恋女友是谁吗？”

“谁？”夏子衿眼睛望着电脑屏幕，心不在焉地应付着李毅然。

“听说和顾总是青梅竹马，跟顾总认识二十多年了。”李毅然在夏子衿耳边叨叨。

她已经听不下去，转头瞪了李毅然一眼：“行了，现在还是上班时间，要是让某人给你打个小报告，别说升职加薪了，恐怕你以后再也没有机会研究顾总的感情进展了。”

李毅然抬眸往谢诗蕊的办公桌看了一眼，见谢诗蕊的确一直盯着他。

李毅然急忙回了自己的办公桌前乖乖坐下，手指在键盘上敲打着。

夏子衿随后收到了李毅然的消息：你真的一点都不关心顾总的感情问题吗？

面对李毅然一连串的问题，夏子衿只回道：嗯，不关我的事。

李毅然只好委屈巴巴地闭了嘴。

她面上没理会李毅然，心里却想着他刚才的话，顾琛这次出差回来态度大变，是因为去Y国了。

昨天晚上跟夏子衿吵过之后，顾琛今天一整天都没有搭理夏子衿，有什么事情都是让谢诗蕊和其他的助理办的。

夏子衿知道顾琛生气，但是在公司里她不想说题外话。反正今天晚上顾琛要到她那里吃饭，等晚上再说吧。

中午下了班，夏子衿走出公司大厅，梁云川的车已经停在公司楼下了。

顾琛从公司大厅出来，看到夏子衿进了梁云川的车子。想到昨天晚上夏子衿请梁云川吃饭的事情，顾琛心里堵得慌。

梁云川的车子在公司不远处的一家餐馆停了下来，两个人进去，梁云川点了饭菜。

坐在桌前，梁云川对夏子衿说：“你昨天晚上跟我说的事情，我跟我爸商量了一下。”

夏子衿问："梁爷爷怎么说？"

"我爸同意你的计划，我们愿意帮你把夏氏从顾琛的手里夺回来。"梁云川说。

夏子衿嘴角闪过一抹笑意。

在梁云川看来，这是她计划得逞的笑意，并未多想。

夏子衿点点头，端起自己面前的杯子，对着梁云川举了举，说："我下午还要上班，不能喝酒，饮料代酒，敬你一杯。"

梁云川也很高兴，跟夏子衿碰了杯。

在不远处的桌前，一个人手里拿着手机，正在对夏子衿和梁云川的对话进行录音。

吃过饭之后，夏子衿没有跟梁云川聊太久，梁云川便送她回了公司。

晚上下班之后，夏子衿去了顾琛的办公室。

看到顾琛还坐在办公室里面加班，夏子衿说："今天晚上我想回别墅做饭。"

顾琛并没有抬头，只是冷漠地"嗯"了一声。

见顾琛不想搭理她，她也没有多说什么，转身往办公室外面走。

顾琛却叫住她："等我一会儿，我跟你一起回去。"

夏子衿停下脚步，回头看了顾琛一眼。顾琛还在忙着手头的事情，没有看夏子衿。

夏子衿想到自己回家也还要坐出租车，跟顾琛一起回去也没关系，反正她正好有话要跟顾琛说。

等了大概十来分钟，顾琛终于关了电脑，从办公桌前起身走了出来。

两个人走到电梯口，遇见了谢诗蕊。

谢诗蕊看到夏子衿跟顾琛走在一起，脸上表情不好看。她只叫了一声"顾总"，多余的话什么也没有说。

顾琛对谢诗蕊说："晚上一起吃饭吧。"

谢诗蕊受宠若惊，不可思议地看了顾琛一眼，又看向了夏子衿。

顾琛说："到别墅去吃，子衿做饭。"

夏子衿皱眉，他把她当什么了。

想到昨天晚上自己叫了梁云川到家里吃饭，夏子衿心想，顾琛肯定是在报复。

下楼出了公司，顾琛去取车，夏子衿跟谢诗蕊站在公司门口等着。

谢诗蕊望着站在身旁的夏子衿，说：“听说你最近跟顾琛进展很快。”

夏子衿也不看她，问：“听谁说的？他出差昨天才回来，我们怎么进展？”

“反正现在顾琛是单身，你们有的是机会不是吗？”谢诗蕊话里带着讥讽。

夏子衿望着她，嘴角勾起一抹笑意，点点头：“这倒是。不像你，努力了这么多年，都没有什么进展。”

“你！”谢诗蕊有些恼。

顾琛开着车子过来，夏子衿很自然地开了副驾驶的门，坐了上去。谢诗蕊只能坐到车后座。

车子里没有人说话，气氛有些压抑。

顾琛只是安静地开着车子，车后的谢诗蕊却有些坐不住，顾琛好不容易再一次约她，虽说有夏子衿在，可这也是除了工作以外，她跟顾琛难得的相处。

她找寻着话题，问顾琛：“这一次出差怎么提前那么久就回来了？那边的工作进展顺利吗？”

“嗯。”顾琛声音一如往常般冷漠，一句话把谢诗蕊的热情打得七零八落。

她还不死心，又问：“那边的计划进展成功的话，公司就可以开启国外的合作通道了吧。”

“新项目不是你负责的吗？”顾琛问。

很显然，这些东西谢诗蕊比谁都了解，这么明摆着没话找话，顾琛哪里会听不出来。

谢诗蕊吃瘪，只好闭嘴，心里却想不明白，顾琛为什么叫她一起吃晚饭。

车子在别墅门口停下，夏子衿下了车，拿着钥匙开了别墅的门。

谢诗蕊看着夏子衿径直走向别墅，心里很不是滋味。

这七年，一直是她陪在顾琛的身边。可是，自从夏子衿回来之后，她就离开了这栋别墅，也离开了顾琛。夏子衿就像是谢诗蕊生命中的阻碍，只要有夏子衿在的地方，谢诗蕊干什么都不顺。

进屋之后，夏子衿直奔厨房，开始做饭，也不管外面谢诗蕊会不会觉得被忽视。

顾琛脱了外套，谢诗蕊在门口等着，下意识想要接过顾琛手里的外套。可顾琛直接把外套挂在了门后的衣架上，并没有交给谢诗蕊。谢诗蕊站在原地，有些尴尬。

顾琛在沙发坐下，揉着眉心。

谢诗蕊见状，上前关切地询问："顾琛，是不是头又开始疼了？"

顾琛没有说话，在沙发上靠着，将领带扯开，解开了衬衣领口的两颗扣子。

"我去帮你倒杯水。"谢诗蕊从沙发起身，走到饮水机旁，拿出一次性杯子，帮顾琛接了一杯水，走过去递给顾琛。

顾琛接过水，喝了一口，随后胃里翻腾，他起身快步走进洗手间，很快发来呕吐的声音。

谢诗蕊心里担忧，急忙往洗手间走去。

洗手间的门关着，谢诗蕊站在门口，急切地问："顾琛，你没事吧？要不要叫医生？"

里面没有任何回应。

谢诗蕊轻拍房门，焦急地开口："顾琛，你没事吧？"

夏子衿从厨房出来，想要去洗手间，看到谢诗蕊站在洗手间门口拍门。

夏子衿有些不悦，问谢诗蕊："你干吗？家里又不是只有一个洗手间。"

谢诗蕊满脸恼怒："你知不知道顾琛现在很难受？"

夏子衿皱眉，看向了洗手间。

洗手间的门被人打开，顾琛站在门口，脸上湿漉漉的，显然，刚才他洗过脸了。

谢诗蕊也不管夏子衿是否在场，上前挽住顾琛的胳膊，扶着他去了客厅。

“顾琛你没事吧？这里有药吗？要不我给医生打电话吧，或者我直接送你去医院。”谢诗蕊在顾琛旁边关切地询问。

看着谢诗蕊满脸紧张的神情，夏子衿也意识到，顾琛现在身体不舒服。

夏子衿走到顾琛面前，不解地问：“这是怎么了？”

谢诗蕊回头狠狠地瞪了夏子衿一眼，恼道：“还不是因为你。”

顾琛拉了拉谢诗蕊的衣袖，他现在连说话的力气都没有了。

夏子衿见状，也有些担忧，上前坐在顾琛身边，问：“顾琛，你怎么了？哪里不舒服？”

这是夏子衿自从回国以来，第一次这么温声细语地跟顾琛说话。

顾琛摇摇头，说：“我没事，你去做饭吧。”

“这哪里是没事？快说，是哪里不舒服？”夏子衿有些着急，她从来都没有见过顾琛这么虚弱的样子。

顾琛只是说：“电视柜下面的抽屉里有药，你帮我拿一下。”

夏子衿急忙起身，小跑到电视柜那边，拉开抽屉，看到一个小白瓶，标签上写的是止痛药。

夏子衿拿着药瓶走到沙发旁，拧开瓶盖。

“几颗？”夏子衿问。

“两颗。”谢诗蕊说话间，又去帮顾琛倒了一杯水。

夏子衿走到沙发旁，扶着顾琛坐起身来，将手心的两片药喂进顾琛嘴里，然后接过谢诗蕊递过来的水，小心翼翼地喂顾琛喝下去。

顾琛仰起头，将药片咽下。

夏子衿扶着顾琛在沙发躺下，对他说：“你睡一会儿吧，饭好了叫你。”

顾琛缓缓闭上眼睛。

谢诗蕊站在一旁，有些局促。以往这些事都是她来做，如今，她连照顾顾琛吃药的机会都被剥夺了。

夏子衿看着躺在沙发上的顾琛，他虽然睡了过去，眉心却一直紧蹙着。

她将谢诗蕊拉到厨房，质问道：“到底怎么回事？”

“你先做饭。”谢诗蕊说。

夏子衿不依不饶：“你说不说？”

“还是让顾琛亲自告诉你吧。”谢诗蕊不想告诉夏子衿，顾琛之所以变成现在这样，都是因为她。

尽管顾琛现在已经跟谢诗蕊分手了，但她还是自私地不想让夏子衿知道顾琛对她的感情。夏子衿一直误会顾琛才好，最好一直恨着他，一辈子都不要再跟他有任何关系。只有这样，顾琛才不会被夏子衿伤得更重。

谢诗蕊不说，夏子衿也没有办法逼她，只好回到厨房继续做饭。

饭菜做好之后，顾琛还在沙发上睡着。

夏子衿迟疑着要不要叫醒他的时候，谢诗蕊过去把他叫醒了。

顾琛睁开眼睛，先看向了站在一旁的夏子衿。

夏子衿说：“饭做好了，起来吃了饭再睡吧。”

顾琛从沙发上起身，揉了揉眉心。

谢诗蕊坐在一旁，关切地问：“好些了没？”

顾琛点点头，起身又去了洗手间，里面再一次传出呕吐的声音。

夏子衿和谢诗蕊相视一眼，神色都有些凝重。

顾琛再一次从洗手间出来，已经洗漱干净，像个没事人一样，坐在桌前吃着东西。

夏子衿明显感觉得到，顾琛的胃口没有昨天晚上好。

吃饭的时候，谢诗蕊问顾琛：“是不是出差这几天没有休息好？”

“还行。”顾琛说。

谢诗蕊知道，他说“还行”的意思，就是很不好。

谢诗蕊有些气恼：“你明明知道自己身体不好，为什么还像个小孩子一样？都这么大个人了，能不能让人省点心？”

“吃饭。”顾琛拿着筷子，默默地吃着饭。

晚饭后，顾琛问夏子衿：“你今天晚上在这里睡吗？”

夏子衿原本有话想要对顾琛说，可顾琛还要去送谢诗蕊。

她只好说："我回家睡。"

等送完了谢诗蕊，她再跟顾琛聊吧。

一行人离开别墅，车上谁都没有说话，夏子衿没想到，顾琛竟然先送了她。

车子在夏子衿楼下停下，顾琛说："我就不送你上去了。"

夏子衿下车，说了再见，转身上楼。

一个人在电梯里，夏子衿想到今天晚上顾琛的状况，意识到问题的严重性。

回到家，她思前想后，还是挨不住心里的担忧，给陆寅希打了个电话。

陆寅希上次跟夏子衿吵过之后，没有再跟夏子衿联系过。

此时接到夏子衿的电话，陆寅希的语气淡淡的："怎么了？"

夏子衿问："顾琛身体不好吗？"

电话那头沉默了一会儿。

顾琛曾经交代过，他的事情谁都不许主动跟夏子衿说。上一次陆寅希找夏子衿说了那么多，已经足以让顾琛不爽了。

陆寅希敷衍一句："我不太清楚，你自己问他不就行了。"

夏子衿吃瘪，知道陆寅希还在生气。

她对陆寅希道歉："上次是我态度不好。"

"你跟我道什么歉，你又没对我怎么样。"陆寅希也不是小肚鸡肠的人，夏子衿这样说，他也觉得不好意思，问，"怎么突然问起顾琛的身体了，出什么事了吗？"

"晚饭的时候，顾琛吐了几次，好像头疼。"夏子衿想起顾琛当时的样子，心里有些难受。

陆寅希听出夏子衿语气中的担忧，安抚道："没事的，你别担心，都是老毛病了。估计是最近他没怎么休息好，你尽量别惹他生气就行了。"

夏子衿嘟哝："我也没想惹他生气啊，有时候是他自己没事找事。"

"那你顺着点他不就得了。"陆寅希说。

夏子衿有些无语："我干吗要顺着他？"

"那你就别管他身体怎么样了，反正又跟你没关系。"

夏子衿感觉现在跟陆寅希说话真是累。知道问不出什么，夏子衿也没有多说，随意聊了几句便挂了电话。

陆寅希接着给顾琛打了一个电话过去。

“干吗？”顾琛一接起电话，语气就很臭。

“你没事吧？”陆寅希问。

“诗蕊给你打电话了？”顾琛不答反问。

“是子衿。”

顾琛沉默下来，没想到夏子衿还在意他的死活。

“说话。”陆寅希还担心着呢，顾琛又一副不理人的德行。

“死不了。”

“最好这样，我可不想白发人送黑发人。”

“滚。”

见顾琛还会骂人，陆寅希放下心来。

顾琛问陆寅希：“子衿还说什么了？”

“自己问去啊！”陆寅希才不想掺和他们之间的烂摊子，知道顾琛没事，他也没有多说，挂了电话。

顾琛看着已经被挂断的手机，若有所思。

次日，晚上下班之后，夏子衿又去了别墅。这边的厨具用品比夏子衿现在租的房子那边齐全很多，她更喜欢在这里做饭。

今天顾琛一个人回来的，看起来身体也没有昨天下午那么难受了。

晚上夏子衿做了很多菜，大部分都是顾琛喜欢吃的。

顾琛看着夏子衿忙里忙外，感觉从昨天下午开始，夏子衿对他的态度好像没有之前那么冷淡了。想到昨天晚上陆寅希的电话，顾琛心情好了很多。

饭菜上桌，夏子衿从酒柜那边拿了红酒过来，正准备给顾琛倒上，又想到他现在身体不好。

她问了一句：“你可以喝酒吗？”

“为什么不可以？”顾琛问。

“你身体不是不太好吗？”

“谁跟你说我身体不好。”

夏子衿抬眸看了顾琛一眼，见顾琛也正盯着她看。

知道顾琛不想谈论这个话题，夏子衿也没有继续，拿起筷子，对顾琛说：“吃吧。”

两个人坐在桌前，安静地吃着饭。尽管夏子衿没有再说话，顾琛还是觉得这样的气氛很惬意。

他本就不是多话的人，适度的沉默让他感觉更舒服。

夏子衿发现顾琛老是一个人发呆，东西吃得很少。她又想到了顾琛现在的身体。

给顾琛的碗里夹了菜，夏子衿问：“你经常会头疼吗？”

“还好。”顾琛将夏子衿夹过来的菜拌着饭吃了。

夏子衿低头吃着饭，也不去看顾琛，只是说：“前天晚上对你说的那些话，别往心里去。”

“什么话？”顾琛拿着筷子夹菜，继续吃着饭。

夏子衿望着他，见他面色平静，好像真不记得了似的。

道歉并不是夏子衿擅长的事情，可她也不想冤枉好人。

夏子衿继续说着：“我不该说我爸妈去世，你不了解我多难过。你从小跟我一起长大，虽然不是我爸妈亲生的，但你和他们关系很好，我知道你也不想那样的悲剧发生。”

顾琛端起旁边的红酒杯，喝了一口。

放下酒杯，他问夏子衿：“你还生我的气吗？”

“我没生你的气。”夏子衿说。

她谨记陆寅希说过的话，不要惹顾琛生气，她便没有再多说什么，端起旁边的酒杯默默喝着酒。

其实夏子衿还有很多话想要问顾琛，可两个人现在虽然对面而坐，夏子衿却觉得他们之间隔着一条银河。

她一直觉得，自己很了解顾琛。但现在仔细想想，夏子衿不知道顾琛这七年经历过什么事情，也不知道顾琛大学四年的时候经历过什么事情，甚至没有关注过顾琛从小去了他们家以后，早些年在学校里经历过什么事情。

尽管两个人已经认识二十年，但夏子衿对于顾琛的了解，仍旧停留在很浅的层面。

好在，夏子衿也没有必要对他了解太多，今天晚上之所以跟他说这些，也只是不想无缘无故地冤枉他而已，她从未想过再跟他有任何超越工作之外的关系。

沉默半晌，顾琛望着夏子衿，问她："我现在在你心目中，是什么样的？"

夏子衿愣了一下，不知道该怎么说。

顾琛再次开口："在你心里，我们还算亲人吗？"

"这不重要吧。"

"不重要？你觉得不重要了吗？"顾琛望着夏子衿，眼中闪过一抹失落，自顾自地点点头，"或许吧，或许已经不重要了。但是，我还是想要知道，你还把我当你的亲人吗？"

"我现在心里很乱，不知道该怎么回答你。"夏子衿不想让顾琛再误会她，也不想因为自己不负责任的话伤害到任何人。

顾琛盯着夏子衿看了良久，缓缓地开口："子衿，你变了。"

夏子衿低下头，没有说话。

顾琛继续说："以前的你，大胆、自信、敢作敢当，可现在的你，有些优柔寡断了。"

"人都是会变的，谁又能永远停留在十九岁。"夏子衿见顾琛也没有再吃，便问，"吃饱了吗？"

桌上的饭菜其实并没有吃多少，夏子衿今天晚上做了四个菜、一个汤，四个菜的盘子几乎还是端上来的样子，汤摆放在桌子中间，一口都没有喝。

"吃饱了。"顾琛说完，紧接着又说，"很好吃。"

夏子衿知道自己做菜是什么水平，虽说比七年前好了一些，但也不过只是一些家常便饭，能入口罢了，远远谈不上好吃。

顾琛是个挑嘴的人，能不嫌弃，已经给足夏子衿面子了。

夏子衿从桌前起身，要收拾东西。顾琛也起来，先一步端起他和夏子衿吃饭的碗，拿着筷子，进了厨房。

夏子衿端着盛菜的盘子，跟在顾琛身后，说："碗放着我来洗就可以了。"

"我来吧。"顾琛说。

夏子衿也没有极力跟顾琛争抢，反正只有两个碗，谁洗都一样。

她把剩菜放进冰箱，端着酒杯去了客厅，在沙发上坐下。

顾琛却在厨房，半天都没有出来。

夏子衿一个人玩了一会儿手机，还是没有看到顾琛出来，想到昨天晚上顾琛头疼呕吐的事情，心里有些担忧。

她从沙发上起身走过去，看到厨房的灯还亮着，顾琛站在案台前，正拿着刀切着水果。

夏子衿松了口气，转身往外走。

顾琛却叫住她："帮我拿个盘子。"

夏子衿从橱柜里帮顾琛取出来一个盘子。顾琛将他切好的各色水果在盘子里面摆好，用西瓜摆出一个心的形状，又用葡萄在旁边做成气球，像是给小朋友准备的便当。

折腾了大半天，顾琛小心翼翼地端着盘子出去，放在了餐桌上。

他拿过牙签，在盘子里面放了几根，坐在桌前望着夏子衿，说："吃吧。"

"怎么这么好心情。"夏子衿也没拒绝，拿着牙签从盘子里扎了一颗葡萄丢进嘴里。

水果之前是在冰箱里放着的，现在吃起来有些凉，口感很好。

顾琛只是坐在桌旁，看着夏子衿吃。

他嘴角勾起好看的弧度，说："我记得你小时候最喜欢把水果切成各种形状，在盘子里摆出花样再吃。"

"你每次都给我搞破坏，我跟我爸告状，他还说我折腾，好好的水果不知道好好吃。"夏子衿想起小时候的趣事，脸上漫上一抹温柔。

顾琛笑意更浓："小时候你可烦我了吧，每次你告我的状都不好使。"

"那哪是烦你，我都恨不得半夜把你丢垃圾桶去。"夏子衿美眸圆瞪，望着顾琛。

“我不是在你房间陪你睡过几次吗，那么好的机会你都没抓住。”

“谁跟你睡了。”夏子衿佯怒，眼睛望着盘子里的水果，不再去看顾琛。

顾琛自己数着：“你八岁的时候，害怕打雷，夏叔让你跟我一起睡。那是咱们第一次在一个房间睡觉。你十五岁的时候，也是雷雨夜，又偷偷跑进我的房间。还有你十九岁，对了，还有上次出差……”

夏子衿心里更恼，打断顾琛的话，反驳道：“你还好意思说，我以前根本不怕打雷的好吧，是谁说的，打雷是因为有巫婆在操纵水晶球，可能会把睡着的小孩带走。”

“你是个傻子吗？这种话也信。”

“那还不是因为是你说的。”夏子衿嘟嘴瞪着顾琛。

顾琛也望着夏子衿，两个人都没有再说话。

气氛再一次发生了变化。

夏子衿回避顾琛的目光，不去看他。

“子衿……”顾琛缓声开口，“如果没有七年前的那件事，我们早就结婚了吧。”

“世界上没有如果。”夏子衿放下手中的牙签，想要喝酒，才想起酒杯刚才被她放在客厅的茶几上了。

顾琛把自己的酒杯推到夏子衿面前。

夏子衿并没有用他的杯子，起身去了客厅。

顾琛坐在餐桌前，看着盘子里被夏子衿吃得七零八落的水果，他也端上自己的酒杯，跟着夏子衿去了客厅。

沙发上，夏子衿拿着手机，好像跟谁在聊天。

顾琛在她身旁坐下，看到她手机的聊天框，备注是“小叔叔”。

夏子衿把手机锁屏，转头去看顾琛。

夏子衿问顾琛：“你还不回去睡觉？”

“你今天晚上不回去了吗？”顾琛站在夏子衿的身旁，将酒杯放在餐桌上。

“不想回去了，你不用送我了。时候也不早了，回去休息吧。”夏子衿说完，起身从餐厅离开，上楼准备洗澡休息。

顾琛也跟着上了楼。

夏子衿以为顾琛回房间拿东西，没有多说什么，迈步进了浴室。

洗完澡之后，夏子衿穿着睡衣下楼，将两个红酒杯收好，走到门口，把房门反锁，看到顾琛的外套还在门后的衣架上。

夏子衿穿过杂物间，看向别墅外面，顾琛的车子安静地停在车位上。

走到顾琛房门口，夏子衿轻轻敲了敲顾琛的房门，里面没有动静。她推开房门，见顾琛的卧室里没有开灯，而顾琛此刻正躺在床上，连衣服都没脱，看上去似乎是睡着了。

夏子衿刚才只说让顾琛去睡觉，没想到顾琛直接在这里睡了。站在顾琛的床前，看着躺在床上的男人，夏子衿心情说不出的复杂。

窗外有风吹进来，将窗帘吹动。

夏子衿走到窗口，帮顾琛把窗户关上，把窗帘拉上，又走到床边帮顾琛盖上被子，关门离开。

房间里面，顾琛睁开了眼睛。

他一开始并没有准备留在这里睡，只是跟夏子衿在沙发上聊了一会儿，头疼又开始折磨他，他就想先在这里躺一下。

说实话，夏子衿走进房间的那一刻，顾琛其实很害怕，怕夏子衿会过来把他叫醒，赶他离开这个家。

还好，夏子衿并没有叫醒他，反倒贴心地帮他关了窗户和窗帘。

夏子衿回了房间，一个人上床躺着，感觉有些失眠，脑海里是她和顾琛这些年的点点滴滴。

她又想到吃晚饭的时候，顾琛问她，现在在她心里，他还算不算亲人。当时夏子衿心里是乱的，不知道该怎么说。

此刻整个世界都安静下来，夏子衿扪心自问，对于她而言，顾琛到底是一个什么存在呢？

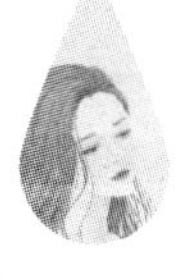

第十二章·对她的感情，从未变过

这些日子，她和顾琛之间的关系缓和了许多，一起上班、下班、做晚饭、吃晚饭，顾琛有时候会在别墅里留宿，有时候不会。

日子过得很快，距离合约的时间也越来越近了。

公司里，顾琛已经开始帮夏子衿准备股权转让的各种事项。

与此同时，夏子衿隔三岔五地跟梁云川见面，会说一些关于她拿到公司股权之后的计划。

大概是夏子衿表现得太过真诚，梁云川对她也慢慢敞开心扉，很多以前不会说的话，如今也会对她说了。

周末的时候，梁云川约夏子衿吃饭，原本想定在晚上，但夏子衿还要回家给顾琛做晚饭，两个人就定在了中午。

昨天晚上顾琛又在别墅里留宿，上午也没有出门，像往常一样在书房里办公。

夏子衿化了妆，换好衣服，等梁云川来接。

十一点钟的时候，顾琛关了电脑，走到书房窗前，看到楼下的院子里，夏子衿正在浇花。

那些花是前些日子从花鸟市场买回来的，刚搬来的时候只有一些绿叶，没想到短短半个月的时间，已经开花了。

顾琛看到夏子衿站在阳光下，穿着一件水蓝色的长裙，长发随意绑在脑后，温婉动人。

夏子衿感觉有人在看她，抬头看了一眼，只见书房的窗口站着一个人。

顾琛从窗口离开，下了楼。

夏子衿也放下浇水壶，进了别墅。

顾琛从楼梯下来，看到夏子衿进来，他问："要出去吗？"

夏子衿点点头。

顾琛又问："去哪儿？"

"吃饭。"

"跟谁？"

夏子衿没说话，一个人走到客厅坐下。

顾琛也跟了过来。

他又问："梁云川？"

夏子衿不吭声。

"你最近跟他的来往是不是太密切了？"顾琛站在夏子衿面前，低眸望着她。

夏子衿嘟哝一句："我跟谁来往，是我的自由。"

"如果你不在公司，这的确是你的自由。但梁家人跟夏氏有些过节，出于商业道德，你也应该跟他保持距离。"

"你怀疑我会背着你把公司卖掉？"夏子衿瞪着顾琛质问。

"那也得有人买得起。"顾琛今天看起来心情还不错，都有心思跟夏子衿斗嘴了。

夏子衿起身欲走。

顾琛又说："我中午也没地方吃饭，不如一起吧。"

"不行。"夏子衿想也没想直接拒绝。

顾琛望着站在自己面前的夏子衿，问："为什么？你们又不是干什么见不得人的事。"

"你跟着，我会吃不下去。"夏子衿故作嫌弃。

顾琛却说："这些日子咱们都是一起吃晚饭，我觉得你胃口挺好的啊！"

"不行就是不行。"夏子衿说不过顾琛，也不跟他浪费时间。

夏子衿放在茶几上的手机，在这个时候响了起来。

屏幕上闪着"小叔叔"三个字，夏子衿和顾琛都看见了。

夏子衿将手机拿起来，一边接起电话，一边离开了别墅。

梁云川的车子已经在别墅门口等着了，夏子衿快步小跑过去，上了梁云川的车子。

好在，顾琛并没有跟出来。

车子距离别墅越来越远，夏子衿回头看了一眼，松了口气。

梁云川看到夏子衿急切的样子，问："怎么了？"

夏子衿对梁云川说"顾琛在家里，知道我跟你出来吃午饭，想要跟着。"

"你怎么不让他跟着？"梁云川笑着问。

"怎么可能让他跟着，咱们谈的可都是商业机密，让他知道还得了。"夏子衿随意应付一句，并不想说，她就是故意气顾琛。

梁云川解释："你背着他跟我见面，他心里更会多想，倒不如让他直接跟着一起出来，大不了今天中午咱们不谈论你的机密计划就是了。"

夏子衿点点头："那下次顾琛还要跟着的话，我就让他跟着。"

看着夏子衿一脸纯真的模样，梁云川脸上笑意更浓。

到了餐厅，点了菜。

吃饭的时候，梁云川问："下周你就可以解放了吧。"

夏子衿吃着面前碗里的食物，点点头，说："下周二就正好一个月了，现在顾琛已经开始帮我弄股份转让的事情了。"

"他是直接把他自己的股份转让给你吗？"梁云川问。

"是啊！有百分之二十八。"

"顾琛现在不过只拿了公司百分之四十六的股份，要是把二十八给你，岂不是手上只剩下十八了？"

"嗯。"

梁云川又道："之前顾琛有百分之四十六的股份，是夏氏的第一大股东，第二大股东手里有百分之十九的股份。他把你的股份让出来，他一下子就从第一董事变成第三董事了。他真的肯这么做？"

夏子衿没说话，继续吃着饭。

"想什么呢？"梁云川问，听起来，语气有些着急。

夏子衿回过神来，对着梁云川笑了笑："想着股份到手之后，要做点什么事情。"

梁云川说："你可以交给我爸。"

夏子衿心里咯噔一下，这么长时间以来，这是梁云川第一次跟夏子衿把事情说得这么直白。

大概是知道夏子衿真的可以拿到股份，他心里也有些急了吧。

夏子衿若无其事地问梁云川："你说，如果顾琛只是骗我呢？"

"骗你？"梁云川有些不明白夏子衿的话。

"反正现在股份还没有正式落到我的名下，我心里还是担忧的。"夏子衿望着梁云川，问他，"你以前跟顾琛交过手，应该知道他有哪些套路吧？我要说接管公司，顾琛会不会同意？"

"会的。"梁云川说。

"你这么肯定？"

"你是夏哥的亲生女儿，这本来就是你应得的。"梁云川说。

夏子衿嘟着嘴："我还是有些担心。他有一天会不会对付我？"

"那时候他已经没办法翻身了。夏氏本来就跟他没有半点关系，如果不是当初他卖了自己的公司，四处收公司的散股，又高价收买了公司的一些小股东，怎么可能在董事会有话语权。"梁云川的眼神之中，显露出一抹夏子衿从未见过的神情。

他只当是夏子衿在担心顾琛，并没有多想，继续说："你不是也说了吗，咱们里应外合。你放心，我爸爸在顾琛那里跌倒过一次，绝对不会再跌倒第二次。上一次他是卖掉了自己的公司才占有了夏氏集团这么多股份，但是这一次，就没这种机会了。"

夏子衿手里的筷子掉在了桌子上。

怎么从来没有人告诉过她，顾琛当初是卖了自己的公司，才能收得到夏氏集团的这么多股份。夏子衿一直以为，顾琛是用计谋将那些股份夺到手的。

见夏子衿脸色异样，梁云川担忧地问："怎么了？"

夏子衿知道梁云川是心理高手，这样的关键时刻，她也没佯装开心，只是把情绪推到顾琛身上，说："我怕顾琛以后会报复。"

"你要是不放心，我可以让他在中海待不下去。"梁云川说得很认真。

夏子衿已经不想继续聊下去。

今天的梁云川，不再是当初那个暖心的小叔叔，他的野心开始显露，夏子衿对他很失望。

夏子衿脸色有些苍白，点了点头。

一顿饭吃完，梁云川准备送夏子衿回家，但夏子衿说还约了别人，拒绝了。

刚想起身离开的时候，夏子衿接到一个电话，是陆寅希打过来的，说顾琛昏迷，现在在医院。

夏子衿一脸焦急，挂了电话，脸色越发难看起来。

看着夏子衿仓皇失措的背影，梁云川若有所思。

梁云川回了家，梁文山问他："跟子衿的合作，有什么进展了吗？"

梁云川走到沙发旁坐下，端着水杯喝了口水，沉默片刻，才缓缓开口，说："我准备放弃计划。"

"什么意思？"梁文山剑眉微蹙，不懂梁云川心里在想什么。

梁云川抬眸，看着梁文山，说："我总感觉子衿哪里不太对劲。今天子衿接到一个电话，好像说顾琛在医院，子衿很紧张。"

梁文山对夏子衿的感情没什么兴趣，他问："这跟合作有什么关系吗？"

"子衿对顾琛还有感情，她说想要把顾琛赶出公司，可能只是气话。如果她对顾琛消了气，到时候我们在中间不尴不尬，进退两难，要是惹恼了顾琛，说不定连我现在的公司都会受影响。"

听梁云川这么说，梁文山终于理解了他的意思。原来，夏子衿说是想要把顾琛赶走，只是她的大小姐脾气吗。

事到如今，梁文山不想放手。

他劝梁云川："不管那丫头怎么想的，只要我们把股份拿到手，就算她想反悔，也晚了。”

“我不想这么对子衿。股份的事情，就当没发生过吧。”梁云川从沙发上起身，迈步上了楼。

医院里，夏子衿快步走向病房，陆寅希正站在走廊等她。

顾琛此刻躺在病房的床上昏睡着，床边挂着吊瓶。医生已经检查过，暂时没有大碍。

陆寅希见夏子衿担心，想劝说几句，却又不知道该说什么。

不远处，刚从机场回来的乔巧焦急地跑了过来。

乔巧脸上满是歉疚：“我才听寅希说，原来你不想继续跟顾琛在一起，是因为误会了他那么多。我还以为，你只是介意他和谢诗蕊订婚。”

夏子衿看到乔巧回来，心里是开心的。可是顾琛现在出了这样的事，她笑不出来。

见夏子衿不说话，乔巧问：“你对顾琛有那么多误会，为什么不问我？难道，你连我也……”

陆寅希拉了拉乔巧的衣袖，劝道：“乔巧，子衿现在心情不太好。”

乔巧心里着急，说：“子衿，你知不知道顾琛这些年为了守住夏氏，没日没夜地加班，身体都累垮了？只要休息不好，或者精神紧张，就会头痛欲裂。”

旁边陆寅希劝道：“乔巧，顾琛不想让子衿知道。”

“他脑子有问题，你脑子也有问题？顾琛不说，你也不说，难不成就让他们两个人一直这样误会下去？”乔巧转头瞪了陆寅希一眼。

陆寅希低下头，没有再多说什么。

乔巧再一次望向夏子衿，说：“你不是误会顾琛没安好心吗，那我来跟你说说，这七年顾琛是怎么一日一日熬过来的。”

她伸手去拉夏子衿，夏子衿闪开身子，面色冰冷：“不用了。”

乔巧看着夏子衿这态度，皱眉问：“你还生气了？”

“既然顾琛没事，我先走了。”夏子衿不顾乔巧和陆寅希再说什么，一个人迈步离开了医院。

看着夏子衿离去的背影，乔巧望向陆寅希：“她神经病吧？”

“是你话说得太急了，你该给她一点时间消化一下。”陆寅希叹了口气，迈步进了病房。

病房里，顾琛醒了过来，缓缓睁开眼睛。

看到病床旁只有陆寅希一个人，门外好像有乔巧的声音，他问陆寅希：“子衿在外面吗？”

陆寅希不想让顾琛胡思乱想，只是说：“她很担心你。”

顾琛眼睛眨了眨，望着天花板，松了口气。

陆寅希关切地问：“现在还有哪里不舒服吗？头还疼不疼？”

顾琛抬手揉了揉眉心，疼还是有一些疼的，只是没那么严重了。

陆寅希见状，又忍不住责备：“你说你也是，都多大个人了，怎么还闹出这样的事情。”

“以后不会了。”顾琛说。

“你最近是不是都没有好好休息？”陆寅希问。

“最近有点失眠。”顾琛坦言。

“在想跟子衿有关的事情吧？”陆寅希都不用问，用脚指头也猜得到，他又说，“你什么都不肯让她知道，也难怪她会误会你。这么简单的事儿，你为什么不解释？”

“她如果相信我，不用我解释。但她不相信我，我解释过，没有用。”顾琛何尝不想跟夏子衿好好相处，可很多事情并不像他预想的那么轻松。

看着顾琛这副模样，陆寅希也不知道该说什么好了。

门外，乔巧进来，看到顾琛已经醒了，她走到病床前：“我都跟子衿说了。”

陆寅希在一旁给乔巧使眼色，乔巧却压根儿没往陆寅希那边看。

顾琛问：“说什么？”

陆寅希急忙抢过乔巧的话，对顾琛说：“说你身体没有什么事，让子衿不要担心。”

顾琛并不信陆寅希的话，望着乔巧问："你跟子衿说什么了？"

乔巧顿了顿，还是对顾琛诚实地说："我说你头疼是因为这些年没日没夜工作累的。"

陆寅希心里担忧，急忙看向顾琛脸上的表情。

顾琛脸色难看，再一次抬手揉了揉眉心。

陆寅希急忙帮乔巧打圆场，说："子衿知道之后，很担心你。我觉得让她知道了也是好事。"

顾琛在床上坐起身来，问陆寅希："她人呢？"

"呃，可能，出去买东西去了吧。"陆寅希有些心虚。

乔巧看到此时坐在病床上的顾琛，心里莫名觉得委屈。

她问顾琛："你为什么不告诉我们是子衿一直在误会你？你跟她解释过吗？"

顾琛没有说话，看起来不太想谈论这个问题。

他说："你们先回去吧，我想一个人待会儿。"

陆寅希只好跟顾琛交代："我今天正好在医院附近执勤，有事随时给我打电话。"

顾琛"嗯"了一声，看起来是真的很难受，连跟陆寅希玩笑的心情都没有了。

陆寅希拉着乔巧一同离开了病房。

医院过道里，陆寅希问乔巧："你为什么要告诉顾琛，子衿知道了他生病的事？"

"这有什么不对吗？"乔巧不以为意，反倒数落起陆寅希，"你明知道顾琛这个人不善言辞，为什么不找子衿说明白？子衿会误会顾琛，也算是情有可原，就算顾琛懒得解释，你也该分辨是非，知道什么是应该为顾琛保密的，而什么事根本就用不着保密。"

陆寅希也不是没找夏子衿聊过。上次因为这件事，陆寅希还跟夏子衿吵了一架，气得第二天嘴角都起泡了。后来他也想通了，这是顾琛和夏子衿两个人之间的事情，外人没必要跟着掺和，就算掺和了也帮不上什么忙，说不定还会起反作用。

陆寅希劝乔巧："顾琛和夏子衿也都老大不小了，他们自己的事情自己会处理好的，咱们还是别多费唇舌了。"——免得像上次一样，枉做好人。

"我最近一直忙着毕业的事情，没空回来。不然子衿跟顾琛之间的关系，也不可能僵成现在这副模样。"乔巧显然是生陆寅希的气了。

陆寅希和乔巧离开后，顾琛并没有在医院待太久，不顾医生的建议，硬是要走。

顾琛离开医院，给夏子衿打了个电话，问她："晚上吃什么？"

"我现在正在家里准备做呢，你想吃什么？我一会儿给你送过去。"夏子衿语气平淡。

顾琛说："不用了，我现在正在回家的路上。"

"你出院了？"夏子衿有些惊讶。

顾琛脸色一黑："我只是去打个针，也没住院好吧。"

顾琛回到家的时候，夏子衿刚做好了饭。

两个人坐在饭桌前，一直沉默。

她原本想要通过梁云川的事情气气顾琛，可下午看着顾琛躺在医院病床上的样子，又觉得心疼。

"饭里有毒？"正吃着饭的顾琛开了口。

夏子衿嘴里咬着筷子，不解地望着顾琛："嗯？"

"从饭菜上桌到现在，你一口都没吃。"顾琛说。

夏子衿这才反应过来，尴尬地笑笑，扒了一口饭。

顾琛声音淡漠地开口："有什么话就直说。"

夏子衿撇了撇嘴，自己表现得有这么明显吗？

顾琛都开口问了，夏子衿顺着他的话，开口道歉："顾琛，对不起。"

顾琛放下筷子，盯着饭桌上的菜："真有毒？"

夏子衿无奈，从每一个盘子里夹了一口菜放到自己碗里，端着碗一口一口地吃掉，用实际行动来证明，饭菜里面没有毒。

顾琛却说：“你这是想跟我同归于尽？”

夏子衿也不再跟顾琛开玩笑，实话实说：“之前是我误会了你，对你说了很多不该说的话。我知道你没有做任何对不起我的事。”

“不，我做了。”顾琛打断了夏子衿的话，又拿起筷子，一边吃着饭，一边说，“我跟谢诗蕊订婚了，我还把别墅里你珍爱的家具全都搬走了。”

“我不是说这些。”夏子衿解释，“很抱歉之前你一直跟我解释，我却不肯相信你。”

顾琛夹菜的手顿了顿，并没有抬头去看夏子衿，只是问：“现在相信了吗？”

夏子衿点点头。她并没有告诉顾琛，其实，她早就相信了。

“是相信我，还是相信你自己看到的？”顾琛放下筷子，抬眸。

夏子衿诚实地说：“都有吧。”

“所以还是相信你自己多一些吧？”

夏子衿不知道顾琛为什么要跟她咬文嚼字，小声嘀咕一句：“这很重要吗？”

“如果你调查的结果还是倾向于对我不利，你会怎么想？”顾琛再次开口。

夏子衿陷入沉默。事到如今，她已经意识到，自己真正介意的并不是公司和股份，她更在乎的是顾琛对她的感情。

正在此时，夏子衿的电话响了起来。

顾琛先一步拿起她的手机，手机上的来电显示是小叔叔。

夏子衿伸手去夺自己的手机。

顾琛一躲，并没有让夏子衿抓到。

手机还在响着，声音在这一刻显得有些聒噪。

顾琛将电话接了起来，按开了免提。

电话那头梁云川说：“子衿，你现在有时间吗？”

夏子衿害怕梁云川会再一次刺激顾琛，急忙对着顾琛手里的手机开口：“没时间。”

手机还在顾琛的手里握着，夏子衿尝试几次，抢不回来，也挂不掉。

梁云川的声音透过手机再一次传出来："我想跟你聊聊。"

"我现在有点事。"夏子衿对着手机说了一句。

对面的梁云川听到手机那头有嘈杂的声音，平日里夏子衿接了电话都会叫他小叔叔，怎么这一次声音仓促，好像遇到了什么事？

梁云川关切地问："子衿，你在哪儿？"

夏子衿现在压根儿没有心思跟他聊天，心里郁闷他为什么不挂电话。

她站在沙发前，顾琛拿着手机靠在沙发背上，两个人就这样对峙着，她也不再说话。

对面梁云川又问了一句："子衿？你没事吧？"

"我现在有点忙，回头再跟你说。"夏子衿脸色已经冷了下来。

梁云川还是有些担心，不过也没办法，说了声"好吧"，将电话挂断。

看到梁云川挂了电话，夏子衿暗自松了一口气，望着坐在沙发上的顾琛，说："你不觉得很无聊吗？"

顾琛把手机放回茶几上，靠着沙发看向夏子衿："是我无聊，还是你胆子大到已经无视我这个夏氏集团的董事长了？"

夏子衿不吭声。她之前跟梁云川见面，看起来是躲着顾琛，但实际上，她并不是真的害怕顾琛知道。顾琛有这样的反应，也在夏子衿的意料之中。

顾琛又道："你和梁云川商量着怎么夺走我的公司，地点还选在我公司楼下的餐厅里，是不是太不把我当回事了？"

夏子衿抬眸望着顾琛，问："那你为什么不阻止？"

"我只是想看看，你会糊涂到什么份儿上。"顾琛神情中带着一丝失落。

"我不是真心想要跟他合作的，我只是想要试探他。"夏子衿说。

顾琛抬眸望着她，哼笑："不然，你以为你和他现在还能好端端地打电话？"

夏子衿有些惊讶："你知道我只是试探他？"

她和梁云川的计划，她想过顾琛会知晓，但她试探梁云川这件事，除了她自己，这个世界上再也没有第二个人知道。纵使顾琛再聪明，也不会聪明到这个份儿上吧。

可她忽略了一点，如今坐在她面前的这个男人，已经不是七年前的顾琛了。这七年他经受的心机与陷害，要比现在夏子衿这点小心思厉害得多。夏子衿的伎俩，又怎么能逃得过顾琛的眼睛。

顾琛没有回应，从沙发上起身，拉着夏子衿的胳膊，上楼去了书房。

进了书房，顾琛打开电脑，从里面翻找出来一个文件夹，把夏子衿推到椅子上，让她坐下。

“自己看。”顾琛冷声道。

夏子衿乖乖坐着。

顾琛俯身上前，跟夏子衿靠得很近。夏子衿感觉自己的心跳开始加速。

顾琛拿着鼠标，点开了文件夹中的一个视频，视频开始播放，画面上的人，是梁文山。

夏子衿听到他说：“只要搞定了顾琛的股份，我保证，会分一半的股给你。”

画面里的另一个人的声音听起来有些担忧：“可是，这样会不会不太好？毕竟顾琛从小在夏家长大，虽然他们在法律上没有亲属关系，可公司上下都知道夏总对顾琛很看重。”

“那只是他自己看重，现在他已经死了，你知道死了是什么意思吗？空口无凭，没有人能证明顾琛到底是好还是坏。”梁文山语气阴狠，是夏子衿从未见过的模样。

夏子衿摇摇头，不敢相信梁爷爷竟然是这样的人。

“其他的视频，还要不要看？”顾琛站在一旁问。

夏子衿摇头，心情久久不能平复。

顾琛合上电脑，站在夏子衿面前，开了口：“接下来你准备怎么办？”

夏子衿再次摇头。

“你不是挺有想法的吗？你这么聪明，肯定早就想好退路了吧。”

夏子衿自然听得出来，顾琛话里带着讽刺的意味。她没有生气，只是在心里想着，既然顾琛有视频，为什么不早点给她看。

她隐约听到是身边的男人似乎叹了口气，顾琛竟揉了揉她的头发。

夏子衿抬眸，看向面前这个男人。

“如果不是你，我真想看看这个白痴是怎么自掘坟墓的。”

夏子衿闷不作声，心中漫上一抹恨意，不是对顾琛的，而是对梁家的。她承认小叔叔对她的确很好，可是倘若梁家人真的对爸爸和顾琛，对夏氏集团有异心，她根本就不稀罕梁云川这所谓的好。

“以后少跟梁家人来往。”顾琛说。

夏子衿难得乖巧，没有再跟顾琛争辩。事到如今，她的确没有必要再跟梁云川来往了。

顾琛对她说：“虽然现在夏氏还算不错，但也不够好。当年梁家父子离开，对夏氏有很大的负面影响。而且梁文山是夏氏的元老，手上掌握着夏氏的半壁江山，有很多曾经跟夏氏合作的大佬，知道夏叔出事，梁文山又离开，都不跟夏氏合作了。”

夏子衿静静地听着。

顾琛继续说：“我的确想要霸占夏氏，不过不是为了我自己，我不想因为夏叔的离开，就让他们觉得夏氏已经易主，我想让夏氏永远姓夏。”

夏子衿心中一动，问出了心中的疑惑：“为什么不早点把视频给我看？”

“看了有用吗？”顾琛问。

“如果我真的犯错了呢？”

顾琛把手撑在桌面，跟夏子衿距离很近。

他问：“最坏的结果能怎样？不过是你让梁云川入股，重新回到公司。我能让他走一次，就有办法让他走第二次。”

夏子衿知道，七年前爸爸刚走那会儿，公司动荡，外界肯定很多人撤资，内部梁家人又想争权。在那种情况下，顾琛都能稳住局面，如今他带了这么多年的公司，肯定有自己的左膀右臂，只要他不想让，就没有人能夺得走。

夏子衿大胆地跟顾琛对望：“那你为什么现在让我知道这些？”

顾琛神色微微一僵，显然没想到夏子衿会这么问。

他该说是自己不想面对那样的结果吗，哪怕结果他可以控制，哪怕他有能力扭转局面，可他还是不想承认，夏子衿真的会把他当成一个敌人来对付。

他不会说的。

他只是说："你都跟我道歉了，我何必跟一个小丫头一般见识。"

这话说得云淡风轻，任谁都听不出半点不妥。

在这一刻，夏子衿知道，有些事，真的需要放下了。

手机响了起来，是乔巧打来的。夏子衿接起电话，离开书房，转身进了卧室。

夏子衿先开了口："乔巧，有事吗？"

"我还以为你不会接我的电话了。"乔巧嘟哝一句，小心翼翼地问，"我在医院里跟你说的那些话，你没生气吧？"

夏子衿沉默着，没作声。

"你说我也是，这刚回来，还没来得及好好说句话，就吵了一架。我这回家越想越不对劲，还是给你打个电话才放心。"乔巧话匣子一打开，根本没有夏子衿说话的余地。

夏子衿答应明天中午请她吃饭，她才算心满意足地挂了电话。

临挂电话之前，她还不停地叮嘱，让夏子衿一定不要再跟顾琛吵架了，说顾琛现在的身体经不起刺激。

夏子衿下了楼，见顾琛坐在沙发上，她问："今天晚上你在这里睡吗？"

"不然呢，都这么晚了，你不会让我去睡酒店吧？"

"睡酒店？为什么睡酒店？"夏子衿有些不解，"你这段时间不会一直睡酒店吧？"

"有家难回，我能睡哪儿？"顾琛白了夏子衿一眼，"以前我一直在这里住，后来你回来，我跟谢诗蕊搬出去住，我又不能跑去找她睡。"

夏子衿望着顾琛："怪我咯？"

"不怪你怪谁？"顾琛一点面子都不给。

夏子衿不悦："你有那么多钱，就不会再买套房子？"

"钱是公司的……"顾琛话说到一半，闭了嘴。

夏子衿也沉默下来。

原来，在顾琛的心目中，从来没有想过占取夏氏的一分一毫。尽管顾琛为夏氏付出了这么多，可在他心目中，夏氏的点点滴滴，都是夏家的，是夏明奕和夏子衿的，不是他的。

夏子衿心里很不是滋味。

“顾琛，其实你不必这样的。”

他已经是夏氏集团的最高董事了，而且夏氏比夏爸爸在的时候还要好。这一切都是顾琛的功劳，他有权利也有理由拿到属于自己的那一份。

顾琛知道夏子衿是什么意思，他说：“只要你别再误会我。”

这样的气氛，让夏子衿觉得有些尴尬。她说让顾琛早点睡，便上楼回了房间。

一个人靠在门上，夏子衿没有开灯，想着这些日子发生的一切。

顾琛没变，对夏家的感情没变，对她的感情，也从未变过。

次日，夏子衿醒过来的时候，发现自己的房门是敞开的。她吓了一跳，急忙从床上起身。

卧室门外，乔巧走了进来。

夏子衿松了一口气：“你怎么来了？”

“怎么，不欢迎我啊！”乔巧嘟了嘟嘴，迈步走到夏子衿床边，“这都几点了，你还在睡。”

她昨天晚上想事情想了太久，很晚才睡着。

此时窗外阳光明亮，她回过神来，焦急地从床上坐起身来：“完了完了，要迟到了。”

“顾琛已经帮你请假了。我打你电话发现你关机，问过顾琛才知道你还在家里睡大觉。”乔巧从床上起身，对夏子衿说，“赶紧起床，带你去见一个人。”

听到顾琛已经帮她请了假，她的神情这才放松下来，再一次躺在床上。

“大小姐，别睡了。”乔巧走回床边，伸手拉着夏子衿的胳膊，将她往床边拽。

夏子衿被乔巧拉着再一次坐了起来。

乔巧坐在夏子衿身边，说："我爸给我约了你小叔叔相亲，你赶紧起床陪我一起去。"

"小叔叔？"夏子衿有些愣神。

想到昨天晚上顾琛让她看过的视频，她现在并不想见梁家人。

"我不去。"夏子衿摆脱乔巧的束缚，往床里面缩了缩身子。

"那怎么行。我一个人去多尴尬。"乔巧听夏子衿拒绝，有些急了。

夏子衿仍旧坚持："乔巧，不是我不帮你，但我真的不能去。"

"为什么？"乔巧不解，"你跟你小叔叔吵架了？"

夏子衿摇摇头。

"那是怎么了？"见夏子衿不说话，乔巧更着急，一脸凝重地望着她，"你说，你是不是跟梁云川做了什么对不起顾琛的事情？"

"什么啊？！"夏子衿郁闷。

"虽然梁云川长得也挺帅的，但是他毕竟是梁家的人，跟顾琛是死敌。你们做朋友也就算了，要是真的越界，别说顾琛了，我都不饶你。"乔巧一本正经，像个家长在训诫孩子。

"我跟他清清白白，你别胡思乱想。"夏子衿急忙解释。

乔巧显然不信："要是真的清白，就跟我一起去。"

"你不是也说了，不想让我跟他有什么机会吗？我还是不要去招惹他了。"夏子衿想尽一切办法推辞。

"要是你们两个人真的清白，你怕什么？"乔巧掀开夏子衿的被子，态度强硬，"本来也不是非让你去不可的，但是现在看来，你一定得去，我得亲眼看了才放心。"

"你都胡思乱想些什么啊！"夏子衿一脸无奈，"你觉得我现在还会再对谁动心吗？"

"我不管，赶紧起床。"乔巧从床边起身，走到夏子衿的衣橱前，帮夏子衿找了一条合适的裙子，丢到床上。

夏子衿叹了口气，乔巧这倔脾气一上来，真是让人没办法。

乔巧的车子在约好的餐厅外停稳，两个人下了车。

两个人还没进门，就听到身后一个人叫住他们："乔巧，子衿。"

两个人回头，看到梁云川从那边走了过来，额头上有些汗。

走到乔巧和夏子衿面前，梁云川有些歉意："路上出了点事，我来晚了。"

乔巧笑了笑："我们也是刚到。"

梁云川看了夏子衿一眼，夏子衿闪躲着收回目光，望向了乔巧。她现在看都不想多看梁云川一眼。

梁云川上前帮两个人打开门，一起进了餐厅。

餐桌前，三个人点了菜。

梁云川问夏子衿："昨天你走得那么急，顾琛没什么事吧？"

夏子衿摇摇头，强颜欢笑。曾经让她可以敞开心扉的小叔叔，如今她却觉得疏远得很。

吃饭的时候，夏子衿一直没怎么说话，都是乔巧在跟梁云川聊着。

梁云川望向夏子衿，关切地说："子衿，你今天好像不太开心。"

"啊？有吗？没，我挺开心的。"夏子衿笑了笑。

"是担心顾琛的身体吗？"梁云川没理会夏子衿的解释，仍旧自顾自地问道。

夏子衿下意识摇头，却听梁云川再次开口："昨天晚上我回去仔细想了想，我觉得，我们还是不要继续了。"

旁边乔巧一听，眼睛瞪得大大的，转头望向坐在身旁的夏子衿，似乎在问：你不是说你们两个人之间是清白的吗？

夏子衿有些尴尬。

梁云川又道："我看得出来你很在意顾琛，不要耍脾气了，既然心里放不下，就坦然面对吧。"

乔巧更加坚信自己心里的想法，拍了拍夏子衿的腿，望着梁云川，笑着问："你们两个？"

梁云川一愣，过了半天才反应过来，急忙解释："你别误会，我跟子衿没什么。”

他越是这样说，乔巧心里反倒越觉得有问题。

没等乔巧再开口，夏子衿也解释：“我跟小叔叔说的是工作上的事情。”

乔巧望向梁云川，似乎想看出夏子衿说的是不是真的。

梁云川点点头，笑着解释：“是工作上的事情。”

可乔巧总感觉梁云川对夏子衿的态度，不像是工作上的事情那么简单。

吃过饭之后，三个人离开餐厅。

临告别的时候，梁云川对夏子衿说：“跟顾琛好好的，看得出来，你们心里都还有对方。”

没等夏子衿说话，梁云川笑着转身离开了。

感觉胳膊被人掐了一下，夏子衿回过神来，看到乔巧站在她的身边，正一脸愠怒地望着她。

“说吧，你跟梁云川到底怎么回事？”乔巧问。

“真的是工作上的事情。”夏子衿揉了揉被乔巧掐的地方，疼倒是不疼，但还是有些不舒服。

乔巧白了夏子衿一眼：“现在都有事情瞒着我了，不把我当自己人了？”

夏子衿见乔巧误会，也有些无奈，把她跟梁云川的事情大体跟乔巧说了一下。

乔巧听完，惊讶地瞪大眸子，抬手朝夏子衿的脑袋拍了一下：“你神经病啊！”

夏子衿也有些恼：“别老是动手动脚的，不疼啊？！”

也不知乔巧这是从哪里学来的毛病，动不动就打人，暴力倾向绝对升级了。

乔巧也不理会，自顾自地说着：“所以顾琛已经知道了？还没有怪你？”

“我又没真的干吗。”夏子衿有些无语，迈步朝乔巧的车子那边走去。

乔巧急忙上前，跟在夏子衿身边，说：“顾琛也真是好脾气。这换作是我，非得跟你狠狠地吵一架才行。你说你也真是心大，怎么离开这几年，脑子都变得不好使了，分不清谁才是自己人了。”

夏子衿没有理会，自顾自地上了车。

乔巧也上了车，却没有发动车子，仍旧望着夏子衿说着："这种傻事，以后可别做了。这个世界上所有的人都有可能对你图谋不轨，但那个人绝对不会是顾琛。"

"好了啦。"夏子衿有些无奈，心里挺不舒服的，可是也不好对乔巧发火。乔巧和顾琛都觉得她这次跟梁云川联手，是想要对付顾琛，却不知道她真正想要看的，是顾琛的态度。

事到如今，过往自己的那些想法，都已经不再重要，在她的心目中，已经有了自己的判断。

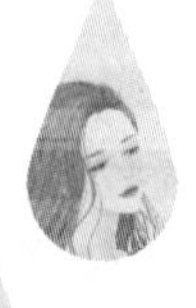

第十三章·
别哭，我还在

乔巧把夏子衿送回公司，夏子衿从电梯里出来，看到顾琛从办公室那边走了过来，谢诗蕊抱着文件跟在顾琛的身后。

看到夏子衿，顾琛目光毫不闪躲，直直地望向了她，对身旁的谢诗蕊说："你先回去吧，把文件给她。"

谢诗蕊有些不情愿，可顾琛的话，她没办法反驳，迈步上前，把文件递给夏子衿，站在原地未动。

"走吧。"顾琛对夏子衿说。

夏子衿看了一眼手里的文件，跟在顾琛的身后，一起往会议室那边走去。

今天的会议是夏氏集团分公司月度总结，来的都是各个分公司的主要负责人。

将文件放在桌上，夏子衿在顾琛旁边的位子坐了下来。

会议一开始，顾琛对在座的人介绍夏子衿，说："这位是夏氏集团总部新任总经理。"

众人鼓掌，算是欢迎。

夏子衿一脸惊讶，她什么时候成了总部的总经理，顾琛为什么都没有提前跟她说一声。

会议还在继续，夏子衿也不好多问什么。

顾琛望着夏子衿，问："夏总，你对各个分公司下半年的企划有什么看法？"

夏子衿有些蒙，想起第一次参加董事会的时候，顾琛并没有让夏子衿发言，而这一次，他竟然没有提前打招呼，就直接把这么大一个话题丢给她。

夏子衿一时间没有心理准备，不知道该怎么回答才好。

桌上的手机振动了一下，屏幕上跳出来一条短信，是顾琛发的：要想拿到股份，就不能只是让我满意。你要让所有人都知道你可以让公司变得更好，让他们的前途变得更好。

会议室特别安静，夏子衿能够清晰地听到自己心跳的声音，也似乎能够听到顾琛的呼吸声。她的心，慢慢跟随着顾琛的呼吸，平静下来。

夏子衿抬起头，看了一圈办公室里的这些人，最后又看向了顾琛，缓缓开口：“我觉得……我觉得……”

她心里有一些想法的，可现在当着这么多人的面，又被顾琛训了一顿，一下子不知道该怎么表达。

顾琛没有催促，所有的人似乎都被顾琛的气场带着走，他们的脸上都饱含期待，并没有预想之中的不耐烦。

夏子衿壮了壮胆子，再一次想到了父亲，如果父亲在，他会怎么处理。

夏子衿深呼吸一口气，让身体缓缓放松。

她再次开口，声音比刚才平稳了许多，她说：“夏氏集团旗下一共有二十三家公司，已经上市的有十五家。涉及金融行业、服装行业、传媒行业、影视行业以及电商行业。我看了你们每个公司的下半年发展方向，我觉得都挺好。”

夏子衿原本一腔热血，想要说点什么惊人之语，可说到最后，她又觉得没啥可说的。

顾琛极其耐心地问：“你觉得下半年，总部该如何进行资源分配？”

“这……”夏子衿再一次抬头看向了会议桌前各个分公司的主要负责人。他们并没有因为夏子衿刚才的话有任何不悦的表情，好像还在期待夏子衿继续说下去。

或许是因为顾琛在这里撑住了场子，或许是因为他们好奇夏氏集团前任董事长的女儿有多少本事，大家都在拭目以待。

顾琛这么赶鸭子上架，让夏子衿有些为难。面对着这么多的目光，她再一次提醒自己不能让顾琛失望，同样地，也不想让九泉之下的爸爸和爷爷失望。

夏子衿再次开口：“当年我爷爷刚刚创建夏氏的时候，是以服装品牌发展起来的。七年前，我父亲去世的时候，公司主要涉及的项目除了服装，还有金融和传媒，影视公司刚刚起步。这几年，在顾总的带领下，公司的主要发展方向集中在影视、电商以及金融方面。我觉得接下来的发展方向，应该持续金融，并扩展影视。”

会议室里有人问夏子衿：“那怎么扩展呢？”

那个人正是其中一家影视公司的负责人，下半年准备推出夏氏集团第一个与好莱坞导演合作的国际电影。

夏子衿已经越来越放松，望着他，坦然道：“国际电影并不是我们的首要目标。说到底，这只是渠道的一个扩展方向。我们要从影响力上占据市场的主导地位，让国产电影也能够有自己的特色以及在国际上不可动摇的地位。不只要高票房，还要高口碑；不只要看的人多，还要看过的人都能够看到电影本身的魅力；要让夏氏集团出品的每一部影视剧，都是万众瞩目和期待的。”

话音刚落，会议室静默片刻。

夏子衿心想，她是不是太理想化了。这些话会不会太小儿科、太幼稚了。

随后，由顾琛带头响起的掌声，给了夏子衿最有力的肯定。

夏子衿长舒一口气。

会议结束，顾琛第一个离开了会议室。

夏子衿坐在会议桌前整理文件，有几个人还留在会议室里商讨着什么。

临走的时候，正好跟一个公司的负责人一起离开，那人笑着对夏子衿摆摆手：“夏总再见。”

夏子衿愣了一下。

那一瞬间，她的记忆瞬间被拉回小时候，仿佛爸爸就在身边，周围的人也是这么热情地叫着“夏总”。当她回过神来的时候，那个跟她打招呼的同事已经离开。夏子衿也反应过来，那个同事叫的是她，不是爸爸。

爸爸已经不在了。

这个认知再一次爬上夏子衿的思绪，她感觉鼻子酸涩，喉咙有些哽。

她回到顾琛办公室，将会议记录文件交给顾琛，看到顾琛正在跟谢诗蕊聊天。

夏子衿没有多说，放下文件就转身离开。

“等一下。”办公桌前的顾琛忽然开口。

夏子衿停下脚步，回头望着他：“顾总还有事吗？”

顾琛看了一眼谢诗蕊，说：“你先回去吧，这件事以后再说。”

“顾总，我……”谢诗蕊明显还没说完话，不甘心就这样被打断。

顾琛却没让她说完，声音冷下来：“出去吧。”

谢诗蕊闭了嘴，神情复杂地看了夏子衿一眼，转身踩着高跟鞋离去。因为顾琛的办公室里铺着地毯，尽管谢诗蕊使劲踩着高跟鞋，却没有发出任何令人不悦的声音。

谢诗蕊关上房门，顾琛抬眸望着夏子衿。

男人墨色的眸子一如既往的明亮，在阳光映照下，闪闪发亮，像极了七年前夏子衿在摩天舱里看到的浩瀚星空。

有那么一瞬，夏子衿感觉自己开始沉沦。

“今天晚上吃什么？”顾琛开了口。

“你想吃什么？”夏子衿问。

“下了班一起去买菜吧。”

“啊？”夏子衿随口道，“冰箱里还有。”

“我想吃新鲜的。”

夏子衿觉得现在的顾琛有些傲娇，冰箱里的菜也是新鲜的呀，她昨天晚上才买的呢。夏子衿心里这么想，但没有挑明直说，毕竟，给顾琛做晚饭是他们的协议，顾琛有权利要求吃什么。

夏子衿回了自己的办公室，刚在自己的座位坐下，旁边李毅然嬉皮笑脸地靠过来：“夏总。”

夏子衿转头瞪了他一眼。

李毅然挑了挑眉：“我眼光向来很好，从你进公司的第一天就知道你肯定会有大的发展。不过你也太不够意思了吧，我跟你同桌这么久，你都没告诉我你是前任夏总的女儿，还和顾总是青梅竹马。”

夏子衿也不解释，只是说：“身为董事长助理，连董事长身边的人都没研究透，是你不称职。”

“没有好吧，董事长身边的别人我都研究过，但我跟你这么熟，这种话不是该咱俩私底下说吗？”

听李毅然这么说，夏子衿还是挺开心的，至少这个所谓的“同桌”，是全然信任她的。

李毅然再次靠近了一些，在夏子衿耳边小声问：“我听说，顾总跟‘女阎王’分手，是因为你？”

尽管这件事尽人皆知，可是被李毅然就这样说出来，夏子衿还是有些不舒服。

她声音淡漠道：“赶紧去工作，小心被你的‘女阎王’揪你辫子，给你穿小鞋。”

“嘁，我才不怕，现在有你这个夏总罩着，我可以在公司里横着走。”李毅然说着，真的站起来，张开双臂在办公桌的过道里横着走。

坐在里面的谢诗蕊冷声道：“李毅然，你在干吗？”

李毅然立马坐回自己的位子上，低下头悄声对夏子衿说：“夏总，你要是有裁人的权限，一定要把‘女阎王’踢走。”

夏子衿抿嘴笑，刚才李毅然还说不怕谢诗蕊，这下意识的动作倒是做得很溜。

小闹剧过后，夏子衿打开了夏氏集团的资料库，这里面有历年来的项目业绩和阶段性总结报告。她要了解有关于公司的更多细节，希望下次顾琛再给她这种突如其来的考验时，可以轻松应对。

下了班，办公室里所有的人都走了，夏子衿还在电脑前忙活着。

直到顾琛的声音在身后响起，她才想起，自己竟然忘记之前答应过顾琛下了班一起去买菜了。

她急急忙忙保存文件，关上电脑，拿着外套从办公桌前起身。

顾琛看了一眼夏子衿的桌面，提醒一句："手机。"

夏子衿回头，发现手机被她落在桌上了。

她回头拿过手机，对着顾琛尴尬地笑了笑。

两个人站在电梯口等电梯，顾琛问夏子衿："你大学修的金融管理？"

夏子衿点点头。

"我感觉你的导师对你的评价有些虚高了。"

夏子衿怀里抱着自己的衣服，转头看着他："你见到我的导师了？"

顾琛不置可否，只是说着："你大学文凭有水分吧。"

"别瞧不起人，我的文凭是靠我勤奋努力换来的，年级前十的名头可不只是说说而已。"夏子衿被顾琛说得有些恼。

这个男人说话简直不过脑子，Y 国的那所大学世界知名，她一个国外的留学生哪有本事走后门。

再说了，那几年虽说江斯晨赞助夏子衿，但她心里也觉得别扭，哪怕没有时间打工赚钱，但学校里的奖学金还是很努力去争取的。

看着夏子衿着急的模样，顾琛勾起嘴角，玩味地笑了。

夏子衿看他这样，知道自己刚才反应过激了，开口想解释什么，电梯已经开了门。

顾琛很自然地抬起胳膊搭在夏子衿的肩头，拥着她进了电梯。

这个动作让夏子衿心绪有些乱。顾琛只是搭着她的肩头，进了电梯之后就松开了，好像只是轻轻推她进电梯，并没有太过暧昧。可这个男人的的确确把手搭在了她的身上，她甚至能够闻到他手上清淡的烟草香。

夏子衿问："你现在经常抽烟吗？"

顾琛抬手看了看自己的手指，没有回答夏子衿的话。

夏子衿原本还想说，他现在身体不好，尽量少抽烟，但是想到他不喜欢谈论这个话题，还是闭了嘴。

下了楼，顾琛走在前面，夏子衿一只手拿着包包，另一只手去穿外套，手机不小心滑落到地上，她下意识去抓，包包也掉在了地上。

听到声响，顾琛回身，看到身后的夏子衿蹲在地上，衣服只穿了一个袖子，包包里的口红、粉饼撒了一地，手机也摔在了一旁。

他回身走到夏子衿面前，弯下腰帮夏子衿捡手机，刚巧夏子衿也伸手去捡手机，两个人的手碰触在一起。

夏子衿的手下意识往回一缩，顾琛却顺势握住了夏子衿的手。

夏子衿感觉身子一僵，一股莫名的感觉从顾琛的手掌漫向她的手背。

她急忙挣脱，将手机丢进包里，低头去捡散落的口红和粉饼。

面前的男人站起来。

夏子衿从眼角的余光里看得到顾琛的黑色皮鞋，她呼吸微微一滞，继续捡东西。

顾琛居高临下地望着他，嘴里幽幽地吐出一句："笨死了。"

夏子衿原本还觉得气氛有些别扭，听顾琛这么说，不悦地抬起头，瞪着顾琛："你有没有同情心啊？这是我从Y国买的限量版口红，是设计师亲自调色，亲手制作的。"

她来不及站起来，急急忙忙拧开口红，用了还不到一半的膏体，就那么残忍地分作两半了。

夏子衿欲哭无泪，再一次抬头瞪着顾琛："你赔我！"

顾琛才是一脸无辜："又不是我摔坏的。"

"要不是你走那么快，我的包会掉吗？"夏子衿鼓着腮帮子，像小时候一样无赖。

顾琛望着她这张面容，岁月并没有在她脸上留下任何痕迹，比起十九岁的时候更小巧的脸，反倒给人一种心疼的感觉。

幸好现在公司已经过了下班的高峰期，旁边偶尔有人路过，看到顾琛在场，也未敢多作停留。

顾琛极有耐心，一直站着，看着夏子衿从一开始的懊恼，到后来的焦急、失望、嗔怪。她的一举一动，像是烛火，一点一点照亮了顾琛黑暗了七年的心房。

虽然夏子衿回来已经快半年了，可顾琛是第一次如此深刻地感受到，他的子衿回来了。

夏子衿见顾琛不说话，也意识到自己刚才失态。人的习惯真是有趣，看到口红断裂的那一刹那，夏子衿是真的心疼不已，下意识就找顾琛发泄情绪。她的理智虽然已经很明确地知道，她跟顾琛再也回不到曾经那么亲密无间的时候了，可那些过往的种种，身体却全部记得。

夏子衿将口红的盖子盖上，站起来，将外套的另一只袖子穿上，继续往公司外面走着。

这一次，换顾琛跟在了夏子衿身后。

感应门自动打开，门外一股冷风灌入夏子衿的脖子，她下意识紧了紧领口，将下巴藏在衣服里面。

已经入秋了，时间过得真快，一转眼，她回来也有半年了，爸妈走后的日子，即将迈入第八个年头。

顾琛不知道何时已经把车子开到了夏子衿的面前，下车帮夏子衿拉开了副驾驶的门，转头望着她。

夏子衿回过神来，迈步进了车子。

顾琛看出夏子衿的情绪不太对劲，转头望了她一眼，问："冷吗？"

夏子衿摇摇头，裹紧了自己的外套。

她不是冷，只是孤独，像一棵没有根的水草，在湖面上随波漂荡，不知道该去往何方。

顾琛没有多说，打开车内的音乐，随意放着歌，是那首《追光者》。夏子衿记得上次部门聚会去 KTV 的时候，谢诗蕊点过这首歌。

夏子衿问顾琛："这是诗蕊选的歌吗？"

"不是。"顾琛很快给出回答。

夏子衿便耐心去听，歌中唱着："我可以等在这路口，不管你会不会经过……有的爱像阳光倾落，边拥有，边失去着……"

夏子衿脸转向车窗。

顾琛抬手，从车子抽屉里拿出纸巾，递给她。

夏子衿回过头来，看到面前的纸巾，望了顾琛一眼。他怎么知道她哭了，连她自己都几乎没有察觉，眼泪是不由自主落下的。

顾琛也不知道自己怎么就鬼使神差地拿了纸巾，看到夏子衿转过头去的那一刻，顾琛仿佛看到了这七年的自己，每次听到这首歌，也会情不自禁红了眼眶。

其实当初谢诗蕊之所以在 KTV 点这首歌，并不仅仅觉得这首歌的歌词像她的心声，更多的是因为顾琛喜欢这首歌，百听不厌。而谢诗蕊就陪着他听了七年。

夏子衿拿着纸巾，擦拭着眼角，尽量让自己开口声音平静一些，她问顾琛：“你怎么喜欢听这么悲伤的歌？”

顾琛勾唇笑了笑，说“不悲伤啊，你听最后一句。”

夏子衿便不再说话，静静地听着。

直到听到最后一句“有的爱像大雨滂沱，却依然相信彩虹”。夏子衿转头看向顾琛，很想问，他们之间的爱，还可以再次见到彩虹吗。

但顾琛并未看她。

那些话，最后她只能咽回肚子里。

车子不久之后停了下来，夏子衿看了一眼车外，不解：“这不是超市呀。”

“下车。”顾琛并未解释，已经熄了火，打开了车门。

夏子衿下车，看到面前是一家餐厅，转头望着顾琛，问：“今天在这里吃晚饭吗？”

“认不出这是哪儿了？”顾琛上前，走在夏子衿身旁。

夏子衿回头，看了看四周，随即恍然，却不敢相信自己的眼睛：“这里是……中学？”

“嗯。”顾琛点点头，顺势拉起夏子衿的手，迈步往餐厅里面走去。

夏子衿非常惊讶，没想到当年的学校竟然拆了，这一片都建成了商圈。

待夏子衿回过神来，才发现自己的手正被顾琛握着。她试着挣脱，顾琛却握得更紧。

夏子衿能够感觉到顾琛的手是温热的，温度从顾琛的掌心传到夏子衿的掌心，驱散了她心中的冷意。

夏子衿有些贪恋这样的温暖。

这个餐厅很别致，看起来像是一个图书馆。桌子并不多，每个桌子中间都隔得比较远。大部分客人都是情侣，也有三两个女孩边吃饭边拍照。大家像是有默契一样，说话的声音都不大，整个餐厅的气氛特别宁静。

每一个桌前都不是用灯光照明，而是用香薰蜡烛。桌上还摆放着不同的鲜花，连每一个桌上的餐具都是不一样的。

顾琛牵着夏子衿的手，走到了一张桌旁坐下。

一个长得挺帅的男服务生拿着一个电子菜单走了过来，递给夏子衿。

夏子衿刚想伸手去接，被顾琛拦了过去。

顾琛看着电子菜单，熟练地在上面点了餐，随后将菜单还给服务生，自始至终，都没有对夏子衿说一句话。

夏子衿好奇，问顾琛："你点了什么？"

"等上来你就知道了。"

夏子衿看了看周围的桌子，又问："你经常来这里吗？"

顾琛摇摇头，说："第一次来。"

夏子衿一脸讶异，看了看走远的服务生，刚才顾琛点菜的时候，明明很熟悉的样子。

坐在对面的顾琛又说："回头要扣你工资了。"

夏子衿瞬间回过头来，望着顾琛，不解道："为什么？"

顾琛勾了勾嘴角，也不说话。夏子衿觉得有些莫名其妙，还想再问什么，一个女服务生端上来一个花瓶，里面放着两枝香槟玫瑰，花瓣上还带着露珠，娇艳欲滴。

夏子衿接过花瓶，放在鼻间嗅了嗅，清淡的玫瑰芬芳，沁人心脾。

没过多久，刚才端花过来的女服务生又用托盘端过来高高低低的香薰蜡烛。

莹莹闪闪的烛光在桌前映照着，夏子衿望向了顾琛，他那向来冷漠的面容，在烛光的映照下，显得温和了许多。

夏子衿忍不住笑着问："这算是烛光晚餐吗？"

顾琛不答，只是问："喜欢吗？"

夏子衿看了看蜡烛，又看了看那两枝美丽的香槟玫瑰，放在桌下的两只手握了握，神色也黯淡了一些。她不知道顾琛这顿饭有什么特殊的意义，如果是她心中所想的那个意思，她没准备好如何回应。

顾琛像是看出夏子衿心里的纠结，只是说："别自作多情，这是子公司新营业的餐厅，只是带你来体验一下，看看有什么想法。"

一句话，打消了夏子衿心中所有的忧虑。

原来是公司旗下的，难怪顾琛第一次来，却对菜单上的一切都那么熟悉。

再去看周围的那些桌前，每一桌的客人脸上都洋溢着幸福的光泽，尤其是在香薰烛光的映照下，幸福感满到快要溢出来。

这的的确确只是一个餐厅，可这样的服务，这样的环境，这样的气氛，又远远不只是一个吃饭的地方。

夏子衿想起刚才顾琛说扣她工资的事情，忍不住笑了。身为公司重要的一员，夏子衿竟然不知道这个餐厅的存在，的确是失职。

饭菜上桌，摆盘精美，味道也上等，挑不出半点不好。

夏子衿一直对这个项目的负责人赞不绝口。现在是一个走心的时代，吃饭已经不仅仅只是为了填饱肚子，除此之外，能够有一个这样清静又温柔的地方，感觉整个人都被治愈了。

"这顿饭应该很贵吧？"饭吃到一半，夏子衿想到了一个关键性的问题。

顾琛只是说："值得。"

"嗯？"夏子衿一下子像是没听懂，抬眸去看，见顾琛眼中带着柔情。她怀疑是桌上的烛光色调太过温暖，让她误会了顾琛的本意。

因为顾琛随后又说："我想让每一个进来吃饭的人都觉得，这样的服务，这样的美好，值得他们前来。"

放下手中的筷子，夏子衿拿起餐巾擦拭了一下嘴角，说："我吃饱了。"

顾琛也没多说，点点头，结账。

出门之后，顾琛对夏子衿说："今天的晚饭 AA，一会儿把钱转给我。"随后也不理会夏子衿，迈步进了已经停在餐厅门口的车里。

夏子衿看着顾琛的背影，有些欲哭无泪。这个男人大方起来让人咋舌，小气起来又让人哭笑不得。

她钻进车子，嘟着嘴跟顾琛理论："你也说了今天是公司考察，这顿饭理应报销吧。"

"那是你和财务之间的事。"很显然，夏子衿今天晚上的饭钱，顾琛是要定了。

她哪里会知道，从小习惯看人眼色的顾琛，早就敏感地察觉到她一顿饭中间各种表情的变化。尽管今天晚上顾琛是想请夏子衿吃一顿烛光晚餐，尽管他为她倾尽所有都不会皱一下眉头，可他不想让她不快乐。

到别墅的时候，天色早已经黑了下来，夏子衿下了车。

走了几步，夏子衿停下脚步，转头看着顾琛："你准备以后一直在这里住吗？"

"房产证上也有我的名字。"顾琛以为夏子衿又要独占这个也属于她的家。

夏子衿知道顾琛误会，解释道："你要是准备一直在这里住，就好好把你房间收拾一下。书房里不要都是办公的东西，还有我的那些照片，有时间找人裱起来挂着，家总要有个家的样子。"

听夏子衿这么说，顾琛脸上的神情缓和了一些，人却坐在车里，久久未动。

夏子衿也不理会，先一步拿着钥匙开门进屋。

顾琛坐在车子里，播放器里还自动播放着那首《追光者》。

"我可以跟在你身后，像影子追着光梦游……"

这首曾经让他心碎的歌，如今却温暖至极。

夏子衿洗了澡，早早地回床上躺着，一个人翻看着相册。翻到那张唯一有顾琛的生日照片，想起了什么，她将相册随手放在枕边，迅速从床上起身，快步下了楼。

顾琛正坐在客厅的沙发上，望着茶几上的笔记本，似乎在忙工作。

听到下楼的脚步声，顾琛抬眸，看到夏子衿穿着睡衣走了过来，她的神色有些着急。

"怎么了？"顾琛久未说话，开口声音有些哑。

夏子衿皱着眉："你在这里干吗？"

"下午还有点事没处理完。"顾琛说。

"你在沙发上工作？怎么不去书房？"话一说完，夏子衿想起来，刚才回家的时候，她跟顾琛说过，书房里不要都是办公的东西。

可是，她也没说让顾琛在沙发上工作啊！他高大的身子弯腰看着电脑，久了肯定不舒服。再说了，顾琛现在还有病呢，怎么又把工作带回家了。

想到这里，夏子衿有些气恼："你现在已经是集团董事长了，还用得着这么不顾身体吗？你要是累垮了，公司怎么办？被那些虎视眈眈的人瓜分吗？"

顾琛只是静静地望着夏子衿发火，看着她气恼得脸都有些红，顾琛反倒笑了。

他在心里问：子衿，你在担心我吗？

可这话只是到了喉咙，他并没有说出来。

顾琛深知他们现在的关系并没有敞开到无话不说的地步。而这个问题也不需要问，夏子衿的举动已经给出了最明确的答案。

顾琛合上电脑，靠在沙发上，问："你急匆匆地从楼上下来，不会只是兴师问罪吧？"

夏子衿这才想起自己的目的，有些尴尬，再次开口，声音比刚才小了许多："我是想问，之前我们一起拍的照片，真的都烧了吗？"

"那些照片已经没有什么意义了。"顾琛尽量说得云淡风轻，也不愿意去回想，当年夏子衿失踪之后，他看着那些照片，一张一张，足以击垮他佯装的坚强。

每看一次，他都感觉自己被命运的长鞭狠狠地抽打，皮开肉绽。

夏子衿刚才还激动的情绪，一瞬间平复下来。她神色淡然，点了点头，沉默地转身离开，并没有让顾琛看到她眼中的失落。

尽管夏子衿也知道，她和顾琛的那些感情，她曾经的疯狂，她曾经的信仰，都已经是过去式了，可从顾琛嘴里听到"没意义"这三个字，还是会觉得失落。

原来，对于顾琛而言，他们之间的过往已经没有任何意义了。

回了房间，夏子衿关上房门，有些无力地靠在门上，说不出心里是什么滋味。

她迈步走到床边，拿起手机，把晚上的饭钱转给了顾琛。

再次回到床上坐着，夏子衿整个人都有些焦躁。

她干吗要在乎顾琛在哪里加班，又干吗要在乎那些已经遗落在七年前的照片，一切都已经没有意义了。

楼下的顾琛，听到桌上的手机收到一条消息，将手机拿了起来，看到微信上面多了一个转账消息，脸上原本喜悦的神色，逐渐消散。

他盯着手机等了一会儿，夏子衿没有再发任何东西。

顾琛将手机放下，眼睛看着电脑，心思却没办法安定下来。

顾琛再一次拿起手机，将转账收了，端着电脑回了自己的房间。

他在自己的房间工作，夏子衿就看不到，也就不会生气了吧。眼下夏氏集团虽说运转得很好，可顾琛仍旧不能掉以轻心，因为，夏氏集团不是他一个人的公司。

楼上的夏子衿，看到转账被领取，而顾琛却连个表情都没发，心里感觉憋着一口气发不出去，有些难受。

次日中午，下班之前，顾琛说让夏子衿回别墅吃午饭。夏子衿不解，问为什么，顾琛不答，只让夏子衿回去。

夏子衿碍于上司的威严，也没有多问，中午坐车回家，进了别墅的客厅，就看到茶几上摆放着一摞东西，走近一看，才发现是几本相册。

夏子衿在沙发坐下身来，翻开相册，里面是之前夏子衿一直没找到的那些照片，每一张都有她和顾琛，有小时候过生日的，有一起出去旅游的，也有顾琛成人礼的，父母入镜的那几张全家福也全部都在。

原来，顾琛之前骗了她，这些照片根本就没有被烧掉，顾琛一直把它们保存得好好的。

夏子衿将里面的相片一页一页地翻完，眼眶有些热，不是被顾琛感动的，只是透过这些照片，夏子衿看到了当年的自己。

看到站在她和顾琛身后的爸妈笑得一脸慈祥，那一刻，她有一种感觉：爸妈虽然离开了，可她从小到大在父母那里得到的满满的爱，仍旧一直被她藏在心中的一个角落，收藏得好好的。如今通过这些照片，让那些尘封已久的，她以为自己已经忘却的幸福感，再一次涌现。

夏子衿抬手擦了擦眼角，才看到最后一本相册的最后一页夹着一张便笺。

看上面的字迹，是顾琛写的：别哭，我还在。

原本只是湿润的眼角，这一刻却控制不住地涌出热泪。

这是顾琛第二次在夏子衿意料之外的情况下，“看”到了她的眼泪。

或许是从小一起长大，顾琛对夏子衿已经足够了解，可尽管如此，夏子衿还是觉得被触动了，好像顾琛时时刻刻都住在她的心里，每次都能够准确无误地感受到她的情绪。

夏子衿听到脚步声，转头朝外面看去。

顾琛此刻站在门口，安安静静地望着她。

夏子衿还没来得及去擦脸上的眼泪，看着顾琛一步一步地朝她走了过来。

来到夏子衿的身边，顾琛抬手，想拭去夏子衿腮边的泪珠。

夏子衿下意识地侧过头，自己将眼泪擦干，瓮声瓮气道：“你怎么回来了？”

顾琛的手在夏子衿的面前顿了顿，又缓缓收了回去。

他在夏子衿身边坐下，随手拿起桌上的一本相册翻看着。房间里很安静，谁都没有再开口说话。

他们两个人都有一种感觉，曾经亲密无间的感情，仿佛掉进了一口枯井里，前后左右都没有路，没办法从井底爬上去。就这样在一起纠缠着，沉溺着，感觉呼吸都变得越发困难，急切地想要寻求解脱。

夏子衿不知道该怎么办，顾琛也不知道。

他曾经以为，只要夏子衿回来了，自己不论付出多大的代价，都一定要把这个女人留在身边，再也不允许她离开。可当夏子衿真正回到他面前的时候，他却不舍得给她半点束缚。

他只想让她快乐，却不知道自己究竟该做些什么。

“子衿。”顾琛手里拿着相册，眼睛望着上面的照片。

夏子衿没有应声，只是转头看着坐在身边的男人。

顾琛也转过头来，与夏子衿对望。

他心里原本想要问的是“你还爱我吗？”哪怕只是一点点，说出口的话却变成了：“我还想娶你。”

哪怕已经过去了七年，哪怕经历了这么多事情，哪怕曾经被夏子衿误会过，可顾琛的内心深处，还是有一个强大的心愿迫使着他说出这样的话。

夏子衿没有回答，看她脸上的神情，似乎呆住了，大概是没想到顾琛会突然这样说。

不等夏子衿开口，顾琛继续说：“我知道你还需要一点时间，但你能不能给我一次机会？”

向来骄傲的顾琛，何时说过这样自掉身价的话。他从小优秀，想得到什么都会用自己的努力去争取，而不是开口找别人要。

他可以把夏氏集团那么大一个企业运转得很好，可以在那么多流言蜚语中稳如泰山，若非有强烈的意志和十足的实力，是绝对办不到的。

然而，此时此刻的他，在夏子衿眼里，褪去了所有的光环，只是一个再普通不过的男人，小心翼翼地试探，冒着被伤到体无完肤的风险，仍旧如此真诚地把整颗心托出来给她看。

夏子衿不忍心伤害他，可她也没办法说服自己点头。顾琛大学的那四年，已经耗尽了夏子衿太多的心力。她也曾想过努力抓取，也曾在心底确信这一生是一定要嫁给顾琛的，但七年前的事情，让一切都变了。

哪怕现在她知道顾琛并不是坏人，她也可以再度信任面前这个男人，却没办法说出“我爱你”，甚至想都不愿意去想。爱的对立面是恨，她体验过，那种感觉很不好。

“顾琛。”夏子衿沉吟良久，才缓缓开口。

顾琛移开目光，打断了夏子衿的话：“我知道了。如果你觉得接受不了，我不会勉强你。”

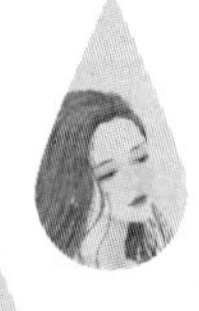

第十四章 · 从来都没有离开过

那次之后，顾琛没有再提结婚的事情。

在公司里面，顾琛是一个严厉的上司，不允许夏子衿犯一点错误；下了班回到家里，两个人相处起来反倒比较轻松。

夏子衿和顾琛合约上做一个月晚饭的时限已经来到最后一天了。顾琛以上次带夏子衿去了那家别致的餐厅为由，说夏子衿还要再多做一天晚饭才算完成任务。

夏子衿自然没有推托。

这三十天，每天晚上一起吃饭的时刻，成了夏子衿最放松的时刻，多做一顿饭并没有什么大不了的。

今天的晚饭，不只是夏子衿和顾琛两个人，他们还请了乔巧、陆寅希他们一起来吃，连谢诗蕊也一起叫上了。

厨房里，乔巧走了进来，不解地望着夏子衿，问："你跟顾琛现在怎么样了？"

"就那样呗。"夏子衿将案板上的菜倒进锅里，发出"吱吱"的声响。

"不是……什么叫就那样？"乔巧神情复杂地望着正在炒菜的夏子衿。

夏子衿一边炒菜，一边自顾自地说着："现在这样多好，我永远都不会再失去他，他永远都是我至亲的人。"

同样听到夏子衿这句话的，还有拿着茶壶准备来厨房把水倒掉的顾琛。他站在厨房外面，脚步却再也没办法往前挪动一步。

夏子衿之所以不想嫁给他，并不是觉得内心不在乎了，而是……只是……想要永远把顾琛当成至亲的人。

厨房里，乔巧站在夏子衿的身后。

“子衿，有没有听过一首诗？不要因为也许会改变，就不肯说那句美丽的誓言；不要因为也许会分离，就不敢求一次倾心的相遇。”乔巧眼睛望着夏子衿，仍旧不死心地劝着，“子衿，我不是不在意你的感受，但是你这样做，对顾琛不公平。”

“我觉得这样很好。”夏子衿脸上带着浅浅的笑，说出的话态度却很坚决。这对于她和顾琛来说，是最好的结局。不执着于拥有，就不会失去。

“你这是在害怕，在逃避。”乔巧说。

夏子衿摇摇头：“我这是在放下，在接受。”

乔巧还想说什么，夏子衿打断她：“七年，可以改变很多东西。我尊重你有自己看待事物的角度，也请你像以前一样尊重我的想法和决定。”

“我不是不尊重你。”乔巧有些着急，解释道，“你还是不知道顾琛这些年为你失去了多少。你没有亲眼看到，亲身去经历过，不知道你对于他而言代表着什么。”

“我也没有说要离开他啊，我这辈子都是他至亲的亲人。我们永远都爱着彼此，只是不再以爱情的名义。”

“可是……”

“菜要凉了。”夏子衿再一次打断了乔巧的话，语气已经没有刚才那么柔和。

乔巧知道，夏子衿已经不想在这个话题上继续多说了。

厨房门外，谢诗蕊走了进来。乔巧看了她一眼，端着菜出去了。

夏子衿继续炒第二个菜。

谢诗蕊并未离开，站在厨房，望着夏子衿的背影，问：“最近顾琛还好吗？”

“你天天在公司，看不见吗？”

谢诗蕊感受到夏子衿的冷意，再次开口：“他只跟我谈论工作上的事情，多余的一句话都不肯跟我说。”

“那是你和他的事。”夏子衿不想讨论这样的话题。

“是因为你。”谢诗蕊粉拳轻轻攥紧，再次开口，“是因为你回来了，顾琛才变了。”

锅里的菜发出“吱吱”的声音，夏子衿拿着锅勺，并未理会谢诗蕊的话。

“如果你不准备跟他在一起，就不要再招惹他。”谢诗蕊说。

“出去。”夏子衿回过头来，瞪了谢诗蕊一眼。

谢诗蕊沉默下来，半天都没有说话。

夏子衿自顾自地炒菜，也不管谢诗蕊在不在这里。

过了半晌，谢诗蕊再次开口：“你已经不爱顾琛了吗？”

夏子衿头也不回：“跟你有什么关系吗？”

“你说话能不能不要老是带刺？我不是过来跟你吵架的。”

她们两个人从小一起长大，睡过同一张床，穿过同一件衣服，曾经以为彼此会是生命中最亲密的那个人，也曾经很庆幸身为独生女，却可以拥有这么亲密无间的姐妹之情。

可一切的一切，都已经变质了。

谢诗蕊没指望她们可以找回以前那样无话不说的感情，可她一点也不享受现在这样的疏远。哪怕她们同时爱上了一个男人，至少也没有真的恶劣到背着彼此做出多么不可挽回的事情。

谢诗蕊只是喜欢顾琛而已，这有什么错吗？她跟顾琛在一起，也是在夏子衿出事之后。如今夏子衿一回来，顾琛就跟谢诗蕊撇清关系了。他们三个人之间的感情是有些纠葛，可是每个人都是堂堂正正的。

想到这里，谢诗蕊的语气比刚才缓和了很多：“子衿，我真的从来没有想过要伤害你。我知道我曾经做过一些让你不开心的事情，也有过一些自私的想法，可我并没有真的准备把你怎么样。”

“你尽管把我怎么样好了，只要你能做到，我愿赌服输。”夏子衿也不去看谢诗蕊，仍旧专心炒菜。

谢诗蕊感觉聊不下去，好像不管她说什么，夏子衿都不愿意静下心来跟她好好谈一谈。

她知道夏子衿从小性格就很自我，把每个人的关系分得很清楚。而谢诗蕊跟顾琛之间的事情，夏子衿是绝对不会浪费一点注意力在上面的，因为谢诗蕊对她构不成威胁。

可是看着现在夏子衿跟顾琛之间的相处，谢诗蕊总觉得很不舒服。

倘若夏子衿真的跟顾琛复合了，她也能彻底死心。但夏子衿就这样故意不冷不热地吊着顾琛的心。

谢诗蕊忍不住问："你是在报复吗？"

夏子衿的沉默，让谢诗蕊觉得自己猜对了。

她继续说："如果真的伤害了顾琛，你这辈子都不会原谅自己的。"

夏子衿实在听不下去，转身看着谢诗蕊，皱眉道："你这敏感的心能不能用在有用的事情上？天天在心里演这些大戏，觉得很有趣吗？我跟顾琛怎么相处，和你有什么关系？你又是我的谁，跑到这里来跟我说这些有的没的？这是我家，如果觉得今天晚上的晚饭让你吃得不舒服，现在可以走了。"

"我吃不吃这顿饭都没关系，我只希望你可以对顾琛好一点，不要再让他为你伤心了。如果你真的已经不爱他了，那就离他远一点，不要再给他任何希望。"谢诗蕊比谁都清楚，明明看得见一点希望，却怎么样努力都得不到，那种感觉有多糟糕。

"你出去。"夏子衿冷下脸来。

外面乔巧进来，看到两个人对峙着，不用问都知道，肯定是与顾琛有关。

乔巧问夏子衿："还有几个菜？要不我来炒吧，你出去休息一下。"

"不用了，还有两个了。你把凉菜先端出去吧。"

"我来吧。"谢诗蕊先一步上前，端着凉菜离开了。

乔巧看着谢诗蕊的身影，倒是没有再多说什么。

吃饭的时候，因为有乔巧和陆寅希在，气氛还算热闹。

谢诗蕊吃完饭之后，没有多待，对顾琛说："晚上还有点事，我先回去了。"

顾琛点点头，问："要让司机去送你吗？"

“不用了，我也没喝酒，开车回去就行了。”谢诗蕊拒绝，也不想再让顾琛操心。

临走前，她原本还有话想要对夏子衿说，不过夏子衿只顾着跟乔巧聊天，看都没看她一眼，她也只能作罢。

乔巧帮夏子衿一起收拾好厨房，陆寅希送她回家。

刚才还喧闹的房间里，此刻寂静下来。

夏子衿和顾琛坐在沙发上，她说：“今天诗蕊找我了。”

“她说什么？”顾琛转头望向她。

夏子衿不答反问：“就这么跟她分手，你觉得合适吗？”

顾琛的脸色有些不好看。

夏子衿解释：“我不是想干涉你的感情，但你的确是因为我回来了，才跟她分手的……”

“你想多了。”顾琛打断了夏子衿的话，“我跟她分手，跟你没有关系。”

“没有关系？”夏子衿在沙发上坐直了身子，与顾琛对视，“你敢拍着胸脯说，你跟她分手和我一点关系都没有？”

顾琛不再说话。

“如果你心里真的很确定，你们两个人之间的事情跟我没有半点关系，那你就跟她说清楚，处理干净，不要让我夹在中间像个恶人，搞得好像我这次回国就是为了抢别人未婚夫一样，这个罪名我可担不起。”

“我承认当初跟诗蕊在一起的想法不成熟。”顾琛开了口。

“不，你没错，喜欢谁都是你的自由，但是不要牵扯上我。”夏子衿说完，从沙发起身，迈步上楼回了房间。

顾琛一个人坐在沙发上，心情有些复杂。他不知道自己做错了什么，夏子衿忽然又这么生气。

回到房间的夏子衿，一个人站在窗边，望着别墅外面的夜景。她其实也不知道为什么冲顾琛发这顿火，可是看到谢诗蕊，就想到这七年的时间，顾琛和谢诗蕊朝夕相伴。

或许，她真正在意的并不是被谢诗蕊当作恶人，她只是不确定，在顾琛的心中，谢诗蕊到底重不重要。

哪怕夏子衿有手段可以让谢诗蕊退场，可她看得出来，谢诗蕊对顾琛的爱，不比她少。

床上的手机响了起来。

夏子衿深吸一口气，平复了一下情绪，转身走到床边拿起手机，看到打电话的人是江斯晨。

夏子衿将电话接了起来。

“喂，子衿。”江斯晨的声音透着些喜悦。

夏子衿佯怒一句：“甜蜜旅行这么享受，还能记得给我打电话。”

“我回来了。”江斯晨说。

“什么时候回来的？”夏子衿有些惊讶。

“今天下午。”

“怎么现在才给我打电话？”夏子衿下意识嘟哝，随后恍然大悟，“我知道了，肯定还在跟你的未婚妻回顾甜蜜旅程吧。旅途怎么样？有没有好玩的要跟我分享？我最近天天上班，都快无聊死了。”

江斯晨并未在电话里说太多，只是问：“你现在睡下了吗？”

“没啊，怎么了？”

“出来陪我走走吧。”江斯晨说。

“行啊，你稍等一下。”夏子衿挂了电话，换了身衣服，从楼上下来。

顾琛还坐在沙发上，看到夏子衿走到玄关换鞋，问：“这么晚了，你去哪儿？”

“去门口走走。”夏子衿说。

“我陪你吧。”顾琛已经从沙发上起身。

“不用了。”夏子衿换好鞋，站起身来，对顾琛说，“斯晨回来了，我到门口跟他聊会儿天。”

说完，也不等顾琛反应，夏子衿已经开门出去。

夏子衿离开家，呼吸着外面的新鲜空气，感觉心情舒畅了一些。

她刚出别墅，就看到江斯晨一个人推着轮椅往这边走。

夏子衿朝他们家的方向看了一眼，问：“贝拉呢？”

“我们分手了。”江斯晨面色平淡。

“分……分手？”夏子衿吃了一惊，“神经病吧你，这玩笑一点都不好笑。”

“真的。”江斯晨神情认真，看起来一点都不像是开玩笑。

夏子衿忍不住蹙眉，问：“为什么呀？你们不是挺好的吗？而且，这次回Y国不就是商量结婚的事情吗？”

“没有为什么。”江斯晨耸了耸肩。

“别啊，看得出来贝拉对你是真心的。再说了，她无微不至地照顾你这么多年。你俩是吵架了吗？”

“没有。”

“那是为什么呀？”夏子衿不解，十分的不解。

江斯晨坦诚地说：“我不想继续欺骗她了。”

“欺骗？”夏子衿越听越糊涂。

“其实我根本就不爱她，而且从来没有爱过她。就像你说的，她照顾了我这么多年，我也觉得她这个人挺好，温柔，长得也算漂亮，而且心地善良。可爱情是一种感觉，不是用理智就能够控制的，我尝试过了。况且……”江斯晨沉吟片刻，继续说，“我不希望她嫁给一个无能的男人。”

夏子衿看到江斯晨捶了捶他的腿，大家都是成年人，她大概猜到他们分手的原因了。

可他们都已经相处这么多年了，夏子衿忍不住问：“那种事情，比一个爱你的人还重要吗？”

“我是跟她沟通之后，达成了一致的想法。”

“她同意跟你分手？”

“她不想让我压力太大。”江斯晨换了个说法。

夏子衿点点头，这的确是贝拉能干出来的事。

可是，她虽然理智上想通了，却还是觉得不能接受：“可你们都在一起七年了啊！为什么偏偏是现在？”

“人生就是有很多巧合的不是吗？有时候就是走到这一步了，就好像上天安排好的一样。我也真的想过要跟她过一辈子，否则也不会弄这套房了。可能是我们没有缘分吧。我反倒觉得这样也很好，我又自由了，可以追你了。”江斯晨打趣一句。

夏子衿知道他是开玩笑，眼睛看着他的腿，哼了一句：“你怎么知道我不会嫌弃你。”

“要是连你也嫌弃我，我干脆就别活了。这条命可是因为你才捡回来的。”江斯晨一脸委屈。

夏子衿也不再跟他开玩笑，问：“那你以后怎么打算的？”

“再说呗，日子还得一天一天地过，谁知道明天会发生什么事。”

“你就做你的春秋大白梦吧。”夏子衿说，“没别的事我先回去了。”

“嗯，早点休息。我看你最近又瘦了。”江斯晨望着夏子衿的脸，表情很专注。

夏子衿被看得有些不自在，抹了把脸，笑着说：“我就当你在夸我了。要不要我送你回去？”

“不用了，你回去吧。”

看着夏子衿转身离开，江斯晨忽然叫住她：“对了……”

夏子衿停下脚步，转过身问：“怎么了？”

“你现在，和顾琛同居了吗？”

“什么同居啊，跟小时候一样住在一起罢了。”

“像小时候一样，变回兄妹了？”江斯晨打趣一句，“享受被爱的滋味，还不让他想入非非？”

“去，不跟你瞎扯，我先回去了。你也早点休息。”夏子衿说完，转身回了自家别墅。

关上大门，转身看到顾琛站在院子里，夏子衿吓了一跳：“大半夜的你干吗？”

“看花。”顾琛也不看她，自顾自地摆弄着花盆里开得正旺的金丝菊。

“神经。”夏子衿嘟哝一句，迈步进了房间。

看着夏子衿回了房间，顾琛的脸色好了些许。

他原本觉得今天晚上是糟糕的一夜，可是刚才听到夏子衿跟江斯晨说的那些话，他觉得，一切比想象的还要好。

第二天晚上下班后，夏子衿习惯性地去了超市，站在蔬菜区的时候才想起来，今天晚上已经没有义务再给顾琛做饭了。

夏子衿给乔巧打了个电话，姐妹俩约好一起出来吃晚饭。

饭菜上桌，乔巧问夏子衿："最近工作怎么样？"

"总算不再问我顾琛的事儿了，我最近听得耳朵都要生茧了。"夏子衿松了口气，边吃饭边说，"工作还行，就是顾琛不知道咋回事，老是挑我的刺儿，一点点小失误到了他那里就得被训一顿。"

乔巧咯咯地笑了起来。

夏子衿白她一眼："你还笑，要不是因为这是自己家公司，我才不受这个气。"

"就算是你自己家公司，你也可以不用受这个气呀。你不是说，到公司上班只是为了拿到股份吗？对了，你跟顾琛签的合同已经到时间了，股份他给你了吗？"说起正事，乔巧脸色也正经起来。

"可别说了。"夏子衿正准备夹菜，说起这个，她放下筷子，一脸愁容，"我现在也不知道自己到底该不该让顾琛把股份给我。"

"怎么了？这不是你回国的首要目的吗？"现在目的达到了，乔巧不知道夏子衿还在迟疑什么。

"你也知道，顾琛虽然把公司运营得很好，但这些年发生了这么多事情，有很多人都在背后虎视眈眈地看着公司的一举一动呢。如果我现在拿到股份，顾琛就不是公司的一把手了，到时候我怕被坏人乘虚而入。"

"你怕顾琛吃亏？"

"有点吧。不过我更多的还是担心公司。我现在还没有能力做太多事，万一因为我的疏忽，让公司陷入麻烦，我不知道该怎么办。"夏子衿这些日子一直都在为这件事着急，公司里的会议她都走神过好几次，因为这个没少被顾琛训。

“顾琛是什么想法？”乔巧问。

“他还能什么想法，主要看我什么想法。他说这两天会走法务，把股份的事情处理一下。现在我也正焦头烂额呢。”夏子衿抬手揉了揉眉心。

“你问问顾琛呗。”乔巧建议。

“怎么问？”

“就实话实说啊！顾琛比你更了解公司的现状和未来的发展方向。你问问他现阶段适不适合分割股份。再不行你少要点呗，先将一部分寄存在顾琛那里，保住他的发言权。你现在也知道他对你没有坏心思了，可以放心地让他保管。”

夏子衿听乔巧这么说，面容变得轻松了很多，脸上也露出笑容：“还是你聪明。”

她拿起筷子继续吃饭，感觉饭菜都变得好吃多了。

夏子衿一直纠结着要不要股份，都没有跳脱出来看，自己先拿一部分也挺好的。

顾琛下班之后，开车回了别墅。

习惯每天晚上都一起吃饭的，不只是夏子衿一个人。

当顾琛推门的时候，才发现别墅的门还锁着。他拿出钥匙打开门，房间里面一片寂静。看着夏子衿的拖鞋安好地摆在鞋柜里，顾琛知道，她还没有回来。

顾琛有些后悔，自己为什么不给夏子衿签订一个长期的合约，比如一辈子什么的。

他脱掉外套，一个人走到沙发旁坐下。

他感觉肚子有些饿，身体已经习惯每天下午这个时候就可以闻到饭香，现在却像是一个被遗弃的孩子。

拿出手机，顾琛翻出夏子衿的号码，迟疑了片刻，又放下了。

感觉头有些难受，顾琛在沙发靠着，闭着眼睛休息，耳朵却一直听着房门的动静。

夏子衿和乔巧吃晚饭之后，又逛了一会儿夜市，回家的时候，已经快十点了。

客厅的灯没开，夏子衿以为顾琛没回来。

开灯走进客厅想倒杯水，看到沙发上躺着一个人，夏子衿吓得惊叫了一声。

不知道什么时候睡着的顾琛醒了过来。

夏子衿手里端着空杯子，看着躺在沙发上的男人，问："你怎么没回房间睡？"

睡了一觉，头疼非但没好，反倒越发严重了，他眉心拧着，看着夏子衿。

看着顾琛这副模样，夏子衿问："你不会还没吃晚饭吧？"

"你说呢？"顾琛刚睡醒，嗓音低沉而沙哑。

"你是个小孩子吗？家里没饭不会出去吃吗？你点个外卖也可以啊！"夏子衿看到顾琛抬手揉眉心，问，"是不是哪里不舒服？"

"头疼。"顾琛说话的声音有些弱，看起来挺难受。

夏子衿也不多说，急忙走到饮水机那边倒了一杯温水，又去电视柜下面帮顾琛拿了止痛药，放在他面前的茶几上。

顾琛拿起药瓶，从里面倒出来两颗止痛药，就着水吞下，然后抬眸望着夏子衿，问："晚上去哪儿了？"

"今天不用做饭，就跟乔巧出去吃了。"夏子衿看到顾琛这么难受，心里也有些自责，她应该提前跟顾琛说一声的。

他身体本来就不好，工作了一天，晚上还要饿肚子。虽说也是顾琛自己不懂得照顾自己，可之前都是夏子衿做晚饭，她也已经习惯性地把帮顾琛做晚饭当成了自己的义务。

夏子衿在顾琛身边坐下，柔声问："现在有没有好些？"

"你担心吗？"顾琛不答反问。

"废话。"夏子衿白了顾琛一眼。

或许是身体的不适，让人变得脆弱，向来淡漠的顾琛，将头靠在了夏子衿的肩膀上。

感觉到夏子衿身子一僵，顾琛嘟哝："靠一下怎么了？我还生着病呢。"

"生病了不起哦。"夏子衿虽是这么说，却没有再抗拒，乖乖地坐着，让顾琛舒服地靠在她的肩头。

起初还只是靠着夏子衿的肩头，后来觉得这样也不够舒服，顾琛干脆在沙发上躺下，枕着夏子衿的腿，闭上了眼睛。

夏子衿看着茶几上的白色药瓶，也没有多说。

她拿着手机跟乔巧聊了一会儿，轻声地问顾琛："我去给你做点东西吃吧？"

顾琛没有说话。

夏子衿低头看去，见顾琛呼吸平稳，又睡着了。

这个男人睡着的时候面色要比平时柔和很多，原本是一张挺帅的脸，不知道平时为什么总是板着，一副生人勿近的模样。

"你啊，从小就这副模样，看起来很多事都不在乎，可对有些事又执着得要命。我也不知道以前是怎么喜欢上你这样的人的。"夏子衿轻声说着，像是自言自语，"我真的想过要成为你的新娘来着，也觉得，能成为你生命中的特例，是一件多么幸福的事。"

顾琛睫毛动了动，夏子衿并没有察觉。

想起以前的事情，夏子衿脸上浮现出笑意，继续说着："你说，如果我爸妈没出事的话，现在咱们已经是夫妻了吧，可能连孩子都有了。要是爸妈没出事的话，估计你现在一样是公司的老大，毕竟你从小就那么讨我爸的喜欢。"

顾琛感觉一滴温热的水珠落在了他的脸上，随后被柔软的手轻轻拂去。

他很想睁开眼睛安慰她，又怕她不知所措。

罢了。

顾琛只是静静地躺着，听她说着。止痛药的药效上来，顾琛慢慢地又睡着了。

这一觉，他睡得很沉，睡梦中感觉一块大石头压在他的胸膛，呼吸都有些困难。

身体缓缓醒了过来，顾琛睁开眼睛，看到夏子衿和他一起躺在沙发上，腿和胳膊都压在他的身上，她像是怕掉下去似的，紧紧搂着他的腰。

顾琛望着夏子衿不羁的睡相，眼里满是宠溺。他身子没动，任由夏子衿继续压着他。

想到上次两个人在一起睡，还是去江清市出差的那个雷雨夜，而当时顾琛也只是在夏子衿的床下打了个地铺而已。

现在，他们算是七年后的第一次同“床”共枕了吧。他缓缓地抬起没有被压到的那只胳膊，轻轻地环着夏子衿，将这个女人抱在怀里。

他就这样睁着眼睛躺了将近一个小时，夏子衿才从睡梦中醒来。她抬手揉了揉眼睛，想要翻个身，感觉身子差点跌到沙发下面，被一个有力的臂弯拉了回去。

受到惊吓的夏子衿瞬间清醒过来，看到顾琛那张近在咫尺的脸，眼睛瞪大：“你怎么在我床上？”

顾琛一脸无辜。

夏子衿再去看，发现这里是客厅，她睡的地方也不是床，而是那张沙发。

昨天晚上的记忆逐渐清晰，夏子衿瞬间从顾琛的怀里弹坐起来。

想到昨天晚上竟然跟这个男人睡了一夜，夏子衿气不打一处来：“你这是乘人之危，为什么不叫醒我？”

“这话应该我问你才对，昨天晚上为什么不叫醒我回房间睡？还是，你就想跟我睡在一起？”顾琛貌似无辜，心里却在笑。

夏子衿急了：“瞎说什么呢，谁想跟你睡一起。”

看她这副又羞又恼的模样，顾琛只觉得可爱。

夏子衿从沙发上下来，去洗手间洗漱，看着镜子里的自己，脸色泛红。想到昨天晚上，她觉得不可思议。

昨天晚上她看顾琛头疼吃了药刚睡着，不忍心叫醒他，就想先眯一下，过会儿再上楼回房间睡。

没想到，她这一眯就眯了一晚上，而且，昨天晚上她梦到她和顾琛小时候。她记得梦里在一棵大树下，她和顾琛躺在草地上看星星。那种安定的感觉，现在想起来还觉得好温暖。

夏子衿也清楚，她对待顾琛的那份感情，并不像自己说的那么洒脱。她记得哪个心理学家研究过，看你讨不讨厌一个人，就看你是否抗拒跟他身体的接触。

夏子衿并不讨厌顾琛的身体接触，甚至有时候还有点希冀。

镜子里，夏子衿陷入了迟疑。

她该继续这样下去吗？她怕自己某一天把持不住，万一做出没轻没重的事情，伤人害己。

吃早饭的时候，顾琛对夏子衿说起股份的事情。

“今天去公司准备一下股份转让吧。”

“我最近一直在考虑这个问题。”夏子衿昨天晚上回来的时候就想跟顾琛商量这件事来着，只是当时顾琛不舒服，夏子衿也就没谈了。

听夏子衿这么说，顾琛有些不解：“考虑什么？”

“考虑股份到底该不该转让。”夏子衿拿着勺子轻轻搅动着碗里的粥。

“该不该转让？”顾琛显然还是不太明白夏子衿的意思。这一直不都是她心之所向吗。

夏子衿抬眸，望着顾琛：“股份数额太大了，我怕贸然转让，公司里面会起变动。”

“变动肯定会有的。”顾琛也不隐瞒，继续说，“不过这不是你该担心的事情。你现在应该想的是，拿到了股份之后，可以为公司做点什么。”

“我就是不知道能为公司做什么。我才毕业没多久，况且进公司才这么短的时间，没有经验，也没有能力，我感觉我担不起这么大的责任。”夏子衿担心的仍旧是自己不够好，害怕公司会毁在她的手里。

“不是还有我吗？”顾琛望着她。

望着顾琛眼眸中的坚定，夏子衿沉默下来。

顾琛以为她不相信，继续说道：“当年夏叔刚出事的时候，公司的状况比现在糟糕一百倍。那个时候我能在公司站稳脚跟，并一路走到现在，你觉得是我命好？”

“不是。”夏子衿知道顾琛误会，解释道，“我没有怀疑过你的实力。可是，我还是想要靠我自己。我总不能一辈子都依附着别人的庇护来过活。”

顾琛迟疑片刻，问：“那你现在什么想法？”

“我想先拿回十个点，剩下的还是放在你手里。”

“这样会让你觉得轻松一点吗？”顾琛问。

夏子衿点点头。都说位高权重，但是权力也代表着责任，她现在还没有那么大的能力去承担这样的压力。

顾琛点点头：“那就先给你转百分之十，剩下的暂时放在我这里，等你什么时候准备好了再说。”

听顾琛这么说，夏子衿松了一口气。她可以正式加入夏氏集团，且没有影响顾琛在公司里的地位，这样的结果，对她来说算是完美。

两个人继续吃着饭，顾琛又道：“为什么现在才跟我说？”

“什么？”夏子衿被顾琛这句没来由的话说得有些摸不着头脑。

“为什么现在才跟我说你一直在纠结股份的事情，不提前告诉我？”

“呃……”夏子衿看到顾琛似乎有些生气，小心翼翼地问，“现在说是不是太晚了？会造成什么不好的影响吗？”

她心里惦记的还是公司，可顾琛说的明显就不是这回事。

他干脆问得明白一点：“你有心事为什么不让我知道？”

夏子衿恍然大悟，原来顾琛在意的是这个。

她支支吾吾地解释：“我也是……我只是怕给你带来麻烦。你公司里要操心的事情已经够多了，而且身体不好，我不想再给你添麻烦。”

“既然不想添麻烦，那干脆就别在我面前出现。你知不知道你的存在就是一个麻烦？”顾琛的语气听起来有些不高兴。

夏子衿被顾琛这突如其来的变化弄得有些迷糊，他怎么就生气了。自己也是好心，也是在意他，所以才会顾虑这么多好吧。再说了，这样的结果对顾琛来说也是好事，他有什么好生气的。

顾琛也察觉到自己刚才情绪有些激动，再开口语气缓和了一些："你要是不想给我带来麻烦，遇到任何事就该第一时间让我知道。"

"噢。"夏子衿点点头，默不作声地喝着粥，心里有些委屈。

"你在害怕什么？"顾琛思绪转得太快，夏子衿都反应不过来。

她再次看向他，想从他的脸上看到一些提示，因为现在她并不觉得自己在害怕什么。

"以前的你，想要什么就会勇往直前，如果路上有障碍，你会第一时间想办法清除障碍。如果有人抢了你的东西，你不但会夺回来，还会让那个不知死活的人付出应有的代价。"顾琛顿了顿，望着夏子衿，继续说，"可现在呢？做事畏畏缩缩，瞻前顾后，心里整天纠结来纠结去，你很享受这种感觉吗？"

夏子衿垂下眸子，没有说话。

她其实很想告诉顾琛，不管是公司的事情，还是梁家人的事情，甚至包括和乔巧、谢诗蕊、江斯晨之间的事情，她都可以保持自己的利落风格。可是，事情一落到顾琛身上，她就没办法让自己再像以前那样洒脱。

可这些话，她再一次埋在了心底。

见夏子衿不说话，顾琛再次开口："虽然夏叔和阿姨人不在了，但这是意外，已经发生了，能怎么样呢？剩下的人都不活了吗？如果离开的人是你，你希望我和叔叔阿姨像你现在这样，一直望着七年前的那场意外，担心未来的路上还会再次出现这种意外，一直不快乐，一直不能放松，一直这样隐藏自己的情绪过下去吗？"

"我没有。"夏子衿反驳，却没有什么底气。

顾琛压根儿不理会夏子衿的反驳，只是说："我有眼会看，有心会感受，不是你说没有就没有的。你觉得自己已经失去了最亲的人，以后再也不会有那么亲的人来爱你了吗？"

夏子衿轻轻地点点头，眼眶有些红。

"傻。"顾琛望着夏子衿，没有再多说什么。

至少，夏子衿愿意对他点头。这说明，夏子衿虽然没有主动对顾琛说这些心事，可她并没有排斥顾琛的询问。

顾琛从桌前起身，走到夏子衿面前，对她张开胳膊。

夏子衿迟疑着。

“闭上眼睛，把我当成叔叔阿姨。”顾琛说得一本正经。

夏子衿望着顾琛的眼睛，似乎真的从他的眼眸中看到了爸妈的样子。

她试探着倾身，靠在顾琛的身上。

顾琛将夏子衿抱在怀里，不再说话。

夏子衿闭上眼睛，想象着面前的这个怀抱，来自她的父亲，那么爱她，那么宠她，从来都不舍得让她有半点难过。她又想象着这是她的母亲，虽然有些啰唆，却永远相信女儿是最棒的、最美的、最可爱的公主。

眼泪从夏子衿腮边滑落，她伸出胳膊，紧紧地抱着面前的人，不舍得松开。

哪怕她知道面前的人是顾琛，知道爸爸妈妈都已经不在了，可在这一刻，她还是能够通过顾琛的身体，感受到来自爸爸妈妈的守护与爱。

顾琛俯身，在夏子衿额头落下一个吻，轻声说着：“其实，这些年我也是用这个办法才走过来的。”

他每一次回到家，看到谢诗蕊做好的饭菜，都感觉是夏子衿为他做的；每一天下了班，回家的路上，都想象着夏子衿在家里等他；每一次梦里梦见夏子衿，醒来之后，他都会让自己记住那种感觉，似乎夏子衿一直都在，一直都在他身边，从来都没有离开过。

夏子衿抬眸望着顾琛，不知道是不是她的错觉，她感觉顾琛的眸中闪闪发亮，似乎泛着泪光。

“好些了吗？”顾琛问。

她再去看时，顾琛的脸色已经恢复了正常。

夏子衿点点头，松开顾琛。

尽管顾琛还舍不得，却也没有贪恋。他只想让夏子衿快乐，并不想让她觉得被束缚。

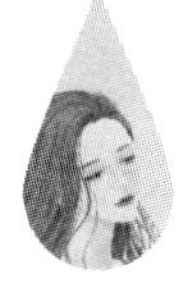

第十五章·余生亦是你

夏子衿顺利拿到了夏氏集团百分之十的股份，入驻了董事会。因为夏子衿的回归，外界对于夏氏集团的那些流言蜚语也都减少了不少。

一切都在往好的方向发展，包括夏子衿和顾琛之间的关系。

尽管两个人谁都没有再提爱情这档子事，可他们都知道，彼此是对方生命中不可或缺的那一个。

夏子衿的生日转眼就到了，众人都在默默地为夏子衿筹备着，不只瞒着夏子衿，也瞒过了顾琛。

临近那一天的到来，乔巧约夏子衿一起逛街。

这天正好是周末，两姐妹去了商场。

见乔巧一直在礼服店里逛着，夏子衿好奇："你要买礼服吗？"

"嗯啊！"乔巧脸上带着笑，在各色的礼服中间游走。

乔巧在一个蓝色的长尾礼服前停了下来，看着上面的抹胸，摇了摇头，一转身看到角落里有一件紫色的绸缎礼服，斜肩的设计，灵动的流线型，上面没有半点装饰，倒显得简洁大方，看着舒服得不得了。

乔巧脸上漫上一抹笑，迈步走了过去。

旁边有服务生正在讨论这件衣服。

乔巧问："这件礼服怎么卖？"

"卖不了了。"一个女服务员一脸愁容。

"为什么？"乔巧不解。

夏子衿此时也走了过来，同样一眼看中了这件礼服："好美啊，为什么摆在角落里？"

“这个本来是一个客户给他未婚妻订的，但是现在他又跟他未婚妻分手了，所以这件礼服也没用了。”服务员说。

“那你们再卖给别人不就行了？”

“衣服的钱没退，客户也没来拿，已经在这里放了好几天了。”服务员也正愁着怎么处理呢，丢了也不行，万一客户又回来拿；再卖掉也不行，因为客户已经付钱了。可他们现在又联系不上那个客户，这件这么美的礼服就这样被遗弃了。

其中一个像化妆师一样的男的说：“要不干脆你拿回家吧，等客户来要的时候你再拿来。天天摆在这里，那么多人问，又不能卖，都郁闷死了。”

“这样吧，这件衣服那个人多少钱买的，我付双倍。等他再来的时候，你把钱给他。”乔巧想着对策。

服务生摇摇头：“不行的，我们这边没有这样的先例。要不你们再看看其他的款式吧，这种绸缎布料的我们也还有别的。”

乔巧有些不情愿：“可我就是喜欢这件。”

她转头看了夏子衿一眼，这件衣服如果穿在夏子衿身上，肯定好看。

正在这时，服务生看到外面进来一个人，兴奋地说了一句：“就是那位先生，那位坐轮椅的先生。”

夏子衿和乔巧一同朝门口看去。

江斯晨正推着轮椅进门。

看到夏子衿和乔巧，他也一脸讶异，笑着过去：“你们怎么在这里？”

乔巧刚才还郁闷的脸上，此刻浮现笑意，指着身后的礼服问江斯晨：“这衣服是你订的？”

江斯晨看了一眼那件礼服，点点头。

乔巧一拍手：“这就好办了嘛，钱都省了。”

她转头对服务员说：“赶紧赶紧，让我们试一下。”

服务生还有些蒙，探究地看着江斯晨，试图征得他的同意。

江斯晨笑着点点头，又看向乔巧和夏子衿：“你们来买礼服？”

“是啊，这不是快……”话说到一半，乔巧意识到现在还不能让夏子衿知道，急忙住了嘴，打着哈哈岔开话题，问江斯晨，“这衣服是你给你那个外国女朋友定做的？”

江斯晨点点头。

乔巧又问：“衣服都定做好了，干吗分手啊？”

江斯晨只是笑着，并未作答。

夏子衿想起那天晚上在别墅门口跟江斯晨聊的话题，知道不方便让乔巧知道，赶忙拉了拉乔巧的胳膊。

乔巧也不多问，毕竟关于江斯晨的情感，她并没有多大的兴趣。

服务生将那件礼服从模特身上脱下，走到夏子衿和乔巧面前，问：“请问是谁想试这件衣服？”

乔巧推了推夏子衿：“快去试。”

夏子衿抬手指了指自己：“我？”

这衣服不是乔巧想要的吗。为什么让她去试。

“是你啦，快去试。你先买，我再买。咱们买个姐妹款。”乔巧随便找个理由搪塞过去，拿过服务生手上的衣服，推着夏子衿进了试衣间。

试衣间外面，乔巧问江斯晨:“你怎么突然过来了？是来拿那件衣服吗？”

江斯晨诚实地摇摇头：“我是在外面看到了你的车子。”

“你竟然还认识我的车子。”

“你天天去别墅找子衿，我闭着眼睛都能通过发动机的声音猜到哪辆是你的车子。”

“能耐了啊！”乔巧笑着打趣一句。

江斯晨问：“不过说真的，你们怎么跑来买礼服，是有什么活动吗？”

乔巧往试衣间里面看了一眼，微微俯身，小声对江斯晨说：“子衿的生日快到了，我们瞒着她在为她准备惊喜呢。”

江斯晨点了点头。

乔巧又不放心地嘱咐道：“你可别让她知道，我怕她压根儿就不想过生日。”

“她的确是不想过生日。”江斯晨想到他跟夏子衿在Y国的这七年，每到生日的时候，都是夏子衿情绪最低落的时候。

“所以我们才想瞒着她好好办一次，总不能让她这辈子都沉浸在悲伤里。”

江斯晨抬眸望着乔巧，说：“有你们这群朋友，是子衿的幸运。”

此时，更衣室的门被打开，夏子衿穿着那件绸缎斜肩礼服从里面走了出来。

长发被她随意在脑后绾了起来，耳边还留有几缕碎发。

江斯晨坐在更衣室的对面，看到这样的夏子衿，有些愣神。

夏子衿平日里很少刻意地装扮自己，可她只要稍微装扮一下，就让人眼前一亮，翩若惊鸿。

乔巧也看呆了。

夏子衿见两个人不说话，面色有些红：“怎么了？不好看吗？”

她转过身，看向镜子里的自己，觉得这身衣服也挺好的，绸缎的布料穿在身上很舒服，颜色也很淡雅，很衬她的肤色。

乔巧站在夏子衿的身后，透过镜子看向她，连连称赞：“好看，太好看了，这简直就是为你量身打造的。话说你跟贝拉身材这么像吗？”

江斯晨在一旁说：“身高差不多，但是子衿更瘦一些，骨架也小些。”

这身礼服穿在她的身上，简直太合适了，腰身和胸部都裁剪得恰到好处，性感妩媚又不失气质。

“就它了，就它了。”乔巧特别满意，转头问江斯晨，“多少钱？我转给你。”

“就当送给子衿的礼物了。”江斯晨的目光没有从夏子衿身上移开，他也没想到这件礼服这么适合夏子衿。

能够看到夏子衿的生日穿着他定做的礼服，他无疑是开心的。

夏子衿却有些迟疑：“那怎么行，这衣服是为贝拉定做的……”

“怎么不行。”乔巧可不想让夏子衿脱下来，打断了夏子衿的话，劝道，“贝拉已经跟他分手了，再说了，这件衣服简直就是为你量身打造的。”

江斯晨连连点头，附和乔巧的话。

夏子衿还是觉得有些不对劲，问乔巧：“你干吗突然跑来跟我买礼服？难不成你好事将近？”

“你就当是我好事将近吧。”乔巧没有解释太多。

江斯晨接了个电话提前离开，乔巧也选了一身自己喜欢的礼服。

夏子衿觉得太素淡，没有女主角的风范，乔巧却坚持就是喜欢这一件，夏子衿也随她去了。

乔巧把夏子衿送回了别墅，夏子衿开了门，看到顾琛正在穿外套，似乎要出门。

夏子衿在玄关换鞋，问：“要出去吗？”

衣服刚穿了一半，顾琛又脱了下来，低沉的声音说了一句：“忽然又不想出去了。”

客厅里，顾琛在沙发坐下，问夏子衿：“你跟乔巧去买衣服了吗？”

夏子衿看了看自己手里提着的包装袋，笑了笑：“是啊，乔巧好事将近，非让我陪她去买礼服。不过这件礼服还挺好看的。”

“穿上我看看。”顾琛说。

“神经病啊，在家里穿什么礼服。”夏子衿笑着将包装袋放到了沙发上，拿着水杯去饮水机那边接水。

顾琛拿过包装袋，将里面的礼服拿了出来，手指轻轻地摩挲着礼服的布料，触感还不错。

“多少钱？”顾琛问。

“没要钱。”

“乔巧送给你的？”

“不是。”夏子衿喝了口水，走到沙发这边坐下，对顾琛如实说道，“本来她是准备送给我的，不过这件礼服是当初江斯晨给贝拉定做的，他现在跟贝拉分手了，这件礼服也正好没有主人，就没要钱。”

“江斯晨送给你的？”顾琛的脸色明显比刚才冷淡了许多。

夏子衿察觉到顾琛的变化，转头望着他问：“怎么了？”

“没事。”

顾琛把礼服塞回包装袋，明明刚才还一脸喜欢的样子，现在反倒嫌弃起来。

夏子衿忍不住打趣：“你要不要这么小气？好朋友送给我一件衣服而

已，再说了，我又不是天天穿。”

她也不知道自己为什么要对顾琛说这些，只是内心深处不想让顾琛误会。

顾琛从沙发上起身，迈步回了自己房间。

夏子衿看着顾琛离去的身影，有些无奈，这家伙不会真的生气了吧。

没过多久，顾琛从房间里走了出来，手里拿着一个黑色长方体的小盒子，走到沙发旁边，丢给了夏子衿。

“这是什么？”夏子衿看着无比朴素的盒子，像是一支口红。

“打开看看不就知道了。”顾琛靠在沙发椅背上，嘀咕一句。

夏子衿“嘁”了一声，打开了这个黑色的小盒子。

里面的确是一支口红，而且，不是一支普通的口红，正是上次在公司一楼大厅不小心摔坏的那支限量定制版。

夏子衿打开口红，扭出一点，是熟悉的颜色、熟悉的味道。她在手背上轻轻涂了一点，发现连质地和触感都如此熟悉。

她忍不住转头看着顾琛，问：“你去哪儿弄的？竟然这么高仿！”

“大惊小怪，这是原版。”顾琛给了夏子衿一个白眼。看得出来，他现在心情又变得不错了。

“原版？”夏子衿显然不太相信，“怎么可能是原版，原版早就卖光了，我那支是一直没舍得用。”

“卖光了就不能重新做？”顾琛像看白痴一样看着夏子衿。

“重新做？”夏子衿惊呼，“你别告诉我这是设计师新做的。骗谁呢，我看过她最新动态，根本就没有发布任何新产品。而且，她不是经常亲自做，不然也没有那么珍贵了。”

话刚说完，夏子衿意识到什么，更加觉得不可思议：“顾琛，你该不会去找这个设计师又重新做了一个一模一样的吧？”

“白痴。”顾琛骂了一句，一脸嫌弃地别过头，不愿意看她。

她相信顾琛没必要说谎，可是，让设计师重新做一个，这得费多大功夫。

口红刚摔断那会儿，夏子衿心里的确着急，可那不过是一支口红而已，充其量是一支很珍贵的限量版口红而已，她没想到，顾琛会为了这样一支口红，专门再去找那位设计师定做。

她抬眸望着顾琛，顾琛仍旧没有看她。

夏子衿的“谢谢”堵在喉咙里，说不出口。

夏子衿将口红盖上，小心翼翼地重新装起来。如果说曾经的那支口红只是夏子衿破费买来的限量版，那么现在的这一支，又被赋予了不同的意义。

她问顾琛：“你为什么要送我口红？”

顾琛并没有告诉她，这是他想要送给她的一份生日礼物。七年没见，顾琛已经不像小时候那样清楚夏子衿最喜欢什么，上次看她对那支口红那么在意，想必这份礼物可以给她带来些许快乐。

夏子衿的反应，总算没有让顾琛失望。

他没多解释，只是说：“上次口红摔断了，你不是小气巴巴地嚷着要我赔你一支吗？”

“我那是……”她那只是当时太心疼，随口说说。她自己也知道那支口红有多难得，哪会真的让顾琛赔给她。

“喜欢就拿着，别得了便宜还卖乖。”顾琛脸色臭臭的，语气却很柔和。

他都这么说了，夏子衿也不再纠结，想着原本就是顾琛害她摔断的，赔就赔了，自己受得起。

夏子衿的生日就要到了，乔巧这群人已经选好了地点，在这天下午才通知夏子衿，要穿着礼服出席；同样也通知了顾琛，一定要穿戴正式。

夏子衿没有多想，换上礼服从楼上下来时候，顾琛正想上楼看看夏子衿有没有换好衣服。

两个人一个在楼梯上面，一个在楼梯下面，就这样对望着。

顾琛看到从楼梯走下来的夏子衿，眼中闪过一丝波动。

他有多久没见过夏子衿穿礼服了？紫色的绸缎长裙，没有任何花式点缀，简洁大方，凸显了夏子衿玲珑有致的身材。她瘦了好多，可礼服穿在她身上，是那么的合身。她天生就像一个公主，生来就自带一种凝聚目光的气场。从小到大这么多年，顾琛也领教了夏子衿这份耀眼的魅力。

时至今日，夏子衿已经失去了父母的宠爱，失去了那些曾经让她生活无忧的财富。可她身上的这份光芒，非但未减，反倒因为岁月的洗礼，更多了一份成熟与优雅。

夏子衿提着裙角下了楼，看到顾琛站在客厅，催促了一句："你怎么还不去换鞋？就快迟到了。"

顾琛这才反应过来。

他刚想转身离开，就听到夏子衿惊叫一声，提前换了高跟鞋的她，不习惯在家里的楼梯上走，一不小心脚下踏空，整个人朝楼梯下栽了下去。

顾琛还没有反应过来，就感觉夏子衿朝他直直地压了过来，将他扑倒在地。

夏子衿吓呆了，还以为自己哪里肯定受了伤，倒在地上哼唧。

顾琛任由她趴在他的胸膛上，鼻间嗅到她身上清淡的香水味，隔着薄薄的一层绸缎，甚至能够感触到她玲珑有致的身体。

他不敢乱动。

夏子衿撑着顾琛的胸膛，在他身上坐了起来，检查着自己的脚踝，并没有受伤，衣服也没有破。

从地上起身，夏子衿一边抚顺自己的礼服，一边嘴里还嘟囔着："你怎么这么笨呢，都不知道扶我一把。"

顾琛没有说话。

夏子衿整理了一下长裙，低头看他，见他此刻躺在地上，正闭着眼睛。

夏子衿吓了一跳，急忙蹲下身，轻轻拍了拍顾琛的脸："顾琛，你没事吧？是不是摔到头了？"

顾琛睁开眼。

夏子衿松了一口气，嫌弃地推他一把："你脑子本来就不好，可别再摔坏了。"

顾琛心情极好，话也多了起来："放心，我脑子摔坏了也比你聪明，一百倍。"

"嘁！"夏子衿给了他一个嘲讽的神情。

深秋的季节，夜晚已经有些冷，这几天来了冷空气，尽管夏子衿外面裹了一件长款羽绒服，可裙子里面没有穿其他的衣服，脚踝处还往里灌着凉风。

顾琛把车里的暖风打开，夏子衿用羽绒服紧紧地裹住自己。

见状，顾琛问："要不要帮你暖暖？"

"顾琛，你什么时候学得这么油嘴滑舌了？"夏子衿瞪了他一眼。

顾琛从车子后面拿过他的外套，丢给夏子衿："我说用我的衣服，你想到哪儿去了？"

"明明是你话没说清楚。"夏子衿现在的确是冷，也不顾顾琛的奚落，接过衣服裹在自己腿上，这才感觉一直发凉的腿得到了一丝抚慰。

顾琛勾唇笑着，不再说话。

车子到达指定地点的时候，夏子衿才发现宴会是在一处户外的公园。这里大多时候是用来举办婚礼的，花束、长桌、灯光、背景，一切都很棒。

公园里面的人并没有想象中的多，只有乔巧、陆寅希，还有在角落里坐着的谢诗蕊。

"这是什么情况？"夏子衿裹着大衣，忍不住吐槽，"神经病啊，大冷天的选在户外，还让我穿礼服，你这是要冻死我的节奏。"

"室外不久，一会儿就去室内了。"乔巧看着夏子衿冻得不行，问，"你里面没加条保暖裤吗？"

夏子衿脸色难看："我哪知道是户外，谁出门参加活动还带条裤子出来吗？"

乔巧撩起她的长袖裙，底下果然是一条保暖裤。

就在夏子衿正郁闷的时候，不远处，有闪闪的烛光越来越近，伴随着一个熟悉的声音，唱着："祝你生日快乐，祝你生日快乐……"

江斯晨坐在轮椅上，手里捧着一个蛋糕，谢诗蕊在身后帮他推着轮椅。

夏子衿当然知道今天是自己的生日，她还一直担心，如果有人提出给她过生日，自己该怎么拒绝。没想到，这群人神不知鬼不觉地，就让她上套了。

旁边的顾琛也是一脸疑惑，这群人不仅瞒过了夏子衿，甚至也瞒过了他。要是他早知道今天是为夏子衿庆祝生日的，至少会带上一份像样的礼物。

这可是游轮出事之后的七年来，顾琛第一次跟夏子衿在一起过生日。

江斯晨将蛋糕端上桌，乔巧催促夏子衿："快许愿，我们一起吹蜡烛。"

夏子衿想反对过生日已经来不及了，看着这群人脸上的笑容，看着蛋糕上的烛光闪闪烁烁，她发现自己心里并没有这么抵触过生日这件事。

她转头看向站在身边的顾琛，见他像往常一样静默着不作声，不确定他知不知道今天的这个活动。

乔巧在一旁调笑一句："顾琛，你傻啦？赶紧让子衿许愿呀。"

顾琛看着夏子衿冻得嘴唇有些发紫，没理会那边的蛋糕，只是望着夏子衿问："冷吗？冷就回去。"

旁边乔巧一听急了："别啊，顾琛，给点面子嘛。我们为这一天准备了很久了，户外活动就一会儿，看到那边的酒店没，已经订好位子了，这不是想给你们一个惊喜嘛。谁知道今天晚上突然降温，竟然这么冷。"

夏子衿虽然心里有些纠结，却也不好拂了大家的好意。

站在蛋糕前，夏子衿双手合十，缓缓闭上了眼睛。

江斯晨此刻坐着轮椅，在夏子衿的对面，看到烛光中她的脸色无比温柔。

顾琛的视线也停留在夏子衿身上。他不是没想过给夏子衿过生日，但是他这些日子一直跟夏子衿住在一起，也知道她心里对于七年前的事情并没有放下。过生日对于夏子衿来说并不是一件好事，所以顾琛也只是在之前默默地送了一支口红而已。

现在，他一直打量着夏子衿的脸色。看到夏子衿双手合十闭着眼睛，站在蛋糕前面，脸上似乎还带着笑意，顾琛的心终于缓缓放下了。

夏子衿在心里默默说着：各位小天使小精灵们，如果真的可以满足我的愿望，我希望可以和顾琛永远在一起，再也不要分开。我希望今天在场的所有的人，都可以开开心心，健健康康。我希望，我可以找回爱的勇气。

她缓缓睁开眼睛，大家一起帮她吹灭了生日蜡烛。

身旁的顾琛将胳膊绕过夏子衿穿着羽绒服的腰，揽住了她。

在这一刻，一切都那么美好，心里被暖意充盈着，她竟也不觉得冷了。

夏子衿望着身边的这几个人，由衷地说着："谢谢你们。"

旁边不远处江斯晨问：“我们可以到室内了吧？”

他也惦记着夏子衿会冷。

乔巧不依，拿着蛋糕刀准备先吃块蛋糕。

陆寅希上前从蛋糕上面挖了一块奶油，抹在了乔巧的脸上：“还吃，也不怕胖死。”

“陆寅希，你死定了。”乔巧放下手中切蛋糕的刀，抓了一大把奶油，气势汹汹地朝陆寅希走去。

陆寅希急忙跑开。乔巧追上去，在快追上陆寅希的时候，趁着陆寅希回头，将奶油直接抛向他。陆寅希瞬间变得狼狈不已，连头发上都沾着奶油。

众人看着他这副模样笑到不行，夏子衿也前仰后合。旁边的顾琛看着她这副开心的样子，也抿嘴笑了。

这群人闹腾着，顾琛带着夏子衿回了车里。车子一直都没有熄火，暖风还开着，里面热乎乎的。

顾琛脱下外套，盖在了夏子衿的腿上。

乔巧站在窗口敲玻璃，夏子衿却不开，拿着手机对乔巧摆了摆，示意乔巧用手机聊。

乔巧气恼地捶了一下车窗，隔着玻璃喊了一句：“我说我们还有项目，你急着跑什么。”

顾琛将车窗打开了一点缝隙。

乔巧看着车子里面的夏子衿一脸笑意，她气不打一处来：“你就冷成这样吗？”

夏子衿哼哼道：“是你害我挨冻的，我不想搭理你可以吧。”

“好好好，我的大小姐，那你在车里等着，让顾琛把车子掉个头。”乔巧站在车外，对着顾琛做了一个旋转的手势。

顾琛手握着方向盘，缓缓启动了车子。

夏子衿在旁边小声催促：“关窗关窗，有风。”

顾琛转头望着她，忍不住问：“有这么冷吗？”

“年纪大了不抗冻。”夏子衿嘟哝一句。

乔巧看到顾琛已经将车子朝向他们的方向，对着旁边的草丛比了一个“OK”的手势。

坐在车子里的夏子衿，看到草丛两边升起了两簇气球。气球是荧光的，在这样的晚上，发出了五颜六色的光，看起来特别美。

随着两簇气球缓缓上升，拉起地面上一个横幅，上面似乎写着什么字，有子衿，有什么琛。

在气球慢慢升起的过程中，横幅也随之展开。

夏子衿完整地看清了上面的字：夏子衿、顾琛永结同心。

在夏子衿和顾琛两个名字中间，还画了一个大大的红色桃心。

“搞什么？”夏子衿嘟哝一句，刚才的期待完全不见，取而代之的是一脸郁闷。

她伸手要去开车门，却被顾琛拉了回来。

“他们神经病，你也跟着胡闹。”夏子衿试图挣脱顾琛抓着她胳膊的手。

顾琛非但没放手，反倒更用力，将夏子衿带入自己的怀里。

车子外面的乔巧，看到顾琛已经将夏子衿抱住了，对周围的人说：“好了好了，咱们任务完成了，走吧走吧，去酒店，冻死我了。”

一群人快速清场离开，只留下两簇气球带着横幅，拴在树丛的两边，在夏子衿和顾琛眼前晃动。

夏子衿见状，有些哭笑不得，刚才还感激她有一群这么棒的朋友，现在她要收回自己那些想法，这都是群什么人啊，完全看热闹不嫌事大。

车子里面，顾琛笑着望向夏子衿：“他们在成人之美，要不要遂了他们的心愿？”

夏子衿推开顾琛，脸色有些红。这里只剩下她和顾琛两个人，气氛过分怪异。

她不知道该如何回应。说实话，事到如今，夏子衿已经没有那么排斥顾琛了，她不是没想过跟顾琛重新在一起，只是，心里还是有太多的顾虑，让她没办法坦然接受这份感情。

她还是会害怕。

夏子衿转头看着车窗外，对顾琛说：“我觉得我们现在蛮好。”

“你总是要结婚的，我也是。既然我们都不排斥对方，为什么不干脆在一起？”顾琛换了个说法，希望这样可以让夏子衿更容易接受。

夏子衿转过头来，瞪了顾琛一眼：“所以跟我在一起，只是凑合对吗？”

顾琛被问得哑口无言，他只是……

“好啦。”夏子衿看到顾琛表情的变化，也没再深究，“我跟你开玩笑的。这里好冷，咱们去酒店吧。”

“那你同意吗？”顾琛问。

“同意什么？”夏子衿似乎明知故问。

顾琛还是不厌其烦地解释：“同意嫁给我吗？”

夏子衿再一次转头看向窗外，不知道该怎么回应。

顾琛有些赖皮地说：“我就当你默认了，是不是要表示一下？”

“表示什么，呜……”夏子衿转头，被顾琛突如其来的吻堵住了接下来的话。

顾琛原本准备“浅尝辄止”的，他也担心自己表现得太过热情，会吓到夏子衿。可当他碰触到那香甜柔软的唇，意志力已经不听使唤，贪恋着不舍得松开。

夏子衿则被吓呆了，任由顾琛搂过她。

她从来没有见过顾琛这么主动的样子，此时完全不知道自己该做出什么反应。

等她的思绪终于回归大脑的时候，顾琛已经轻轻松开她，只是眸中带笑看着她。

他说：“味道没变。”

夏子衿脸红，低下头，嘴里忍不住嘟哝：“又不是好吃的。”

顾琛心满意足地启动了车子，说：“好了，我们一起盖了章了，你以后就不能反悔了。”

“谁跟你一起盖章了。”夏子衿着急反驳，明明是顾琛自己主动的好吧。

顾琛才不管夏子衿说什么，今天的这个生日，倒像是专门为顾琛准备的礼物，还是一份豪华大礼。

坐着车子去往酒店的路上，夏子衿忍不住问：“你是不是早就跟他们串通好了？”

“我要早知道，就会让你多穿条裤子。”顾琛不用说太多，这一句话已经够了。

夏子衿也记得刚才在公园里，顾琛最关心的不是这个生日，而是担心她会不会觉得冷。

车子在酒店门口停下，夏子衿迈步进了酒店大厅，这才感觉自己终于从寒冷中解脱出来。

等两人到了乔巧事先订好的包间，大家已经在桌前坐好。

见顾琛揽着夏子衿的腰进来，乔巧笑得比夏子衿还要灿烂。

不过，也是有人欢喜有人忧，旁边的谢诗蕊几乎坐不住，更后悔自己闲着没事为什么要来凑这个热闹，自己找虐。

可一想到她能够见到顾琛，这么近距离地跟顾琛相处，她还是忍不住想要凑过来。她想见他，哪怕他已不是她的他。

等饭菜的时候，众人纷纷拿出送给夏子衿的礼物。

乔巧送给夏子衿一部拍立得，对夏子衿说：“我希望你可以记住我们在一起的所有的美好时光。”

夏子衿说着谢谢，将礼物手下。

江斯晨有些好奇地望着陆寅希：“你给子衿准备的什么生日礼物？”

陆寅希有些尴尬地抓了抓脑袋，说：“还是你们先给吧，我到最后给。”

乔巧“嘁”了一声，出卖了陆寅希：“他给子衿买了一个娃娃。”

陆寅希耳根都红了，急忙解释：“我不擅长给女孩子挑选礼物。”

说话间，他从自己椅子后面拿出来一个旅行箱，打开旅行箱，里面塞着一个一米多高的维尼熊娃娃。

乔巧帮着打圆场：“虽然的确是幼稚了一点，不过你也算聪明，女孩子对这种毛茸茸的东西最没有抵抗力了。”

陆寅希将娃娃抱到夏子衿面前，夏子衿站起身接过来，将脸埋在毛茸茸的维尼熊身上，触感很好，她很喜欢。

旁边江斯晨拿出了一个粉色的小礼盒，上面还打着蝴蝶结，乔巧接过，走过来递给夏子衿。

夏子衿看着如此精致的包装，将礼盒打开。

里面躺着一个钻石怀表，打开怀表，盖子内侧是一张小小的照片。夏子衿记得这张照片，是在Y国的时候，江斯晨帮她照的。那时候夏子衿的记忆力并没有完全恢复，江斯晨曾经说过，希望夏子衿的脸上，永远都有这么好看的笑。

夏子衿对江斯晨说了谢谢。

江斯晨脸上带笑，对夏子衿说："能看到你幸福，我们在座的所有人，才可以放心。"

想起那七年最黑暗的日子，夏子衿心里有很多话，却又觉得不用说太多，她知道江斯晨都懂。

见坐在夏子衿身边的顾琛一直没有什么表示，陆寅希拍了拍顾琛的肩膀，问："你呢？重量级人物，礼物等着压轴吗？"

乔巧知道这件事没有提前跟顾琛说，所以他肯定没时间提前给夏子衿准备礼物，急忙打圆场："人家礼物要回家亲自送，你跟着瞎凑什么热闹。"

"我有礼物。"顾琛开口，让众人吃了一惊。

他有什么礼物？当场给夏子衿转账发红包吗？这好像也是一个很实用的办法。

却见顾琛将手放进衣服的内里口袋，从里面拿出来一枚钻戒。

乔巧忍不住惊呼："顾琛，你每天都带个这么大的钻戒在身上，就不怕丢吗？"

夏子衿看到了顾琛手里的钻戒，有一瞬间的愣神。

顾琛拉起夏子衿的手，望着她的眼睛，对她说："这枚戒指，在我身上放了半年了，我一直不知道该在一个什么样的场合送给你，现在看来，这一切都是最好的安排。"

夏子衿抬眸望着个顾琛，不知道该给出什么回应。

乔巧在一旁急得不行："给她戴上啊！"

顾琛却不着急，只是一只手拿着戒指，一只手拉着夏子衿的手。

夏子衿想到刚才在车里，顾琛吻她的感觉，给了她些许勇气。她想给自己一次机会，再一次尝试对顾琛敞开心扉。

顾琛抬起夏子衿的手，将她的手放在自己的掌心，仔细又用心地把戒指戴在她的无名指上。

看着戒指终于戴在它的主人手上，顾琛脸上是前所未有的满足，像个孩子。

乔巧激动不已，拍着桌子站了起来："来来来，我敬大家一杯。"

众人都举起酒杯。夏子衿和顾琛隔空跟乔巧的酒杯碰了碰，两个人又很有默契地相互碰杯。

重新在座位坐下，乔巧开始轮圈儿敬酒。

夏子衿坐在桌前，两只手藏在桌子下面，摩挲着无名指上的那枚戒指。她从来没想过，原来自己内心深处，对顾琛还是有一份放不下的渴望。此时此刻，她感到的不再是恐惧，而是满心的喜悦。

乔巧敬酒轮了一圈儿，又到了夏子衿那里。她抬手拿起酒瓶，发现第三瓶酒已经见了底，便伸手去拿旁边陆寅希的那瓶。

陆寅希伸手拦住："乔巧，还是少喝点吧。"

"小气。"乔巧松了手，随即去拿另一边谢诗蕊面前的酒瓶，再一次给自己倒满，迈步走到夏子衿面前。

夏子衿也端着酒杯起身，忍不住打趣："跟我还来这一套。"

乔巧的神情却无比的认真，望着夏子衿，说："你不知道，自从认识你之后，每年我的生日、你的生日，咱们都能陪对方一起过。我本来以为这辈子都不能再给你过生日了，我今天真的特别特别特别的……特别特别的高兴。"

乔巧的声音已经有些哽咽，她顿了顿，继续说："你不知道你走的第二年，法律都宣判你死亡了，那一年你过生日，我把你的照片挂满了房间。那天顾琛……"

“乔巧。”陆寅希在旁边及时打断乔巧的话，有些担忧地往顾琛那边看了一眼。顾琛脸上并没有什么表情。

乔巧现在喝得有点多，不过被陆寅希这么一提醒，也知道自己说多了。

她顿了顿，举起酒杯：“真的，子衿，好好跟顾琛在一起吧，他是值得你托付终身的人。”

夏子衿跟乔巧碰杯，陪她将杯中酒一饮而尽。

没有人看到，坐在不远处的谢诗蕊神情中的复杂。她中途说去洗手间，便再没有回来，只是给夏子衿发了一条短信，说：我做不到祝你们白头偕老，如果那个人只能是你，我希望顾琛可以开心。

一群人吃饱喝足，找了代驾各自回去。

夏子衿和顾琛也回了别墅。

顾琛去了书房，夏子衿回了卧室。

坐在床头，夏子衿看着谢诗蕊的那条短信。

她思虑了良久，最后给谢诗蕊回了一句话：我也真的希望你可以开心。

卧室的房门被人推开，顾琛从外面进来。他手里拿着一张照片，是他十八岁成人礼那年拍的一张全家福。照片中，那个少年站在她的身旁，爸妈在身后，笑得慈祥。

大概是喝过酒的缘故，夏子衿觉得眼眶有些酸。

她伸手将照片从顾琛手中拿了过来，翻过来才看到照片的背面写着字。

繁星是你

海洋是你

目光中是你

梦境里是你

年少的过往是你

往后的余生里

亦是你

【正文完】

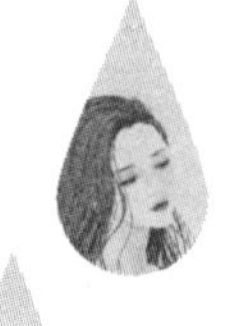

番外一 •

谢诗蕊篇：往事只能如烟

顾琛和夏子衿的婚礼，谢诗蕊并没有参加。

她带着那封请柬，悄无声息地离开了夏氏集团，离开了她从小长大的城市。

中午的时候，她一个人坐在机场的候机厅，旁边放着一个行李箱。

因为害怕会收到参加喜宴的邀请电话，谢诗蕊将手机调成了飞行模式。

一个人坐着太无聊，她随意翻着朋友圈，看到陆寅希发了一条在婚礼现场拍的小视频。

虽然理智告诉谢诗蕊不要理会，可她的手还是不由自主地将小视频点开了。

画面中，顾琛穿着一身香槟色西装，看起来格外亮眼。站在他身旁的夏子衿，却让谢诗蕊的心口有些刺痛。

这么多年，兜兜转转，他们最终还是在一起了。

谢诗蕊原本是有机会的，顾琛甚至已经对她许下了承诺。只是，就连那一份承诺，顾琛都把夏子衿放在了最重要的位置：等到夏子衿过了十年祭日，他就娶谢诗蕊。如今想起来，就像一个笑话。

谢诗蕊望着手机上的视频，婚礼上大家都笑着，似乎没人发现这其中少了一个谢诗蕊。

想到小时候的某一天，她和夏子衿躺在一张床上。那晚窗外月光明亮，夏子衿对谢诗蕊说："我是一定要嫁给顾琛的。到时候，你来当我的伴娘好不好？"

夏子衿说到做到，成了顾琛的新娘，谢诗蕊却爽约了。

如果没有顾琛的出现，谢诗蕊和夏子衿应该还是无话不说的好姐妹吧。

可尽管如此，她还是想要遇见顾琛。

爱他这件事，她从未后悔。尽管她知道所有一切不过是黄粱一梦，而他是永远都撞不到的南墙，可她还是想要在那个明媚的午后，遇见他这道耀眼的光。

谢诗蕊关掉视频，打开了音乐播放器。

看到那首播放次数最多的《追光者》，谢诗蕊戴上耳机，任由它单曲循环。

快要登机的时候，谢诗蕊收到陆寅希一条微信。

他问：你在哪呢？

随后，陆寅希发过来一张照片，是他和乔巧一起笑着喝酒的照片。

谢诗蕊并未回复。

登机时间到了，她从休息椅上起身，拉着行李箱进了安检入口，点开顾琛的对话框，输入：愿你余生不再孤独，愿你再不受离别之苦。

她仍旧做不到祝福，她仍旧自私地希望，有一天夏子衿惹恼顾琛的时候，他能够想到，在这个世界上，还有另外一个人愿意无条件地陪伴他，守护他。

关掉手机，谢诗蕊登机。

五年后，谢诗蕊的母亲重病住院。

她从国外回来，遇见了陆寅希。

陆寅希请谢诗蕊一起喝杯咖啡。

桌前，陆寅希望着谢诗蕊，问："这些年你去哪儿了？手机换号，微信不用，人间蒸发了一样。"

谢诗蕊只是微微笑着，并未作答。

"对了，你结婚了没？"陆寅希又问。

"还没。"

"有喜欢的人了吗？"

听到陆寅希这个问题，谢诗蕊脑海中浮现出顾琛的样子。

她点点头：“有。”

“他现在也在中海吗？什么时候有空一起聚聚。”陆寅希热情地邀约。

谢诗蕊笑而不答。想到顾琛结婚那天，陆寅希说：“你也太不够意思了，顾琛和子衿结婚的时候，你直接辞职走人。那天子衿原本想要把新娘的捧花给你的。”

听陆寅希这么说，谢诗蕊莫名觉得鼻子一酸。

陆寅希察觉到谢诗蕊的眼眶有些红，他试探着问：“诗蕊，你该不会还没有放下顾琛吧？”

谢诗蕊低下头，拿着勺子轻轻搅动着杯子里的咖啡。

陆寅希迟疑片刻，再次缓缓开口：“都这么多年了，顾琛和子衿的孩子都上幼儿园了，你又是何苦呢。”

言外之意很明显，谢诗蕊和顾琛之间，早已经再无可能。

谢诗蕊吸了吸鼻子，抬眸对陆寅希展露笑意。

她说：“我这些年过得很好，工作很顺心，身边也有一帮好朋友，只是还没等到我的真命天子出现而已，但我相信他总会出现的。”

陆寅希还想说些什么，又觉得说什么都多余。

他感觉得出来，谢诗蕊并没有表现出来的这么洒脱。

两个人喝完咖啡，告别离开。

谢诗蕊在医院陪了妈妈一下午，晚上妈妈睡着，她离开医院，开着妈妈的车子，漫无目的地在路上前行。

不知不觉地，车子开到了夏家别墅。

别墅里面灯火通明，透过窗子，她看到顾琛和夏子衿此时正在客厅。

顾琛抱起一个四五岁的小女孩儿，将她高高举过头顶。女孩儿被逗得咯咯直笑。

夏子衿在旁边说着什么，顾琛将女儿放下，揽着夏子衿的腰，低头轻柔地落下一个吻。

夏子衿笑着推了推他。

顾琛往窗外看了一眼，谢诗蕊感觉自己偷窥被发现一样，脸颊有些热。

随后，顾琛迈步往窗边走了过来。

谢诗蕊感觉心跳有些快：难道顾琛看到她了？

这么多年没见，如果真的要跟顾琛面对面，她该说些什么？

五年前在机场给顾琛留的那条信息，他看到了吗？

兴许是看到了吧，或许也给她回了吧，只是她再也没有登录过微信，只是她没有再理会而已。

顾琛的身影渐渐靠近客厅的窗子，谢诗蕊的心跳到了嗓子眼。

顾琛并没有开窗，也没有跟窗外的谢诗蕊打招呼。他拉上了窗帘，将谢诗蕊隔绝在那一室的甜蜜之外。

次日，陆寅希请谢诗蕊吃饭。

到达餐厅的包间之后，谢诗蕊才看到，顾琛和夏子衿也坐在桌前。他们中间的椅子上，坐着昨天晚上那个四五岁的小女孩儿。

如今近距离地看着顾琛和夏子衿的女儿，谢诗蕊才发现，小姑娘长得跟夏子衿小的时候很像。

“诗蕊，来这边坐。”陆寅希起身迎接，谢诗蕊的思绪才收了回来。

他见谢诗蕊一直望着顾琛和夏子衿的女儿，笑着介绍：“你还没见过悠悠吧。”

“悠悠？”谢诗蕊下意识问出声。原来，他们的女儿叫悠悠。

陆寅希解释：“青青子衿，悠悠我心。”

谢诗蕊落座，心中思量。夏子衿是顾琛最青睐的人，而这个跟夏子衿小时候几乎长得一模一样的悠悠，是他心间的宝贝。

真是没想到，顾琛这么淡漠的人，也会有这样浪漫的心思。

包间的门再一次被推开，乔巧急匆匆地从外面进来，连忙致歉：“公司里开会开到现在，真是烦人。”

看到坐在夏子衿和顾琛旁边的小丫头，乔巧脸上带着笑意，迈步走了过去，将她抱在怀里。

“悠悠宝贝，有没有想妈咪呀？”乔巧在顾悠悠可爱的小脸蛋上亲了几口。

小姑娘奶声奶气地开口:“妈咪是不是有男朋友了?都不来找悠悠玩。”说完话还“哼”了一声,以示不悦。

“哪有啊,听你妈妈胡说。再说了,就算妈咪有男朋友,肯定也没有悠悠重要呀。”乔巧抱着顾悠悠,在夏子衿旁边坐下,这才发现,谢诗蕊也坐在桌边。

“呀,贵客啊。”乔巧惊叹,又下意识吐槽一句,“还以为你失踪了呢。”

陆寅希轻咳两声,乔巧也不理会,抱着顾悠悠跟她玩闹。

谢诗蕊从进门之后,一直都没有与顾琛对视。

时隔五年,她以为就算再次见面,自己也已经可以坦然面对。

梦境里的那个人,此刻就坐在她的对面,她却连说一句“好久不见”的勇气都没有。

“诗蕊,听寅希说,阿姨病了,现在好些了吗?”夏子衿开了口。

谢诗蕊这才抬眸,望向她,点了点头。

谢诗蕊并没有与对面的顾琛对视,把视线投向被乔巧抱在怀里的顾悠悠,由衷地感叹一句:“你女儿都这么大了。”

顾悠悠听到谢诗蕊是在说她,望了一眼谢诗蕊,眨了眨眼睛,问乔巧:“妈咪,她是谁呀?”

乔巧只说:“是你诗蕊姨姨。”

“诗蕊……”小丫头思索着这个名字,她好像听爸爸妈妈说起过呢。

谢诗蕊听到她的名字被顾悠悠奶声奶气地说出口,一瞬间,仿佛回到了儿时。

她从小就是一个安静的女孩,经常是夏子衿在旁边“诗蕊,诗蕊”地叫着。

谢诗蕊下意识伸手,轻轻点了点顾悠悠肉乎乎的小脸,随后才意识到,自己这个动作似乎不太礼貌。

顾悠悠望着谢诗蕊,对她露出甜甜的笑。

谢诗蕊这才松了口气。

饭菜上桌,谢诗蕊没有一开始那么拘谨,对顾悠悠也有一种莫名的亲近感，时不时地帮她夹着她喜欢吃的菜。

夏子衿问谢诗蕊："这些年去哪儿了，一直都没有你的消息。"

"在国外工作。"谢诗蕊眼睛望着顾悠悠，回应夏子衿一句。

"夏氏集团给你的工资不够吗？"在旁边沉默良久的顾琛突然开了口。

谢诗蕊刚夹起一块香芋，正准备往顾悠悠面前的碗里放，闻言，拿着筷子的手顿了顿。她压下心头的激动，面上若无其事，将香芋放到顾悠悠的碗里，这才抬眸看向顾琛。

谢诗蕊笑了笑，说："人往高处走，我也不能一辈子留在夏氏。"

她说得云淡风轻，天知道她现在心口的小鹿在狂奔。

如今有了话题可以和顾琛聊，她问："公司这几年发展得还不错吧？"

"挺好。"顾琛言简意赅。他没有变，还是那个话少的淡漠样子。

坐在谢诗蕊身边的陆寅希问她："还准备继续在外面吗？要不干脆回来，我有几个兄弟都不错，到现在还没女朋友呢，都是刑警出身，绝对有安全感。"

听到他说这话，乔巧忍不住吐槽一句："你那群兄弟还是算了吧，有了案子忘了家，注孤生。"

陆寅希吃瘪。

谢诗蕊问陆寅希："你也还没女朋友吗？"

陆寅希哭丧着脸，望了乔巧一眼，对谢诗蕊说："我这种人，注孤生。"

这顿饭吃得还算愉快。

散场之后，几个人站在餐厅外面。

陆寅希让顾琛和夏子衿回去，他孤家寡人没事做，去送谢诗蕊和乔巧。

顾悠悠却赖在乔巧怀里不肯下来。

乔巧只好跟着先回夏子衿家，等把悠悠哄睡了，她再回家。

陆寅希便和谢诗蕊先行离开了。回医院的路上，谢诗蕊问陆寅希："你是不是在等乔巧？"

"怎么可能，她就是个男人婆。我就算再寂寞，也不会对男人有兴趣。"陆寅希连忙否认。

谢诗蕊说："我的直觉向来很准。你俩也都没谈朋友，可以试一试。"

陆寅希转移话题，问谢诗蕊："你有什么打算吗？等你妈妈身体好了之后，你不会又玩失踪吧？"

"我现在工作很稳定，不想改变这种生活状态。"谢诗蕊坐在副驾驶的位置，转头看向窗外。

陆寅希也沉默下来。车子在医院的停车场停了下来，陆寅希坐在车里，手搭在方向盘上。

他没有去看谢诗蕊，只是说："今天之所以请大家一起吃个饭，其实是想要找回以前在一起的那种感觉。"

"你有心了。"谢诗蕊客气地说了一句。

"其实，我们都希望你能回来。"陆寅希转头望着谢诗蕊，继续说，"子衿总会时不时地提起你。虽然她没有明说，但是我跟乔巧都感觉得到，她一直挺想你的。"

"怎么会。"谢诗蕊笑意有些苦涩。

她喜欢的人是夏子衿这辈子发誓要嫁的男人，她和顾琛甚至有过婚约。当初夏子衿刚刚回到夏氏集团那会儿，谢诗蕊想着法儿给她穿小鞋。

谢诗蕊太了解夏子衿，她就是那种人若犯我，我必犯人的性格。今天晚上能这么礼貌地跟谢诗蕊说话，已经是夏子衿的极限了吧。

"人生有几个二十年。"陆寅希靠在车座上，胳膊枕在脑后，他说，"你和子衿从小一起长大，你们在一起的时间，是我们这群人当中最久的。就算有过一些不愉快，可那份感情，不是说断就能断的。"

谢诗蕊只是沉默着。

片刻之后，她问陆寅希："你觉得，我和子衿还能回到以前吗？"

"子衿从来没有针对过你，是你一直不肯放过自己。"陆寅希叹了口气。

谢诗蕊再一次沉默下来。下了车，谢诗蕊目送陆寅希的车子离开。

她乘坐电梯上楼，去往妈妈的病房。

谢妈妈已经醒了。看到谢诗蕊从门外进来，她脸上带着笑意。谢诗蕊走到病床前坐下，握着妈妈的手。

“妈妈，我答应去相亲。”谢诗蕊缓缓开口。

谢妈妈欣慰地拍了拍谢诗蕊的手背，她等这一天，真的太久了。

半年后，谢诗蕊的婚礼如期举行。

顾悠悠当谢诗蕊的小花童，提着谢诗蕊的婚纱裙摆，和她一起迈步走上红毯。

今天的证婚人是顾琛。他穿着一身黑色西装，拿着话筒站在台上。

“今天的新娘，是我妻子的妹妹，也是我的好朋友。我们已经认识了很多年，也经历了很多。她是一个文静又有点倔强的人，认准的事情，很少会改变。”顾琛的声音，透过话筒传递到现场的每一个角落。

谢诗蕊穿着婚纱，在红毯上缓步往前走着。

顾琛的声音还在继续：“我和我的妻子，一起衷心地祝愿，今天的新娘，可以与新郎携手一生，幸福一世。”

谢诗蕊红了眼眶。

她曾以为，如果此生不能成为顾琛的新娘，爱情和婚姻都不再有意义。

正如顾琛所说，谢诗蕊认准的事情，很少会改变。可是在对于她和顾琛的这件事上，当她换了个角度去看的时候才发现，并不是顾琛不要她，而是她亲手推开了这一切。

到了新娘丢捧花的环节，谢诗蕊回头看了一眼，转过身去，将手中的那束代表幸福的花丢了出去。

乔巧原本只是过来凑个热闹，那束花莫名就落在她面前，她抬手一把抓了过来。

谢诗蕊回头，看到捧花被乔巧握在手中，脸上仰起一抹开怀的笑意。

或许，谢诗蕊此生都没办法让自己放下对顾琛的那一份喜欢，但是，当她可以放下非在一起不可的执念，反倒可以跟顾琛拉近距离。

她不再叫他的名字，只是喊着“姐夫”。

顾琛这两个字，随着她那些过往的心事，一起成为不再去追的云烟。

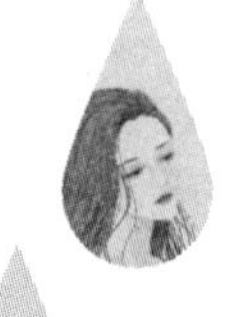

番外二 ·
乔巧篇：不想面对任何失去的可能

谢诗蕊的婚礼过后，乔巧整个人都变得不太一样了。

她听说过，新娘的捧花被谁抢到，谁就是下一个会收获幸福爱情的人。只是她的爱情还未开始，却已经结束。

因为，陆寅希这个注孤生的男人竟然有了女朋友。

那个女孩也是个警察，乔巧见过她穿军装的样子，英姿飒爽；也见过她的生活照，性感迷人。

这让一向大大咧咧的乔巧有些不爽，一个人怎么可以这么多变。

乔巧去了夏子衿的家，坐在沙发上，吐槽陆寅希的新女友，夏子衿只是笑着。

乔巧有些恼，气呼呼地问："这很好笑吗？"

夏子衿脸上笑意未减，她说："我记得上次问过，你是不是对寅希感兴趣，你拍着胸脯跟我发誓，这辈子就算嫁不出去，也绝对不会对他有任何想法，现在怎么就跟个失恋的小怨妇一样？"

"我我我……"乔巧一时间不知道如何反驳，面色更恼，"我跟寅希是好兄弟，他谈恋爱这种事，好兄弟帮他把把关也很正常。"

"那你就别跟我吐槽了，你直接给他打电话，跟他说说你这个好兄弟的想法。"夏子衿作势就要从沙发起身。

"哎哎哎……"乔巧急忙拉住她，瞪了夏子衿一眼，"你这也太不够意思了。"

"那你承不承认，你喜欢寅希？"夏子衿问。

乔巧抓了抓头发，支支吾吾地嘟哝："喜欢也谈不上，反正我就是不想看到他有女朋友。”

“如果这都谈不上喜欢了，那怎么样才算喜欢？”夏子衿白了乔巧一眼。

乔巧急忙解释：“我是真的没有心动的感觉。但是你这么说起来吧，我似乎从小到大也没有对哪个男人心动过。”

乔巧说完，忽然意识到问题的严重性，她惊讶地望着夏子衿：“我该不会真的喜欢寅希吧？”

夏子衿笑而不语。

“天哪，这太疯狂了。他一直把我当兄弟，我竟然……”乔巧摇摇头，觉得自己不该有这样的想法。可是，她又觉得，陆寅希的确是个很不错的男人。

他虽然是个刑警，整天跟案子打交道，可他的心思又很细腻，会照顾到别人的情绪。

乔巧从小就是一个神经大条的人，外人也都觉得她生性活泼。但是在夏子衿出了海难事故，生死未卜的那些年，陆寅希给了乔巧很多安慰。

只是，一瞬间从朋友过渡到爱人，这样的变化，连乔巧自己都觉得难以接受。

夏子衿望着乔巧，问：“要是寅希真的跟那个女警结婚了，你会不会后悔？”

乔巧想到陆寅希挽着别的女人的手步入婚姻的殿堂，她发现自己并不像当初顾琛和夏子衿结婚的时候那么开心。她希望陆寅希干脆就注孤生，这辈子都别谈恋爱。此时此刻她才知道，原来会有这些想法，只是因为她喜欢他。

“找个时间约他出来聊聊吧。”夏子衿给乔巧建议。

“聊什么？”乔巧有些抗拒，连连摆手，“还是算了，这种事很尴尬的好吧。再说了，他现在都已经有女朋友了，我再去找他，跟小三有什么区别？”

“你怎么确定他们两个人已经是恋人了？寅希亲口承认了吗？”夏子

衿问。

乔巧想了想，摇摇头。她只是在朋友圈里看到了陆寅希发的他和那个女警的合照而已。

“所以，只是你觉得他们是恋人而已。或者，你可以找寅希问一问，先表示一下你这个兄弟的想法，探探他的口风。”

听了夏子衿的话，乔巧觉得靠谱。

离开夏子衿家里之后，乔巧开着车子前往健身房，路上给陆寅希打了一个电话。

没人接。

乔巧好奇，他可很少会不接她的电话。难不成真是因为有了女朋友，他开始跟其他的女性朋友保持距离了。

越想越觉得这种可能性很大，乔巧有些暴躁。

健身馆的自由搏击区那边，乔巧戴着拳击手套，一下一下狠狠地打在面前的沙袋上。

“让你有女朋友，浑蛋！让你不接我电话！臭男人，臭男人，臭男人……”

乔巧嘴里念念叨叨，视线集中在沙袋上，恨不能把面前的沙袋打破。

耳边响起那个熟悉的男人声音：“你这是怎么了？失恋了？”

乔巧愣神：陆寅希？

她不理会，继续打着沙袋。

陆寅希见她状态不对，上前叫了一声：“乔巧？”

乔巧戴着手套的拳头，挥向了陆寅希的脸。她心头正怒，陆寅希却在这个节骨眼儿来招惹她。只是，乔巧的拳头还没碰到陆寅希，就被他抬起手掌接住了。

乔巧郁闷，陆寅希是有些拳脚功夫的，她压根儿打不过。

乔巧摘下手套，擦了擦额头上的汗，迈步走到放水杯的地方。

陆寅希跟在她身后，越发不解。

他问：“乔巧，你真失恋了？”

乔巧回头瞪了陆寅希一眼。

“谁这么有眼光，看得出来你压根儿就是个男人？”陆寅希脸上扬起一抹好看的笑，说出口的话，却让乔巧抓狂。

乔巧抬手打在陆寅希胸口。

这一次，陆寅希没躲，挨下了这一拳。

乔巧看到陆寅希一直笑盈盈地望着她，不知为何，心里竟然有些激动。

在她不确定自己对陆寅希的这份感情之前，她可以在陆寅希面前不顾形象。可是现在，她竟然有些担心，自己刚才打沙袋的样子是不是有些丑。

想到夏子衿建议她试探一下陆寅希，她平复自己的情绪，望着陆寅希，问：“听说你有女朋友了？”

“怎么样？早你一步。”陆寅希挑挑眉，满是炫耀。

“祝你们早日分手。”乔巧愤愤咬牙。

陆寅希不乐意了：“你这人怎么这样啊，自己找不到男朋友，还不让我找女朋友了？”

乔巧不知道如何反驳，拿着水杯走到休息区。现在她装着心事，在面对陆寅希的时候，战斗力骤降。

看样子，陆寅希跟那个女刑警是真的在一起了。

陆寅希走到乔巧对面坐下，越发觉得今天的乔巧很反常。

想到刚才乔巧打沙袋时说的那些话，陆寅希问：“你不会真的失恋了吧？什么时候谈恋爱的？我都不知道。”

“干吗非让你知道，你是我的谁啊？”乔巧不去看陆寅希，端着水杯自顾自地喝着水。

陆寅希听乔巧说这么见外的话，他捂着胸口，做出一副受伤的样子，说：“好歹咱们也认识将近二十年了，你竟然忍心这样对我。”

看着陆寅希飙戏，乔巧憋笑。

陆寅希见她心情好了一些，问：“说真的，那小子是谁啊，放着你这么好的女人不要，脑子有问题吗？”

“你奚落我是吧。”乔巧抬手，作势又要打他。

陆寅希身子后靠，解释道："我说真的呢。虽然你的确暴力了一点，但现在像你这么直率的女孩子也很少见了。"

听陆寅希这语气，他不讨厌她是个女汉子。

想到刚才路上给陆寅希打的那个电话，她问："刚才为什么不接我的电话？"

"你打电话了？"陆寅希急忙从口袋里掏出手机，果然看到有一个未接电话，解释道，"今天我休息，习惯性静音了。"

"万一有案子怎么办？"乔巧可不觉得陆寅希这个职业能够有休息的机会。

陆寅希说："我是警察，但也不是超人。局里还有别的同事呢。好不容易排到休，我只想好好放松一下。"

乔巧心道，难怪会在健身馆遇见他。

不过，乔巧也有些不解，问："你女朋友今天没时间陪你一起休息？"

"什么女朋友啊，同事瞎起哄。再说了，我跟她是同事。"

听到陆寅希的解释，乔巧一整天悬着的心缓缓放了下来。

原来，他仍旧还是单身。

"注孤生。"乔巧低声骂了一句，从休息椅起身。

"你这女人怎么这么没心没肺，我好心过来安慰你失恋……"陆寅希也起身，跟着乔巧一起走到健身区。

乔巧走到仰卧起坐的器械边，戴着耳机专注地运动，并不理会陆寅希。

陆寅希几次想说话，乔巧像是在刻意躲避。

一直到乔巧训练完，离开健身馆，他都没有再跟乔巧正儿八经说上话。

陆寅希只当是乔巧失恋之后心情不好。

今天正巧是周末，陆寅希一个人闲来无事，去了夏家别墅。

顾琛正在书房忙着工作，夏子衿陪顾悠悠在客厅的地毯上玩玩具。

看到陆寅希来，夏子衿让顾悠悠上楼去叫顾琛。

陆寅希忙阻止，说："别打扰他工作了，我就过来坐坐，没什么事。"

夏子衿让顾悠悠自己玩，起身帮陆寅希倒了杯茶。

陆寅希坐在沙发上，接过夏子衿递过来的茶杯，问她："你知道乔巧失恋了吗？"

夏子衿心中思量，乔巧跟陆寅希说她失恋了？

见夏子衿不说话，陆寅希又道："刚才在健身馆看到她了，她心情不太好。"

夏子衿点点头，问陆寅希："听说你有女朋友了？"

"没有，跟同事打赌输了，才发的朋友圈。"陆寅希解释。

夏子衿了然，说了一句："是乔巧告诉我的。"

"她那性格你也知道，爱看热闹，也跟着瞎起哄。"陆寅希笑了笑，提到乔巧的时候，他眼中带着一丝宠溺。

"乔巧没失恋，就是以为你都有女朋友了，她觉得不太爽。"夏子衿说话的时候，观察着陆寅希脸上的神情变化。

陆寅希看起来似乎是松了口气，无奈地笑了笑，说："这丫头啊，总是长不大。"

夏子衿又道："你俩也老大不小了，既然都没谈恋爱，干脆凑个对儿算了。你们认识这么多年，也算是知根知底。"

"不可能，不可能。"陆寅希连连摆手，脸上的表情有些尴尬，他说，"我压根儿就不是乔巧喜欢的类型。"

"她喜欢什么类型？"夏子衿问。

"她自己说，以后的老公要身高一米八五，我不到；要是富二代，我也不符合；其他的条件就更不用说了。"

听陆寅希这么说，夏子衿汗颜。

乔巧那是胡扯的，她还说她想要嫁给国际影帝呢，这能当参考条件吗。

不过，听陆寅希这意思，他本身并不排斥乔巧，只是觉得自己不符合乔巧的择偶标准而已。

如果只是这样，事情似乎也没有那么难办。

夏子衿问他："你下次休假是什么时候？"

"下周六吧。"

“好久没一起出去玩了，要不要去游乐场？叫上乔巧和诗蕊两口子，咱们一起去放松一下吧。”

“好啊。”陆寅希也觉得自己最近工作挺累的。

周六那天，顾琛开车载着夏子衿和顾悠悠，旁边还坐着乔巧。

夏子衿对乔巧说：“一会儿蹦极的时候咱们分组，我肯定跟顾琛一组，诗蕊跟她老公一组，你和寅希一组。只要他对你有感情，等游戏结束之后，他肯定会表白。”

“这样可以吗？”乔巧有些担心。

“放心，你们都不讨厌对方，只是差一个契机而已。”夏子衿胸有成竹。

前面开车的顾琛说了一句：“直接跟寅希实话实说不就行了，还要这么麻烦。”

乔巧笑着打趣一句：“你是不敢玩蹦极吧。”

夏子衿拍了拍顾琛的肩膀，说：“我保护你。”

顾琛汗颜，他还没怕到需要女人保护的地步。

车子到了游乐场，几个人先玩了一些轻松一点的项目。

后来夏子衿提议要去蹦极，陆寅希强烈反对：“我可不想玩命。”

乔巧激他：“连蹦极都不敢，怎么为人民卖命？”

“那能一样吗？紧要关头哪里顾得上这些。”陆寅希倒不是因为恐高或者是身体上的原因，只是不希望把生命当儿戏。

夏子衿看到乔巧脸色不太好看，怕他们两个人真的吵起来，劝道：“算了算了，我们换个项目。”

乔巧心里不爽，坚持道：“我就想玩这个。”

一时间，夏子衿觉得有些尴尬。

陆寅希抬手搭在乔巧肩上，说：“你要是想玩刺激的，我们去鬼屋。蹦极这么冒险的事情，我不想让你做。”

乔巧这才抬眸看向陆寅希，眼神之中带着探究。

陆寅希说：“你是我生命中很重要的人，子衿和诗蕊都有人守护着，但是你不一样。”

“你陪我呀。”乔巧原本说的是陆寅希陪她蹦极这件事。

陆寅希已经揽着她的肩膀，带她往鬼屋那边走，嘴里说着：“我会陪你玩，但是不想陪你去做连我都没把握的事情。”

“你对自己也太没自信了吧。”乔巧心情好了一些，笑着打趣。

陆寅希只说：“不是对自己没自信，是因为不愿意面对任何失去你的可能。”

夏子衿这群人还站在原地，莫名被撒了一脸狗粮。

本来还以为非得到了紧要关头，陆寅希才会对乔巧表明心迹，没想到，那小子顺杆爬的本领很好，竟然就这么招了。

谢诗蕊问夏子衿：“那咱们还去蹦极吗？”

夏子衿望了顾琛一眼，说：“还蹦什么了，我也不想面对任何失去的可能。”

陆寅希和乔巧成了一对恋人，准确地说，是一对欢喜冤家。

两个人仍旧时不时拌个嘴，乔巧还是那个喜欢暴力的女汉子，但是，在陆寅希面前的时候，她也会展露娇俏的一面。

夏子衿还以为又要参加一次婚礼了，没想到陆寅希请了一个月的长假，和乔巧一起去国外旅行结婚了。

看着他们在朋友圈里发的照片，看到乔巧脸上甜蜜的笑容，夏子衿也替她和陆寅希开心。

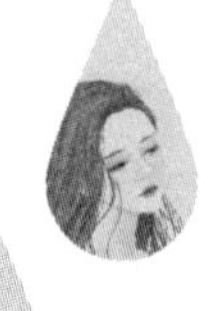

番外三 •

江斯晨篇：我终于，找到你了

夏子衿和顾琛结婚的那天，不只谢诗蕊缺席，江斯晨也没有参加。

不过，江斯晨倒不是想要躲避什么，只是觉得自己坐着轮椅太不方便，怕过去之后，给夏子衿丢人。

那天晚上，他一个人在夏子衿隔壁的那栋别墅里。桌上放着一瓶红酒，江斯晨坐在轮椅上，手里端着一个红酒杯。

一瓶红酒不知不觉已经见底，江斯晨看着空了的酒瓶，心中有些焦躁。

他推着轮椅想上楼，因为贝拉不在，他完全没办法自己坐着轮椅上楼。

江斯晨不甘心，一只手扶着楼梯，另一只手掌控着轮椅，一点一点往楼梯上面挪动。眼看就要到达楼梯的拐角，他松开楼梯扶手，想要调整一下方向，轮椅却不受控制，翻滚下楼。

江斯晨的身体顺着楼梯跌落下去，骨头的关节被撞击得有些麻木，胳膊也擦破皮肤，渗出血来。

江斯晨躺在地上，已然忽略了身体的疼痛。

贝拉的身影在眼前浮现。

他这些年一直依赖那个女人的照料，却从没想过她付出了多少。

他记得自己对贝拉表明自己的心意，说他并不爱她，不想自欺欺人，当时贝拉的脸上带着惊讶，也带着悲伤。

但她没有死缠烂打，甚至都不追问原因，就那样平静地接受了江斯晨的分手请求。

“你还真是浑蛋啊！”江斯晨躺在地上，望着天花板，暗骂自己。

他挣扎着爬起来，看到轮椅翻倒在旁边。

将轮椅摆正位置，江斯晨撑着轮椅的扶手，尝试了好多次，才终于顺利地坐了上去。

滑动轮椅去了客厅，江斯晨给史密斯打了一个电话。

Y 国那边正好是中午，史密斯将电话接了起来，询问江斯晨的近况。

寒暄过后，江斯晨问："你之前说过，我的腿之所以没办法走路，是因为心理问题？"

"是的。"

"我想要接受治疗。"

五年的时间，谢诗蕊和乔巧都已经有了自己的幸福家庭，可江斯晨，始终没有联系贝拉。

他跟自己打了一个赌，等他的腿完全恢复之后，他会去找贝拉，亲口说一声对不起。

如果那时候贝拉已经有了喜欢的男人，他不会再打扰。

如果贝拉仍旧单身，江斯晨愿意用自己的真心，正式追求她一次。

这五年的时间，他一边接受心理治疗，一边做复健练习，每一天都有进步。

当他每次想要放弃的时候，觉得太难的时候，一想到贝拉那七年的日夜陪伴，他就心生勇气，不允许自己轻易认输。

终于，在五年后的某一天，他不需要医生协助，自己从轮椅上站起身来，迈出别墅的大门，感受到了双脚稳稳地踩在大地上。

外面阳光正好，江斯晨伸开双臂，闭上眼睛，仰着脸享受着自由的微风。

他做到了。

江斯晨尝试着联系贝拉，史密斯说他已经好几年没有贝拉的消息了。

贝拉的电话号码早已经更换，原来的住处也没有人。

那个照顾了江斯晨七年的女孩儿，仿佛凭空消失了，无影无踪。

江斯晨找了她很久，却一直都没有任何消息。

他站在别墅的客厅中，看着这里的一切，都是 Y 国的风格，心中莫名开始怀念起他跟贝拉在一起的那些美好时光。

有些人的感情是炽热的，像夏子衿。

而有些人的感情是隐秘的，像顾琛。

江斯晨的感情隐秘到连他自己都未曾察觉，这一刻，他忽然觉得，倘若此生都见不到贝拉，倘若连一句对不起都无从说起，就算他的腿好了，又有什么意义。

时间一过就是一年。

有一天，江斯晨晨跑之后回家，路上经过一家花店，他迈步走了进去。

“欢迎光临。”一个女人的声音响起，让江斯晨觉得有些熟悉。

在听到这个声音的那一瞬间，他感觉自己的心口被激荡出绚烂的火花。

江斯晨朝声源的方向看过去，正在那边插花的女人也朝门口看了过来。

四目相对，谁都没有说话。

一大片花束之中，贝拉一头金发披散在肩头，系着一件红白相间的方格围裙，就那样安静地站着。

时间仿佛在这一刻凝滞，江斯晨一度以为自己现在正在梦中。

“我终于，找到你了。”江斯晨迈步走向贝拉，将她紧紧拥入怀中。

贝拉有些控制不住自己的情绪，她从来没有像现在这样如此踏实地被江斯晨抱在怀里。不只江斯晨觉得这一切像是做梦，贝拉也觉得，此刻她心里的感觉是：幸福得不太真实。

只是随后，贝拉轻轻推开了面前的江斯晨。

江斯晨的情绪平复了一些，意识到自己刚才的拥抱或许吓到她了。

站在这个自己找寻了一整年的女人面前，江斯晨问：“你什么时候在这里开的花店？”

“六年前。”贝拉眼眸中闪烁着晶莹的光。

原来，这些年贝拉一直都离他这么近，只是他从来都没有发现。

这六年，贝拉经常关注江斯晨的动态，知道他开始接受心理治疗，知道他每天都在坚持复健，甚至也知道他已经彻底摆脱了轮椅，成了一个完全健康的人。

只是这些话，贝拉并没有告诉他。

江斯晨望着贝拉，神情温柔。他问：“为什么不联系我？”

“我们已经分手了呀。”贝拉背过身去，装作在整理花束，抬手悄悄地拭了拭眼角。

江斯晨察觉到她的动作，再一次将贝拉拉入怀中。

“对不起。”他说，为六年前他不负责任的行为。

贝拉肩膀有些耸动，江斯晨隐约听到她强忍着自己的呜咽。

很多话已经不需要再问，贝拉的态度已经表明，这些年，她像江斯晨一样，一直在等待这一天。

江斯晨轻抚贝拉的后背，告诉她：“想哭就哭吧。过了今天，我不会再让你哭了。”

一个月之后，江斯晨和贝拉的婚礼在夏子衿隔壁的别墅举行。

乔巧和陆寅希一同来参加，谢诗蕊和她老公自然也没有落下。

看到江斯晨帮贝拉戴戒指的那一幕，夏子衿窝在顾琛的怀里，脸上带着喜色。

她身边的这群人，总算都有了一个幸福的归宿。

顾琛秉性没改，仍旧是个话少的冰山。夏子衿却清楚，在他淡漠的外表之下，有着一颗炽热的心。

夏子衿靠在顾琛身旁，望着江斯晨和贝拉脸上幸福的笑，她对顾琛说：“我们出去度个蜜月吧。”

“好。”顾琛认真地应下。

夏子衿刚跟顾琛结婚那会儿，夏式集团离不开顾琛，再加上谢诗蕊的离职，让夏子衿的工作量也多了不少。

再后来，怀了顾悠悠，她就更没时间去想什么蜜月的事情了。

如今顾悠悠已经开始上幼儿园，公司也已经稳定下来，那些夏子衿还没来得及从顾琛这里获得的浪漫，她想用一生的时间，一点一点全都补上。

余生很长，她想和顾琛慢慢来。

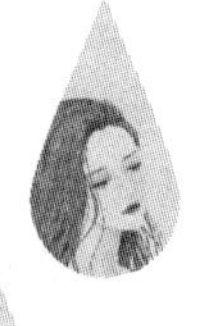

番外四 ·
夏子衿篇：我只想要你

在江斯晨的婚礼过后，夏子衿研究着国外的度假胜地，想要找一个气候宜人，又浪漫美好的地方，来度过她和顾琛的假期。

晚上顾琛下班之后，夏子衿拉着他去了书房，指着电脑上她找出来的旅游胜地，询问他的意见。顾琛认真地看完了夏子衿选出来的这几个景点，嘴里蹦出两个字："都可以。"

"别啊，你最喜欢哪一个？"夏子衿平日里自己拿主意也就罢了，可是度蜜月这样的事情，都是两个人商量着来的好吧。

顾琛再次开口，仍旧是两个字："你选。"电脑上有一张透明湖的照片，小船漂浮在平静的湖面，蓝色的水清澈见底。阳光的映照下，船的影子在水底清晰可见。

夏子衿问："这里怎么样？"

"可以。"顾琛一本正经地点点头。

夏子衿有些郁闷，顾琛就不能多给点建设性的意见吗。她忽然觉得胃里一阵翻腾，捂着嘴跑出书房，冲到了洗手间，趴在马桶上干呕了一会儿，这种感觉有点熟悉。她刚刚计划着要跟顾琛度假呢，该不会这么不巧吧。事实证明，还就是这么不巧，夏子衿又怀孕了。

得知这个消息，刚生了一个儿子的乔巧一脸兴奋。她抱着宝宝来到夏子衿家，两个人坐在客厅，她说："咱们干脆搬到一起住吧。"

"为什么？"夏子衿有些不解。

乔巧说："这样的话，咱们的孩子以后就是青梅竹马，我和你就可以成为亲家了呀。"

“谁告诉你我要生女孩？我有悠悠一个女儿就很满足了，这次想生个儿子。”夏子衿一脸期待。

乔巧却不放弃，仍旧说着：“你生什么都行，我主要是想要跟你成为亲家。”

“什么啊！”夏子衿被乔巧逗笑，看着被乔巧抱在怀里的小少爷，夏子衿逗弄他，说，“长大了可千万不要听你妈妈的话。”

乔巧“嘁”了一声，只是笑着，也没反驳。

晚上的时候，夏子衿洗过澡，上楼回了卧室。顾琛正坐在床上看平板。见夏子衿进来，他将平板放到床头柜上，扯了扯被子，挪到另外一侧。夏子衿上床，她的这一侧已经暖和了。

躺在床上，夏子衿想起今天乔巧说的话。转头望着旁边的顾琛，她问：“你想要男孩，还是女孩？”

顾琛将夏子衿揽入怀中，在她耳边轻语：“我只想要你。”

九个月之后，医院的产房外面，向来淡定的顾琛看起来有些焦急。他明显坐立难安，一直在楼道里来回踱步。乔巧和陆寅希也在这里，看到顾琛担忧的样子，乔巧劝道：“你别太担心了，这才一个小时不到，再给她一点时间。”顾琛怎么能不担心，夏子衿生顾悠悠那会儿只用了半个小时。

这次都进产房这么久了，顾琛脑海里总是冒出各种危险的可能。乔巧见自己的劝说无效，给陆寅希使了个眼色。陆寅希从休息椅起身，走到顾琛身边，拍了拍他的肩膀，说：“子衿这么要强的人，不会被生孩子这种小事打倒的。”坐在旁边的乔巧听了陆寅希的话，总觉得哪里不太对劲，有这么安慰人的吗。

顾琛现在所有的心思都在产房那里，压根儿听不到陆寅希说了什么。无比漫长的两个小时过后，产房的门终于打开。护士从里面走了出来，看到顾琛，笑着报喜：“是个小帅哥，母子平安。”

顾琛高悬了两个小时的心终于放下。乔巧一脸欣喜，没敢表露出来的担忧也慢慢消散。可是随后她突然想到，之前还想跟夏子衿做亲家的，现在夏子衿生了个儿子，怕是真的没戏了。

夏子衿被送回产妇病房，旁边放着一张小婴儿床。

顾琛从进来到现在，一直坐在床边握着夏子衿的手，也不说话，就这么看着她，像是看不够一样。

乔巧在旁边对夏子衿说了一句："还好你只生了两个小时，要是再久一点，顾琛都恨不得去产房帮你了。"

夏子衿脸上带笑，望着顾琛，问："儿子跟你小时候像吗？"

"不知道。"顾琛实话实说，他压根儿就没心思去看儿子。

陆寅希站在婴儿床旁边，望着里面皱巴巴的却又可爱的小家伙，说："嘴巴和顾琛很像，眼睛似乎也很像，只希望性格千万不要随他爸。"

乔巧和夏子衿被陆寅希这话逗笑。

夏子衿望着顾琛，问："想好儿子叫什么了吗？"

"夏寻。"顾琛说。

"夏寻？"夏子衿有些不解。

"夏叔和阿姨只有你一个女儿，他叫夏寻，是夏叔和阿姨的长孙。等他长大之后，夏式集团交给他，我们去度蜜月。"顾琛神情认真，让夏子衿鼻子有些泛酸。

爸爸妈妈走了这么多年了，虽说夏子衿平日里很少会当着顾琛的面提起，可她心里对爸妈的想念从来没有削减半分。

她本以为很多事自己不说，顾琛就不知道，没想到，他把一切都看在眼里，记在心里。

夏家的长孙，夏式集团未来的继承人。

夏子衿在心里默默说着：爸，你看到了吗？你当爷爷了。

三个月之后，夏子衿把夏寻送到了乔巧家里，让她顺带着养一个月。

在乔巧心不甘情不愿的吐槽声中，夏子衿和顾琛坐上了度假的飞机。

坐在座位上，夏子衿靠着顾琛，说："其实，度假也没有那么重要，只是这些浪漫的事，我总想要和你做一做。"

"浪漫的事不重要，我只想陪在你身边，度过分分秒秒，一天又一天。"